批评的智慧与担当

刘艳 著

武汉大学出版社
WUHAN UNIVERSITY PRESS

图书在版编目(CIP)数据

批评的智慧与担当/刘艳著.—武汉：武汉大学出版社,2018.12
ISBN 978-7-307-12843-9

Ⅰ.批⋯　Ⅱ.刘⋯　Ⅲ.①中国文学—现代文学—文学批评　②中国文学—当代文学—文学评论　Ⅳ.I206.6

中国版本图书馆 CIP 数据核字(2018)第 292315 号

责任编辑:李　琼　　　责任校对:李孟潇　　　版式设计:马　佳

出版发行:**武汉大学出版社**　　(430072　武昌　珞珈山)
　　　　(电子邮箱:cbs22@ whu.edu.cn　网址:www.wdp.com.cn)
印刷:北京虎彩文化传播有限公司
开本:720×1000　1/16　印张:17.25　字数:256 千字　插页:1
版次:2018 年 12 月第 1 版　　2018 年 12 月第 1 次印刷
ISBN 978-7-307-12843-9　　定价:58.00 元

追寻学理无止境
—— 序刘艳新著

陈晓明

刘艳现在可以说得上是厚积薄发，不只是文章一篇接着一篇，书也开始一本接着一本。最近又有一本书稿要出版，希望我能写一段文字。作序实在是不敢当，说点感想也是盛情难却。刘艳这本书的书名是标举她的学术追求，得益于吴俊先生对她的期许。文学批评要做到有"智慧"，又有"担当"，这是谈何容易！也可说是大部分做批评的人想追求的境界，可也只能"心向往之"，实不能至也。刘艳以此自勉，也属可贵！

刘艳近年来十分勤奋用功，她的观点直率，文学观念鲜明，文风清丽畅快，已经迅速成长为活跃的青年批评家。她作为《文学评论》的编辑亦有十几年了，这本传统深厚分量很重的刊物熏陶了她——刘艳多次这样表白过，她也奉《文学评论》为学界的圭臬。这也督导和激发她对文学研究的热情和坚守一种价值标杆。

自 20 世纪 90 年代以来，当代文学批评便时常处于争议之中。我们当然很难真正做到特里林说的"我只谈论最优秀的作品"，但明确批评的责任，不断更新和调整自己的文学观念却也是文学从业者的基本素养。刘艳一直推崇和强调的"学理性批评"既是《文学评论》六十多年来形成的优良传统，也成了她自己从事批评工作奉行的重要原则。"学理性批评"的源起和含义自然不用我赘述，值得引起关注的是，这种批评方式对于中国当下文学批评环境的作用与意义。我们也应该承认，今天中国的文学批评还是论述性的、阐释式的，这并没有什么错。但这使得大家对于文学批评的认知，很容易停留于其对文学现象的解释作用，这表明了文学批评的从属地位。人们大体只关注文学批评的对象，即文学作品及其所反映的问题而忽视了文学批评本身。所以当代中国文学批评需要寻找新的出路，需要将自身建设成一个自足的体系。这种观念尽管从 80 年代后期以来就有，但人们真正要形成这种观念也并非易事。固然我们不可能离开文学作品去做文学批评，那会变成理论和概念的空转，或者沦为一己故步自封的僵化观念的脚注。在紧紧把握住文学文本的要义精髓时，如何释放出文学作品富有个性的和创新的活力，则是文学批评最要下功夫处。这样的文学批评，也自成一格了。它再创作了文学作品，赋予了文学作品以新的生命。

"学理性批评"无疑是这一体系建构过程中的重要一环，既赋予批评以学术的尊严，更让批评首先从学理的角度提出自己的问题，这是摆脱附属地位的重要一步。刘艳关于"学理批评"的基本定义，她认同了青年批评家李遇春的观点，那是自章太炎以来的现代诸多大师创造的批评大法和风格，简要概括，"就是指在研究中实现史实与哲理的交融"。这个要求是很高的，也正因为此，这里的"学理批评"又打上了中国传统的特色和印记。其难度在于要做到历史与逻辑的统一，如果是黑格尔意义上的"历史与逻辑"的统一还有章可循一点，那是黑格尔的方法，以理论/逻辑来带历史，在黑格尔那里是"绝对精神"，正反合的逻辑是已经建构好的。但在现代理论的框架中，重新投放进历史，却并非易事。要更加审慎地使用理论框架和历史节点。按遇春君的观点，似乎更像是中国传统的考据之学的现代承袭，也就是历史考据转为现代的梳理历史材料的方法。但理论与历史方法的结合在实际操作中难度更大，因为这里的所谓历史并非只是几个历史节点，而是历史背后的复杂谱系，要在谱系中建立起逻辑和推论关系。做得好的，只有福柯的知识考据学，后来在福柯的知识系谱学影响下出现了新历史主义。其理论经常并非什么条条框框，而是哲学思想意识，有时是弥漫性质的见解要点。中国的现代文学研究学科的方法从古典文学和古典文献学演化而来，结合了历史学的方法，迄今还是最为正宗的方法，形成了中国现代文学研究的范式。所以，某种意义上来说，福柯和新历史一路的方法，以及理论的方法依然很难进入，或融合其中，引起方法论的革新改良。

刘艳确实是在《文学评论》经受到了那些好文章的熏陶，她确实在用心体验那些有学理的文章，见贤思齐焉。她也试图在自己的研究文章中体现出良好的批评意识，以编辑的敏感和学者的沉稳去把握好这一点。比如她用叙事学理论分析萧红和严歌苓的作品，不仅是对两位作家作品艺术形式方面的单纯阐述，而且是对中国当代文坛一直缺失的文本细读的批评方法的返归。《呼兰河传》情感之下的结构、视角，《雌性的草地》携带的先锋性、叙事母题，在刘艳笔下都得到了不同程度的挖掘和审视。文本并不能只是纯粹语言学意义上的符号，文本必然有其思想的、哲学的、美学的或者社会历史的内涵。这并不是把文本绝对化、孤立化，只是在聚焦于文本的语言构成这一事实上，把文本作为一个独立的存在物，而对文本的阐释则采取更加开放的方式。刘艳以丰富的学理性语言重新贴近作家，贴近文本，更贴近表象之下的问题和旨趣，刘艳以此走向批评的独立和鲜活。

刘艳的批评有一种倔强，要把握住学理的真谛——并非泛泛之论，而是既合乎历史谱系，又能把握对象的真问题，这需要一股倔强的精神。吴俊教授曾经在分析刘艳的文学评论的特点时指出，刘艳"能够顽强地进入关注度极高的对象话题或领域，进行正面强攻式的批评"，吴俊认为，"如果没有独出机杼的文本细读功夫和掘隐发幽的极致表达能力，这是很难胜任的。从这一点说，刘艳是用老实的笨办法体现出了一个批评家的聪明度"①。吴俊教授这一见解，算是抓住了这个青年批评家的要点所在。做文学批评，真要达到学理批评的理想境界，可能需要叶燮所说的"才胆识力"，刘艳有这股劲头，通过努力，无疑可以进入到学理批评的境界。

刘艳的可贵在于她极其勤奋，勤奋又在于她对文学批评怀着热情，她不知疲倦地持续关注一个作家，她要研究一个作家，就把这个作家搞透，

---

① 吴俊：《批评的智慧与担当——关于刘艳的文学批评》，《长江丛刊》(文学评论)2018 年第 11 期。

把她能涉猎到的资料都找来，尽可能通读一个作家的全部作品，也尽可能多地读相关研究资料。她曾经谈到，她要写赵本夫的《天漏邑》的评论，这本书她读了不下四五遍，直至书都被翻烂为止，她找到感觉，找到了理解的切入点，这才动笔。对于严歌苓、迟子建这二位她最为倾心的作家，在最近几年的研究中，刘艳迅速地对这两位女性作家有了独到的把握。这也是建立在她对作品反复阅读的基础上，有些段落，如她所说，都可背诵。因为下的功夫，因为认真和敬畏，因为勤奋和悟性，她已经是严歌苓及迟子建研究的重要的青年批评家。

刘艳还有着青年批评家难得的沉着稳重，这不只是说她作为一名资深编辑的专业技术或者审稿风格，更是指她在批评文章中表现出的对史料的充分重视，以及对文学现场的冷静把握。在人文学科越来越审慎的今天，文学批评当然不会也无法承担"控制"、"指导"文学创作的任务，批评往何处去？便成为一代乃至几代学人的追问。在对萧红和迟子建的对读中，刘艳以看似简单的"童年经验"勾连起了这两位东北才女的故乡情结，以此作为两位作家作品风格与精神气质的背书，为我们打开了与两位作家实现共情的新的路径。刘艳对"童年经验"的重视，可能投入了自己的人生体验和感悟。或许她自己的敏感也得自于她的童年经验，以自身最有内在体验的感受投入到"知人论世"的文学批评，可见刘艳做的文学批评确实是有温度，她能设身处地理解作家，知己推人，这才能真正地知人论文。

在对贾平凹的作品进行讨论时，刘艳更是极尽细节铺陈之能事，不厌其烦地向读者证明贾平凹作品中的"古意"与"今情"，不仅体现了极为细致的文本处理能力，也在整体上把握了贾平凹的创作脉络与立意导向。尽管年龄和生活阅历，乃至于文学观念都相去甚远，但刘艳作为一个研究者，她可以在历史的和学理的坐标中来品评作家的特点和意义。即使是如贾平凹那样朴拙的散文，她也能体会出其中高妙。如她在文中所说："贾平凹的散文葆有文言的痕迹，文化气息浓厚，语言情调和审美意蕴都很有古典文学和文化的气息，其散文的语感和其散文在精神气质上都很文人。"刘艳的文学观念还是很宽广的，她能体味到不同的文体、不同的作家、作家不同的创作的文学品质，并且给予准确的评析。

刘艳的行文技巧与学术态度当然都是认真的，但也要承认的是，她在批评文章的写作过程中多少有些过于依赖原文的支撑和作家本人的论述，这当然是对文本的重视和对知人论世学术方法的使用。但正如前文所述，文学批评要实现自足，本身要有自己的文化目标，据此对创作提出各种质疑和读解，对文本进行全新的阐释，给文学实践的历史重新编码，使之成为批评的知识谱系，成为批评重建自身理论话语的无穷资源。在这一点上，刘艳已经迈出了重要的步伐，也还有可以成长的空间。

刘艳师出名门，多年前在北京师范大学刘勇先生门下学习，受过极为专业的学术训练，又在《文学评论》这样优秀、专业的重要期刊担任编辑多年，形成她学术起点高的优势。不过，她也难免受到学院规范和期刊文体的影响，我也很欣喜地看到她很好地将这种影响转化，利用自己深谙批评场域中存在诸多问题的优势，在自己的批评实践中努力发挥个性的体验和文学趣味。因为始终追寻"学理性批评"，她的文章重视理论建构和学术爬梳，较少长篇大论或晦涩说教，而是充满个人特色的关注方式与批评追求。北村和赵本夫都是极为复杂的作家，他们的《安慰书》和《天漏邑》等作品也都关涉不少宗教、哲学的问题，但刘艳另辟蹊径，在对北村、赵本夫的评论文章中，她抓住了他们作品中的"先锋性"，在充分详细的文本、叙事、虚构等形式分析之中提炼了两位截然不同的作家的叙事特性。这种对文学现场的敏感把握和对个别作家特色的有力捕捉很见功力。这也不难看出，刘艳始终细致入微，用她自己的话说，她是在做"有温度的批评"，理解作家，理解作品，也是理解每一位作家每一部作品的个性。不管如何论争变化，文学终究关乎人文，关乎人类最微妙的情感，关乎人与人、人与世界的关系。当然，批评文章都各有特色和侧重，但这种捕捉是否在一定程度上忽视或者说遗漏了作品文本中更为重要的品质和关涉，也是值得进一步思考的。在更广阔和重要的维度上阅读和分析作品，也是独立而又有追求的批评活动的应有之义。

通读这本书稿，可以看到吴俊教授对刘艳的期许在很大程度上切合刘艳的批评追求。吴俊教授目光如炬，他看到了刘艳在批评实践方面的成绩，也看到了她在学术追求方面的理想，从而给予路径的鼓励。当然，"智慧与担当"，既然是应该是当下所有文学从业者的理想，刘艳的追求就永远在路上。刘艳如此钟情于学术，如此勤奋执着，如此沉着，且能做到对文学的谦卑体贴，相信假以时日，她会在文学批评和研究方面做出更好的成绩，那时，她的智性也会穿透一些坚硬的难题，她的担当也会肩着当代文学的重量。

是以为序。

2018 年 9 月 24 日 (戊戌中秋)

目　录

第一章
重识学理性批评的研究方法

第一节　学理性批评与批评的学理性

一、我的学理性批评观

　　我曾经在撰文中专门分析梳理过，对于当代文学研究来说，文学批评其实与文学史的写作和研究是不应该分开，更不应该对立，不仅文学批评是构成文学史的要件，像 20 世纪 80 年代的文学批评就是"翻翻今天的文学史，当年的文学批评大都成了文学史结论"，而且，"文学史则是另一种形式的文学批评，它是史家的批评，是后一步的对作家作品的认识"①，所有的当代文学研究和评论文章，其实都是一种广义上的文学批评。文学史的写作，其实也暗含着写作者、治文学史的人的文学史观和文学批评观，写作者对于已有的研究成果的吸纳、化用，对于学科前沿的把握和观瞻，对于作家作品和文学现象的取舍，包括哪些详述？哪些略述？不仅与文学史著作的体例有关，还与作者的写作立场和文学偏好有关，其实也就是其所持有和暗蕴的一种批评观。在晚近阶段的当代文学史写史高潮中，洪子诚的《中国当代文学史》、陈思和主编的《中国当代文学史教程》、於可训的《中国当代文学概论》、陈晓明的《中国当代文学主潮》、孟繁华与程光炜合

---

　　① 程光炜：《作家与批评家》，《小说九家》附录，中国社会科学出版社 2017 年版，第 228、232 页。

著的《中国当代文学发展史》等有名的文学史著作当中，所作对当代文学史图景重构的努力，其实都暗蕴一种文学批评观的不断调整和发展。

除了这种与现代文学断代的文学史写作类型，当代文学史写作还包括当代文学思潮研究。关于当代文学思潮研究的专著，据统计有几十种之多，而其中较有影响的，比如，朱寨主编的《中国当代文学思潮史》、何西来的《新时期文学思潮论》、宋耀良的《十年文学主潮》、陈剑晖的《新时期文学思潮》、陆贵山主编的《中国当代文艺思潮》、陈晓明的《无边的挑战》、张清华的《中国当代先锋文学思潮论》，等等。"文学思潮研究的优势，在于可以突破一般的作家作品论，由点及面，将文学发展的脉络梳理出来，从而寻找出文学的一些共性和规律。"①其实，文学思潮的研究，要比单纯的断代史类型的当代文学史，更加体现写作者的文学批评观。

狭义的文学批评，包括作家论、作品论、文学现象和问题研究的文章等，尤其指征作家作品的评论。现在，往往把关注文学现场、做即时性批评的人，称为"评论家""文学评论家""批评家"和"青年批评家"。其实，做当代文学研究的学者、评论者，都是广义上的文学批评者。像一直被中国文学研究界视为最权威、最有影响力的中国文学专业学术刊物《文学评论》，1957 年 3 月 12 日创刊，刊名《文学研究》，为季刊。1959年 2 月，《文学研究》改为双月刊，刊名《文学评论》。从这一更名，也可以看出刊物是从"文学研究"向"文学评论"的重心转移，似乎也在说明自创刊伊始，刊物已经在以广义的"文学评论"来涵盖"文学研究"了。所以说，各种不同选题的当代文学研究和评论文章，其实都是一种广义上的文学批评。

所有做当代文学研究和评论的文学批评者，慢慢都会形成自己的批评观。在文学研究和批评实践当中，文学批评者的批评立场、文学偏好、旨趣选择，等等，都会慢慢养成，最终或显或隐地形成自己的文学批评观。

---

① 陈剑晖：《当代文学学科建构与文学史写作》，《文学评论》2018 年第 4 期。

我们当前的学院批评，固然存在不少问题，许多文学批评文章被写成了"项目体""C刊体"和"学报体"，让人提不起阅读的兴味，而且常常洋洋洒洒数千言乃至逾万字，却在空套一些理论和做着远离文学本身、远离文学本体的批评。而在媒介批评大行其道的情况下，各种捧场批评、印象批评和读后感批评又充塞了我们的耳目。至于过于偏激的"魈烂苹果"、酷评甚至骂评，一味地追求与众不同的批评语辞，这样的"锐批评"是行之不远的。即便一时翩若惊鸿、给批评者带来很大的盛名，最终也会被大浪淘尽徒剩砂砾，反而会因为时过境迁而令这种批评样式丧失合理性。文学批评的现状，的确要求我们敢于对一段时间以来和当下文学批评时弊及沉疴已久的症结发声。从这个意义上说，文学批评者的文学批评观，对于文学批评现状和批评实践来说很重要。

我和众多的文学研究者、批评者一样，并不是先有了一种文学批评观，才做文学批评的。文学批评观是在一点一滴的批评实践当中，慢慢形成的。而我又比一般的文学研究者和批评者，具备了一种身份上的复杂性——在文学专业领域内，我其实是一身二任，既是文学批评的编辑，又是学者、文学批评者。这种身份上的复杂性，就导致我的批评观不仅来自我的文学批评实践，还来自我实际的编辑工作。我自己都能深深体会到，自己所受到的这种来自《文学评论》耳濡目染的潜在和深刻影响。"作为编辑，她承续了《文学评论》的一种编辑传统——职业编辑而为专业学者；作为批评家，她也传扬了《文学评论》的一种专业精神——她的文学批评成就保障并提升了职业编辑的专业素养和地位。"①我其实不敢以之自得，而是从中揣摩我既为编辑又为学者、批评者，对于我从事文学研究和文学批评所能发生的影响和作用，并不断从中汲取营养。

一个文学研究者、文学批评者，持何样的批评观，还是很重要的，这个批评观可以随着批评实践不断发展变化，增益其所不能，但却不能一开

---

① 吴俊：《批评的智慧与担当——关于刘艳的文学批评》，《长江丛刊》(文学评论)2018年第11期。

始做文学批评的路子就是歪的，走歪走偏的批评观，是很难正过来的。批评观对于文学批评的重要性，似乎要从批评观其实是文学批评的精神内核，要从批评旨趣、批评立场等方面的综合效应来看。而应该持什么样的批评观，也常常被批评的刊物和大家私下里在讨论着。《南方文坛》的常设栏目"今日批评家"，其中所包含的卷首语就是"我的批评观"。其实是一直到奉命为《南方文坛》2018 年第 3 期写作"我的批评观"，我才认真地思考了这个问题。

"我的批评观"，起初我很认真地竟洋洋洒洒写了近万字。说来也巧，2018 年 2 月 7 日，恰逢《文学评论》老干部年终座谈会，正听王信先生、陈骏涛先生等前辈们，说到《文学评论》应该保持她一以贯之的学理性特色的时候，燕玲主编的微信飘然而至，一语点醒我，"我的批评观"是卷首语啊，1400 字以内……心里抱歉之余，也感慨，这一时的糊涂，莫不是因了我对于"学理性批评"，真的有很多话要说？

近年来，我似乎给大家留下了"一直在执着地为学理性批评作辩护"的印象，而且有幸能够得到来自学者的肯定和评价："她不仅通过具体的作家作品评论忠实地践行着自己的学理性批评诺言，而且还从文学批评理论上建构着学理性批评形态。"有时候，也会被这样介绍：她一直在呼吁一种"学理性"批评……这里面，是鼓励？是肯定？抑或还别有意味？实也未可知。但其实，学理性批评与批评的学理性，是我从《文学评论》这里偷师来的。学理性批评，其实是《文学评论》"六十年一甲子"以来一直在力倡和践行的批评的标准，"石韫玉而山晖，水怀珠而川媚"，《文学评论》的山晖川媚，皆因学理性使然。

究竟什么是学理性批评？我的理解，直接就得自于《文学评论》的熏陶。而有学者(李遇春)已经将"学理性"追溯到了清末民初的章太炎先生那里，认为自章太炎以来："如果我们把视野进一步扩大，中国现代学术的繁荣与发展，同样也是学理性批评奠定的学术基业。如今依旧为人津津乐道的章太炎、王国维、梁启超、胡适、鲁迅、陈寅恪、朱光潜之类的民国大师级学者，他们的文学批评或文学研究尽管风格各异、路数有别，但学理性却是其一致的精神标杆。"①而所谓"学理交胜"，就是指在研究中实现史实与哲理的交融。

何为"学理性批评"？我曾打比方，像《文学评论》所刊发的好的批评文章，哪怕过十年、十五年乃至二十几年，你依然会觉得它好。如果是当初读过，你现在依然记得这个文章的好，仿佛一位旧人，呼之欲出，抑或让你念念不忘。如果以前没有读过，旧文新读，你读来依然觉得是好文章，依然会从中有所得、对自己当下的研究和评论仍然有所启发……至少，你会发现这篇旧文在当时可以代表一种研究的最好水平，对于今天仍然具有一种史料的价值……这样的文学批评文章，是能够经历住时间考验的。

近年来，学理性批评，似乎一直被大家有意无意地误读和曲解着。很多人把学院批评和学理性批评混为一谈。搞评论的人，尤其学院中人，为何对学理性批评似最为不满呢？学理性批评之费时、费力和需要较为深厚的学养积累，不如媒介批评来得好写和更容易让评论者星光熠熠，似是原因之一。学理性批评就一定"佶屈聱牙""读之无味"吗？当然不是。好的学理性批评，除了引人深思之外，其实也可以是美文，像张学昕的《苏童：重构"南方"的意义》、郜元宝的《上海令高邮疯狂——汪曾祺故里小说别解》等，学理性之外，也因其散文和近乎美文的笔调，打动人心。

2005 年我博士毕业，工作在文学所，在《文学评论》当代组工作迄今，十三四年已然过去……白驹过隙，感慨良多。曾经不事写文、寂寂多年，也只是近三四年才开始勉力写作，实在还只是一个初习文学批评的写作者。《文学评论》培养了我的批评观、批评的路数，也让我形成了学理性批评与批评的学理性的相关想法与一点点心得；而能够在本职工作当中，就可以受到潜移默化的影响，学习到所有不同选题类型的学理性批评的优点，我想，这是上天对我的厚待。今后，希望可以把学者和评论者的路子，走得稳当和扎实一点。

---

① 李遇春：《为学理性批评辩护——论刘艳的文学批评》，《长江丛刊》（文艺评论）2018 年第 11 期。

二、何为学理性批评与批评的学理性

前面已经说了，我似乎具有一种身份上的复杂性——在文学专业领域内，我既是文学批评的编辑，又是学者、文学批评者。这种身份复杂性，就导致我的批评观不仅来自我的文学批评实践，还来自我实际的《文学评论》编辑工作。是故，在研究和分析学理性批评与批评的学理性相关理论问题上——对于当代文学批评的批评，或唯有结合我所从事的编辑工作实践，才能更加有的放矢，有针对性和有明晰的例证加以佐证。

在简要阐述了"我的学理性批评观"之后，下文将较为详细地解析"学理性批评与批评的学理性"问题。青年长江学者李遇春教授在《为学理性批评辩护——论刘艳的文学批评》一文中，这样讲道："在近年来的文学批评实践中，刘艳一直在执着地为学理性批评作辩护，这大约是她给批评界留下的最深刻印象。她不仅通过具体的作家作品评论忠实地践行着自己的学理性批评诺言，而且还从文学批评理论上建构着学理性批评形态。"而在学术会议和学术交流当中，我似乎也给大家留下了一个印象：一直在呼吁一种"学理性"批评……很幸运，在近年来各种形式的批评铺天盖地、唯独好的学理性批评较为稀缺的情况和语境之下，大家还能够看到我为倡导学理性文学批评和研究方法所做的这些努力。但我不敢冒领的是，学理性批评与批评的学理性，其实是《文学评论》已逾六十年（1957—2017 年）一甲子以来一直在力倡和践行的文学批评的标准。我说过，"石韫玉而山晖，水怀珠而川媚"，"学理性"好比石韫玉，水怀珠，山晖川媚全离不开它。

学理性，差不多是《文学评论》选稿用稿标准的内核和灵魂。有了它，《文学评论》才一直被中国文学研究界视为最权威、最有影响力的中国文学专业学术刊物；有了它，《文学评论》才能在六十多年的漫长岁月里，赢得不同代际的读者和批评家的一致推重。你若是问《文学评论》已经退休的老先生们，何者为《文学评论》最重要的、首要的刊文标准？他们几乎会异口同声地回答那当然是学理性……可以说，《文学评论》在当代文学研究和批评方面，一直引领着学院派学理性批评的风向标。所以，我对于好的文学批评的理解，最先是从《文学评论》这里耳濡目染受益来的，相对于她已经形成的学理性批评的传统，我其实只是她悠久的学理性文学批评和文学研究传统的一个受益者。

　　如何界定什么样的文学批评是学理性批评？前文已述，我对于学理性批评与批评的学理性的理解，直接就得自于《文学评论》的熏陶。而有学者已经将"学理性"追溯到了清末民初的章太炎先生那里，自章太炎以来，继续加以梳理的话："中国现代学术的繁荣与发展，同样也是学理性批评奠定的学术基业"；"如今依旧为人津津乐道的章太炎、王国维、梁启超、胡适、鲁迅、陈寅恪、朱光潜之类的民国大师级学者，他们的文学批评或文学研究尽管风格各异、路数有别，但学理性却是其一致的精神标杆"①。清末民初章太炎先生曾拟撰《中国通史》，他声明自己的新史将超越旧史，理由就在于要做到"熔冶哲理"，实现"学理交胜"，具体来说，"考迹皇古，谓之学胜；先心藏密，谓之理胜"。所谓"学理交胜"，就是指在历史研究中实现史实与哲理的交融。众所周知在中国学术界，清人章学诚在《文史通义》中提出的"六经皆史"之说广为流传，而中国学人又向来有"文史哲不分家"的传统，大抵都承认史学是一切学术的根基。这意味着从事文学批评和研究也必须植根于历史，如果离开了历史，包括宏观的政治史、文化史、思想史、文学史的考察，以及微观的诗歌史、小说史、散文史、戏剧史的观照，我们的文学批评和研究将陷入虚浮无根的非确定状态。而所谓哲理，它也不是向壁虚构的产物，而是在具体的史实（包括文学史实、文学文本之类）分析中提炼出来的理论结晶，而这些理论晶体一旦被提炼或建构出来就会被广为接受与运用，它作为理论工具指导我们从事具体的历史批评，当然也包括文学批评在内。②

---

　　①　李遇春：《为学理性批评辩护——论刘艳的文学批评》，《长江丛刊》（文艺评论）2018 年第 11 期。

　　②　参见李遇春：《为学理性批评辩护——论刘艳的文学批评》，《长江丛刊》（文学评论）2018 年第 11 期。

这恰好可以解释《文学评论》的当代文学批评文章，为什么总是熔铸一种文学史的视野，几乎没有离开文学史的视野来研究作家作品、写作评论的情况。而对于具体作家作品，哪怕是针对作家一个新长篇的"新作批评"，也总是有"小史"的梳理，即对一个作家个人创作史（甚至包括作家阅读史）的了然于胸，可以顺手拈来般将这个作品放到作家整个的创作历程里去认识和分析，发现新作所体现出的不同于作家自己此前之创作的新质、新面向和新维度，并且注意与前代和同代作家的一种联系、比对和考察。而在与前代作家的比较和考察中，又有着对评论者要具备"大史"视阈的内在要求——评论者要对自古以来尤其五四以来的中国现代文学史、当代文学史，甚至包括现代文学和当代文学的批评史都要有所了解。如果是能够做到深入了解，那就再好不过。因为只有具有了文学史的视阈，才能真正发现研究对象独特的价值意义之所在。评论者所表达的自己的发现、自己对作品的评价和指称，才是有学理性的、有说服力的和足以让人信服的。而且若能具有能够统摄作家个人创作史和整个文学史的视阈，"在具体的史实（包括文学史实、文学文本之类）分析中提炼出来的理论结晶"，这就形成了学理性批评的"理"，而这也是使文学评论能够真正具有问题意识，是文学评论实现评论的责任担当乃至时代担当的前提条件。求真与务实，的确是学理性批评的核心和精髓，那种指斥学理性批评"四平八稳、无比庄正"、不具有时代和历史责任担当的说法，是不负责任的。

能否形象和更加生动地解释何为"学理性批评"？前文已经约略述及，我和很多学者其实是有着共同的阅读感受，《文学评论》所刊发的好的文学批评文章，哪怕这篇文章是十年、十五年乃至二十几年前的，现在读来依然会觉得这个文章好。好文章是什么样的呢？若干年前所读过的好的文学批评文章，会记忆深刻、一直留在自己的记忆和学术积累当中，时间过去再久，也依然会对自己对相关问题的研究，具有启发意义和资料价值。而如果是以前没有读过的文学批评文章，恰好刚刚翻到了，旧文新读，读来依然觉得是好文章，依然会从中有所得、对当下的研究仍然有所启发，读者甚至会被它打动，心里感叹：写得好！分析得到位！至少，这篇旧文在当时可以代表对一个作家作品乃至一种文学思潮和文学现象研究的几乎是最好的水平，对于今天的评论和研究，它仍然具有一种史料和资料的价值……这样的文学批评文章，是学理性的，能够经受住时间考验的。2018年1月14日，在中国作协举行的"新时代：文学批评何为"研讨会暨"剜烂苹果·锐批评"文丛首发式上，《小说评论》主编李国平曾对当下批评提出他忧虑的一面——很多批评时过境迁之后再读，问题多多，甚至是根本立不住的，他为此也郑重提出了好的评论其实是应该能够经受得住时间检验的问题。

学术交流中，常常会听到陈晓明、吴俊、张清华、李遇春等师友信口就会提到，《文学评论》哪篇哪篇文章，他们印象深刻，如何如何，而他们所提的这篇文章，可能发表于20世纪80年代，也可能发表于90年代，或者发表于十几年前……《当代西绪福斯神话——史铁生小说的心理透视》（吴俊，《文学评论》1989年第1期），距发表已时近30年，但仍有不少学者会提到这篇评论，学者李遇春曾说过："这是我读研究生的时候读到的第一篇文评论文"，"也许这不是吴最好的文章，但对于我而言是最好最难忘的"。我在写作拙文《童年经验与边地人生的女性书写——萧红、迟子建创作比照探讨》（《文学评论》2015年第4期）的准备阶段的时候，童庆炳先生的文章《作家的童年经验及其对创作的影响》（《文学评论》1993年第4期），在文学理论层面对我启发很大，可是距此文发表已经超过20年。而我翻到的另一篇文章《论迟子建的小说创作》（张红萍，《文学评论》1999年第2期），我翻看和引用时，距发表也已经15年了，可是现在读来，仍然觉得在众多的迟子建评论里面，这篇文章差不多可以代表当时迟子建评论的最好水平。而且对于现在做迟子建研究和评论的人来说，这篇旧文仍然具有参鉴价值。我曾无意当中读到了刘纳先生的文章《无奈的现实和无奈的小说——也谈"新写实"》（《文学评论》1993年第4期），不禁叹服作者对于当时方兴未艾的"新写实"小说的学理性阐析，以及既有针对性又有前瞻性的判断，现在读来都诧异感佩于她那些高屋建瓴又别有会心的批评文字——是一篇很学理性的批评文章，又在行文层面呈现美文般的韵致。她对于"新写实"，并没有因为她自己身在其时，容易"当局者迷"而失去应有的理性判断，她说："文学作为艺术的一个门类，它的本质精神是在与现实的抗衡中升华出来的，因此才有虚构另一个现实物质世界以外的世界的必要性。文学的自由性质不但表现在抵制社会力量对创作的无端干扰，更重要的是，文学本身就可以昭示自由。在现实上面，有精神的天空；在现实下面，有精神的深渊。天空高扬希望，深渊传达绝望。谴责'新写实'的文章说这些作品使人看不到希望，倡扬'新写实'的文章说这些作品并不让人绝望。我不知道'希望'在哪里，也不知道'绝望'在哪里，我从大多数'新写实'作品中感受到的是无可奈何的情绪。"文章接近结尾处，刘纳敏锐地指出，"'新写实'的'原生态'概念包含有纪实的导向，一些'新写实'作家已经踩在虚构文学与纪实文学的门槛上"，针对"马原在《小说百窘》里发问：'公众对纪实类文学的偏好是否会最终将小说的虚构本质推翻？越来越多的小说家转向非虚构创作，虚构小说的前途已经岌岌可危了吗？'"，刘纳指出："刘震云向着'纪实'越来越远的成功使我们又一次看到了迎风招展的'新写实'大旗下面虚构小说'岌岌可危'的前景。而这，本不是'新写实'倡导者所希望的。"写到这里，这篇文章戛然而止，而让人回味无穷。而我要进一步说出的是，这篇文学批评文章，哪里是单单针对当时的"新写实"而言的，它对于近年来颇为风行一时的非虚构写作，是不是也具有一定的参鉴和反思价值呢？非虚构写作，在 25 年前，就差点成为一种流行，而这种流行在刘纳看来是不容乐观的风潮和创作态势……那么，文学发展到了今天，我们还宜不宜一味地、铺天盖地地将非虚构推向一种再度的复兴？的确是值得思考的问题。

其实一直以来，大家往往把学院批评和学理性批评混为一谈。一段时间以来，学院文学批评文章常常被写成了"项目体""C 刊体""学报体"，"刻板平庸之貌让人觉得面目可憎，高度公式化和概念化的文学批评生产模式让学院批评饱受讥评"，但是，"学院批评是一种依据外在的职业划分的文学批评类型，而学理性批评是一种根据内在的学术含量和质地定位的文学批评形态"①。而我也曾经较为明确地指出学院批评和学理性批评的差异："非学院中人，也可以写出富有学理性的批评，而学院中人，也很多都在做着或者说在兼做非学院、非学理性的推介式、扶植性批评甚至'酷评'，学院中人所从事的批评并不能够完全等同于学理性批评。但由于目前文学批评从事者以及文学批评自身的现状，学理性批评更多还是学院中人所从事的学院批评所具备的特征和精神标签。起码就目前来说，学院派的学理性批评，不止不应该被否定、被远离、被贬低，反而应该被提倡、坚持并且发扬光大。"②

好的学理性批评，非常可贵，为何还被大而化之地扣上刻板平庸、面目可憎的"学院批评"的帽子而饱受诟病？搞评论的人，尤其学院（大学加上科研机构）中人，最应极为推崇和最该身体力行，为什么反而是他们往往对学理性批评持一种疏离、不满乃至挞伐的态度呢？原因不外乎学理性批评的费时、费力和需要较为深厚的学养积累，不如即时性、推介式批评来得好写和更容易让评论者与文学现场保持高度的黏合性，表达一种存在感乃至直接大大提高曝光率。这种情况已经为学者评论家深深忧虑："比如许多老成的或者新锐的批评家们，虽然自己置身于高校和科研机构中从事文学研究工作，但他们却无法耐住寂寞，不愿用自己沉潜往复的心力做文章，而是纷纷青睐那种能够迅速给自己带来声名、增加自己的文坛曝光率的文学时评样式，甚至对自己原本应该安身立命的学理性批评持疏离、不满乃至大加讨伐的姿态，这种反戈一击怎能不让人痛心疾首呢？"③除了这个原因，学理性批评近年受到的冲击，与媒介的变化、新媒体自媒体的产生以及相应的"媒介批评"的应运而生有关。什么是"媒介批评"？洪治纲

---

① 李遇春：《为学理性批评辩护——论刘艳的文学批评》，《长江丛刊》（文学评论）2018 年第 11 期。

② 参见拙文：《学理性批评之于当下的价值与意义——结合〈文学评论〉对文学批评文章的刊用标准和风格来谈》，《文艺争鸣》2016 年第 6 期。

③ 李遇春：《为学理性批评辩护——论刘艳的文学批评》，《长江丛刊》（文学评论）2018 年第 11 期。

如是说："什么是'媒介批评'？我的定义是，它主要指报纸、流行杂志、电视、网络等现代媒介中出现的、适应于大众文化的、短小而通俗的文学批评。它摒弃了传统文学批评的系统性、逻辑性和建设性，强调批评的即时性、浅俗性。""因此，'媒介批评'的出现，表面看来，似乎是在努力平衡专业批评和大众阅读之间的鸿沟，其实是在剔除批评的理性支撑和专业要求，让批评只对感受负责，不对科学性负责。顺便说一句，有些懒于阅读又喜欢发表'看法'的批评家，就非常钟情于'媒介批评'，乐于做'媒介的跳蚤'，整天蹦跶于网络或报纸之中。"[①]

媒介批评大行其道，学理性批评的价值得不到应有的重视，作家的责任也是不容推卸的。虽然很多作家口头上不重视别人对自己作品的评论，但是骨子里，总还是重视的，而除了极少数作家会用心去辨识评论的好坏，多数作家的习惯性做法是，只要有人写了我和我的作品，只要是夸了我，就是好的评论，也不管这个评论是否言之成理、是否经得起推敲。哪怕满纸荒唐言，也没有关系，只要写了我就好——这无形中助长了关注文学现场的作家作品评论的不好风气和非良性发展。好的批评生态，应该是作家不要漠视文学批评的质量，不要只认一点——写了自己或者写了自己的作品就行，而是要能够耐下心来，看看评论是否说得有理、到位，对自己的作品的阐释是否对自己今后的写作有所助益……而评论者也要切实在学理性批评的层面多下一点工夫，对作品文本有着足够的重视和细读，在"史料、材料的支撑和批评学理性的呈现"、"理论的接地、及地、在地与批评学理性的呈现"与"文本分析、文本细读与批评学理性的呈现"当中，彰显批评的学理性与建设性意义和价值。倘若果能如此，或许会反作用于作家的创作、影响到时下的文学现场。其实，这才是作者、评论者双方一种良性的互动，对创作实践和文学批评都有益处。记得严歌苓看了我写的《芳华》的评论，在2017年8月10日给我的信中这样写道："刘艳，写得太棒了！最近十几天我忙于照顾生病的狗狗，没有及时查看邮箱，所以迟

① 洪治纲：《信息时代，批评何为?》，《文学报》2013年8月15日。

复，请你原谅。我的写作都是下意识的，第二行跟着来了，最好，不跟着来，就停下，想一会。现在用电脑写了，不对劲的地方可以调换，容易多了，写妈阁的时候，还用稿纸和铅笔，错字用橡皮擦擦，但叙事的序列是不能动的，所以那种出自直觉的下意识文字流非常重要，最开始的语气错了，就找不到那种只属于这个小说的文字流。现在读了你的批评文章，才对自己的写作有了点意识。这就是我通常不敢读评论的原因，怕失去下意识的文字流。读了你的文章，对我帮助很大，觉得有镜子可照了。老照镜子不好，总也不照也不好，照就要照好镜子，你给了我一面好镜子。谢谢你，刘艳! 过去一直自觉得像岳飞：欲将心事付瑶筝(曲)，知音少，弦断有谁听……读了你的文章，好了，知音有了。"2018 年 1 月 18 日，写完了《学者写作叩问文化传统及其可能性——论徐兆寿新长篇〈鸠摩罗什〉》，因为有些细节需要作家核实，所以将评论发给作家本人看。结果作家本人不只认真看了，其回复也让我很受触动："一字一句拜读完宏文，一方面被你文学史家的视野和情怀打动，在这方面，我觉得此文不仅仅是对我个人的一个评述，而是对整个学者写作的一次梳理与劝导，令人警醒，也令我鼓舞，从这个意义上来说，它可能会被后面的学者们一再地关注并引用。另一方面也感动于你竟然能将小说中的细节都引用得那么好，连我都已经忘记写过那些句子了。一个作家，当他写作完成后，虽然仍然关注与推动着小说的命运，但是，小说与读者结缘后就有了新的创造，就成为新的事物。评论家便是最高明的读者，他们说出的一切都有深意在焉。故而，你的评论不仅仅只是一次鼓励，同时也在提醒我继续沿着这条道路再走下去，继续探索。这是更为重要的。"而我的回复是："这个小说，不仅对您个人，在整个新文学发展谱系当中，无论学者写作小说维度，还是宗教文化入小说的维度，其意义和价值，无可掩蔽。""那些细节，句子，读过一遍，就印在脑子里了"……

好的学理性批评，除了对学养有着要求之外，的确往往是费时费力之作。何平的《中国最后的农村——〈极花〉论》，也以学理性批评为显著特色，后知作者为了写这样一个新作的评论，用了很长的时间再次通读贾平凹的几乎所有作品。《极花》原发表于《人民文学》2016 年第 1 期,何平的评论发表于《文学评论》2016 年第 3 期。由此似乎可以看出,《文学评论》反映新作的学理性批评文章,刊发可谓神速,但文章又显然不是时评、快评类文章。缘何能够做到这一点的呢? 作者提前阅读作家手稿,整个评论的阅读、思考和写作准备期,据说用了几个月的时间——正是由于这样的厚积,才使学者、评论家在看似快评的时间段里,写成了一篇既有评论的新锐之气、走在新作评论前沿、又兼具学理性的评论文章。① 郭洪雷《讲述"中国故事"的方法——贾平凹新世纪小说话语构型的语义学分析》(《文学评论》2015 年第 1 期),作者用了足足三个月的时间,心无旁骛,以高度专注和投入的态度,再次通读了贾平凹所有作品,才得以选题和开始写作。据说是在学校借了一间别人不用的办公室"闭关",三个月三条烟,除了还回家入寝,杜绝一切事务,才能有这样分量的一篇学理性批评文章的诞生。

对学理性文学批评,需要剔除的一个误解是:学理性批评一定是佶屈聱牙的、不好读的。好的学理性批评,除了引人深思之外,其实也可以是美文,比如张学昕的《苏童:重构"南方"的意义》(《文学评论》2014 年第 3 期)、郜元宝的《上海令高邮疯狂——汪曾祺故里小说别解》(《文学评论》2017 年第 6 期) 等。张学昕的这篇文章当中,既有学理性的概括和归纳,就像他在内容提要当中所言:"苏童的小说叙事,试图为我们重构一个独具个性文化精神、美学意蕴的文学'南方'。南方的意义,在这里可能渐渐衍生成一种历史、文化和现实处境的符号化的表达,也可能是用文字'敷衍'的种种地域、人文、精神渊薮,体现着南方所特有的活力、趣味和冲动。与此同时,他更想要赋予南方以新的精神结构和生命形态。在这些文本结构里,蕴藉着一种氛围,一种氤氲气息,一种精神和诉求,一种对人性的想象镜像。'南方',成为苏童书写'中国影像'的出发地和回返地。"

---

① 参见拙文:《与时代同行的学理性批评——以〈文学评论〉看中国当代文学批评五年来的发展》,《文学报》2017 年 11 月 16 日。

而整篇文章的展开，是学理性框架和逻辑整合能力统摄之下的美文般的行文："苏童表达出他对小说更具深远意义的理解。其实，若想以一种理论、学理的方式，来总结、概括苏童这样的作家及其写作，是非常困难的。因为，苏童小说叙述的精神重心，总是沉潜在故事、人物、语言和结构的背后，虚构的热情，裹挟着幻想，有时也隐藏着寂寞，将对时空变幻中的事物、记忆进行美学把握，赋予阴鸷、世俗的存在以抒情式的悲悯。一种超越理念束缚的审美判断和把握，超越个人有限的思想、视野，捕捉生活新的生长点，这样，文字所涉及的历史、现实和记忆，也就成为个人心灵的历史，在文本的空间里敞开，意味隽永，生发开来。南方生活的无限生机和活力，滞涩和酸楚，来自于他对未来的激情遐思，也来自对历史的沉淀和缅怀，但都为着撞击出现实的灵魂真相。"凡此种种笔法，在张学昕的这篇评论也可以说是论文当中，弥漫开来，不仅是对苏童小说叙事无比体贴入微的观照和阐析，而且这些句子段落里，哪里能看到那种到可憎程度的"学报体""C 刊体""项目体"的面目呢？

很多"学报体""C 刊体""项目体"文学批评文章，并不是好的学理性批评文章。虽然其中不乏面目可憎、水平平庸之作，但毕竟已经盛行日久，在很多刊物已经形成一种固定的刊文风格和范式，存在着选稿和用稿的惯性，这种惯性力量还是蛮强大的，强大到让名学者名评论家也常常"不寒而栗"、有些畏惧或者自己心里先形成一种畏惧的心理。郜元宝《上海令高邮疯狂——汪曾祺故里小说别解》，文章投稿《文学评论》时，作者先是忐忑不安的。乍一看，这篇文章确实似乎不是通常的"学理性"批评文章的模样，但细细读来，可以发现这篇文章虽然形式是散文化的，甚至近乎美文，但骨子里其实是学术范儿的。文章尤胜在材料很扎实，角度也较新，不是西式论文的做法，也不是现在流行的中西合璧式写法，而是更加偏重于传统治学的做派……这样的批评文章，骨子里其实依然是学理性的，与读后感式批评、印象式批评，有着天壤之别。但是，即便有了我这个知音，郜元宝教授在刊物将他的大作发外审后，竟然直诉自己的担忧：不要把我的稿子发给丁帆、王彬彬外审啊，他们会一眼认出是我写的稿子，然后立即毙掉，就手就可以拿到《扬子江评论》去用……虽是半开玩笑的话，还是说明，带有美文范式的、无学究面目的文学批评文章，已经被大家淡忘得够久远的，或许是该呼唤美文化学理性批评回归的时候了。

当然，事情不可绝对化而言，很多非学理性的评论、媒介评论，也有非常好地诠释作品的评论文章。我在写作严歌苓《上海舞男》的评论之时，曾读到过范迁的评论《严歌苓〈舞男〉：五度空间的上海霓裳曲》，本身即为作家的范迁，用了"最作家"的艺术感觉和审美感觉，也"最作家"地评论了严歌苓的《上海舞男》（单行本更名为《舞男》），而且他说得几乎比任何人都好，比任何人感觉都准："昨日半夜里两点钟，看完严歌苓的新作小说《舞男》，如醍醐灌顶，恍然明白我们所谓的'空间'，其实是道没扎紧的竹篱笆，里厢的人可以看外面，外面人也可以看里厢。庄子化身为蝴蝶，飞进飞出。故人世人眼光自由穿梭，隔墙相看两不厌。佛经上倒也讲过：此身非身，此界非界，此境非境。"可以说，他是懂严歌苓的，同时也是最眼毒的作家朋友，他用最文学化的语言，说出了《上海舞男》小说叙事是有着超越四度空间、直达可以里外相看和飞进飞出的五度空间的本领的。"而严歌苓的近作《上海舞男》，小说的叙事结构已远非是'歪拧'可以涵括，小说'套中套'叙事结构的彼此嵌套、绾合，那个原本应该被套在内层的内套的故事，已经不是与外层的叙事结构构成'歪拧'一说，而是翻转腾挪被扯出小说叙事结构的内层，自始至终与张蓓蓓和杨东的故事平行发展而又互相嵌套，不只是互相牵线撮合——绾，还要水乳交融，在关节处还要盘绕成结——绾合，还要打个结儿为对方提供情节发展的动力……""如果没有叙事结构的圆融嵌套和自如绾合，没有'我'（石乃瑛）这样一个叙述人的设置、不同叙述视角的自如转换，没有老上海舞厅这个特殊的空间结构的粘连整合，没有严歌苓心思的巧妙和对世态人心的洞达，很难想象《上海舞男》可以给我们开辟一个四度空间之外的五度空间乃至六度空间。"①这两

---

① 参见拙文：《叙事结构的嵌套与"绾合"面向——对严歌苓〈上海舞男〉的一种解读》，《文艺争鸣》2017 年第 5 期。

段看似长篇大论的、我自己写的评论文字，说到底，也不过是在学理层面，表达了范迁那短短几句话所表达出来的意思。说实话，我是很佩服范迁的这篇美文般的短文的。而且，他不止发现了严歌苓《上海舞男》所具有的这样的叙事结构和叙事策略的可贵——里面暗含一种"故弄玄虚"的本领，他聪明到似乎预先就料到了会有人不懂得欣赏严歌苓的这种"故弄玄虚"，所以，他未雨绸缪般激扬文字："故弄虚玄？也许，做小说家就是弄点虚玄来吃饭的职业。弄得好，就是一桌风月雅筵，尝者口舌生香，回味无穷。弄得不好，就是一碗碗面疙瘩，叫人倒足胃口。不可否认，当今文坛上卖疙瘩汤的居多，本帮面疙瘩，进口面疙瘩，又便宜又顶饿。喂得读者一个个像煞小阿福。"话虽然说得太过讥讽了些，但谁又能否认它不是指出了当下小说家写作的某些流俗和弊病呢？

2005 年我博士毕业到了文学研究所，一直在《文学评论》当代组工作，接触的可以说是当下最好也最学术前沿的学理性文学批评和研究文章……白驹过隙，感慨良多。相对于已经日久的编辑工作，自己从事文学研究和文学批评实践，很多时候得益于自己能够一直接触和"在场"当代文学批评和文学研究的前沿和现场。很多师友鼓励说"厚积薄发"，其实是很惭愧的。回首看自己的过去，除了编辑工作本身就易养成人的"眼高手低"的毛病，由于工作伊始，接触的便全是当代文学研究和批评的最好水平的文章，当然也往往是最学理性的文章，高山仰止，自己情知一时难以写出趁手的文章供大家指正，所以便在编辑文章的过程中沉下心来，潜心学习着……《文学评论》的熏陶和影响，形成了我的批评观、批评的路数，也让我逐渐累积形成学理性批评与批评的学理性的相关想法与一点点心得；而能够在本职工作当中，就可以学习到各种不同选题类型的学理性批评的长处和优点，受到潜移默化的影响，这是一种双向的、良性的影响。作为学者的评论者，这其实最符合我一直以来的心理定位；作为追求学理性文学批评和研究的学者，我希望自己的评论能在一种文学史视阈、问题意识兼具的情况下，发现研究对象所独具、所隐含的艺术价值和文学性价值，以及它在文学史当中具有什么样的意义和价值。好的文学研究者，应该能够通过自己的眼光和文学趣味，遴选出好的、优秀的文学作品，通过自己的评论，发现作品独具的价值及其文学史意义和价值——从这个角度而言，我所欣赏的学理性批评，似乎注定就是一种较为孤独和偏冷的研究与评论范式。在当今热闹喧嚣的文学现场里，学理性批评的遭遇似乎是"冷"的，但对于当代文学的经典化和文学史谱系的构成与书写，学理性批评的价值和意义，具有任何其他形式的批评难以比及的优势。从学理性批评，我们所能获得的，抑或是抵达文学经典和文学史的通道。

第二节　学理性批评之于当下的价值和意义
——结合《文学评论》对文学批评文章的刊用标准和风格来谈

20 世纪 50 年代到 80 年代，即时性的文学批评几乎构成了当代文学研究的全部，我们做当代文学研究史料整理与梳理工作的学者对此恐怕感受尤深。80 年代文学批评的繁荣，也培养了一批青年批评家，这些人多数在我们的大学、科研机构和作协系统。随着当代文学时间跨度加大，20 世纪 90 年代，当代文学研究分化出了文学史的研究；20 世纪 80 年代中期以来，外国文学理论尤其欧美现代文艺理论乃至各种人文社会科学思潮的引进，理论化的文学研究由之有了相当明显的推进；即时性的文学批评依然存在，但更多地让位于"新闻化"特征的批评，这其中，有"推介性批评"——新书新作面世，出版部门组织的研讨会，请批评家写一些评论在媒体上发表；有文化事业单位对作家和作品所作的"扶植性批评"（贵州作协就曾经把贵州省七位代表作家以"黔七峰"来重点推介）；还有近年来颇为流行的"酷评"，这些酷评当然多数是在各种媒体上出现，以纸质媒体和网络为主要媒介，也最容易赚人眼球。在这个当代文学批评历史发展的脉络中，学院批评与非学院批评；学院批评和媒体批评；学院批评和媒体批评、阐释性批评，等等——不同的人从不同角度，可以对批评有很多分类，毋需怀疑的一点是，不管如何分类，学院批评都是文学批评最为重要的一翼。

一、学院批评、学理性批评的当前语境

20 世纪 80 年代以来，文学批评虽则一度繁荣，这种繁荣并没有一直保持直线上升的态势。80 年代，的确是文学批评的一个"黄金时代"，文学批评所培育的大批评论家和学者，今天依然置身在我们的大学、科研机构和作协系统，仍然是从事文学研究和文学批评的重要力量（文学研究所就先后有李洁非、陈晓明、孟繁华）。文学批评也有过相对低迷和沉落的时期，所以连吴亮这样的批评家前辈，也会对张定浩、黄德海的文学批评显得兴奋不已，以"你们的写作，缓解了我长期以来的焦虑"[①]来表示对新晋为批评家的年轻人的嘉许。而且，近年文学批评的再度繁盛和批评家们尤其"80 后批评家"们的崛起，已经不是一种自发的行为，而是有着国家各部门尤其作协相关机构来共同做推手、助益形成的态势和力量。近几年来这种情形尤甚：2013 年，被称为"80 后"批评家元年，因为在这年年底，中国现代文学馆客座研究员第二批启动，金理、黄平、何同彬、刘涛、傅逸尘等入选（"80 后"杨庆祥第一届已经入选）；这年 5 月，中国作协举办"青年创作系列研讨·'80 后'批评家研讨会"，这是首次高级别的针对"80 后"批评家的研讨会；云南人民出版社也首开先河地推出《"80 后"批评家文丛》[②]，这与出版人（周明全）在背后的大力推动恐怕是分不开的；《南方文坛》从 1998 年开始，多年来一直持续推出"今日批评家"栏目，声声势势，有学者（黄发有《"今日批评家"的特色与意义》，《扬子江评论》2015 年第 5 期）已经开始试图从中窥见文学批评场域的变换和文学批评风尚的迁移了……作协、政府宣传部门的介入和有意培育、推举，显而易见，比如，2015 年 5 月 8 日，由中国作协创研部、上海作协、上海市委宣传部文艺处、南方文坛四家单位主办"上海青年批评家"研讨会，集中研讨张定浩、黄德海、金理、

---

① 吴亮：《后来者居上——你们的写作，缓解了我长期以来的焦虑》，"文汇笔会"微信公众号，2015 年 5 月 8 日。

② 周明全：《聚焦 80 后批评家/杨庆祥：以文学批评重构文学现场》，《文学报》2015 年 2 月 7 日。

黄平四位年轻人的评论创作，学院和出版的支持，也紧随其后，陈思和先生主编的"火凤凰新批评文丛"也由北岳文艺出版社推出新的一辑，推出他们四位。各方推手，共同推出和打造了四位上海新锐批评家①。在文学批评新一波繁荣如火如荼之际，甚至连"80后"自己都觉得，"80后的命名在各种争议和纷扰中出炉，十几年来收编了一众写作者(不管是顺从者还是反抗者)，攻占了无数媒体版面"，"由80后的概念往后补推出70后、60后、50后的概念"，甚至连最近的"70后"都成了"这个概念的最严重的受害者，并且产生了他们的焦虑和尴尬"②。新锐批评家们，绝大多数身在大学和科研机构、作协系统、文化部门，尤以大学和科研机构为最，却纷纷青睐能够迅速带来声名、能够引起社会关注度的文学批评样式，对已经发展了几十年的学院批评，持疏离、不满乃至批判的态度。有的抱怨，学院导致"学术评价机制的畸形与学者评奖、项目、论文化生存"，"学术被异化为SCI、CSSCI"③；有的批评家甚至认为，只有"从学院中走出来"，"才能让文学批评充满生机与活力"④；有的人，即使身份是学者或者科研机构研究人员，也在诟病学院派批评，认为学院派批评就是非要硬性写成学术论文的样子(当然，我很感兴趣这些人所意指的"学术论文的样子"是个什么样子)，甚至"四平八稳，无比庄正"也被个别人有意作为学院派批评的标签……我们不回避学院批评有过的一些弊端和存在的问题，连身为从事学院批评的学者们对此也在不断思考和作出诊断。⑤ 作为一名较年轻的现当代文学研究者和学术刊物的老编辑，我尽管也关注媒体批评，但双重的身份，我接触的最多的还是学院派批评。多年的工作经历，使我有机会接触

---

① 参见吴亮：《后来者居上——你们的写作，缓解了我长期以来的焦虑》编者按，"文汇笔会"微信公众号，2015年5月8日。

② 项静：《代际命名：策略与牢笼》，《文艺报》2016年3月21日。

③ 张丽军：《70后批评家，正面临时代的严峻拷问》，《文艺报》2016年3月21日。

④ 李云雷：《青年批评家面临的时代问题》，《文艺报》2016年3月21日。

⑤ 参见高建平：《论学院批评的价值和存在问题》，《中国文学批评》2015年第1期。

了绝大多数全国一流的当代文学学者和中青年学者们的"学院派批评"文章，虽然我也会常常焦灼于大学硕士博士教育日渐"宽进宽出"或者"严进宽出"导致青年学者的文章质量下降，有时也会不满于学者尤其年轻学者不够用心的急就章，但还是会为不时读到和看到的学理性批评文章、为其中的优秀之作而击节称快，也正是由于这些优秀的学理性批评文章，让我忍不住要为学院派批评作些澄清和辩护，这当然不是爱屋及乌的原因，而是多年的专业和职业积累使然。

我同意有的研究者的说法，各种文学批评都有它存在的价值，包括各种样式的媒体（介）批评。但是，在文学批评再度繁盛的今天，重新认识学院派批评，确切地说是学理性批评的价值和意义，非常重要也不容忽视。很多年轻的批评家，不喜欢作学院批评的文章，而恰恰是这些批评家，本身即为大学和科研机构的学者，他们喜欢写更能够表达青年人血肉情感的随性文字，或者向学生、向阅看纸媒网媒的受众，写一些阐释性文学批评文章，让年轻学生和更多普通民众了解当下作品和一些经典的当代文学作品，对读者来说不无裨益。但是，却不能够以相对轻松随意的随性文字，来否认学理性批评、学院批评的价值和意义，也不能认为学院批评就是僵化的、四平八稳的、不具有问题意识和时代担当的，等等。非学院中人，也可以写出富有学理性的批评，而学院中人，也很多在作着或者说在兼作非学院、非学理性的推介式、扶植性批评甚至"酷评"，学院中人所从事的批评并不能够完全等同于学理性批评。但由于目前文学批评从事者以及文学批评自身的现状，学理性批评更多的还是学院中人所从事的学院批评所具备的特征和精神标签。起码就目前来说，学院派的学理性批评，不只不应该被否定、被远离、被贬低，反而应该被提倡、坚持并且发扬光大。学院批评虽然也良莠不齐，却不能因为较差的学院批评文章的存在而否认学理性批评的价值和意义，泼出洗澡水的同时一定不能够把洗完澡的孩子也一起扔掉。也正是由于优秀的学院派学理性批评好文章数量还不够多，才会让很多人只看到了学院批评不好的方面，而没有看到和用心体会学理性批评的精髓、价值和意义。而如果能够从优秀的学理性批评中，找寻它们的特征、属性和优秀品质，对于倡导学理性批评和提高文学批评、当代文学学术研究的水准，让更多从事文学批评的人、学者重拾一种对学理性批评的信心和热望，是一项值得来做的工作。

无论当代文学史研究，还是理论化的当代文学研究(问题的研究)，抑或是带有时效性的对于当下文学的批评(这在《文学评论》当代文学研究曾经的"新作批评"栏目尤为可见)，目的都是阐释当代中国文学的价值，发现、讨论优秀的当代文学作品并使之经典化，从作品、文学现象、文学思潮等的"问题研究"来探讨、反思和解决当代文学发展中的一些问题，并给当下文学创作乃至批评实践本身以启示和思考。尽管选题、研究对象各有不同、千差万别，但是"学理性"差不多是所有优秀学院批评文章共同具备的典型特征和显著特色。学院的学理性批评，所涉及的方面和领域，是非常广泛的，但由于要和时下备受关注的媒体等的文学批评加以联系和比照，我可能会尤为注意联系作家作品的研究这个方面。无论是逐渐经典化的作家作品的研究，还是对当下作家作品的研究尤其是"新作批评"，学理性批评文章，都有着与一般媒体批评文章不同的精神标签，而这学理性，往往也不是四平八稳、无比周正、学究气和死气沉沉的，反而常常是将开阔的文学史视野、敏锐的问题意识、睿意的思考、流畅而近乎美文的行文表述等，集于一身的。

二、史料、材料的支撑和批评学理性的呈现

目前通常意义上的文学批评，由于学者、评论家与文学现场保持即时性互动关系、共同前进，对不断出现的文学新现象、新思潮、新作家、新作品等进行及时、即时的评述与剖析，固然可以为批评家收获即时的声名，但由于与研究对象的共时存在、零距离关系，常常令文学批评以短平快见长，但短平快往往又容易失之偏颇而容易速朽，有学者已经警惕到了这一点并加以反思①。半个多世纪前，朱自清、闻一多力主批评与考据结

① 黄发有：《中国当代文学研究的方法论思考》，《南京社会科学》2012 年第 2 期。

合的研究方法，更多的是基于对传统文献学局限性的反思；而今，从对零距离的、即时性的文学批评作出反思的角度，让批评在一定程度上借鉴传统文献学的方法，更加倚重具体史料和材料的支撑，未尝不是令批评由表层走向纵深的有效路径。

　　当代文学的第一代学人，像朱寨、洪子诚等先生，有着扎实的学养，对史料与材料的重视，是一以贯之的。洪子诚先生从 1999 年的《中国当代文学史》到 2002 年的《问题与方法》，再到近几年的以"材料和阐释""材料与注释"为标题的系列文章，其所追求的言必有据的"历史言说"方式，越来越倚重史料和注释，史料和材料往往占全文 4/5 左右甚至更多的篇幅，为当代文学历史化和实证研究提供了一种切实可行的具体方法和路径，例如，《材料和注释：1957 年中国作协党组扩大会议》（《文学评论》2012 年第 6 期）、《材料与注释：张光年谈周扬》（《文学评论》2014 年第 4 期）。比如前者，文后注释很少，但密实的史料、材料，直接进入了行文、构成了文章本身，此文"对与此次事件有关的材料——包括邵荃麟、冯雪峰、林默涵、张光年、郭小川等人在'文革'刚发生时所写的'交代'、'检讨'材料，1957 年作协党组扩大会上的部分发言内容等——进行了编排和注释，以此了解包含在此一事件背后的人、事背景，并通过对同一事件，不同人、不同时间的相似或相异的叙述，让不同声音建立起互否或互证的关系，以增进我们对历史情境的了解"。程光炜自己所谓的提前把"80 年代作古"，以对"古物"的眼光看待 80 年代、重返 80 年代的文学现场，也是意识到具备拉开距离重新审视当年文学现场的"史家眼光"的必要性和迫切性①。据悉，程光炜主编的 400 万字《中国当代文学期刊编目》即将出版，更为主要的是，他所提出的"重返 80 年代"和"文案辨踪研究"的主张及其实践，对整个当代文学批评和研究，产生了深远的影响。史料、材料的支撑加上学者本人的识见，可以令学理性批评形神俱现。吴秀明的《学科视域下的当代文献史料及其基本型构》（《文学评论》2014 年第 4 期），对几代学人的史

————————

　　① 程光炜：《文学批评的"再批评"》，《文艺争鸣》2016 年第 3 期。

料工作作了梳理，认为"从学科发生史角度看，近一二十年来，在现代文学史料学的影响推动下，当代文学史料整理与研究事实上已在逐步展开，并开始呈现出了某种良性回归与调整的态势"。

重视史料和材料的梳理和意义呈现，在黄发有、李丹、黄平等中青年学者身上，也得到了很好的继承和学脉承传。黄发有的《文学风尚与时代文体——〈人民文学〉（1949—1966）头条的统计分析》（《文学评论》2012年第6期）、《"十七年"文学的计划体制——以〈作家通讯〉的稀见史料为依据》（《文学评论》2015年第5期）、《当代文学的接续与更新——基于〈中国文学艺术工作者第四次代表大会简报〉的文学史考察》（《文学评论》2018年第5期），斯炎伟的《喧哗与骚动：历史转折语境下的全国第四次文代会》（《文学评论》2016年第1期），等等，很有代表性。黄发有通过对《人民文学》在"十七年"头条的分析，让这个时段的文学导向与特征自然呈现，此篇论文也是他专著《中国当代文学传媒研究》的重要支撑性论文。年轻学者，已经不满足于史料、材料的单纯性爬梳和整理，而是对这其中所蕴含的问题，饱蕴自己的会心发现，其文章本身，业已构成深具价值的学理性批评文章。李丹的《遗文，一种特殊的文学批评——以郭小川遗作〈学习笔记〉为中心的考察》（《文学评论》2013年第2期），作者发现了1978年2月到4月的《诗刊》分三期发表了郭小川的遗作《学习笔记》，而它与另一个版本——2000年出版的《郭小川全集》又根据手稿将该笔记收入——之间拥有许多差别。作者对照两个文本，发现《诗刊》对郭小川的原初立场、观点和个性表达作了极大的修改。由具体的材料，发现《诗刊》通过删削修改郭小川的笔记而制造了一个特殊的文学批评文本，也由此刻意地修订出了郭小川的新形象。同时，该笔记与1975年郭小川致胡乔木的"文艺意见书"存在着紧密的关联，该"文艺意见书"又直接影响了诗人的人生起落乃至生死荣辱，而这些信息隐伏潜匿于《学习笔记》的背后，共同铸刻了"时代的烙印"。此文不光入围了第三届唐弢青年文学研究奖，而且甫一刊出，学界影响很大，反馈很多，陈子善先生迅即联系，向作者约稿。李丹另外一篇《论"大跃进"时期"群众史"写作运动——兼及文学工作者心态》（《文学评论》2015 年第 6 期），通过大量史料与详细的材料，对"大跃进"时期，在毛泽东倡导"新民歌"运动的同时，中国作家协会仓惶推出了"群众史"写作运动，作出反思。文章不动声色地剖析了这一运动是如何透露出中国作协对丧失文学核心位置和领导地位的焦虑，也显示出其在政治失序中极力紧跟形势、弥合裂痕、追求和解的迫切。许多学者阅后表示此文让他们耳目新颖，重新了解了一段历史、一段文学史。而李丹的《中国当代文学的征求意见本现象——以人民文学出版社 20 世纪 70 年代的长篇小说为中心》（《文学评论》2017 年第 3 期）也尤以史料、材料的详析和爬梳为长：20 世纪 50—70 年代，长篇小说的创作和出版流程中普遍地存在着"征求意见本"现象。"征求意见本"的类型极为多样化，在作品出版的若干环节中皆有可能出现，并发挥着不同的功能，这在人民文学出版社出版的长篇小说中尤具代表性。从"征求意见本"到"正式出版本"的文本变异中，可以看出出版社的操作边界。而围绕着"征求意见本"，又产生了巨大的张力。"征求意见本"现象深刻地影响了中国当代文学本身，也影响了读者对中国当代文学的认识和评价。这样的批评文章的学理性，是建立在材料的有效支撑之上的，不是即时性批评那样的急就章，材料的爬梳整理和剪裁得当，显示了作者进行文学批评的学养和功力。看似不动声色，而识见毕现。连"80 后"批评家黄平，近年不断有针对当下的文学批评文章发表的同时，也愈来愈重视史料和材料的发现和厘清的工作，他自言深得陈子善先生的影响。黄平《"新时期文学"起源考释》（《文学评论》2016 年第 1 期），论文的价值，作者本人概括得已经非常精准："论文讨论了以往对于'新时期文学'这一概念的考证，并结合新的史料指出'新时期文学'真正有历史性的起源，源自 1978 年春五届人大一次会议所提出的'新时期总任务'。借助'新时期总任务'的相关史料，将'新时期文学'有据可依地编织进'新时期'的历史脉络中，呈现作为'现代化文学'的'新时期文学'的历史内涵。在当下的语境中重返'新时期'与'新时期文学'，意味着如何通过'新时期文学'重新理解'新时期'，理解近 40 年来的'现代化'的起源，这不仅是纯粹的文学问题，而是意味着能否通过文学有效地展示当代中国复杂的历史进程与历史中的我们的生命体验。"

其实，重视史料与材料支撑的学理性批评特征，是《文学评论》多年以来的一个典型特征。在多年的编辑工作中，我曾经将张霖的《新文艺进城——"大众文艺创研会"与五十年代北京通俗文艺改造》(《文学评论》2006年第6期)和李丹的《遗文，一种特殊的文学批评》一文多次介绍给投稿的年轻学者。这两篇文章，在史料和材料的呈现方面，工作绵密细致，不少作者自己独到和会心的发现，在将材料、史料的使用与批评的睿意和新颖发现之间，做到了细密无痕、别有意味。前者，文章通过对"大众文艺创研会"的组织性质、活动方式及其杂志《说说唱唱》进行系统的考察，研究了该会在新文艺的生产、传播中的重要作用。同时，还就普通市民对文艺改造工作的接受、挪用状况进行深入分析，以展现这一文学史进程中新、旧文艺工作者和普通市民三者间复杂的文化互动关系。最近，仍然在某刊某篇，看到有年轻学者在谈《说说唱唱》杂志，由于缺乏必要的、新颖的材料与史料的支撑，反而是更多地搬用西方理论的洋洋洒洒，宛如无根之木，其阐述便多少有点"强词夺理"之嫌，缺乏必要的可信度和说服力。我印象中，通过上面这两篇(尤其是张霖这篇)史料和材料见长的学理性批评文章的影响和启发，文评还刊发了卢军的《从书信管窥沈从文撰写张鼎和传记始末》(《文学评论》2011年第6期)、连敏的《〈新的美学原则在崛起〉修改及发表始末》(《文学评论》2015年第3期)等，作者都是从已刊发的文评文章，获取了治学的理路和学理性要依靠材料支撑、怎样在材料的梳理和发现中，实现作者自己对文学史、对文学现象与问题进行思考并获得独到发现的有效方法。张霖的《两条胡同的是是非非》(《文学评论》2009年第2期)也同样显示了作者在材料和史料运用于批评文章方面的得心应手，对问题、文学史复杂性的呈现，别有深在意味而且独具特色。

很多中青年学者，已经不满足于单纯史料与材料的整理和发现，他们把自己对文学创作的理解、对文学批评的理解和对文学史、批评史以及对文学史研究的理解，融进了学理性批评文章。徐勇《文本编纂与"80年代"文学嬗变》(《文学评论》2015年第5期)，文章通过对选本编纂与20世纪

"80 年代"文学嬗变之间辩证关系的考察，认为选本编纂一方面反映了 80
年代文学的发展进程，另一方面也参与到对 80 年代文学新变的推动过程当
中。作者甚至发现"这一辩证关系充分体现在 1979 年和 1985 年这两个节点
上，就它们之间的关系论，1979 年标志着选本编纂的 80 年代转型，而
1985 年则意味着选本编纂的 80 年代新变"，作者也谨慎提醒"选本编纂并
非直接的文学批评实践，因而其与 80 年代文学嬗变之间的关系，也只能从
这'选'和'编'的关系中加以考察，并不能夸大"。材料的细致和睿意发现
之间，是紧密交织的，作者将自己的发现与对文学批评和文学史的理解贯
穿其间，别有会心。就是偏于述评和材料搜集的文章，学者也都是一方面
重视材料的第一手和全面、完备，另一方面在材料的使用、梳理、叙述和
呈现当中，暗蕴了自己批评的眼光和很多有价值的发现与问题的呈现。借
此，文章往往能够将文学创作和文学批评所蕴含的复杂性、繁富意味，条
分缕析，生动呈现。像王晓平的《海外汉学界对莫言获诺贝尔奖的反应综
述》(《文学评论》2014 年第 2 期)、林敏洁的《莫言文学在日本的接受与传
播——兼论其与获诺贝尔奖的关系》(《文学评论》2015 年第 6 期)，材料的
使用和作者的批评眼光，是镶嵌在一起的，其中暗蕴作者批评立场和对相
关问题很深入的思考。前者，《新华文摘》全文转载，而后者，在研究莫言
文学在日本的接受与传播方面，应该是具有举足轻重的史料和材料价值
的，令许多年轻学者叹佩。

　　多年来，《文学评论》所刊发的很多文章，不止尤为注意了史料、材料
的爬梳和整理，很多时候，史料与材料，都是与文本分析结合的，而且努
力与文本产生的时代语境勾连，将文本还原到当年的文学现场，鲜有离开
当时文学现场而加以作者主观臆断和硬性阐释的做法。哪怕前些年，《文
学评论》尤为重视的对"十七年"文学的研究，也往往是对材料的呈现与把
握，力求第一手，落点在文本，而且努力具有程光炜所说的还原当年文学
现场的"史家眼光"。我印象非常深刻的一篇文章，詹玲的《论〈刘志
丹〉——一部命运坎坷的小说》(《文学评论》2007 年第 1 期)，任何人再度
试图阐释《刘志丹》这部小说，我都会马上想到、很多人也会马上想到这篇

文章，此文当年所产生的学界反响，迄今犹在耳畔……其价值和意义，对于了解这部小说和一段文学的历史、时代语境，是具有典型意义的。另外，像姚丹的《"新人"想象与"民族风格"建构——结合〈林海雪原〉的部分手稿所展开的思考》（《文学评论》2010 年第 4 期），张永峰的《〈三关排宴〉改编与戏曲改革的两个难题》（《文学评论》2013 年第 1 期），等等，这样的文章，史料、材料支撑与学理性批评风格互相呈现，很多同类、对同时段——"十七年"研究的文章，都若是。同样是研究"十七年"文学，讲究学理性，与那种气势和腔调上看似言之凿凿乃至咄咄逼人，甚至像有的学者所言"强词夺理"的地步，是有着根本的不同的，学理性的批评对于文学批评和文学、文学史的研究，应该是更有价值和意义的。

当然，学理性的批评，需要史料和材料的有效支撑；史料和材料的有效支撑，助益形成批评的学理性特征。但是，单纯史料、材料的堆砌，并不是学理性批评，没有问题意识在心，没有发现的眼光，没有文学史的眼光、史料和材料的堆积罗列，是意义不大甚至没有意义的，所以才会有学者明确指出："如今中国大学的中文系，也很少有学者就文学论文学，大家都抱着'科学的态度与方法'对文学史实进行各种方式的考证式的研究，或基于某种时髦理论的义理之阐发。尤其考据式的文学研究如今已成为中国文学'文学研究'的最高旨趣。中国大学的中文系没有从文学角度出发的中国文学研究，殆可断言。"①这份担心，对于纠偏那种极端或者说片面倚仗考据，而走向了以"科学的态度与方法"进行考证式研究的批评路数，是有好处的。但对于很多年轻学者来说，从材料与史料的基本功入手，重视学养积累，作文先做到言之有物而不是信口开河，不无裨益。而且很多学者在对第一手史料和材料追索的过程中，掀开材料的碎片，常常有可贵的发现和会心之处。郜元宝以他不无针砭时弊的言辞，确实提醒、警示文学还是应该就文学论文学，单纯以"科学的态度与方法"进行考证式研究，不

---

① 郜元宝：《"德、赛两先生"所遮盖的鲁迅的"问题"与"主义"》，《探索与争鸣》2015 年第 8 期。

好；"基于某种时髦理论的义理之阐发"，也一样离开了文学本身。回到文学本体，这本来应该是每一个文学批评者理应具备的基本素养，而今却似乎成了文学批评应该亟待解决的问题。

三、理论的接地、及地、在地与批评学理性的呈现

学院派批评，较之一般的即时性文学现场的文学批评，更重视理论的素养和理论的深度探讨。学理性批评，更多的是由我们的学院派批评带来的，真正的学院派批评应该是学理性批评，但有些学院派批评过于凑泊理论或者片面追求所谓的理论深度，也有违学理性批评的真谛，有时候会为学院批评招来一些非议。学院批评重视理论，是有渊源和背景的。20 世纪80 年代中期以来，外国文学理论和各种人文社会科学思潮大量引进，对我们当代的文学批评视野和方法都发生了不可估量的影响，起了重要的作用。但近年，也一度带来了不太好的几种倾向，学院批评文章中可以见出这些问题：第一，套用西方理论来阐释和解读当代作家作品，形式主义、结构主义、心理分析批评、女性主义批评、新历史主义批评，等等，引进中国的同时，令我们的学者一度很喜欢生搬硬套一些西方文艺理论名词、概念和具体的理论，现在也依然存在这个问题，很多青年学者的文章就更加明显，摘录一段理论或者著作中的话，再从作品中找相应的例证，所引的话，作者自己对原意的理解也是似是而非，甚至完全相反。有时候，文章像开中药铺，一二三四、甲乙丙丁，等等，至于例证是否与其所引用能够形成对应、作品文本是否可以这样阐释，作者是不作过多考虑的。第二，一度流行的跨界研究也给文学批评或者说文学研究带来了不好的倾向，社会、文化、民族、政治、经济等方面，都进入了学者的视野，文学研究在向文化研究、社会学研究过渡，身为文学研究者，却更多地关注了其他学科的内容，像哲学、历史学、经济学等的内容，有些文章，已经脱离了文学研究和文学批评本身，像是经济学或者说社会学的研究论文，偏于文化研究的论文也为数不少。

种种情形之下，2016 年《文艺报》再度开设专栏讨论，呼吁文学批评

"回到文学本体"，让我们从最基本的文学要素——语言、形式、结构等方面——开始，重新探讨作品的价值和问题。虽然未见得在引导文学批评回归文学本体、回归文学本身方面，发挥了多大的作用。但对于文学批评的时弊和远离文学本身的文学批评，还是有针对性和现实意义的。

文学批评写作者学习了大量的西方文艺理论乃至哲学方面的知识，是否就可以写出学理性的批评文章呢？答案是否定的。虽然有很多的批评名家是从文艺理论专业出身的，文学批评文章也做得很好很出色，像陈晓明、南帆等人。但他们的出色，是建立在对西方文艺理论知其然又知其所以然的基础上，建立在他们对中国当代文学创作实践和批评实践熟稔于胸的基础之上的。哪怕非常杰出的评论家陈晓明老师，文章圣手，也经历了一个从"陈后主"到其文学批评"落地""在地"的一个过程。接触过许多文艺理论(也包括其他学科)出身的年轻学者，转作当代文学研究和批评文章，可以写出很多脍炙人口的专栏文章，在踏踏实实坐下来，写作学理性批评文章的时候，就遭遇了前所未有的困难和遇到阻碍。有学者直言不讳，仍然要花很多的时间，去补文学史的课，去补批评史的课，更要补作品阅读的课。文学批评，哪怕即时性的当下作家作品的批评，对评论者的眼光识见和学养，也是一种尖锐的考验。

不管怎样，许多20世纪80年代成名的批评家，都好像不无缅怀地说所谓的"批评的黄金时代"已经一去不复返，那是一个批评话语自成体系、龙飞凤舞的时代(陈晓明语)，近几年在"80后批评家"们的崛起当中，批评是否仿佛又迎来了黄金时代或者白银时代？都不好说。但陈晓明所认为的——80年代由于摆脱了文本的束缚，理论批评终于获得了无边的自由，而20世纪90年代后期开始，"文学理论与批评更倾向于理论，并且转向了文化研究"，"文学理论与批评离文学更远，这仿佛是不争的事实"——这样一种情况，近年仿佛又再度成为一种风向，就是批评和理论离开了文学本身。但是，批评与理论应该"回归汉语文学本体"，陈晓明下面这段话针对近年的文学创作和批评，是恰如其分、富有总结性和启发意义的："今天汉语文学经历80年代以来对西方现代文学的借鉴学习，在90年代转向传统和民间的路径中，确实形成了大量新的经验。在这些创作中有成功的经验，也有可反思的经验；有与西方现代文学深入对话的作品，也有更为偏执地回到传统中去的文本。在传统与现代、汉语言特性与现代意识、民间的原生态与现代主义小说技巧等诸多方面，可发掘的学理问题当是相当丰富复杂。"①

　　基于此，陈晓明会结合对《老生》《繁花》等作品的探讨，反思中国当代文学理论和批评为何往往会贬抑形式探索，一直赞赏那些"看不出"形式意味的、回归传统的作品，他认为 20 世纪 90 年代以来中国小说有一个恢复传统的趋势，但在他看来会离世界尤其西方的小说经验愈离愈远，他认为中国现代小说仍未获得现代形式，他认为当代中国小说应该对传统与创新有更深刻的认识，"汉语小说创作不只是要从旧传统里翻出新形式，也能在与世界文学的碰撞中获得自己的新存在，从而介入现代小说的经验"②。陈晓明的理论思考和阐述，是结合近年最新作家作品，文本分析细致而入微，所有思考和探讨是接地、及地、在地的。

　　与陈晓明这番思考相对维度的学理性思考或者说回到文学本体的另外一种维度的接地、及地、在地的理论探讨，是重新思考当代文学与传统经验、传统文学资源的关系。张清华的《"传统潜结构"与红色叙事的文学性问题》(《文学评论》2014 年第 2 期)就是一篇从红色叙事"文学性"问题层面谈文学与传统的关系问题。文章认为：重建红色叙事的文学性研究，需要我们从无意识结构切入。所谓"传统潜结构"即是隐藏于革命文学中的老模式与旧套路，作为民族根深蒂固的集体无意识，它们经过改头换面，又在时代与意识形态色彩的装饰下再度复活，大量潜伏于这些叙事之中，并且成为支持其"文学性"的关键因素所在；提升革命叙事之研究水准的途径在于透过叙事学与精神分析的研究将这些"传统潜结构"挖掘出来，找出其与古典小说之间的关系，归纳出其若干叙事的模型与母题、结构与功能要

---

　　① 陈晓明：《理论批评：回归汉语文学本体》，《文学评论》2015 年第 3 期。
　　② 陈晓明：《我们为什么恐惧形式——传统、创新与现代小说经验》，《中国文学批评》2015 年第 1 期。

素;"传统潜结构"的分析方法,需要结合叙事学、结构主义、文化诗学与细读理论等,从内部梳理红色叙事与传统结构与母题之间形形色色的改装关系,并且建立若干分析模式;在此基础上,可以重新鉴别并调整原有的经典化秩序,将当代文学的知识谱系、评价尺度予以重新规划,以尝试重建一个真正具有"文学性"原则与含量的当代文学史。

而李遇春的《"进步"与"进步的回退"——韩少功小说创作流变论》(《文学评论》2014年5期),已经开始结合某位当代作家绝大多数创作实践,来作当代文学与传统关系之理论思考和探讨,文章认为,韩少功在新时期之初以认同西方的"进步主义"姿态登上文坛,但他随后走上了以反思现代性为前提、以中西融合为目标的"进步的回退"的文学道路。在李遇春的《"传奇"与中国当代小说文体演变趋势》(《文学评论》2016年第2期)文章开篇即提出:"长期以来,我们习惯于从外国文学角度审视和评判中国现当代文学,而有意无意地忽视了对中国现当代文学与中国古代文学传统之间内在关系的深入考察,这显然是一种单向度的学术研究路径,需要中国现当代文学学科内部做出及时的调整。如今我们必须破除那种'成见',即把中国现当代文学纯粹视为外国文学的中国翻版或曰东方支流的理论预设,进而从古今文学演变的角度深入探究中国现当代文学与中国古代文学之间的深层血缘。"文章认为:中国当代小说60几年来的文体变迁一直与中国古代小说的"传奇"文体传统之间存在着或显或隐的艺术关联。中国古代小说的"传奇"文体以史传性为核心,兼具抒情性和哲理性,属于"文备众体"的"跨文体"写作。在20世纪50—70年代,中国革命作家在文艺民族化和大众化方向下集体进行中国古代小说"传奇"文体传统的创造性转化,其中最醒目的是"革命英雄传奇"与"农业合作化小说",二者以或明或暗的方式转化了明清通俗"后传奇"的中心主义树状人物结构模式,但存在着"奇"(情节性)过于"传"(史传性)的流弊。进入改革开放以来,中国作家在吸纳西方现实主义、现代主义和后现代主义文学观念与技法的同时,也在以不同的方式创造性地转化中国古代小说的"传奇"文体传统,中西融合成了中国作家普遍的小说文体追求。从晚年孙犁和汪曾祺的新笔记小说到"右派"作家的文化民俗小说，从"寻根"作家的小说到"新写实"作家的小说，从"先锋"作家的小说到"后先锋"作家的小说，从历史小说到新（后）革命英雄传奇，无不取径于民族的传奇文体资源与西方小说美学的化合。它们或者直追汉魏六朝"前传奇"的古雅简洁文风，或者借镜唐人传奇的诗化小说或散文化小说的精英文人趣味，抑或借用明清长篇"后传奇"的中心人物树状结构模式和多元人物块茎结构模式，但无不以野史杂传为宗，以抒情和哲理交融为境，具有广阔的文体现代转换空间。

理论的接地、及地、在地，还要求理论与材料、理论与文本分析的水乳交融，不照搬或者断章取义地使用西方文艺理论和各种贴着"外国"铭牌的理论。理论是学理性批评往纵深开掘的有效手段和途径，却不应该成为炫技手段、令批评走向了"基于某种时髦理论的义理之阐发"的歧途。陈晓明、郜元宝等批评名家的文学批评，理论并不是他们的目标和目的，只是他们手法灵动、刀刀见巧的"庖丁解牛"的解牛之解法，理论是潜于行文当中的，看不到理论的生硬嵌套。富有理论深度和行文中几乎看不到单独的理论阐发，本应是学理性批评并行不悖的两个方面。西方文艺理论和各种人文社会科学思潮，包括借鉴其他学科的方法，对我们研究中国文学很有助益，但总还要回到文学，回到文学本体。现在的批评文章，走出了文学，在所谓的"理论"丛林乃至密林，绕了一圈，回不来了的现象，比比皆是。但也有学者，在文学批评中，尤为注意了理论的接地、及地和在地，能够巧借西方文艺理论来令其学理性批评往纵深拓展。能够走出去，又能回得来，而且走走得得体，回回得巧妙，就尤为可贵和难得。刘旭的《隐含作者与虚构：赵树理文学的深层结构分析》（《文学评论》2013 年第 3 期）从后经典叙事学出发，分析赵树理文学叙事模式的超越性意义，从隐含作者和预期受众角度发现赵树理的乡村和农民定位，分析赵树理超越同期的解放区文学的叙事语法规则。刘旭的《汪曾祺小说的叙事模式研究："汪氏文体"的形成》（《文学评论》2015 年第 2 期）运用后经典叙事学理论和文人意识形态分析法，认为汪曾祺小说的重大价值在于其独创了"汪氏文体"，它在叙事模式上表现为：一是叙事特征散文化，文本表现为风景大于人物，风景和人物客体化。二是叙事视点固定化，叙事过程中几乎没有现代小说的视点转换。三是隐含作者被动化，隐含作者相对于外部世界是一个被动的观察者。四是虚构的淡化，不断地重写和自我重复是方法之一。上述所有特征最终形成"汪氏文体"的先锋性——上联明清小品文，下系后现代主义，与自由式文人意识形态相合，给当代汉语写作带来无限的启示。大量借用西方后经典叙事学的理论，却免除了时下很多批评文章理论与文本两层皮的弊病，理论让批评者更加深入地进入了文本，理论让作者的文本分析和文本细读，拥有了别样的角度、维度和有效性，细致入微又兼获深度，是理论助益文本细读与分析的范例。

四、文本分析、文本细读与批评学理性的呈现

学理性批评离不开文本的解读，也就是广义上的文本分析，史料、材料分析与理论的落地和在地，往往也要和文本分析相结合。而文本分析尤其文本细读，在文学批评中的重要性，已经为陈思和、程光炜、陈晓明、孟繁华等学者和批评家意识到并且反复阐说乃至切身力行。陈思和认为："我这里说的文本细读，是一种特殊的分析文本的方法。就是说，评论家把作家创作的文本看作是一个独立而封闭的世界，可以像医学上做人体解剖实验一样，对文本进行深度拆解和分析，阐释文本内部隐藏的意义。"①程光炜是："最近三四年，在正常教学和科研工作之外，我陆续写过一些最近三十年重要小说家作品细读的文章。"②陈晓明则是用了整整八年时间，完成了专著《众妙之门——重建文本细读的批评方法》，孟繁华认为他"试图用细读的方法构建中国新时期以来的文学经典的努力，还是有迹可循的"。文本细读有多重要呢？陈晓明在书的导言就已经开宗明义，"中国当代文学理论与批评一直未能完成文本细读的补课任务，以至于我们今天的理论批评（或推而广之——文学研究）还是观念性的论述占据主导地位。中

---

① 陈思和：《文本细读的几个前提》，《南方文坛》2016 年第 2 期。
② 程光炜：《文学批评的"再批评"》，《文艺争鸣》2016 年第 3 期。

国传统的鉴赏批评向现代观念性批评转型，完成得彻底而激进。因为现代的历史语境，迫切需要解决观念性的问题"，这几乎是陈晓明结合自己的批评实践而发出的感同身受的体会和总结。他已经意识到并且强调文本细读的重要性："在当今中国，加强文本细读分析的研究显得尤为重要，甚至可以说迫切需要补上这一课。强调文本细读的重要性的呼吁，实际上从80年代以来就不绝于耳，之所以难以扎扎实实地在当今的理论批评中稳步推进，也有实际困难。"①对文本细读在理论批评中的推进难度，孟繁华也深为认同："这个困难不只是说，观念性的批评经过半个多世纪的浸淫，其惯性强大而难以改变；而文本细读的批评在西方已经日益式微，这个源于西方也式微于西方的批评方法，对热衷于追新逐潮的中国批评界来说其吸引力也逐渐失去。"的确如他们所说，强调和坚持文本细读的研究方法，在时下常常理论先行、观念先行的批评风气中，难度很大。但也恰恰是文本细读、文本分析，可以作为一种批评方法，是助益批评学理性呈现的有效手段。

时下各路文学批评尤其针对当下写作的即时性文学批评，观念性批评浸淫导致的弊端是那样地清晰可见。很多的批评文章，文本分析、文本细读的外衣下，行的依然是观念性批评之实。而且，即便看似通篇是在作文本分析、文本细读，批评者也有可能在理论尤其观念的路径上愈行愈远……很多批评者甚至来不及细细读完作品，就开展起了无比细致的"文本细读"，从他们常常错误地阐释和陈述作品的一些细节、情节，就可以知道作者并没有真正地进行文本细读。这种并没有细读过文本的"文本细读"文章，量大而且来势汹汹。这样的文章泛滥，尤其令我们对当前的批评现状备觉堪忧。

文本细读的方法，陈思和、程光炜、陈晓明等人的主张，各有不同也各有侧重点。陈思和、程光炜都强调直接读作品、不受他人对作品解读和

---

①　陈晓明：《重建文本细读的批评方法》，《众妙之门——重建文本细读的批评方法》(第二版)导言，北京大学出版社2016年版，第1、3页。

研究影响的重要性。① 这种主张，很有合理性。但是学理性批评的文本细读，可不可以有这样一个前提和路径呢？在文本细读一部作品之前，至少要认真仔细读完这部作品，这恐怕还不够，尽量熟悉这个作家此前的所有作品，如果时间允许的话，最好将作家此前的作品全部通读、重读一遍。在研究一位作家之前，大量浏览或者研读已有的研究资料。这样，至少可以免除这样一种情况：自己所写和自以为是"新颖的发现"，其实别人已经写过，甚至写得比自己还要深入、还要更好。然后在以上所说这些细致工作的基础上，再作出自己的文本细读、文本分析，若能如此，往往既可规避重蹈别人覆辙，又可令自己的文章达致更深入乃至深邃的批评深度，令文章呈现学理性批评有价值和富有深度的一面。很多学者，在文本分析文本细读之前，往往都是做足了这方面的功课。有的学者，会在写文学批评，甚至只是一篇作家新作的批评文章之前，再次通读作家所有作品或者说重读其绝大部分作品，然后再寻找切入的角度、维度和论题。这样的批评文章，很费工夫，却可令文章免于具有通常的即时性批评文章常常无法免除的弊病，文章更加耐读，更具学理性，而且往往对于文学创作和文学研究本身，更具有批评的价值和意义。郭洪雷的《讲述"中国故事"的方法——贾平凹新世纪小说话语构型的语义学分析》（《文学评论》2015 年第 1期），作者用了足足 3 个月的时间，心无旁骛，再次通读了所有贾平凹所有作品，才得以选题和开始写作。何平的《中国最后的农村——〈极花〉论》（《文学评论》2016 年第 3 期）虽然是对于作家新作的批评文章，但是作者几乎重读了贾平凹所有作品。

陈晓明的《在历史的"阴面"写作——试论〈长恨歌〉隐含的时代意识》（《文学评论》2013 年第 6 期）是重读王安忆《长恨歌》并予以"旧典重释"的文学批评。文章认为："王安忆在《长恨歌》里反复描写阴影、暗处和阴面的表意策略，揭示它不仅仅是表达了一种特殊时期的怀旧情绪，还可以看

---

① 陈思和：《文本细读的几个前提》，《南方文坛》2016 年第 2 期；程光炜：《文学批评的"再批评"》，《文艺争鸣》2016 年第 3 期。

出它所折射的更为复杂的时代意识。对阴面的书写可能意味着在历史阴面书写，它表达了一种与现实疏离的、无法给予肯定性的态度。但是，王安忆更愿意选择在肯定性的意义上来表现现实，这就使她不能停留在《长恨歌》创造的美学经验上。她随后在创作中对现实感的追求，对未来指向的理解，是否真正开启了自己的创新路径，这依然是一个值得疑虑的问题。通过王安忆的创作，也可以思考 20 世纪 90 年代以来中国作家处理现实的态度和方式"。文章牢牢立足《长恨歌》作品文本的分析，又能够随时抽身出来，以俯瞰的眼光来提出问题和探讨问题，同时兼具文学史的眼光和视阈。甚至联系陈忠实《白鹿原》和贾平凹《废都》以及王安忆其他作品，指出了 20 世纪 90 年代知识分子和作家的思想困惑与写作难题，饶有意味地指出，在历史的"阴面"并非王安忆本人所喜欢的，但正是为王安忆和上海评论界不太喜欢的《长恨歌》，却是读者和研究者所最为喜欢的她的作品——"不管如何，遭到王安忆自己和她的上海同仁否定的《长恨歌》，目前可能还是最受读者和研究界欣赏的，虽然这不是王安忆所愿意接受的，但这是一个事实。这究竟是因为围绕《长恨歌》的经典化工作更为充足，还是因为这部作品本身包含了某种文学品相？至少在我看来，在 20 世纪 90 年代初历史歇息的时期，写作《长恨歌》的王安忆没有那么明确的历史意识，没有强烈的要给历史下论断的企图，没有那种把握住现实走向的信心。她呈现阴面，加不了那么多的东西，想不了那么多的大是大非的问题，她只专注于她的'感性和诗情'，故而有某种气质散发出来。固然，阴面并非什么永久的正当的栖息地；但是站在阳面，而对八面来风，作家就果真能够保持明晰、确定的现实意识了么？这就是中国当代文学的难题所在。"文章结尾的这段话，意蕴多层而繁富，值得我们细细品味，可以引发我们许多深入的思考。学理性的批评，价值和意义，大抵如此和在此吧。

再比如，徐勇的《以象征的方式重新介入现实——论苏童〈黄雀记〉的文学史意义》(《文学评论》2014 年第 2 期)，陈晓明的《他"披着狼皮"写作——从〈怀念狼〉看贾平凹的"转向"》(《文学评论》2015 年第 1 期,《新华文摘》全文转载），郜元宝的《为鲁迅的话下一注脚——〈白鹿原〉重读》（《文学评论》2015 年第 2 期，这是一篇在提出问题、揭示问题并对当代文学写作作出反思做得非常细致绵密和鞭肌剔骨非常深入、到位的文章），等等，都是文本分析、文本细读做得非常好的文章。从中可以窥见批评的学理性，如何倚借文本分析、文本细读并最终得以呈现。而且，很多学理性批评文章，耐读之外，也好读，是有点美文特征的论文，行文流畅，笔法清健，不乏鞭肌剔骨的深刻和睿意。

做好学理性批评的文章，在实际的批评实践中，选题和角度也很重要。比如，同样是对余华小说《兄弟》的评论，单纯地无原则地吹捧和一味地"给余华拔牙"予以棒杀，都不足取不可取。有没有人从特别的、别样的、能够开拓不同维度和视阈的角度来分析剖析《兄弟》呢？董丽敏在《当代文学生产中的〈兄弟〉》（《文学评论》2007 年第 2 期）中认为，当代文学与以出版为核心的文学生产机制存在着密切的关系。20 世纪 90 年代以后，中国文学的生产机制发生了巨大变化。余华的《兄弟》，相当程度上印证了以出版为核心的文学生产机制的变化对文学产生的影响。包括出版政策、编辑、作家、读者、媒介、批评家等因素在内的当代文学生产机制，为制造文学畅销书，吸纳/调和/消解了各种文化势力之间的冲突。《兄弟》无论在主题、人物，还是结构、叙事等美学追求上，都自觉地回应了当代文学生产机制转变的要求，使其无法被简单地纳入 20 世纪 80 年代以来的新批评格局。

在这种种情形之下，我们希望的是什么样的文学批评呢？能够立足文本又不局限于文本，可以以小见大以一斑窥全豹，能够发现问题解决问题，即便不能够立即解决问题起码具有"问题意识"并可以以问题来给创作和研究以启示和思考，能够在谈论具体文学作品时候兼具文学史的眼光和开阔视阈，实现西方文艺理论接地气和"在地"的学理性批评。做文学研究，无论是偏于文学史的研究，还是偏于问题、现象、逐渐经典化的作品研究，抑或是即时性文学批评，唐弢先生的文学批评精神——注意史料与史论的结合、材料分析与审美分析并重，严谨实证的学风和清新刚健的文风，等等，依然是我们做现当代文学研究学人哪怕是当代文学批评所应该秉承的传统，应当视为己任，肩负并传承下去。对于有着已逾60年历史的《文学评论》，文评老前辈们说到文评刊用文章的标准和特色，可能无一例外都会想到"学理性"标准。总而言之，学理性批评，对于当下，及至未来仍然而且非常具有价值和意义。

第三节　与时代同行的学理性批评
——以《文学评论》看中国当代文学批评五年（2013—2017年）来的发展

1957年3月12日，《文学研究》创办，为季刊。1959年2月，《文学研究》改名《文学评论》，为双月刊。这一更名，也可见刊物对于文学评论的重视，是自创刊伊始就有的。2017年，风雨一甲子，《文学评论》一直被中国文学研究界视为最权威、最有影响力的中国文学专业学术刊物，在当代文学研究和批评方面，她也一直引领着学院派学理性批评的风向标。在学院批评颇受到大家"僵化的""四平八稳的""不具有问题意识和时代担当的"等疑问的时候，《文学评论》却既很好地保持了她的学理性特色和她一贯坚持的学术标准，又能够关注当下、贴近文学现场，迅即反映并对创作领域的新作、新思潮和新现象加以学理性批评。恰恰是在2013年开始，院、所领导都指示《文学评论》要更多地关注当下的文学现场、关注并及时反映当前作家的创作与新作、对当代作家的经典作品进行经典重释。反映文学现状、与时代同行——正是《文学评论》五年来（2013—2017年）所刊发的当代文学批评文章所体现出的新质和当代文学版块最显著的变化，可以说《文学评论》当代文学主版块和当代文学所开设的"新作批评"栏目完整呈现出了这一变化。与时代同行的学理性批评，不同于与文学现场零距离的即时性文学批评，常常是将开阔的文学史视野、敏锐的问题意识、睿意的思考、流畅而近乎美文的行文表述等集于一身，这是其显著的特色。

2013年开始刊物的最大变化，莫过于文学"评论"编辑方针的再度彰显。及时反映新作，是最为显著的变化之一。此前也关注新作，但数量较少仅是置于当代文学主版块并且偶见而已。2013 年开始，有了"新作批评"栏目，虽然不是每期都有，但反映新作的力度是显见的。2013 年仅有第 6 期有 2 篇"新作批评"，2014 年的新作批评已经增至 12 篇、最满的负载量。2015 年 6 篇、2016 年 6 篇、2017 年同样降低了新作批评的热度——也显示了《文学评论》在反映新作的时候，是持谨慎态度的，学理性批评与专做现场的即时性批评毕竟不同，不宜一味追求速度和短平快的热效应，对评论对象和评论本身是否达到了相关的学术水准和是否一种学理性批评，还是有考量和讲究的。五年时间里，《"新乡镇中国"的"当下现实主义"审美书写——贾平凹〈带灯〉论》（张丽军）、《以象征的方式重新介入现实——论苏童〈黄雀记〉的文学史意义》（徐勇）、《方方的文学新世纪——方方新世纪小说阅读印象》（於可训）、《抒情性：走在文学的回乡路上——略论迟子建小说创作的当下意义》（杨姿）、《传统文化人格的凭吊与重塑——论刘醒龙的长篇小说〈蟠虺〉》（洪治纲）、《〈认罪书〉：人性恶的探寻之旅》（沈杏培）、《倾情于"人类的心灵能够共同感受到的东西"——论铁凝近期的文学创作》（贺绍俊）、《退守中的坚守与超越——论张炜的近期小说创作》（贺仲明）、《中国最后的农村——〈极花〉论》（何平），等等，令《文学评论》再度贴近了文学现场和能够迅即反映创作现状。

有的新作批评文章，仍然置于当代文学主版块，比如《"超文体"写作的意义——以黄永玉〈无愁河的浪荡汉子·朱雀城〉为例》（卓今）、《乡土的哀歌——关于〈老生〉及贾平凹的乡土文学精神》（谢有顺）、《站在不远处看待危险的自身——张翎的新长篇〈流年物语〉分析》（卓今）等，虽都是置于当代文学主版块，但毫无疑问也都是"新作批评"的评论文章。而有的关乎新作批评的文章，涉及文学现状中的重要新质和重要问题，在当代文学主版块，也是分量较重的文章，比如《重构宏大叙事的可能性——以〈麦河〉〈祭语风中〉〈己卯年雨雪〉为考察对象》（周新民）、《先锋文学续航的可能性——从吕新〈下弦月〉、北村〈安慰书〉说开去》（吴俊）等。新作批评文章有没有单列不重要，重要的是《文学评论》一改已持续一段时间的漠视文学现场甚至有意与文学现场拉开距离的做法，重新关注新作，而且《文学评论》"新作批评"栏目的开设，并不是说为新作就另行制定了另外的、较低的刊发标准，新作批评能够既可以放于当代文学主版块，也能放于专门的"新作批评"栏目，正说明《文学评论》对新作批评与对其他当代文学评论和研究文章，学术标准和学理性要求，是一致的。不是每期都有，也正是对于新作批评文章评论对象和评论本身的学理性要求，都较为严格使然。在前面所列举新作批评文章中，有些是颇富有意味、很有意义和价值——恰反映了《文学评论》2013 年以来当代文学批评文章的新变。於可训的《论方方近作的艺术》发表于《文学评论》1993 年第 4 期，新作则发于 2014 年第 4 期，一位评论者，时隔 21 年再度发表对同一位作家近作的评论；杨姿的文章，距离《文学评论》此前所刊发的关于迟子建创作的评论文章，时间可谓久矣，意义也非同寻常。而何平的《极花》论，也以学理性批评为显著特色，后知作者为了写这样一个新作的评论，用了几个月的时间再次通读贾平凹的几乎所有作品。《极花》原发《人民文学》2016 年第 1 期，何平的评论发表于《文学评论》2016 年第 3 期——《文学评论》反映新作的学理性批评文章，可谓神速，但文章又显然不是时评、快评类文章。作者提前阅读作家手稿，整个评论的阅读、思考和写作准备期，据说用了几个月的时间——正是由于这样的厚积，才使学者、评论家在看似快评的时间段里，写成了一篇既有评论的新锐之气、走在新作评论前沿，又兼具学理性的评论文章。沈杏培对于乔叶《认罪书》的解读，能够避开评论者往往局囿于作家和作品是在对那段特殊历史时期作出反思的窠臼，独辟蹊径，提出乔叶的《认罪书》是一部意在探究中国普通人的恶和罪的文本。而且能够认识到《认罪书》中个体"罪感"的缺失、复仇叙事对"认罪"叙事的挤压、救赎之路的虚妄等问题，显示了学理性批评的思考向度。

除了新作批评，旧典重释的文章，也多出彩。例如，陈晓明的《在历史的"阴面"写作——试论〈长恨歌〉隐含的时代意识》，是重读王安忆《长恨歌》并予以"旧典重释"的文学批评；郜元宝的《为鲁迅的话下一注脚——〈白鹿原〉重读》，不仅是从反思道教文化的角度来重读和重释《白鹿原》的文章，同时也对当代文学写作作出反思达致非常细致绵密和鞭肌剔骨的程度；贺仲明的《一个未完成的梦——论柳青〈创业史〉中的改霞形象》，通过经典重释，来思考改霞形象与柳青文学梦想、文学与时代之间的复杂关系，等等。大学里，当代文学研究领域往往将文学史研究和文学批评分得很清楚，做文学批评常常被视为就是在做文学现场的即时性批评。在《文学评论》所刊发的当代文学版块的文章，当然也大致包含文学史的研究、与时下更为切近的文学批评文章，但正是由于学理性的坚持和强调，《文学评论》当代文学版块所刊发的文章，其实都可以谓之是一种广义的文学批评。偏于文学史研究的文章，也并不是单纯地在述史，而是要从史料、材料和新发现当中，反映新发现和新问题，这项文学史重构的工作，往往是蕴含着敏锐的批评眼光、批评意识的。年轻学者李丹五年来的 3 篇论文，就很具有代表性：《遗文，一种特殊的文学批评——以郭小川遗作〈学习笔记〉为中心的考察》《论"大跃进"时期"群众史"写作运动——兼及文学工作者心态》《中国当代文学的"征求意见本"现象——以人民文学出版社 20 世纪 70 年代的长篇小说为中心》。问题、思潮、现象的研究，又无不是从作家与作品而来、牢牢立足作家作品的解读和重释。《文学评论》当代文学版块文章，没有单纯的不涉作家作品和具体史料、材料的理论批评的文章，而作家作品的研究，又因兼具文学史视阈与问题意识，而与以时评、快评著称的即时性文学批评拉开了距离。

无论当代文学史研究，还是理论化的当代文学研究（问题的研究），抑或是带有时效性的对于当下文学的批评、对新作的批评文章，目的都是阐释当代中国文学的价值，发现、讨论优秀的当代文学作品并使之经典化，对已经经典化的作品重释可以深化文学史研究和重构文学史。而从作品、文学现象、文学思潮等的"问题研究"来探讨、反思和解决当代文学发展中的一些问题，能够给当下文学创作乃至批评实践本身以启示和思考。尽管选题、研究对象各有不同、千差万别，但是"学理性"差不多是《文学评论》当代文学批评文章的共性。

重新重视作家论作品论的价值和意义，也是五年当中《文学评论》当代文学批评文章的一个显著特色。《文学评论》2015 年第 1 期的"贾平凹研究专辑"与 2017 年第 1 期的"莫言研究专辑",显示了刊物在作家作品研究方面的集束用力,作家的选取和评论文章本身都是很有代表性的,呈现出在该作家的作家论作品论研究方面的深度拓进。很多学院学报不刊发作家论作品论,认为这样的批评文章质量不高、不够学术,似是短见。《文学评论》以她对作家论作品论的重视和所刊发的优秀文章,说明作家作品研究不一定就是口水文章,也并不就是印象式、读后感式地解读作品。作家作品研究对遴选出经典作品,对当代文学经典化意义重大,而且经典的重释还可以进一步健全学术谱系和进行文学史的建构与重构。重识作家论作品论与文学批评的价值与意义,对于当代文学经典化和文学史的建构、重构,都非常重要。《文学评论》当代文学批评文章五年(2013—2017 年)的变化当中,通常意义上的作家论和由经典作品的重释、新作批评出发的实际上是一种建立在作品阐释和讨论研究基础上的作品作家论(或许也可以说是一种广义的作家论),是其中最为重要的两个方面。

　　《文学评论》所刊发的作家论作品论,大致包括以下几个方面:第一,对于一代作家和许多作家的整体性研究。由于作家本身创作气质禀赋和艺术特征千差万别、同一个作家本身的创作也会不断嬗变,对一代和许多作家的整体性研究,难度是显而易见的。但是,能够回到文本的对于作家的整体性研究,还是非常有价值和意义的。像谢有顺的《"70 后"写作与抒情传统的再造》、翟文铖的《大众文化影响的焦虑——"70 后"作家创作的"通俗化"倾向探讨》等。这样的批评文章能够写得既具学理性又不失批评的睿意与锐气,与学者、评论家对文本的熟谙有关,离不开细致而言之成理又令人信服的文本分析,更要有文学史的眼光和问题意识。第二,对于一个作家一个时间段的文学创作的整体性研究。比如,郭洪雷的《汪曾祺小说"衰年变法"考论》,李遇春的《"进步"与"进步的回退"——韩少功小说创作流变论》,梅兰的《格非小说论》——从精神困境、日常生活、审美抒情、欲望等方面阐释了格非 30 多年的小说创作,等等。第三,针对作家创作当中的某个精神的维度和问题、所作的作家论。这样的作家论,是既深具问题意识,又有对于作家整体创作的熟知和把握,而且是基于文学史的眼光和视阈之上的。例如，曹霞的《"异域"与"历史"书写：讲述"中国"的方法——论严歌苓及其创作转变》、颜水生的《论张承志的风景话语及意义》等。第四，由某部作品而生发的作家论。像陈晓明的《"歪拧"的乡村自然史——从〈木匠和狗〉看中国现代主义的在地性》、张冀的《心灵世界的精神荒原——〈遍地枭雄〉再解读兼论王安忆的创作症候》等。第五，就是新作批评栏目和当代文学主版块的新作批评文章。

《文学评论》五年（2013—2017 年）当中的当代文学批评文章，还显示了不同学科学术前沿的互相借鉴和互有启发。如李遇春的《"传奇"与中国当代小说文体演变趋势》，就是受古典文学文体学研究的影响，对当代小说对古典传奇文体多有借鉴，作了细致的梳理和分析，具体阐释了中国当代小说六十几年来的文体变迁其实一直与中国古代小说的"传奇"文体传统之间存在着或显或隐的艺术关联。《文学评论》五年里的当代文学批评文章，继续弘扬和坚持对史料材料的重视的传统，却更添批评意识和眼光；在文学批评当中，努力实现着理论的接地、及地和在地；回到文学本体的文本分析和文本细读，得到坚持和贯彻。而且，学理性批评，同样也可以是近乎美文的（比如张学昕的《苏童：重构"南方"的意义》、郜元宝的《上海令高邮疯狂——汪曾祺故里小说别解》等）。与时代同行的学理性批评，是《文学评论》当代文学批评文章在这五年所焕发出的新颜。2013—2017 年的《文学评论》在当代文学批评和文学研究刊文方面，尤以"与时代同行的学理性批评"为显著特征，也终将在刊物发展史上呈现其历史性的价值和意义。

第二章
重建文本细读的批评方法

第一节 文本细读：回到文学本体

　　艾略特、瑞恰慈、燕卜逊、兰色姆、韦勒克、沃伦、布鲁克斯等新批评大师的要言大义，伴随 20 世纪 80 年代翻译的热潮，也进入了中国。其经典著作，几乎都有中译本，但这种其本身由于种种原因而在 20 世纪 50 年代的欧美就已经开始式微的批评方法，对于喜欢追逐新潮的中国文学批评来说，显然有点违和感，在中国批评界即便为人熟知，却没有受到足够的重视和真正地大行其道。20 世纪 80 年代，可谓"批评的黄金时代"，用陈晓明的话说，那是一个批评话语自成体系、龙飞凤舞的时代，"理论批评摆脱了文本的束缚，终于获得了无边的自由，理论批评的想象力空前激发"①。批评家对创作所能够产生的作用，也的确不是今天的评论家所能够企及的。几篇评论，可以捧热一部作品或者捧红一个作家。写作与批评都在追逐新潮与时髦、理论的自我激发与生成的道路上高歌猛进。但文本、文本细读，并没有真正受到文学批评足够的重视，即便作了文本的分析，理念先行、理论生发，概念术语的套用和自我生成，被目为时髦。一种理论乃至一个术语，都会受到追捧，立即产生辐射效应、明星效应……时下的中国文学，虽然承受着影视和各种新媒体形式的挤压，创作繁荣、批评的热力有增无减，今天的文学书写和文学批评从业者，多是已经受过

---

　　① 陈晓明：《理论批评：回归汉语文学本体》，《文学评论》2015 年第 3 期。

良好大学教育，乃至是写作科班出身的年轻人，他们在文学写作、文学批评当中，急切地自我实现着，写作与批评所承载的担子，实在不轻，里面不止装着文学。

一派繁荣景象当中，我们的文学理论与批评却似乎离文学越来越远。先已成名、盛名的批评家们开始反思这一切，他们几乎众口同声地又强调文本和"文本细读"的重要性。陈晓明据说是足足用了整整八年时间，完成了专著《众妙之门——重建文本细读的批评方法》①，他把文本细读提高到了中国当代文学批评亟须完成的"补课"任务的高度："中国当代文学理论与批评一直未能完成文本细读的补课任务，以至于我们今天的理论批评（或推而广之——文学研究）还是观念性的论述占据主导地位。中国传统的鉴赏批评向现代观念性批评转型，完成得彻底而激进。因为现代的历史语境，迫切需要解决观念性的问题。"程光炜自言也用了三四年的时间，在作"一些最近三十年重要小说家作品细读的文章"。陈思和则以《文本细读的几个前提》等一系列的思考，对文本细读的重要性和可能的方法，加以阐发，很有启发意义。

文本细读，很有必要而且非常重要，已无疑问。但是，重视文本细读，就能够真正回到文本、回到文学本身么？我心里是有很大疑问的。且不说读后感式批评、印象批评，依然不绝于缕，加之也许是观念性批评浸淫时间已久，理念先行的惯性思维太过强大了，时下各路文学批评尤其针对当下写作的即时性文学批评，观念性批评浸淫导致的弊端依然清晰可见。很多文本细读的文章，批评者也有可能在理论尤其观念的路径上愈行愈远……一篇看似很认真细致的文本细读的文章，读来也会让人觉得困惑，疑惑它是不是一篇社会学的或者政治经济学的论文？很多批评者，又常常先自内心设定了自己所偏好的理论框架，在文本细读当中，摘取文本里面的符合他理论框架的内容，一一去填塞。我们的年轻人，也许是通过

---

① 陈晓明：《众妙之门——重建文本细读的批评方法》，北京大学出版社2015年版，2016年再版。

写作和批评来实现自我的目的太过急切，甚至来不及细细读完作品，就开展起了无比细致的"文本细读"，虽然其情也真、其意也切，但这种并没有细读过文本的"文本细读"文章，是否有益作家的写作，有益读者的阅读，不免让人打个大大的问号。

　　文本细读，要回到文学的本体，并不是一件容易的事情。在我看来，写作与批评，都先要回到文学的"叙述"上面来。以前曾参加某个省作协的年轻作家的写作训练营，看到了年轻作家们脸上洋溢的写作的热情，和他们纸上写作的成果。但文学名刊的编辑们，还是忍不住提醒大家注意其写作文学性层面尚需加强，比如叙述里细节的重要性，提醒要以细节来打动人心……我跟大家提到了萧红的《呼兰河传》，"我的人物比我高"①，几乎是这部小说文学叙述的精髓所在。读它，如果你只看到了它是萧红回忆童年与书写故乡呼兰河小城的华美篇章，只看到了呼兰河小城的自然风光、四季更替、民情风俗等，只看到了孩童清澈的眼睛、一幅乡村中国的风景画与作家对故乡的缱绻情怀，那么，实在是太清浅地看萧红了。掀开这不失美丽与温情的面纱，在温婉、哀婉风景物事的背后，萧红竟然可以做到在不伤及文学性和艺术性的表达的同时，依然寄寓和作着她对于国民性的思考、反思以及对于边地民众惰性生存的沉思，思考和反思的深度与力度，足以撼动人心，而且鲜有人能及。谁能否认呢？风俗史的绮丽地貌下面，暗寓和潜流的是作家对于滞重历史和人性的深刻思考，她也终于能够在继鲁迅的足迹之后，摹写出了代表"民族的生活方式"的社会风俗画卷（钱理群语）。但所有的反思和思考，不是在类乎《生死场》那样的书写方式中完成的，文字一点也不峻切，"它是一篇叙事诗，一幅多彩的风土画，一串凄婉的歌谣"。② 小说的文学叙述，蕴含着读解不尽的丰富性。萧红能够在丰盈的、动人的文学书写里面，依然时刻不忘"对着人

---

　　① 萧红语，参见聂绀弩：《回忆我和萧红的一次谈话》，季红真编选：《萧萧落红》，人民文学出版社 2001 年版，第 6 页。

　　② 茅盾：《呼兰河传/序》，《萧红全集·上卷》，哈尔滨出版社 1998 年版，第108 页。

类的愚昧"写作；萧红心怀一颗寂寥的北国女儿心，对人性的省察和反思，其实依然是那么力透纸背，却又不显于形。能够形成这样劲道的张力和繁富意蕴，恐怕也只有到《呼兰河传》所作的文学的"叙述"里面，才能寻找到答案。

萧红曾经跟聂绀弩讲过，鲁迅是"从高处去悲悯他的人物"，而她自言她的写作是"我的人物比我高"——读《呼兰河传》的时候，我脑海里不断浮现萧红的这句话，是啊，"我的人物比我高"。她的《呼兰河传》的叙述，文学性那么浓重，却并不能仅仅从语言文字的美感来看和解读，她是在小说文学的叙述里面，不动声色地做到了"我的人物比我高"，在不适合用成人的视角叙述时，她用了儿童的视角和眼光；在写乡民的惰性生存的时候，她放弃了从上而下的悲悯眼光，她把自己的姿态放低，低到和人物一样的眼光、道德观和价值判断，甚至比她的人物还要低，正是由于低到尘埃里，她才为我们绽放出了文学美丽的花朵，成就了"将成为此后世世代代都有人阅读的经典之作"（夏志清语）。她用很多的文学的叙述，诠释了"我的人物比我高"……在小团圆媳妇婆婆大段的近乎内心独白般的叙述中，萧红把自己的姿态做低，用的是婆婆这个人物的限制性视角。"有一次，她的儿子踏死了一个小鸡子，她打了她儿子三天三夜"，紧跟着便是用婆婆的视角进行叙述："她说：'我为什么不打他呢？一个鸡子就是三块豆腐，鸡子是鸡蛋变的呀！要想变一个鸡子，就非一个鸡蛋不行，半个鸡蛋行吗？不但半个鸡蛋不行，就是差一点也不行，坏鸡蛋不行，陈鸡蛋不行。一个鸡要一个鸡蛋，那么一个鸡不就是三块豆腐是什么呢？眼睁睁地把三块豆腐放在脚底踩了，这该多大的罪，不打他，哪儿能够不打呢？我越想越生气，我想起来就打，无管黑夜白日，我打了他三天，后来打出一场病来，半夜三更的，睡好好的说哭就哭。可是我也没有当他是一回事，我就拿饭勺子敲着门框，给他叫了叫魂，没理他也就好了。'"连亲生儿子踏死一个小鸡仔，都要痛打儿子三天三夜的婆婆，鲜活地跃然纸上，她虐待小团圆媳妇，实在再正常、平常不过了，这个人物可恨之外更加可悲。乡民的命轻贱到不如一个小鸡仔，不需要作家再费什么口舌，再清楚不过、再生动入骨不过，这样的叙述，看过了，不忘，甚至想起来，心里还常常伴有那么一点隐痛。

举这样实际的例子，无非是要说明，写作中，作家要把自己的姿态放低，不要时时刻刻用从上而下"悲悯"的视角，抑或用无所不知近乎"神"的视角来叙述，才会贡献文学的叙述，小说叙述才会有着打动人心的效果。文学批评也大可不必采取高高凌驾于作家、作品文本之上的姿态，一旦从上而下"悲悯"或"俯视"地对待文本，难免不先就为理论先行、观念性批评，提供了水分、土壤和空气。很难想象一个对文学没有敬畏之心、不能心怀有爱的评论家，能够在文本细读时，真正地进入文本，能够作出好的文本细读的文章。陈思和先生强调文本细读的第一个前提是要相信"文本是真实的"。文本当然都是虚构的(哪怕是"非虚构"文本，依然会有虚构的质素)，之所以要我们相信文本是真实的，相信它所提供的艺术真实性，实际上与我们希望评论家能够放下姿态，真正地进入文本、去努力贴近文本的文学叙述，应该是方向一致或者说有点殊途同归的味道。

什么样的人，更加能够在文本细读中回到文学本体呢？应该大致有两类人：一类人，是这样的一些评论家，他能够回到作品文本，立足文本，在文本细读中，发现文本当中的文学性生成的要素，结合自己已有的理论素养，通过自己对文本的文学解读，从中甚至还能够提炼出一些理论要素，进而概括出对创作有益、有启发意义的理论范式和一些理论规律。当然，所有的理论要素、范式和规律不能够脱离文本和文学创作本身。预先设置框架和理念先行、观念性批评，应该是被摒弃和尽最大努力克服的。另一类人，是这样一些作家——他们结合自己的创作实践和实践性的文论观点、美学主张，对一些经典作品文本所作的解读和批评。我个人很欣赏作家所作的文本细读文章。作家去读作家的文本，先就祛除了从上而下俯瞰的姿态，他往往能够最大限度地祛除观念性批评的弊病，不会被理论统摄了自己的头脑，说一些空话、套话和一些无用的话。常常正是通过作家的文本细读，我们可以发现被读解的文本当中很多文学性的要素、纽结和

"机关"所在……毕飞宇细读小说的文章，我就觉得很有意味。《两条项链——小说内部的制衡和反制衡》，毕飞宇从一个作家的角度，分析了莫泊桑《项链》是短篇小说的范例，结构完整，节奏灵动，主旨明朗。"直接，讽刺，机敏，洗练而又有力"，这就是一个既有理论修养又有写作实践的作家的概括。而且，就因为他是一个作家，一个有名的当代作家，对创作有一份执着的爱又不失童心，他把《项链》的主人公名字全部换成了中文名字——"汉语版的而不是翻译版的《项链》出现了"，小说便变成了一个完全站不住脚的"怎么就这样狗血了的呢"的文本。毕飞宇锲而不舍地从这种"狗血"的变化，进一步解析出了1884年时的法国社会尊崇契约精神、忠诚，人物的责任心，乃至作家莫泊桑的性格……毕飞宇最后点出了小说有一个所谓的眼"那一串项链是假的"——"当莫泊桑愤怒地、讥讽地、天才地、悲天悯人地用他的假项链来震慑读者灵魂的时候，他在不经意间也给我们提供了一个重要的信息，那就是，他的世道和他的世像，是真的，令人放心，是可以信赖的。"①是啊，只有全社会都是"真"，假的项链才会有那样的逻辑的合理性和艺术的效果，换了水土，不光是枳，几近于"狗血"和荒谬了。而毕飞宇在《林冲夜奔，一步步走得密不透风》中所作的文本细读，也非常精彩，是回到作品文本文学叙述的、由"小说家说小说"的批评的文本，生动有趣又不失理趣。

苏童讲过，最高级的叙述，是让人忘却文字本身的难度或者技巧，而让你记住叙述本身。如果小说很成功，它传达给读者的感受不是说这个作家文字特别漂亮，而是说他记得小说里奇特的、描述不出来的某种"气味"，甚至某种光影、色彩，和某种情感连接，或者害怕，或者紧张。他强调了法国作家科克托的那句话：小说之难，在于叙述之难。严歌苓谈到自己的创作，也曾经说："最难的不是你在做功课，而是你找到这个感觉。文学的感觉难以言表，一刹那觉得我可以写了，就有那种感觉了。也许你

---

① 毕飞宇：《两条项链——小说内部的制衡和反制衡》，《小说课》，人民文学出版社2017年版，第54~66页。

昨天说我写不了，但是有一天早上你起来拿着一杯咖啡，这个感觉就在那，像一个很淡很淡的气味，你简直抓不住它的一种气味。"她还说，"应该说我的每一部作品都企图创造一种语言风格，至少是一种语气。英文写作强调的是'voice'，对我至关重要"。这其实都体现了作家对于文学叙述的自觉追求。如果我们的文学批评，无法贴近作家在每个文本里的文学叙述、气味、"voice"，文学批评的有效性、能否回到文学本体，殆可忧虑。严歌苓的《妈阁是座城》，很多批评家说不好解读，只觉得它呈现在女性情感传达、人物关系层面的"暧昧"。当我重读了严歌苓此前、此后的作品，反复细读小说文本，努力贴近她在这个文本中所作的文学的叙述的时候，我收获了很多可喜的发现，发现了小说在叙事节奏、叙事视点等很多叙事策略方面表现出很多新质。严歌苓的《妈阁是座城》在结构、叙事以及由之关涉的对人的情感、人性心理表达的种种暧昧繁富，不仅对于作家本人而言颇有"新"意，而且对于我们思考当代小说如何在形式方面，在结构叙事等方面获得成熟、圆融的现代小说经验，不无裨益。

文本细读，回到文学本体，贴近文学的叙述，当然要恰如其分地使用好理论，而不能够让文本沦为理论奴役的对象。而且鉴于只有拥有了与别人不相雷同的阅读感受，才可以作出好的文本细读的文章，很想建议我们的批评家，不要新作甫一发表或刚刚出版，就逢作品必评。原因很简单，你只有对这个文本当中的叙述，有些自己独到的发现和识见，才可以作出好的文学批评的文章。从这个意义上讲，重提文学批评质量的重要性，很有必要性和紧迫性。

上文已经约略论述了回到文学本体的文本细读批评方法的重要性，而近年来文本细读的批评方法，也的确是陈思和、陈晓明、程光炜等当代文学研究和文学批评的代表性学者们，殊途同归共同在提倡的，或者说他们希望将"文本细读"的批评方法运用于批评实践，作为中国文学批评的"补课"任务来完成。而下面的两节，就是我尝试将文本细读的批评方法运用于批评实践的一个尝试和努力。

第二节　固定人物的限知视角与限制叙事
——以《呼兰河传》小团圆媳妇婆婆形象为例证

我在此前的研究当中已经提出过，《呼兰河传》本身的题材和素材，其实是缺乏具有因果链的情节、缺少有因果关系的故事事件而组成一个有开端、发展、高潮和结局的整体的。具有因果关系的传统意义上的情节，其实不太适用于《呼兰河传》。这种情况下，要产生和实际上确实产生了"扣人心弦的情节"，颇有些散文化的小说叙事要具有故事性、情节性以及丰富的可读性，要依赖隐含作者对叙事结构和叙事节奏的掌控，要依赖隐含作者在叙述行为方面所展现出的才华。《呼兰河传》小说主体层面是第一人称回顾性叙述，这一类型的叙述潜藏两种不同的叙事眼光：一是叙述者"我"从现在的角度追忆往事的眼光，二是被追忆的"我"过去正在经历事件时的眼光。《呼兰河传》中，这两种叙事眼光其实是都具有的，但是，尤重第二种叙事眼光——被追忆的"我"过去正在经历事件时的眼光：其中既包括儿童的非成人视角的叙事眼光，又包括固定人物的限制性视角和转换性人物有限视角，都是隐含作者所采取的最为了不起的叙述行为以及方法，是令小说所描写的人物以及事件真实生动、艺术真实感油然而生的重要原因，同时也是令小说具备打动人心力量和丰沛文学性的关键原因所在。①

《呼兰河传》整个小说所涉及素材的零零碎碎，也确乎根本无法形成一个有开端、发展、高潮和结局的整体——具有因果关系的传统意义上的情节。"扣人心弦的情节""叙述性强"，我们只能寄望于隐含作者对叙事结构、叙事节奏等的掌控以及隐含作者在叙述行为当中所展现的才华，事实上《呼兰河传》的文学性也恰恰归功于隐含作者的叙述行为能力。《呼兰河传》所能涉及的故事，甚至不如《生死场》中的故事可以带给人足够的"震

---

① 参见拙文：《限知视角与限制叙事的小说范本——萧红〈呼兰河传〉再解读》，《华中师范大学学报》(人文社会科学版)2017 年第 6 期。

惊"体验，就是这个节奏相对激烈的小团圆媳妇被虐待致死的故事（第五章），其实故事性也不强，一旦叙述不当，只会是一个最简单不过的乡间逸事，更不要说产生震撼人心的叙事效果。但恰恰是《呼兰河传》的第五章，在我看来，是《呼兰河传》艺术性和文学性最为丰沛、最为具有艺术真实感的一章，是全篇小说最为精彩的华章，也是让人最为痛心和最具有审美复杂性的一章。萧红《呼兰河传》第五章，是小团圆媳妇被虐待致死的故事，施虐者，主要是小团圆媳妇的婆婆，其他人，仅可视作帮凶。整个事件的反讽意味和悲剧性并存，让人在对人物的理解之同情当中，又对小团圆媳妇的被虐待致死和施虐者不失朴拙但又愚昧并且兼具人性恶与各种人性复杂性之外还对自己所犯平庸之恶毫不自知，而感到一种让人无法释怀的纠结与无力感，纠结与无力当中还对美好生命的被虐杀而倍感痛入心髓，审美意蕴可谓繁复无尽。人物塑造的真实感和艺术性丰沛，不只令第五章在文学性和艺术性方面是在《呼兰河传》里排首位的，甚至可以说，小团圆媳妇的婆婆这个人物身上所显示的艺术性和文学性，同类人物几无人能出其右，可以说是萧红为中国现代文学史乃至整个中国现当代文学史所奉献的一个极为经典的人物形象。这一章，几乎是《呼兰河传》隐含作者在叙述行为方面所展现才华最为充分的一个叙事段落。能达到如此的叙事效果，与隐含作者对小团圆媳妇婆婆这一固定人物的限知视角和限制叙事炉火纯青般地运用，是分不开的。

一、转换性人物有限视角和固定人物有限视角

《呼兰河传》第五章的第1、2、3节，还是以"我"第一人称叙述。从第4节开始，是院子西南角老胡家请了一个大神，请好几个二神，鼓声连天地响——小团圆媳妇被施虐叙事的全面展开。再单纯依赖"我"的儿童的、非成人视角的叙事策略，已经很难达到"扣人心弦的情节""叙述性强"的叙事效果，小说叙事开始转向了转换性人物有限视角和固定人物的有限视角，人物的言语也取一种限知视角和限制叙事：

（于是有许多人给他家出了主意，人哪能够见死不救呢？于是具
有善心的人都帮起忙来。他说他有一个偏方，她说她有一个邪令。

（有的主张给她扎一个谷草人，到南大坑去烧了。

（有的主张到扎彩铺去扎一个纸人，叫做"替身"，把它烧了或者
可以替了她。

（有的主张给她画上花脸，把大神请到家里，让那大神看了，嫌
她太丑，也许就不捉她当弟子，就可以不必出马了。

（周三奶奶则主张给她吃一个全毛的鸡，连毛带腿地吃下去，选
一个星星出全的夜，吃了用被子把人蒙起来，让她出一身大汗。蒙到
第二天早晨鸡叫，再把她从被子放出来。她吃了鸡，她又出了汗，她
的魂灵里边因此就永远有一个鸡存在着，神鬼和胡仙黄仙就都不敢上
她的身了。传说鬼是怕鸡的。①

这五段可以看成给他家出主意的不同人物的自由直接引语，也就是没
有引号等规约性标志的直接引语，尤其第一段当中"人那能够见死不救
呢？"——这近乎出主意的人的直接引语、人物言语，叙述者将人物言语与
自己的叙述无缝衔接，所起到的效果是，叙述者可以更加贴近人物，并且
可以分饰不同的人物，用人物的感知、世界观和利益视点来叙述。当然，
这几段还可以理解为叙述人在叙述人物为了对小团圆媳妇展开"人那能够
见死不救呢"的"施救"行为的具体措施和办法，但所取，也都是人物的有
限视角。而如果总起来看，可以算是转换性人物有限视角。具体到一个人
身上，比如周三奶奶这段，就是周三奶奶这一固定人物的有限视角，从
"给她吃一个全毛的鸡，连毛带腿地吃下去"到"传说鬼是怕鸡的"，这里的
叙述声音，与其说是第五章前 3 节的叙述者"我"的叙述，不如说是没有引
号规约性标志的对于周三奶奶原话的自由直接引语，"给她（小团圆媳

① 萧红：《呼兰河传》，参见林贤治编注：《萧红十年集》（下），人民文学出版社
2009 年版，第 743 页。此节中《呼兰河传》所有引文，均出于《萧红十年集》（下）。

妇——笔者注)吃一个全毛的鸡，连毛带腿地吃下去，选一个星星出全的夜，吃了用被子把人蒙起来，让她(小团圆媳妇——笔者注)出一身大汗……"这段话是符合周三奶奶"原"话风格和形式的。而紧跟这段的叙述，就更加展现了隐含作者的叙述方面的才华：

> ①据周三奶奶说，她的曾祖母就是被胡仙抓住过的，闹了整整三年，差一点没死，最后就是用这个方法治好的。因此一生不再闹别的病了。②她半夜里正做一个噩梦，她正吓得要死，她魂灵里边的那个鸡，就帮了她的忙，只叫了一声，噩梦就醒了。她一辈子没生过病。说也奇怪，就是到死，也死得不凡，她死那年已经是八十二岁了。八十二岁还能够拿着花线绣花，正给她小孙子绣花兜肚嘴，绣着绣着，就有点困了，她坐在木凳上，背靠着门扇就打一个盹。这一打盹就死了。(序号为笔者所加)(第743页)

这第①句，可以视作叙述者对周三奶奶原话的"间接内容转述"(或间接引语)，但第②句就不宜仍然视为间接内容转述，因为间接引语是一个言语事件的内容的概要，不考虑"原"话的风格与形式，这第②句很明显更符合周三奶奶"原"话的风格与形式。视角或者说世界观、利益视点，都是周三奶奶的，而且第②句里的"她"，全部指代周三奶奶的曾祖母。第②句虽然没有引号这一规约性标志，但是可以视为周三奶奶的直接引语——因其没有引号的规约性标志，更像自由直接引语，但由于不是周三奶奶人物内心独白，所以又不能完全等同于自由直接引语。除了将第②句理解为没有引号的周三奶奶的"原"话，还可从句式语法和摹仿程度上，将其视作介乎直接引语和间接引语之间的层次——有点像自由间接引语，"因为自由间接引语位于言语呈现梯次表的中间，它以独特的方式反映着叙述者和说话人两者的声音。然而，虽然自由间接引语通常被解释为两个声音的语言学组合，这一现象却并非'纯粹语言学的'，因为它在叙事和主题上都另有重要的文学功效"；"与间接叙述不同的是"，自由间接引语"叙述较接近或'滑向'直接引语所引用的人物原话。于是，自由间接引语在语言学意义和叙事学意义上成为直接引语和间接引语的中间状态：'在表现人物思想上比前者更间接，比后者更直接'"①。而我要进一步说的是，这样的叙述行为，令叙述者可以更加贴近周三奶奶这个人物本身，叙述者与人物周三奶奶持同一视点乃至就是合体为一的叙述声音，而叙述人与隐含作者的视点（尤其是利益视点）是分离的，这就形成了"周三奶奶"这一固定人物有限视角。这种视角最大的好处是，符合周三奶奶人物自身的认识水平、意识心理和语言及行为逻辑，这样的人物不再是隐含作者的传声筒，而是有着自己主体行为方式的立体的、鲜活的人物。其实也就是如有的评论者所说的，小说写作要"贴着人物写"的写法。而对于萧红的《呼兰河传》，则是隐含作者借固定人物的限制性视角，来实现"我的人物比我高"（萧红语）的限制性叙事效果。要知道，"叙述者的使用本身就是距离化的一种方法"，"即使叙事文本呈现的是直接的言语，叙述者也'引用'了人物的语言，这时被'展示'出来的是通过叙述者才传递给读者的（有时需经一个叙述框架的过滤）。我们可以在**叙述**（*narration*）**和言语**（*speech*）之间作一区分。叙述功能与叙述者相关，言语则是先由人物说出，然后再被叙述者呈现"，"叙事虚构中，一切人物话语都是通过叙述者交流的"，明确了这些之后，便有了"一个从'纯粹'叙事言语呈现到'纯粹'摹仿的渐进梯次"②。虚构文本的叙事交流涉及距离，如果叙述者远离了人物，而是与隐含作者乃至文本的创作者——真实作者更近，便会让小说叙事罹患作家主体更多融入小说叙事、人物沦为作者和隐含作者传声筒的弊病。《呼兰河传》的隐含作者的叙述能力，远不止于此，隐含作者紧跟此段之后设置了"别人"与周三奶奶的对话，既推动了情节的发展，也令周三奶奶的言语更加是周三奶奶本人的，而不是其他任何人的：

① ［挪］雅各布·卢特著，徐强译，申丹校：《小说与电影中的叙事》，北京大学出版社 2011 年版，第 47 页。

② ［挪］雅各布·卢特著，徐强译，申丹校：《小说与电影中的叙事》，北京大学出版社 2011 年版，第 45 页。

（别人就问周三奶奶：

"你看见了吗？"

（她说：

"可不是……你听我说呀，死了三天三夜按都按不倒。后来没有办法，给她打着一口棺材也是坐着的，把她放在棺材里，那脸色是红扑扑的，还和活着的一样……"

（别人问她：

"你看见了吗？"

（她说：

"哟哟！你这问得可怪，传话传话，一辈子谁能看见多少，不都是传话传的吗！"

（她有点不大高兴了。（第 743~744 页）

"传话传话，一辈子谁能看见多少，不都是传话传的吗！"一语道破玄机，叙述者不必加一句自己视角或者眼光的叙述，情节自动发展而且涵蕴丰富。这本身就是"传话传的"的周三奶奶曾祖母治好病的方法"吃一个全毛的鸡，连毛带腿地吃下去"，如果用来给小团圆媳妇治病，后果——将不堪设想。叙述者与人物周三奶奶持同一视点乃至就是合体为一的叙述声音，而叙述者与隐含作者的视点（尤其是利益视点）是分离的，不只还艺术真实感于人物，而且还形成了轻微的反讽。葛浩文所说的《呼兰河传》有"轻松的幽默讽刺场面"，葛浩文的感觉是对的，只是未及说明为何会如此而已。

二、固定人物的限知视角与限制性叙事

周三奶奶这一固定人物的限知视角和限制性叙事，还只是《呼兰河传》第五章的一个叙事的引子。《呼兰河传》第五章中，隐含作者对固定人物的限知视角和限制性叙事炉火纯青般地运用，发生在小团圆媳妇婆婆这一艺术形象身上。当小团圆媳妇的病，一天比一天严重，"东邻西邻的，又都

去建了议，都说哪能够见死不救呢?"的时候，来了一个"抽帖儿的"，"他说他不远千里而来"。大孙子媳妇还未介绍完"我家的弟妹"的病史，大娘婆婆(小团圆媳妇婆婆)就接着说了，我们看她是如何说的:

> (大孙子媳妇还没有说完，大娘婆婆就接着说:
> "她来到我家，我没给她气受，哪家的团圆媳妇不受气，一天打八顿，骂三场。可是我也打过她，那是我要给她一个下马威。我只打了她一个多月，虽然说我打得狠了一点，可是不狠哪能够规矩出一个好人来。我也是不愿意狠打她的，打得连喊带叫的，我是为她着想，不打得狠一点，她是不能够中用的。有几回，我是把她吊在大梁上，让她叔公公用皮鞭子狠狠抽了她几回，打得是狠着点了，打昏过去了。可是只昏了一袋烟的工夫，就用冷水把她浇过来了。是打狠了一点，全身都打青了，也还出了点血。可是立刻就打了鸡蛋青子给她擦上了。也没有肿得怎样高，也就是十天半月的就好了。这孩子，嘴也特别硬，我一打她，她就说她要回家。我就问她:'哪儿是你的家?这儿不就是你的家吗?'她可就偏不这样说。她说回她的家。我一听就更生气。人在气头上还管得了这个那个，因此我也用烧红的烙铁烙过她的脚心。谁知道来，也许是我把她打掉了魂啦，也许是我把她吓掉了魂啦，她一说她要回家，我不用打她，我就说看你回家，我用锁链子把你锁起来，她就吓得直叫。大仙家也看过了，说是要她出马。一个团圆媳妇的花费也不少呢，你看她八岁我订下她的，一订就是八两银子，年年又是头绳钱，鞋面钱的，到如今又用火车把她从辽阳接来，这一路的盘费。到了这儿，就是今天请神，明天看香火，几天吃偏方。若是越吃越好，那还罢了。可是百般的不见好，将来谁知道会……到什么结果……"(第747~748页)

这里是直接引语，小团圆媳妇婆婆的"言语"。正如前面所说，即使叙事文本呈现的是直接的言语，但这其实还是叙述者对人物的语言的"引用", 这时被"展示"出来的是通过叙述者才传递给预期受众和读者的。在小团圆媳妇婆婆这段话里, 隐含作者、叙述者其实是展现了叙述方面的非常的才华的, 小团圆媳妇婆婆这段言语——"原"话, 看似荒谬和满是自相矛盾, 却是最符合婆婆的世界观、兴趣、利益, 等等。"我没给她气受", 却有后面"狠打她的"种种细节, 吊起来打, 也用烧红的烙铁烙过她的脚心; 明明是爱钱如命, 却又忍不住要给她一个下马威, 把她打出病来, 落得"今天请神, 明天看香火, 几天吃偏方"。而读到后文, 就可以知道, 她的儿子踏死了一个小鸡子, 她打了她儿子——她唯一的孩子——三天三夜, 为什么这样打儿子呢？她心里想的是一个鸡子是一个鸡蛋变的, 儿子踩死一个鸡子相当于糟蹋了一个鸡蛋, 一个鸡蛋换三块豆腐, 所以踩死一只鸡子相当于——"眼睁睁地把三块豆腐放在脚底踩了, 这该多大的罪, 不打他, 哪儿能够不打呢？", 越想越气所以打了儿子三天打出儿子一场病来, 然后叫魂了事。这样爱惜鸡蛋的婆婆, 却要把小团圆媳妇吊起来打, 狠打, "全身都打青了, 也还出了点血", "可是立刻就打了鸡蛋青子给她擦上了", 爱惜鸡蛋如命, 又这样舍得打了鸡蛋青子给被打的小团圆媳妇擦上, 婆婆这个人物所蕴涵的人性复杂性就在这样一种看似自相矛盾当中展开。在一种完全符合婆婆世界观(意识形态、观念系统、信仰等)的叙述当中, 隐含作者通过叙述者的叙述, 不动声色地将小团圆媳妇受虐过程悉数展示, 人物的真实感也因此跃然而出, 萧红在《呼兰河传》的写作当中, 是实实在在践行着"我的人物比我高"的创作理念的。

无论是小团圆媳妇婆婆这样的"原"话、人物直接的言语, 还是第五章的这一段之后以小团圆媳妇婆婆这个人物视点所进行的叙事(以第三人称叙事为主, 间或杂糅了小团圆媳妇婆婆的第一人称叙事), 都是固定人物的限知视角和限制性叙事的最为佳妙地运用。要理解《呼兰河传》隐含作者是如何在小团圆媳妇婆婆这一固定人物的限知视角和限制叙事里, 将人物和事件予以最大程度的真实性还原, 必须借助叙事学理论的一些理论和概念, 比如叙事声音、视点, 而申丹所强调的叙述声音和叙述眼光的区分当中, 叙述眼光近于笔者这里所讲的"视点"。在叙事学家看来, "和任何理论一样，叙事理论也有一个任务：处理其所传承的术语之含混性与模糊性。为了理解叙述者声音这一概念——包括叙述者声音'没有'呈现（或最少化地呈现）的那种情况，我们必须首先将它和最复杂的批评术语之一——'视点'（point of view）区别开来。"而"在普通用法中，至少可以区别出三种意义"：

(a)字面上：通过某人的眼睛（感知）；

(b)比喻义：通过某人的世界观（意识形态、观念系统、信仰等）；

(c)转义：从某人的利益优势（表现其总体兴趣、利益、福利、安康等特征）。

而且，"当我们转向叙事文本，就会发现一个更加复杂的状况，因为正如我所见，这里不再像在说明性散文、布道、政治演说之类当中那样只有一个单独的现身者，而是有两个——人物和叙述者，更不用说另外还有隐含作者。他们当中每一个都体现一种或多种视点。人物可能如实地感知特定对象或事件，而且（或者）它可以在他的概念化意义上呈现出来，而且（或者）可能激发他之于它的利益（即使他并未意识到那一利益）"①。

小团圆媳妇婆婆这个人物身上，叙述者与人物"婆婆"持同一视点乃至就是合体为一的叙述声音，而叙述者与隐含作者的视点（尤其是利益视点）乃至真实作者是分离的，不只还艺术真实感于人物，而且还形成了轻微的反讽，更加成就了小团圆媳妇婆婆性格与人性心理的丰富性和复杂性。明明是狠打媳妇和虐待媳妇导致的小团圆媳妇的病，却要东家一个偏方，西家一个邪令，跳大神，请云游真人抽帖儿治病，给小团圆媳妇洗开水澡治病，小团圆媳妇快不行了的时候，又烧扎彩人"替身"治病……婆婆明明爱钱如命，却一再花钱在虚妄的、无用的事情上面。云游真人不断地提高价

---

① ［美］西摩·查特曼著，徐强译：《故事与话语：小说和电影的叙事结构》，中国人民大学出版社2013年版，第136、137页。

码让她抽帖儿，她整个的心理活动，真是难得一遇的精妙描写，她不断地
心疼钱到蚀骨般疼痛的地步。当云游真人看到小团圆媳妇脚心被婆婆烙铁
烙的疤，想再逼她花钱的时候，故意说得严重一些："这疤不掉，阎王爷
在三天之内就能够找到她，一找到她，就要把她活捉了去的。"却好像吓唬
不到她们似的：

> （他如此地吓唬着她们，似乎她们从奶奶婆婆到孙子媳妇都不大
> 怕。那云游真人，连想也没有想，于是开口就说："阎王爷不但要捉
> 团圆媳妇去，还要捉了团圆媳妇的婆婆去，现世现报，拿烙铁烙脚
> 心，这不是虐待，这是什么，婆婆虐待媳妇，做婆婆的死了下油锅，
> 老胡家的婆婆虐待媳妇……"
>
> （他就越说越声大，似乎要喊了起来，好像他是专打抱不平的好
> 汉，而变了他原来的态度了。
>
> （一说到这里，老胡家的老少三辈都害怕了，毛骨悚然，以为她
> 家里又是撞进来了什么恶魔，而最害怕的是团圆媳妇的婆婆，吓得乱
> 哆嗦。这是多么骇人听闻的事情，虐待媳妇，世界上能有这样的事
> 情吗？
>
> （于是团圆媳妇的婆婆赶快跪下了，面向着那云游真人，眼泪一
> 对一双地往下落："这都是我一辈子没有积德，有孽遭到儿女的身上，
> 我哀告真人，请真人诚心地给我化散化散，借了真人的灵法，让我的
> 媳妇死里逃生吧。"
>
> （那云游真人立刻就不说阎王了，说她的媳妇一定见不了阎王，
> 因为他还有一个办法一办就好的。说来这法子也简单得很，就是让团
> 圆媳妇把袜子再脱下来，用笔在那疤痕上一画，阎王爷就看不见
> 了……（省略号为笔者所加）（第753~754页）

当然，"五吊钱一只脚心，一共画了两只脚心，又是十吊"。云游真人
如此地吓唬着她们不好使的时候，"他就越说越声大，似乎要喊了起来，

好像他是专打抱不平的好汉"，是叙述者贴着云游真人的利益视点来叙述的；而老胡家的老少三辈果然都害怕了，"这是多么骇人听闻的事情，虐待媳妇，世界上能有这样的事情吗？"——这又是贴着老胡家老少三辈尤其小团圆媳妇婆婆的利益视点来叙述的。就是将这一句视为没有引号规约性标志的自由直接引语——老胡家老少三代尤其是婆婆的自由直接引语，也不为过。再加上小团圆媳妇婆婆赶快跪下了，眼泪一对一双地往下落地哀告，叙述者又完全是贴着婆婆的感知、意识形态、观念系统、信仰等视点，另外还有利益等的视点，其世界观的视点又和利益视点合谋。婆婆把小团圆媳妇的病归结为"这都是我一辈子没有积德，有孽遭到儿女的身上"，这似乎是从其世界观出发寻找根由，实际上是婆婆为自己所作的一种开脱，她想到的解决办法，不是从自己身上找原因，而是"请真人诚心地给我化散化散，借了真人的灵法，让我的媳妇死里逃生吧"。在此，她的世界观视点和利益视点合流，结果是遂了云游真人再从她们老胡家榨出些钱来的想法，同时也免除了被云游真人专打抱不平之虞。表面看，婆婆是愚钝的，因为这里你看不到叙述者自己的叙事声音以及叙述者与读者之间的交流——就像好多第一人称叙述喜欢与读者交流那样，这里跳出小说叙事所作议论的成分可以说是零，也就是说不存在叙述者所作与小说叙事有点"格格不入"的议论，不存在除固定人物身上所具有的感知、世界观和利益视点之外的其他视点与脱离固定人物限知视角和限制叙事的其他的叙事声音，叙述者与人物小团圆媳妇婆婆持同一视点乃至就是合体为一的叙述声音，而叙述人与隐含作者的视点(尤其是世界观视点和利益视点)是分离的，这就形成了"小团圆媳妇婆婆"这一固定人物有限视角。但婆婆的性格和人性心理是极其复杂、多层面和多维度的，就是她赶快跪下了跟云游真人哀告的言行，其实也不是用"愚钝"这样的词所能够概括的，她有她的心里"明"的一面，她心里"明"在哪里？这当然要通过她自己的言语或者心理活动来体现，通过以她的视点所作的限制性叙事来表达。当云游真人拿了钱乐乐呵呵地走了之后，小说内部倒叙了婆婆过往拾豆子被豆秧刺了手指甲导致手肿、买红花来擦的过往故事，叙述完这一段过往故事之后，又回到现场叙述，紧接着：

> （现在她一遭就拿了五十吊钱给了云游真人。若照她的想法来说，这五十吊钱可该买多少豆腐了呢？
> （但是她没有想，一方面因为团圆媳妇的病也实在病得缠绵，在她身上花钱也花得大手大脚的了。别一方面就是那云游真人的来势也过于猛了点，竟打起抱不平来，说她虐待团圆媳妇，还是赶快地给了他钱，让他滚蛋吧。（第 757 页）

这是第三人称叙述，却是紧贴小团圆媳妇婆婆的利益视点的，尤其最后一句"还是赶快地给了他钱，让他滚蛋吧"，简直就是没有引号规约性标志的婆婆的自由直接引语。在给小团圆媳妇洗开水澡时，小团圆媳妇还"黑忽忽的，笑呵呵的"，婆婆却请了大神、二神来给她当众洗开水澡。"大神打着鼓，命令她当众脱了衣裳。衣裳她是不肯脱的，她的婆婆抱住了她，还请了几个帮忙的人，就一齐上来，把她的衣裳撕掉了。"当小团圆媳妇被滚烫的热水浇昏死过去了：

> 大家正在谈说之间，她的婆婆过来，赶快拉了一张破棉袄给她盖上了，说：
> "赤身裸体羞不羞！"
> （小团圆媳妇怕羞不肯脱下衣裳来，她婆婆喊着号令给她撕下来了。现在她什么也不知道了，她没有感觉了，婆婆反而替她着想了。（第 763 页）

洗开水澡导致小团圆媳妇昏昏沉沉睡着不醒、六七天不饮不食地昏睡的时候，"于是又采用了正式的赶鬼的方法，到扎彩铺去，扎了一个纸人，而后给纸人缝起布衣来穿上——穿布衣裳为的是绝对的像真人"，"团圆媳妇的婆婆为着表示虔诚，她还特意地请了几个吹鼓手"，但天太冷，"跑到大街上来看这热闹的人也不很多"：

> （所以就孤孤单单地，凄凄凉凉在大土坑那里把那扎彩人烧了。
>
> （团圆媳妇的婆婆一边烧着还一边后悔，若早知道没有什么看热闹的人，那又何必给这扎彩人穿上真衣裳。她想要从火堆中把衣裳抢出来，但又来不及了，就眼看着让它烧去了。这一套衣裳，一共花了一百多吊钱。于是她看着那衣裳的烧去，就像眼看着烧去了一百多吊钱。
>
> （她心里是又悔又恨，她简直忘了这是给她的团圆媳妇烧替身，她本来打算念一套祷神告鬼的词句。她回来的时候，走在路上才想起来。但想起来也晚了，于是她自己感到大概要白白地烧了个替身，灵不灵谁晓得呢！）（第 765~766 页）

综及以上，我们一直看到的是，小团圆媳妇婆婆感知视点与意识形态和观念系统、迷信（也是信仰的另类表现形式）等的世界观视点及利益视点的一种多重视点的交织，一种贴近婆婆看似蒙昧的意识形态、观念系统、信仰（迷信）视点的叙述当中，总是旁逸斜出贴近婆婆的利益视点的叙述，"团圆媳妇的婆婆一边烧着还一边后悔，若早知道没有什么看热闹的人，那又何必给这扎彩人穿上真衣裳"，这时候她的第一反应是"她想要从火堆中把衣裳抢出来，但又来不及了"，"于是她看着那衣裳的烧去，就像眼看着烧去了一百多吊钱"，这在嗜钱如命的婆婆这里，是多大的心痛？痛到"她简直忘了这是给她的团圆媳妇烧替身，她本来打算念一套祷神告鬼的词句"，但回来的路上才想起来，"但想起来也晚了，于是她自己感到大概要白白地烧了个替身"。与她感觉活似烧去了一百多吊钱的心痛相比，这点"忘了"不算什么——"灵不灵谁晓得呢！"在她看来，其实灵不灵是没有关系的，她的烧扎彩人更加是为了做戏给大家看的本心目的，不点破却氤氲而出。难能可贵的是，尽管婆婆这一个人物身上就具有如此繁富并且繁复的多重视点，在这一章里叙述者始终能够贴近婆婆这个人物的这复杂交织的多重视点来叙述。《呼兰河传》隐含作者掌控叙述行为、叙述手法的高妙之处，不仅在于能够贴近像婆婆这样具有复杂视点的人物，来作最大程度的艺术真实感还原的叙述；而且能够将叙述人、人物与隐含作者尤其真实作者的世界观和利益视点作区别和距离化处理，距离化本身便产生了人物的艺术真实感，还人物真实性于人物，产生丰沛的艺术性和文学性，实现"我的人物比我高"的写作理念。

三、固定人物限知视角与限制叙事里的叙述转换

前面已经讲过，《呼兰河传》小说主体层面是第一人称回顾性叙述，这一类型的叙述潜藏两种不同的叙事眼光：一是叙述者"我"从现在的角度追忆往事的眼光，二是被追忆的"我"过去正在经历事件时的眼光。第二种叙事眼光——被追忆的"我"过去正在经历事件时的眼光，其中有儿童的非成人视角的叙事眼光，这其中，又衍生出固定人物的限制性视角和转换性人物有限视角，都是隐含作者所采取的最为了不起的叙述行为以及方法。在这第五章里，尤其从第五章的第 4 节开始，如果叙述者再单纯地使用儿童的非成人视角的叙事眼光，很多场景的描写无法达到最大程度真实性地还原，人性心理等的描写也难以手法灵活地多角度、多维度切入和予以呈现。儿童的非成人视角的叙事眼光，在小说叙事方面其实也是有局限性的。在这种情况下，固定人物的限制性视角和转换性人物有限视角，有效弥补了这一缺憾。而在第五章里，又尤以小团圆媳妇婆婆这一固定人物的限知视角和限制叙事，达到了让预期受众和读者铭心入骨的叙事效果。

前面已经提到，隐含作者、叙述者在使用小团圆媳妇婆婆这一固定人物的限知视角和限制叙事的时候，大量使用了婆婆这一人物的直接引语——小团圆媳妇婆婆的"言语"或者说"原"话。虽然即使叙事文本呈现的是直接的言语，但这其实还是叙述者对人物的语言的"引用"，这时被"展示"出来的是通过叙述者才传递给预期受众和读者的。但不可否认的是，小团圆媳妇婆婆这些言语里，隐含作者、叙述者其实是展现了叙述方面的

非常的才华的。仅仅有婆婆这一人物的"原"话和言语，对叙述和小说叙事来说，当然还远远不够。所以由第五章第 4 节开始，老胡家为小团圆媳妇请跳神、吃偏方、请云游真人抽帖儿算命、洗开水澡、烧扎彩人"替身"等——"叙述性强"和有着"扣人心弦的情节"(葛浩文语)的小说叙事里，就巧妙运用了内部倒叙和混合倒叙的手法，同事件发生现场的叙述(以婆婆的言语为主)无缝衔接，拼贴得天衣无缝，形成隐含作者对叙事节奏的自如调节。而在这内部倒叙和混合倒叙里，主要采用"她"(婆婆)的第三人称叙述，但这第三人称叙述里，又间或杂有没有引号规约性标志的自由直接引语，在这里叙述者似乎是完全与人物合体为一地进行叙述。基本遵循线性时间顺序的叙述里，又兼有内部倒叙和混合倒叙，可以说隐含作者的叙述手法极其灵活自如。像云游真人初让婆婆抽红绿蓝黄四个帖儿时：

一　①(团圆媳妇的婆婆一听，这才恍然大悟，原来这可不是白抽的，十吊钱一张可不是玩的，十吊钱拣豆腐可以拣二十块。三天拣一块豆腐，二十块，二三得六，六十天都有豆腐吃。若是隔十天拣一块，一个月拣三块，那就半年都不缺豆腐吃了。②她又想，三天一块豆腐，哪有这么浪费的人家。③依着她一个月拣一块大家尝尝也就是了。④那么办，二十块豆腐，每月一块，可以吃二十个月，就是一年半还多两个月。

二　(若不是买豆腐，若养一口小肥猪，经心地喂着它，喂得胖胖的，喂到五六个月，那就是多少钱哪！喂到一年，那就是千八百吊了……

三　(再说就是不买猪，买鸡也好，十吊钱的鸡，就是十来个，一年的鸡，第二年就可以下蛋，一个蛋，多少钱！就说不卖鸡蛋，就说拿鸡蛋换青菜吧，一个鸡蛋换来的青菜，够老少三辈吃一天的了……何况鸡会生蛋，蛋还会生鸡，永远这样循环地生下去，岂不有无数的鸡，无数的蛋了吗？岂不发了财吗？

四　(但她可并不是这么想，她想够吃也就算了，够穿也就算了。

一辈子俭俭朴朴，多多少少积储了一点也就够了。她虽然是爱钱，若说让她发财，她可绝对的不敢。

　　五　（那是多么多呀！数也数不过来了。记也记不住了。假若是鸡生了蛋，蛋生了鸡，来回地不断地生，这将成个什么局面，鸡岂不和蚂蚁一样多了吗？看了就要眼花，眼花就要头痛。

……（序号、此处省略号为笔者所加）（第749页）

　　在上面这些段落里，本是由事件（云游真人抽帖儿）现场的人物对话，转向了内部倒叙，用了第三人称叙述。但是第一段这短短一段里，竟然发生了多次的叙述转换，当然还都是在婆婆这一个固定人物的限知视角和限制性叙事的范畴里。第②句，"三天一块豆腐，哪有这么浪费的人家"，可以视作有关婆婆的自由直接引语，完全可以视为不加引号规约性标志的婆婆的"原"话；第③句，又转向了第三人称叙述"依着她一个月拣一块大家尝尝也就是了"；第④句"那么办，二十块豆腐，每月一块，可以吃二十个月，就是一年半还多两个月"，又转回不加引号规约性标志的婆婆的"原"话的摹仿和复现。第二、第三段可以视为贴近人物的第三人称叙述，更可以视为婆婆的自由直接引语，近乎人物内心独白。第四段，是贴近婆婆视角和世界观视点、利益视点的叙述者的叙述。但第五段，又可以视作有关婆婆的自由直接引语……在接下去的段落里，完全是婆婆视点所作的叙述：她怎样买了小鸡，怎样精心地挑选顶优秀的小鸡，"她养鸡，是养得很经心的，她怕猫吃了，怕耗子咬了"。"小鸡的腿上，若让蚊子咬了一块疤，她一发现，她就立刻泡了艾蒿水来给小鸡擦一擦"。为了与邻居家的小鸡区分，她给小鸡精心地选地方（脑门还是膀梢）染颜色。"好像不是养的小鸡，好像养的是小孩似的。"

　　（这团圆媳妇的婆婆从前养鸡的时候就说过："养鸡可比养小孩更娇贵，谁家的孩子还不就是扔在旁边他自己长大的，蚊子咬咬，臭虫咬咬，那怕什么的，哪家的孩子的身上没有个疤拉疖子的。没有疤拉疖子的孩子都不好养活，都要短命的。"

（据她说，她一辈子的孩子并不多，就是这一个儿子，虽然说是稀少，可是她没有娇养过。到如今那身上的疤也有二十多块。（第751页）

接着，她说："不信，脱了衣裳给大家伙看看……"还混合倒叙了"（有一次，她的儿子踏死了一个小鸡子，她打了她儿子三天三夜"，然后又接回现场的叙述，以婆婆人物的言语、"原"话，来陈述她为什么打了儿子三天三夜……而内部倒叙的叙述最终回到了她抽帖儿的现场叙述——小说这一部分的叙事，总体呈现混合倒叙的叙述形式。然后，叙述又回到她抽云游真人的帖儿，觉着"一伸手，十吊钱，一张口，十吊钱，这不是眼看着钱往外飞吗？""这不是飞，这是干什么，一点声响也没有，一点影子也看不见。""好比自己发了昏，把钱丢了，好比遇了强盗，活活地把钱抢去了"。"（团圆媳妇的婆婆，差一点没因为心内的激愤而流了眼泪。她一想十吊钱一帖，这那里是抽帖，这是抽钱。"当她抽的两帖都坏，问云游真人是否可以想一个办法破一破时，云游真人打算给拿笔拿墨来"画病"，却意外发现了小团圆媳妇脚心被婆婆用烙铁烙的一大片白色的疤痕。云游真人想再多讹些钱，先是吓唬她们，吓唬不成又改控诉"婆婆虐待媳妇"，越说越声大，似乎要喊了起来，"好像他是专打抱不平的好汉"。这样的吓唬之下，婆婆终于让云游真人遂了愿、乐乐呵呵拿走了五十吊钱。"（于是她心安理得地把五十吊钱给了人家了。这五十吊钱，是她秋天出城去在豆田里拾黄豆粒，一共拾了二升豆子卖了几十吊钱。"小说叙事接下来又内部倒叙了婆婆过往拾豆子被豆秧刺了手指甲导致手肿，心疼钱怎么也舍不得买红花来擦的过往故事，"（最后也毕竟是买了，她选择了一个顶严重的日子，就是她的手，不但一个指头，而是整个的手都肿起来了。那原来肿得像茄子的指头，现在更大了，已经和一个小冬瓜似的，而且连手掌也无限度地胖了起来，胖得和张大簸箕似的"。即便如此，还是儿子用了奶奶的钱买了红花来，她才肯一边明明先前听见了祖孙俩的对话却装不晓得，一边

"(这回可并没有用烟袋锅子打，倒是安安静静地把手伸出来，让那浸了红花的酒，把一只胖手完全染上了"，然后再度接回现场的叙述，"(现在她一遭就拿了五十吊钱给了云游真人。若照她的想法来说，这五十吊钱可该买多少豆腐了呢?"……

《呼兰河传》第五章第 4 节，是隐含作者、叙述者灵活运用叙述手法最为精妙的一个叙事段落。在这一章尤其第 4 节里，应该是为了调节叙事节奏、区分不同的叙述段落，将现场叙述和内部倒叙、混合倒叙自如拼贴，还大量使用了小括号来作为规约性标志。"在小团圆媳妇婆婆这一固定人物有限视角里，叙述人、人物与隐含作者、作者，都天然拉开了距离，人物的心理、思想意识、价值观和道德判断等，都是人物自己的，人物绝没有充当隐含作者的传声筒，而且在这种距离拉开的叙述手法中，人物的真实性得到了最大程度的还原和展现，人性的复杂性亦远非简单的二元可以涵括。"①

申丹在《叙述学与小说文体学研究》中辨析了福勒在厄斯彭斯基的影响下提出视角或眼光有三方面的含义：一是心理眼光(或称"感知眼光")，它属于视觉范畴，其涉及的主要问题是："究竟谁来担任故事事件的观察者?是作者呢，还是经历事件的人物?"；二是意识形态眼光，它指的是由文本中的语言表达出来的价值或信仰体系，例如托尔斯泰的基督教信仰、奥威尔对极权主义的谴责等；三是时间与空间眼光。有关福勒的"心理眼光"，申丹认为：讨论叙事眼光时，叙述学家一般不考虑文本之外的作者，仅关注文本之内的"隐含作者"(即文本中蕴含的作者的立场、观点、态度等)。在讨论叙事眼光时，他们关注的是叙述者究竟是采用自己的眼光来叙事，还是采用人物的眼光来叙事。由于文本中的叙述者是故事事件的直接观察者，文本外的作者只能间接地通过叙述者起作用(况且叙述者与作者之间往往有一定的距离，不宜将两者等同起来)，提叙述者显然比提作者更为合乎情理。申丹认为，福勒对"意识形态眼光"的探讨不仅混淆了作者与叙述者之间的界限，而且也混淆了叙述声音与叙事眼光以及聚焦人物与非聚焦人物之间的界限。① 尽管如此，福勒对心理眼光和意识形态眼光的论述，还是给我们以有益的启示。隐含作者与叙述人和人物之间，可以发生心理眼光和意识形态眼光的偏离和拉开距离甚至截然相反。这是贴着人物写，还人物真实性于人物、实现"我的人物比我高"小说学的必需的叙述行为和方式方法。② 以小团圆媳妇婆婆形象为例证，可以见出《呼兰河传》是怎样在固定人物的限知视角和限制性叙事里，叙述者、人物与隐含作者、作者，发生着感知视点、世界观视点、利益视点等的偏离，甚至在同一个人物身上还复杂交织了多重视点。由此，叙述者、人物与隐含作者尤其真实作者，都天然拉开了距离，由是也产生了足够丰沛的艺术性和文学性。"各种矛盾和不可思议，都如此真实地汇聚在了小团圆媳妇婆婆身上。小团圆媳妇的婆婆，可以说是萧红为中国现代文学史乃至整个中国现当代文学史所奉献的一个极为经典的人物形象。在这个人物身上所显示的艺术性和文学性，同类人物几无人能出其右者。"③

第三节 叙事的先锋性与"从雌性出发"的叙事母题
——对严歌苓《雌性的草地》的深度解读

严歌苓出国前的第三部长篇小说《雌性的草地》，是她近年仍自言是自己最喜爱的小说，却一直缺乏深度而有效的研究。小说所体现的文体创新意识，令其创作在两个方面——与当年同时段的先锋派文学和她后来写作

---

① 参见申丹：《叙述学与小说文体学研究》，北京大学出版社 2004 年版，第 204、205 页。
② 参见拙文：《限知视角与限制叙事的小说范本——萧红〈呼兰河传〉再解读》，《华中师范大学学报》(人文社会科学版)2017 年第 6 期。
③ 参见拙文：《限知视角与限制叙事的小说范本——萧红〈呼兰河传〉再解读》，《华中师范大学学报》(人文社会科学版)2017 年第 6 期。

中能够持之以恒的叙事上的探索创新意识——这双个维度关联、伸展和发生效应。《雌性的草地》在叙事结构和叙事手法上的探索和尝试，不只达到了严歌苓早期长篇小说艺术成就的巅峰状态，对于严歌苓迄今为止的创作都是独具的，而且在某些方面是后来也不曾达到和超越过的。《雌性的草地》借用和化用了电影叙事的手法，空间感突出，又把一个时间的矢量加于有图像感、如电影特写镜头的一个个叙事片段之上，并通过编排这些特写镜头一样的叙事片段和组合事件，产生一个具繁富迷人艺术效果的小说文本。小说所呈现的对话语的议论、人物的开放性，与小说虚构性互相辉映。借助结构主义叙事学核心与从属的概念，可以更好地解读和阐释这部小说。小说还开启了"从雌性出发"的叙事母题，对严歌苓后来的创作发生了深远的影响。

　　当被学者问及："你更喜爱自己的哪部作品?"严歌苓是这样回答的："我最喜爱的是《雌性的草地》。那时我年轻、状态好，精力旺盛。我写过一篇短文《从雌性出发》，曾作为《雌性的草地》的代自序，在这篇文字中，我写道：我似乎为了伸张'性'。似乎该以血滴泪滴将一个巨大的性写在天宇上。我也企图在人的性爱与动物的性爱中找到一点共同，那就是，性爱是毁灭，更是永生。这部小说我在手法和结构上，都作了大胆的探索。但我的朋友看法不一样，他们似乎更喜爱别的作品。"[1]虽然现在距她作这样的回答(2011年6月5日)后，又过去了几年，她又有几部新作面世，但是，我们似乎还是有理由相信，再问同样的问题，她可能还是作这样的选择和回答。

　　是作家对自己某一部作品的偏好吗? 似乎不单单是这样。《雌性的草地》在叙事结构和叙事手法上，作了新的尝试和探索。这些探索和尝试，不只达到了严歌苓早期长篇小说"女兵三部曲"对小说叙事结构和手法探索的巅峰状态，就是对于严歌苓迄今为止的创作而言，都是独具的，而

---

　　① 严歌苓、江少川：《跨越中美时空的移民文学——严歌苓访谈录》，参见江少川：《海山苍苍——海外华裔作家访谈录》，九州出版社2014年版，第19页。

且在某些方面是后来也不曾达到和超越过的。严歌苓在《雌性的草地》里所体现的文体创新意识，令她的创作在两个方面——与当年同时段的先锋派文学和她后来写作中能够持之以恒的叙事上的探索创新意识——这双个维度关联、伸展和发生效应。当年的先锋派文学之所以长久而持续地对其后的中国当代文学发生影响和持续影响，一个重要的原因就是它所提供的叙事文体的自觉创新意识，对当代文学所产生的长效影响作用。"以叙事文体的自觉创新意识为主导的先锋文学是 20 世纪 80 年代以来一以贯之的当代中国文学创作思潮，先锋文学的最重要意义和价值是体现并发挥了文学创新的动力功能。"①如果说，先锋文学对于 20 世纪 80 年代以来的中国当代文学发挥了这样的文学创新的动力功能；那么，《雌性的草地》对于严歌苓此后迄今的创作而言，发挥的也是巨大的文学创新的动力功能。

　　既然如此，《雌性的草地》应该是严歌苓研究当中无法绕开的一部重要作品，为何似乎实际上却是一直对这部小说缺乏深入而有效的研究呢？一个重要的原因：它是严歌苓出国前的一部长篇，严歌苓的出国，她其后的被关注，是被归入了新移民文学或者说海外华文文学写作，令她在国内时的小说创作，尤其是她其实是在出国前就已在小说艺术上取得较高成就，遭遇了一个关注度和研究的客观上的"断裂"。她的"女兵三部曲"，难以被海外华文文学研究者重视，甚至也不为读者们所重视，而且出国还割断了当代文学批评者对其"女兵三部曲"，尤其是对《雌性的草地》的当下性及后续性研究，就像有的研究者认为"新世纪小说新制的先锋历史留痕"在笔者的笔下"成为一道鲜明的当代文学旅程印迹"，但的确又对笔者在研究当中，将严歌苓与先锋派联系感到新鲜和意外："严歌苓小说在'先锋文学—当代文学'历史图景中的文学意义及分析价值，也就成为她的严氏小说批评中的一种自觉。事实上，很少有人将严氏与先锋派文学的先锋叙事联系

---

① 吴俊：《先锋文学续航的可能性——从吕新〈下弦月〉、北村〈安慰书〉说开去》，《文学评论》2017 年第 5 期。

思考予以评价的。"①尽管肯定了笔者的观察眼光以及吾对于批评论域的拓展能力，但也说明，能否将严歌苓早期长篇小说创作纳入研究视阈和有效的话语系统，能否对严歌苓早期长篇小说从叙事的先锋性上予以考察，并考虑这种叙事上的先锋性探索对于她后来创作的影响和留痕，是我们以往的严歌苓研究当中所缺失的一环。现有的海外华文文学研究和中国当代文学研究，似乎曾经一直都很难将严歌苓出国前的创作尤其三部长篇小说纳入有效的话语系统中。而最难纳入的一部，当属《雌性的草地》。

一、电影叙述的借用与叙事结构探索

严歌苓在《雌性的草地》代自序《从雌性出发》中已经指出，从结构上，她做了很大胆的探索。我们知道，书面叙事位于一个可变的空间，最经常是一本书的空间。叙事可以分成卷或者章节，章节可以有或没有标题。章节标题与小说标题具有同样的功能，"然而小说家更乐意在章节标题上发挥奇思妙想，大玩智力游戏，扩展标题，在标题间制造对立或断裂，增加谜团，勾勒叙事的轮廓"②。章节在任何情况下都分割叙事，截断连续的叙述，研究这些中止时刻，这些在书的空间中勾出的"空白"的位置和功能是很有趣的。另外，在每个章节内部，不同的叙事片段之间以空白行完成叙事转换，这些空白行也是一种叙事上的中止时刻——上一段叙事的中止，并转换到下一个叙事片段。从严歌苓《绿血》的比较规整的第一章，一直到第二十六章，可以见出严歌苓在初涉长篇时对于叙事分割上的细心和谨慎。但鲜有空白行作叙事转换，常常造成阅读上的困扰，需要读者以理性来区分不同的叙事片段。《一个女兵的悄悄话》还是从"1"到"22"一共22个章节，但叙事的分割给人感觉已经灵活了很多。而以空白行来作叙事转换，也让叙事片段的区隔更加明显，是更容易带来流畅性阅读的小说叙

---

①　吴俊：《批评的智慧与担当——关于刘艳的文学批评》，《长江丛刊》（文学评论）2018 年第 11 期。

②　[法]弗朗西斯·瓦努瓦著，王文融译：《书面叙事·电影叙事》，北京大学出版社 2012 年版，第 22 页。

事。《雌性的草地》只作了"A 卷"到"L 卷"加末卷"Z 卷"设置，这一方面是小说家具备了更强的分割叙事的能力，所以章节总数量变少了，另一方面，章节总数变少的同时，是不是也预示着同一个章节内部的叙事转换能力的增强呢？的确如此。而且严歌苓在《雌性的草地》里对区隔不同的叙事片段的空白行的使用，已经得心应手。

"书中的叙事有时十分接近连载的叙事：连载依照主要行动的停止和恢复，或从一个整体到另一个整体的过渡来剪切，把曲折多变的情节连贯起来。这种剪切的结构在长时间内被人们接受。总之，很少有小说家写书时直接把其空间作为特殊空间来处理。大多数情况下，剪裁书中叙事靠的是情节及其衔接点。"①有些小说家对书本空间的结构做过更复杂的尝试，像勒克莱齐奥（Le Clezio）等，而特殊形式的叙事勾勒出不同的空间，"那么'压平'这个空间，凸显文本的'蒙太奇'（日记、信件、片段等）是很能说明问题的"②。叙述技巧的变化可以导致完全不同的空间结构，而研究叙事的转换，观察文本如何安排期待，如何提供、延迟和转换叙事是可以令人饶有兴味的。文本空间与叙述者穿行其间的小说叙事空间可以联系考察。叙事的结构和叙事如何转换，是《雌性的草地》小说叙事空间形成的绝对和必要条件。

《雌性的草地》初版本——解放军文艺出版社 1989 年版本，虽已被出版社有意作为"长篇新潮丛书"（封面）出版，但其时还没有自序，而春风文艺出版社 1998 年再版本，就有了那篇非常出色的《从雌性出发》的代自序。其中，严歌苓已经清醒意识到她这部长篇："明显的，这部小说的手法是表现，而不是再现，是形而上，而不是形而下的。"叙事手法是"表现"而不是"再现"，是"形而上"而不是"形而下"，都表明了它与现实生活更大程度地拉开了距离，对现实主义传统和既有的叙事成规，有很多的背离和超

---

① ［法］弗朗西斯·瓦努瓦著，王文融译：《书面叙事·电影叙事》，北京大学出版社 2012 年版，第 24 页。

② ［法］弗朗西斯·瓦努瓦著，王文融译：《书面叙事·电影叙事》，北京大学出版社 2012 年版，第 25 页。

越。她自己明确说："从结构上，我做了很大胆的探索：在故事正叙中，我将情绪的特别叙述肢解下来，再用电影的特写镜头，把这段情绪若干倍放大、夸张，使不断向前发展的故事总给你一些惊心动魄的停顿，这些停顿使你的眼睛和感觉受到比故事本身强烈许多的刺激。"①这种小说叙事的正叙中，叙述转向电影的特写镜头一样的叙事片段，几乎随处可见。比如沈红霞在寻找红马的过程中，奇遇女红军（已死去）——这也是令小说虚幻与写实并生的重要叙事段落，"她想，若不是找红马，她很想陪她走一程，她的眼神流露出她三十多年的孤寂"，这时叙述者使用了一个电影特写一样的叙事片段：

> 女红军极固执地朝自己认准的方向走。沈红霞想提醒她，往那个方向会遇上一个红土大沼泽。但她估计她不会在意沼泽的，她毕竟经历了最壮烈的牺牲。她整个背影鲜血淋漓，月光稀薄，浸透血的身影鲜红鲜红。这形影，这永不枯竭的血，使沈红霞认为自己的一切实在是太平凡了。②

小说开篇不久，失踪多天的红马回来了，是由多个电影特写一样的叙事片段组合而成，回来的红马仍然不受人的笼络，它宁可不再吃盐，远远跑开了：

> 红马至死都不会忘记这个企图征服它、温存它的姑娘在这时的伤感面容。她的脸通红，与她的红脸相比，背后的人只是一片灰白，平板地与天、帐篷连成一体，唯将她凸突出来。在将来它死而瞑目时，它才会彻底明白这张红色颜面上自始至终的诚意，对于它，对于

---

① 严歌苓：《从雌性出发》，《雌性的草地》，春风文艺出版社 1998 年版，代自序第 4 页。

② 严歌苓：《雌性的草地》，解放军文艺出版社 1989 年版，第 23 页。

一切。①

前后有空白行隔开的这个叙事片段，后面紧接另一个前后有空白行隔开的叙事片段：

> 这样一个生长于穷街陋巷的下流而自在的环境里的姑娘，对于草地的严酷发生了难以言喻的兴趣。草地就那样，走啊走啊，还是那样。没有影子，没有足迹。没有人对你指指点点。她往草地深处走，步行。要想骑马便招呼一个路过的骑手。人家问她手里拿着的什么花。她答："你还看不出来吗？"她身上没有一件东西有正当来历，可谁又看得出来呢。远处灰蒙蒙的，有人告诉她：女子牧马班也参加赛马去啦。②

这一段，也是在故事正叙中，有关"情绪的特别叙述"被肢解下来，"再用电影的特写镜头，把这段情绪若干倍放大、夸张，使不断向前发展的故事总给你一些惊心动魄的停顿"。然后再转入故事正叙"连柯丹也吃不准这匹红色骏马是否有可能被驯服……"或可以说，《雌性的草地》是严歌苓所有作品中，最大限度地借用电影叙述和呈现方式的小说叙事。小说的故事是从小点儿这个有乱伦、偷窃、凶杀行为的少女混入女子牧马班开始的。

还不止是在故事正叙中，频繁使用这样的电影特写镜头一样的叙事片段。严歌苓在《从雌性出发》中还讲过："比如，在故事正叙中，我写到某人物一个异常眼神，表示他看见了什么异常事物，但我并不停下故事的主体叙述来对他的所见所感做焦点叙述，我似乎有意忽略掉主体叙述中重要的一笔。而在下一个新的章节中，我把被忽略的这段酣畅淋漓地描

---

① 严歌苓：《雌性的草地》，解放军文艺出版社1989年版，第27页。
② 严歌苓：《雌性的草地》，解放军文艺出版社1989年版，第27~28页。

写出来，做一个独立的段落。这类段落多属于情绪描写，与情节并无太多干涉。这样，故事的宏观叙述中便出现了一个个被浓墨重彩地展示的微观，每个微观表现都是一个窥口，读者由此可窥进故事深部，或者故事的剖切面。"①就像小说开篇是披军雨衣的女子在草地上走着，用脚拨弄了一下"这枚雪白的头盖骨"，"她不知道它是三十多年前的青春遗迹，它是一个永远十七岁的女红军(芳姐子，笔者注)"：

> 她宽大的军雨衣下摆把没胫的草扫得如搅水般响。老鼠被惊动了；一只鹞鹰不远不近地相跟她。鹞的经验使它总这样跟踪偶尔步行进入草地的人。被脚步惊起的老鼠使它每次俯冲都不徒劳。浓密的草被她踏开，又在她身后飞快封死。②

而这个叙事片段在接入了其他很多的叙事片段之后，在相距很远的后文，也可以说是"在下一个新的章节中，我把被忽略的这段酣畅淋漓地描写出来，做一个独立的段落"又有接续：

> 这个叫小点儿的女子朝黎明的草地走去。首先与她照面的是一枚洁净的头颅白骨。她军雨衣宽大的下摆把没胫的草刷拉刷拉地扫，惊动了那种叫"地拱子"的草地老鼠，把它们出卖给一只跟在她身后飞的鹞。这个场面你是熟悉的——这就回到了本故事的开头。现在你知道这个投奔草地的女子叫小点儿，你也对她的满腹心事有所了解。你已看见了她美妙的面目，迷人而貌似圣洁的身体，以及沾满污渍的灵魂。
> 她与白骨里盛装的灵魂不可比较。③

---

① 严歌苓：《从雌性出发》，《雌性的草地》，春风文艺出版社1998年版，代自序第4页。
② 严歌苓：《雌性的草地》，解放军文艺出版社1989年版，第1~2页。
③ 严歌苓：《雌性的草地》，解放军文艺出版社1989年版，第59页。

在 A 卷的行将结尾，小说叙事才接续开头时的一段或者是一幕，也揭秘披军雨衣、投奔草地的年轻女子叫"小点儿"。小说通篇几乎都是这样的前后呼应或者分别接续的叙事。围绕着主人公小点儿，次主人公沈红霞、柯丹、老杜(杜蔚蔚)、毛娅和指导员"叔叔"的故事与小说叙事，是分别被分割成了无数个叙事的片段。哪怕是单独的关于红马和绛权的叙事、关于老狗姆姆和狼的叙事，都被打散、拼接，通过空白行这一文本空间的留白和空白来作叙事转换，加之小说叙事本身的画面感很强，整体的效果，就像电影的画面剪辑——就犹如电影的交替蒙太奇和平行蒙太奇的使用。可以说，《雌性的草地》的小说叙事镜头感极强，不止有时间性的考量，空间性也很强。整个小说叙事，既有看电影带来的影像感和冲击力，又提供如同通过编辑机逐个分析镜头的叙事效果：打断叙述和视觉的连续性，分解呈现为有意义之整体的东西，阐释镜头之间的关系以及镜头构成要素之间的关系，等等。① 当然，在小说这里，是可逐个分析的如电影镜头的叙事效果：打断叙述和阅读的连续性，分解呈现为有意义之整体的东西，阐释叙事片段之间的关系以及叙事片段构成要素之间的关系等。

在叙事学家看来，电影的叙事时间与其说是叙述出来的，不如说是被呈现出来的。电影呈现被叙事学家看作是叙述的一种变体，而"电影叙述者"这一措辞则暗示了这是一种复杂交流的叙述：

当杰拉尔德·马斯特宣称在电影中空间和时间扮演同等角色时，在他的心目中特别是指电影独特的时间呈现方式。一方面，电影以空间为先决条件(一部电影在迅速接续中展示一系列图像，每个图像都是一幅空间画面)；另一方面，电影把一个时间的矢量加于图像的空间维度之上。电影通过把图像置于动态之中再加上声音，并通过编排

① [法]弗朗西斯·瓦努瓦著，王文融译：《书面叙事·电影叙事》，北京大学出版社 2012 年版，第 37 页。

图像顺序和组合事件，而使图像的固定空间复杂化，并改变了它。其结果是一个极其复杂和具有迷人效果的艺术形式。但是电影并没有变得更少地"基于"空间或更少地依赖于空间，尽管它不断变动并使图像的空间维度复杂化。①

本来与电影叙事有着很大差别的小说叙事，竟然可以在严歌苓的《雌性的草地》当中，实现类似电影这般的既以空间为先决条件，又把一个时间的矢量加于有图像感、如电影特写镜头的一个个叙事片段之上，并通过编排这些特写镜头一样的叙事片段和组合事件，而使这些有着图像感的叙事片段的"固定空间复杂化，并改变了它"。除了比电影少了"声音"的直接使用和表现，《雌性的草地》的小说叙事在一个可考量的时间的矢量之上，空间感极其突出乃至强烈，其结果同样"是一个极其复杂和具有迷人效果的艺术形式"的产生。

对于电影的叙事时间的评论，触及了电影理论中最有趣的讨论之一，即通常所称的"爱森斯坦-巴赞争论"（Eisenstein-Bazin debate）。对于谢尔盖·爱森斯坦（Sergei Eisenstein）来说，电影与其说是通过展示图像来进行交流，不如说是通过组合图像的方式来进行交流："任何种类的两个电影片断放在一起，必然会组合成一个新的概念，一种新质从这种并置中产生。"这种与爱森斯坦的蒙太奇手法密切相关的主张，遭到了安德烈·巴赞的反驳，他不同意爱森斯坦胡乱地把自然(人类置身其间的现实的客观世界)打成碎片，既在时间上也在空间上。对于巴赞来说，电影的价值和对人类的吸引力首先在于它把自然"整个"地而又"完全"地呈现(在一定意义上说是再创造)出来②。其实，爱森斯坦和巴赞分别持有的是空间、时间占优势地位的艺术形式的电影观念。爱森斯坦的观念——"任何种类的两个

---

① ［挪］雅各布·卢特著，徐强译，申丹校：《小说与电影中的叙事》，北京大学出版社 2011 年版，第 62 页。

② ［挪］雅各布·卢特著，徐强译，申丹校：《小说与电影中的叙事》，北京大学出版社 2011 年版，第 62~63 页。

电影片断放在一起，必然会组合成一个新的概念，一种新质从这种并置中产生"——对于理解《雌性的草地》将不同的叙事片段组合所发生的效用，是有启发意义的。这种组合，令一种新质从这种并置中，更确切地说是在叙事转换和拼接当中产生。

二、对话语的议论、人物的开放性与小说的虚构性

《雌性的草地》大量存在叙述者针对话语的"议论"的片段，这在 20 世纪 80 年代开始的那一段先锋派文学小说叙事当中，叙述者"我"直接出现在文本中，叙述对话语的议论，本也不鲜见。比如马原的小说《叠纸鹞的三种方法》行近结尾："刘雨在离开拉萨以前讲完了那个故事。当时我没有插话。我知道罗浩的故事也许更真实，但刘雨的故事无疑更多一些思辨意味。他要写一篇小说，他的故事作为原始素材当然更多一点弹性，罗浩的那个就太限制发挥和想象。"（《西藏文学》1985 年第 4 期）其实，刘雨与罗浩的故事，都是由叙述者"我"已经分别作了呈现的，"我"又对这两种呈现作了议论。《雌性的草地》中叙述者对话语所作的议论，更多更复杂，甚至叙述者和人物直接发生交流——由此也产生人物的开放性，叙述者甚至将故事怎样"编造"——甚至包括几种故事走向的可能性，和"我"如何创作这个小说，创作过程及构思中涉及的种种问题展示给我们。

在叙事学家看来，由叙述者对话语所作的议论，几个世纪以前就非常普遍。罗伯特·阿特尔曾指出在《堂吉诃德》中就已有此详尽老练的议论，无疑还能发现比这更早的例子。"有些针对话语的评论简单、直接，与故事之间比较和谐。特罗洛普的叙述者写到其作者身份之负担，谦虚地否认艺术能力，自由地扣上这一叙事之纽，扳过那一把柄，并随时刹车"，"他通过做这些来解除读者对特定叙事的潜在焦虑"，往往是"故事的基调与叙述者对获准描述它的那种话语性需求之间并未发生冲突"。像狄德罗无疑走得更远。① 正如罗伯特·阿特尔所说："自觉小说系统性地夸示自己的巧

① 参见［美］西摩·查特曼著，徐强译：《故事与话语：小说和电影的叙事结构》，中国人民大学出版社 2013 年版，第 233~235 页。

技情况，通过这么做，深入探查看似真实的巧技与真实之间的复杂关系。……在一部充分自觉的小说中，从头至尾，通过文体、叙事观察点的把握、强加到人物身上的名字与语词、叙述模式、人物的本性及降临到人物身上的事件，存在一种始终如一的效果：传达给我们一种感觉，即这一虚构世界是建构在文学传统与成规之背景上的作者构想。"它是"小说之本体论地位的一种检验"。它"要求我们去关注(小说家)如何创作他的小说，这一创作过程中涉及哪些技术上或理论上的问题"①。

《雌性的草地》不仅让我们去关注这个小说创作和构思的过程，而且作者，更确切地说是隐含作者，以叙述者"我"的身份出现在这些片段，展示构思和写作的过程，甚至与小说中的人物直接交流和对话。

> 其实距离女子牧马班那段故事，已经许多年过去了。我一摊开这叠陈旧的稿纸，就感到这个多年前的故事我没能力讲清它，因为它本身在不断演变，等我决定这样写的时候，它已变成那样了。这天我发现面前出现一位来访者，我猜她有十六七岁。她用手捻了一下鬓发，使它们在耳边形成一个可爱的小圈。这个动作正是我刚写到稿纸上的，我一下明白了她是谁。我不知怎样称呼她，她是二〇〇〇年以前的人，照此计算该是长者，而她又分明这样年轻。她也打量我，确信了我就是这部小说的作者；正因为我的脑瓜和笔，才使她的一切经历得以发生，无论是无耻的还是悲惨的。②

这个多年前的故事不断在演变，而"我"没能力讲清它，这符合严歌苓在《从雌性出发》里所讲她对"女子牧马班"事迹和故事的了解的整个过程，而事已过去多年本也难以复原从前的故事，没能力讲清是必然的，是对作家小说叙事虚构能力的考验。难得的是，这个"小说写作者"——"我"出现

---

① 参见[美]西摩·查特曼著，徐强译：《故事与话语：小说和电影的叙事结构》，中国人民大学出版社2013年版，第235页。
② 严歌苓：《雌性的草地》，解放军文艺出版社1989年版，第18页。

在小说叙事当中，带来的不是小说虚构性和艺术真实感的丧失，不是作家主体过多地侵入小说叙事，反而是小说虚构性的生成。这位来访者，通过上下文可以推断出是小说主人公小点儿，她随手的动作竟然是"我刚写到稿纸上的"，"我一下明白了她是谁"，"她是二〇〇〇年以前的人，照此计算该是长者，而她又分明这样年轻"，说明这个小说是写在2000年以后的一个时间，而我们明明知道《雌性的草地》是在1989年出版的——应该写于20世纪80年代，这个设计本身就产生小说的虚构性和这个构思过程的虚构性。这段之后，"我"与"她"继续作了许多"交流"——有关如何设计与她有关的小说情节的。"然后我把结局告诉了她，就是她的死。她勾引这个勾引那个最终却以死了结了一切不干不净的情债。""现在让我把这个故事好好写下去。她走了，没人打搅我太好了。"这里，又有预叙的作用，对于缓解读者对叙事的焦虑也有作用。

这样的对话语的议论和对小说创作过程的呈现，后文中还有一个典型性的片段：

> 以上是我在多年前对我几个文学朋友谈到的小说的隐情节。我扼要地谈完后，一个朋友直言说：不好，不真实。一个少女怎么能去参加杀人？我说：那是二十世纪六十年代末，全中国都在稀里糊涂地出人命。……
>
> 朋友们齐声问："给毙了？"
>
> 我说：记不清了。好象没毙，也许毙了。那一拨毙了好多人，记不清。但全城人都记得这个漂亮的小姑娘，谁都不相信她会干出那样恶毒的事。据说她有只眼睛是碧蓝的。
>
> 我关掉录音机，中止了几年前与朋友们的那场讨论。我得接下去写小点儿这一节。我捉笔苦思。多年轻美妙的生命，却容纳着老人一般繁杂丰富的历史——作恶多端，又备尝痛楚的经验。① （省略号为笔

---

① 严歌苓：《雌性的草地》，解放军文艺出版社1989年版，第57~58页。

者所加)

　　如果没有这一段，很难将小点儿与那个特殊年代充当帮凶杀人的少女的情节相联系，这样的对话语的议论和对小说创作过程的展现，不仅具有叙事的先锋性，而且对于解读小说有益，这或许就是严歌苓不同于同时期其他先锋小说作家之处。这个创作的过程，还显示了《雌性的草地》人物的开放性，这与叙事学家和文体学研究者对于走向开放的人物理论的观念是一致的。"在复杂叙事中，有些人物保持开放的结构，正如在现实世界中有些人保持神秘，无论我们对他们是何等地了解。""一套可行的人物理论，应保持开放性，并把人物当成自主性存在体，而不仅仅当作情节功能来对待。应当指出，人物是由受众根据所显示或隐含在原始结构中的、由不管什么媒介的话语传达的迹象重构出来的。"①严歌苓《雌性的草地》当中的人物观，与"走向开放的人物理论"一致，甚至比之前行更远，人物可以与小说所设置的写作者、与叙述者"我"直接交流，与我的创作本身和创作过程发生对话、交流乃至短兵相接般激烈冲突，人物意图干扰或者改变"我"的创作构思与人物和情节设计。

　　对创作过程的自觉展现，还有如："几年前，这样一个少女的形象就出现了。她的模样在那时就定了形。一些触目惊心的征候已在这副容颜上生根。与那些身心纯洁的少女相比，有人倒宁可爱她不干不净的美。""我翻开我早年的人物笔记，上面有如上记述。"②而上文这样的对话语的议论，又涵盖写作者、叙述者"我"与小说人物的一种直接的交流，在《雌性的草地》当中多有呈现。"'原来你给我设计的家是个贼窝！'她叫的同时用毒辣辣的眼神看着我和我的稿纸。她估计她的过去在那摞写毕的厚厚的稿纸里，而她的未来必将从我脑子里通过一支笔落到这摞空白稿笺上。我将两手护在两摞稿纸上，无论写毕的或空白的都不能让她一怒之下给毁了。二

　　① ［美］西摩·查特曼著，徐强译：《故事与话语：小说和电影的叙事结构》，中国人民大学出版社 2013 年版，第 103~104 页。
　　② 严歌苓：《雌性的草地》，解放军文艺出版社 1989 年版，第 84 页。

十世纪六十年代末的人什么都干得出来。"①这里，"我"与"她"（小点儿）能直接交流，她甚至可以对"我"的构思有意见，甚至有破坏我写毕的和空白的稿纸的可能性——这种叙事的先锋性手法，在当时也是出类拔萃的，却没有误入形式主义的歧途和滑入叙事游戏的空间，殊为难得。后文还有一个典型例证：

我一眼就看出忙碌而清苦的生活已使她的容貌变化起来。她剪短了头发，身上有股淡淡的牲口味。她对我说："我们要迁到更远的草场去。"

"你们？谁们？"我问她。我肯定刻毒地笑了。她以为有了这副简单健康的模样，就会在我空白的稿纸上出现一个新的形象，另一个小点儿。我暗示她看看写字台左边那一大摞写毕的稿子，她的历史都在那里面，我从不随便改动已定型的稿子。

她说："我过去究竟犯过什么罪？"

……

她问后来怎样。

……

她出神地听我讲她过去的非凡故事。

……

她一下打起精神："我总算被人忘掉了！"

我说哪能呢。那年头一个美貌的女凶犯就是女明星，许多人都会终生记住你的。比如牧马班的沈红霞。

"难怪她老盯我！"她惊叫起来，然后开始在我房里骚动不安地走，黑雨衣哗哗响。"她在什么地方见过我？……"

……

她问："那么，她会在什么时候认出我来？"

---

① 严歌苓：《雌性的草地》，解放军文艺出版社 1989 年版，第 19 页。

　　我说："这要看我的情节发展的需要。我也拿不准她，我不是你们那个时代的人啊。你们那个时代的人都警觉得象狗。"

　　她默想一会，一个急转身，我知道她想逃。我揪住她："你不能逃。你一逃就搞乱了我整个构思。再说你已无处可逃，你不是为逃避那种混乱的感情关系才从你姑家出走的吗？女子牧马班是你的最后一站，别想逃了。"①（段落之间的省略号为笔者所加）

　　人物"她"（小点儿）和"我"以及这个小说创作行为本身的交流和对话乃至冲撞，达到了如此交织交融和激烈的程度。小说中的人物和人物甚至一起来找"我"，与我商量改变关及他们的情节的可能性。比如："我没想到他和她会一块来见我。两人都是一头一身的草地秋霜。两人身上都有股血味和牲口味。我刚才正写到他们堕落那节，有个好句子被打断了。"她、他、"我"，竟然讨论起了我所描写的他们的爱情或者是偷情，她和他对于这件事的心理体验和内心痛苦……她想拿刀自杀，而"我不同意她现在死，我的小说不能半途而废啊"。"她跟我争夺那把刀：'老子才不为你的狗屁小说活受罪地熬下去！……放开我！'"冲突中，"我急促地翻着人物构思笔记"，告诉她说将再次碰见她在场部碰见过的那个骑兵连长，她才作罢并离去。② 他和她，是与小点儿乱伦的姑父和小点儿。小说中的人物，就这样频频来找"我"，与我和我写作的小说中这个人物的形象发生交流，尤其能揭示在正叙中无法详述或者写出的人物的情绪和心理。以老杜来找"我"的叙事片段为例："我起身倒茶时，发现她已在那儿了。门也没敲就进来，以为我的门象她们的帐篷。只要是这部小说中的人物一来，我的屋里就会有股淡淡的牲口味和牛奶马奶味。这个姑娘是有特征的，我张口便喊她老杜。"③这个共计 12 个自然段的叙事片段，如电影特写一般，是从故事正叙中肢解下来的，可以呈现故事正叙中不方便融入叙事的部分。小说里，同

---

　　① 严歌苓：《雌性的草地》，解放军文艺出版社 1989 年版，第 97~99 页。
　　② 严歌苓：《雌性的草地》，解放军文艺出版社 1989 年版，第 130~132 页。
　　③ 严歌苓：《雌性的草地》，解放军文艺出版社 1989 年版，第 196 页。

一个人物在不同年龄段时的形象个体，竟然也可以在"我"这里相遇。"毛娅穿着湖绿色衬衫、翻着红运动衫领子，外面又裹件暗红色袍子。我一见她，就感到我没写清她的装束，也没写清她的表情和心理。""我请她进屋"，正聊着，"这时又走进来一个人，她一进来毛娅就掩鼻，并对我使了个眼色：象这样的草地老妪你不必计较她的味"，"然后我告诉毛娅，这就是她多年后的形象。毛娅呆了，看着多年后的自己"，"她讲着八十年代的事，毛娅怎么也不敢相信十年后自己变得如此可怕。她凑近老女人去看，渐渐认识了，那正是她自己"。"讲着八十年代的事"的"她"，是十年后的毛娅，间隔了十年的两个毛娅的形象个体，竟然可以都来找到"我"，可以互相看到与交流。①

小说中"我"与小说人物的交流，还有"我"与指导员叔叔的交流："写到这里我吃了一惊，因为我听见一个声音在门外轻喊：'喂，要想看看沈红霞和红马就快出来！'""我迅速打开门，却只见一个红色的影子在视觉里划过。我知道，这就是我要的效果。""然后我看见了他……这时，我看见他嘴里什么东西一闪。我立刻想到我描写过的指导员叔叔的银门齿。"（省略号为笔者所加）"再想跟他讨论点什么的时候，他已掉头往从前年代走去。巍巍峨峨地晃。我说：'你是帮他们找马群去吗?'""他不答我。走得越远他就越显得黑暗，最终成了个黝黑的赤身的小男孩。"②我们甚至有理由相信，这个"黝黑的赤身的小男孩"，是对后文柯丹与叔叔孩子布布的预叙。第254页，有"营长和他的未婚妻来拜访我，是我不曾料到的"，营长与他的未婚妻，也是小说中的人物，他们在我这里遇上了另一个小说人物"小点儿"。"我"不止与人物交流，有关动物的构思也予以展示。对于匹配红马的小母马，"为起绛权这个名字我对着空白的格子纸死死想了两天。开始叫它'绛钗'，后来把钗换成权，这样有草原风格。""我笔下每出现一个生命都是悲剧的需要。这匹绛红小母马如此惹我心爱，正因如此，你来

---

① 严歌苓：《雌性的草地》，解放军文艺出版社1989年版，第275~276页。
② 严歌苓：《雌性的草地》，解放军文艺出版社1989年版，第55~56页。

看我将怎样加害于它。"①这里又同时有与受述者的交流。

这种人物的开放性小说叙事，展现的是小说虚构性叙事生成的过程，本身也产生小说的艺术性和虚构性。除了"我"与人物发生对话和交流，"我"与受述者也直接交流。小说第 2 页就有："女子除下军雨衣的帽子，现在她的脸正对你。我猜你被这张美丽怪异的面容慑住了。你要见过她早先的模样就好了。假如有人说她是个天生成的美人，你可能不信。"第 49 页："让这只老狗悄没声地活着吧，直到它生出三只引人瞩目的狗崽，那时你再来注意它。先听我把重要的事接下来讲。"第 51 页："而柯丹出牧碰上了意外，没能按时回来。她与老杜毛娅究竟出了什么事，那需要专门时间来讲，现在只告诉你，等柯丹千辛万苦地回来那天，绿苗死而复生，仍在那片土地上战战兢兢立着。"第 64 页柯丹遭遇狼群，危急时刻，则有："既然你猜到会有人来搭救，我就不弄玄虚了。"第 89 页："你想搞清沈红霞在脱离集体的七天七夜究竟干了些什么。是的，你记性好，她去寻马。"而叙述者"我"与受述者"你"的交流，很多时候又有预叙、缓解对于悬念和情节的叙事焦虑的效果。第 59 页："她将怎样去活，我不知道。草地太大，她随时可能逃出我的掌握。我只告诉你结局，我已在故事开头暗示了这个结局，她将死，我给她美貌迷人的日子不多了。"第 143 页："让我怎么办呢，故事已写到这一步了。我想该是让那个人露面的时候了。"

E. M. 福斯特对"圆形人物"和"扁平人物"所作的区分，饱受文学论争的风暴。但有一点，对我们理解《雌性的草地》里走向开放性的人物是有帮助的：扁平人物的行为有高度可预见性。圆形人物则相反，具有多样化的特性，其中一些互相冲突甚至对立；他们的行为不可预见——他们可以改变，他们能够使我们惊异，等等。圆形人物之难以言喻性，部分地导源于诸特性之间巨大的跨度、多样性甚至矛盾性。②《雌性的草地》给我们的感

① 严歌苓：《雌性的草地》，解放军文艺出版社 1989 年版，第 71 页。

② ［美］西摩·查特曼著，徐强译：《故事与话语：小说和电影的叙事结构》，中国人民大学出版社 2013 年版，第 116~117 页。

觉，它的人物的行为的确难以预见，还能与写作者"我"交流、冲突乃至想影响甚或改变我的艺术构思，这在很大程度上体现了叙事的先锋性，有着小说叙事实验的性质和意味。像沈红霞遇到三十余年前即已死去的女红军芳姐子，她们之间的交流，充满心理和情绪放大的意味；有时与女红军芳姐子一起相伴出现的蓝裙子姑娘陈黎明，原是青年垦荒团的成员——她们与沈红霞都有交流，其实是在以一种电影特写镜头一样的叙事片段，起情绪放大或者单独诠释的作用，来在故事正叙之外补叙沈红霞的人生与命运遭际——她的母亲当年参加了一个舞会，就被将军留下，再也没能回来，住进了那栋铺有红地毯的房子。过了几个月，一个女婴被人塞回给了父亲，长大后，她又被背后的那个看不见的有权威的人打发到了"女子牧马班"——但这一切的现实遭际所给她带来的心理和运命的各种不确定性和难以言喻性，都得以在她遇到芳姐子与陈黎明——来自不同时空的人、通过草地对接当中呈现。芳姐子丢掉性命的故事，隐喻和反衬沈红霞的身世遭际。

三、核心与从属同小说阐释

《雌性的草地》再版时"代自序"《从雌性出发》中曾提到："还有朋友告诉我：你这本书太不买读者的账，一点也不让读者感到亲切，一副冷面孔——开始讲故事啦，你听懂也罢，听不懂活该，或者你越听得糊涂我越得意，这样一个作家，读者也不来买你的账。"[1]这当然都是由前面所分析和讲到的严歌苓在叙事结构、叙事手法等方面所呈具的一些"先锋性—现代主义"的特性导致的，叙事的先锋性的确可以带来阅读的困难和障碍。对于这块草地，每年只有三天的无霜期，女孩子们的脸全部结了层伤疤似的硬痂，这个听来、看到的"女子牧马班"的故事，即使是"女子牧马班"的事迹在 1976 年成为全国知识青年的优秀典型、报纸宣传她们的时候，严

---

[1]　严歌苓：《从雌性出发》，《雌性的草地》，春风文艺出版社 1998 年版，代自序第 1 页。

歌苓也是"当时我感到她们的存在不很真实，像是一个放在'理想'这个培养皿里的活细胞；似乎人们并不拿她们的生命当回事，她们所受的肉体、情感之苦都不在话下，只要完成一个试验"①。

严歌苓《雌性的草地》当然是想通过笔触，揭开这个"试验"当中的女子牧马班的女孩们真实的生命体验，但这个故事本身也注定了虚幻与现实并在，颇具先锋性的叙事恰好符合这个故事的话语呈现的要求，相得益彰。其实，严歌苓的叙事不同于她同时代的马原等人的叙事圈套和格非一度使用的叙事迷宫结构手法，比如，与《雌性的草地》差不多同时期的格非《褐色鸟群》(《钟山》1988 年第 2 期)、《大年》(《上海文学》1988 年第 8 期)、《青黄》(《收获》1988 年第 6 期)、《敌人》(《收获》1990 年第 2 期)等，可谓格非叙事迷宫结构手法的极致体现。借助结构主义叙事学核心与从属的概念和理论，可以厘清《雌性的草地》的叙事脉络并有助于我们理解和解读文本。

结构主义叙事学认为："叙事事件不仅有其联结逻辑，而且还有其**等级**(hierarchy)逻辑。有些事件比其他一些更重要。在经典叙事中，只有主要事件是可能性事件(contingency)链条或骨架上的一部分。次要事件有不同的结构。"在巴特看来，每一个这样的主要事件——他称之为 *noyau*，而西摩·查特曼译为"**核心**"(kernel)——都是阐释符码(hermeneutic code)的一部分。西摩·查特曼认为，"它通过设置并解决问题而推进情节。核心是这样一些叙事时刻：它们在朝事件前进的方向上引发问题之关键(cruxes)。它们是结构上的节点或枢纽，是促使行为进入一条或两条(甚至更多)路径的分岔点"。②《雌性的草地》借用和化用了电影叙事的手法，空间感突出，又把一个时间的矢量加于有图像感、如电影特写镜头的一个个叙事片段之上，并通过编排这些特写镜头一样的叙事片段和组合事件，产生

---

① 严歌苓：《从雌性出发》，《雌性的草地》，春风文艺出版社 1998 年版，代自序第 3~4 页。

② ［美］西摩·查特曼著，徐强译：《故事与话语：小说和电影的叙事结构》，中国人民大学出版社 2013 年版，第 38 页。

一个具繁富迷人艺术效果的小说文本。但其叙事结构和叙事手法也给习惯流畅性阅读的普通读者带来一定的阅读障碍，如果能够对小说的主要事件加以梳理，就会发现其实每条叙事线索都是很清晰的，每个故事序列自成结构，这个小说是由一串串主要事件和核心的叙事时刻构成。围绕不同的人物加以梳理的话，每个故事其实都叙事线索清晰、磊磊分明。所呈现的叙事效果，其实就是严歌苓在《从雌性出发》当中所说的："当然，我不敢背叛写人物命运的小说传统。我写的还是一群女孩，尤其是主人公小点儿，次主人公沈红霞、柯丹、叔叔的命运。故事是从小点儿这个有乱伦、偷窃、凶杀行为的少女混入女子牧马班开始的。主要以小点儿的观察角度来表现这个女修士般的集体。"①除了严歌苓提到的这些人物，在老杜、毛娅身上也可以梳理出清晰的叙事脉络和故事线索。在经历叙事的虚幻与现实并在之后，每个故事都是清晰而能够深入人心的，这或许就是严歌苓不同于同时期其他误入形式主义歧途的先锋作家的高妙之处。

在西摩·查特曼看来："次要情节事件——**从属**（satellite）在此意义上就不那么重要。它可以被去除而不会扰乱情节的逻辑，尽管它的去除当然会从美学上损伤叙事。从属不需要选择，而仅仅是在核心上所作的选择之产物。它们必然暗示着核心的存在，但反过来却不然。它们的功能是填充、说明、完足核心；它们在骨架上形成肌肉。核心—骨架理论上允许无限详细化。任何行为都可以细分为大量的部分，而这些部分又可以细分为大量的亚部分。从属不必马上就紧跟在核心之后，同样还是因为话语不等于故事。它们可能先于核心，也可以后于核心，甚至与核心隔开一段距离。"②对《雌性的草地》感到阅读障碍的读者，除了有些不适应小说先锋性的叙事结构，很多时候也是被从属——次要情节事件迷惑，而影响了阅读和对小说的理解。如果阅读能够拨开这些次要情节事件的枝蔓，识清主要

① 严歌苓：《从雌性出发》，《雌性的草地》，春风文艺出版社 1998 年版，代自序第 4~5 页。
② [美]西摩·查特曼著，徐强译：《故事与话语：小说和电影的叙事结构》，中国人民大学出版社 2013 年版，第 39 页。

情节事件，就可以解惑和祛魅。但是，并不是说这些从属——次要情节事件不重要，相反，我觉得它们很重要，它们是主要情节事件和情节骨架上的肌肉，它们可以填充、说明、完足核心，更关键的是，如果去除它们必然会从美学上损伤叙事。像红马和绛权的故事，老狗姆姆和狼尤其他所哺育长大的狼崽子金眼和憨巴的故事，皆已死去的女红军沈红霞和青年垦荒团成员陈黎明数次与沈红霞的跨时空相遇，作为小点儿脱离乱伦走向纯粹可能性的骑兵连长——后文被写作骑兵营长（疑为笔误）情节事件的存在，等等，都可以在美学上填充和完足叙事。而严歌苓自己所提到的在故事正叙中，"我似乎有意忽略掉主体叙述中重要的一笔。而在下一个新的章节中，我把被忽略的这段酣畅淋漓地描写出来，做一个独立的段落"，也说明从属——次要情节事件"也可以后于核心，甚至与核心隔开一段距离"。

核心和从属，不是所有人能认识到它们对于解释和解读文本的重要性。结构主义叙事理论中的这一区分被批评为仅仅是术语上的和机械的：有人说它们"没有增益什么，也没有为阅读带来任何提高"，顶多"不过是为我们在普通阅读行为中以无意识的恰当方式所做的事情提供一种烦琐的解释方法"。西摩·查特曼都忍不住辩解：它的目的不在于为作品提供新的或增量的阅读，而在于精确地解释"我们在普通阅读行为中以无意识的恰当方式所做的事情"。但通过《雌性的草地》，我们可以深刻体会到，在西摩·查特曼那里仍然不失悬疑的"如果它真**是**一种解释，那它必然是对我们关于叙事形式及关于一般文本之理解的一个重要贡献"①，对于阅读和深度解读这个小说的重要性。借助结构主义叙事学核心与从属的理论概念，助益我们对《雌性的草地》的叙事形式和文本的理解，也令对它的深度解读成为可能。

四、"从雌性出发"的叙事母题

熟悉严歌苓或者严歌苓研究者大多知道，雌性、地母般神性，是严歌

---

① ［美］西摩·查特曼著，徐强译：《故事与话语：小说和电影的叙事结构》，中国人民大学出版社 2013 年版，第 40 页。

苓后来创作曾经长期秉行的一个创作要素和精神旨归。后来陈思和2008年在分析严歌苓《第九个寡妇》的时候曾指出，王葡萄是严歌苓创造出的"一个民间的地母之神"，但他也明确指出："葡萄这个艺术形象在严歌苓的小说里并不是第一次出现，这是作家贡献于当代中国文学的一个独创的艺术形象。从少女小渔到扶桑，再到这第九个寡妇王葡萄，这系列女性形象的艺术内涵没有引起评论界的认真的关注，但是随着严歌苓创作的不断进步，这一形象的独特性却越来越鲜明，其内涵也越来越丰厚和饱满。如果说，少女小渔还仅仅是一个比较单纯的新移民的形象，扶桑作为一个生活在西方世界的中国名妓，多少感染一些东方主义的痕迹的话，那么，王葡萄则完整地体现了一种来自中国民间大地的民族的内在生命能量和艺术美的标准。"在陈思和看来："'包容一切'隐喻了一种自我完善的力量，能凭着生命的自身能力，吸收各种外来的营养，转腐朽为神奇。我将这种奇异的能力称之为藏污纳垢的能力，能将天下污垢转化为营养和生命的再生能力，使生命立于不死的状态。"①

　　雌性、地母般神性，当然不是始自少女小渔、扶桑，尤其是雌性，"从雌性出发"的叙事母题，从《雌性的草地》就已经出现、成形，并在严歌苓后来的创作当中发育成熟。不只是《雌性的草地》再版"代自序"的题目"从雌性出发"已经部分说明了问题，她还自述："记得我的朋友陈冲读完《雌性的草地》后对我说：'很性感!'我说：'啊?!'她说：'那股激情啊!'""'真的，你写得很性感!'我仍瞠目，问她性感当什么讲，她说她也讲不清：'有的书是写性的，但毫不性感；你这本书却非常性感。'她说。"因了这个由头，严歌苓说："我是认真写'性'的，从'雌性'的立场去反映'性'这个现象。""多年后，我们听说那个指导员叔叔把牧马班里的每个女孩都诱奸了。这是对女孩们的青春蒙动残酷、恐怖，却又是惟一合理的解决。""写此书，我似乎为了伸张'性'。似乎该以血滴泪滴将一个巨大的性写在

① 陈思和：《自己的书架：严歌苓的〈第九个寡妇〉》，《名作欣赏》2008年第5期。

天宙上。"①《雌性的草地》里指导员叔叔，不仅与柯丹有了那个被柯丹左隐右瞒生下来的男孩布布，在小点儿施计换最相貌丑陋的老杜去赴叔叔之约后，叔叔先是以一记耳光不许老杜说自己丑，接着怒吼、摇晃她的头，扯得她更变形，"她脸上出现惬意的神色，仿佛沉醉于一种特殊的享受。没有男性如此强烈地触碰过她。"叔叔强忍着"她真是个丑得让人心碎的姑娘啊"，叔叔闭上真假两眼，将吻沉重地砸向她，"她这才敢相信它不是梦"，"不管怎样，她从此有了点自信和自尊"。叔叔旋即离去，而她：

> 直到他打马跑远，她还象死了一般伏在原地。她看着那剪径而来、绕路而去的雄健身影，感到自己内心的某一域不再是一片荒凉。她双臂还伸在那里，伸得很长很远，似乎在向这个骁勇的男性进一步乞讨
> 爱抚。②

雌性里除了这作为人性和女性本能的心理和生理需求，雌性里的母性，也已经是《雌性的草地》里最为打动人心之处。柯丹在草地上偷偷生下布布，"这一个决不能再死。这样，她跪着，便对婴儿发了无言的誓言"。《雌性的草地》里有多处类似的女性跪着的形象描写：

> 在春雪纷纷的早晨，你看看，这个偷着做母亲的女性身上积满一层雪。她头发散乱，整个肩背被浓密的黑发覆盖。你跟我一起来看看我笔下这个要紧人物吧。我不会指责你寡廉鲜耻，因为她最引人入胜的地方正是那对乳房。它们似非肉体的，犹如铜铸。铜又黯淡、氧化，发生着否定之否定的质感变异。一条条蓝紫色的血管在它们上面

---

①　严歌苓：《从雌性出发》，《雌性的草地》，春风文艺出版社 1998 年版，代自序第 1、3、5 页。

②　严歌苓：《雌性的草地》，解放军文艺出版社 1989 年版，第 286 页。

结网，乳晕犹如罂粟的花芯般乌黑。因她偷偷哺乳，常避开人群在酷日与厉风中敞怀，高原粗糙的气候使它们粗糙无比，细看便看见上面布满无数细碎的裂口，那皱纹条条都绽出血丝。你说：一点也不美。我说：的确不美。你说：有点吓人。我说：不假，简直象快风化的遗迹。假如它们不蕴含大量的鲜乳，我都要怀疑我亲手创造的这个女性形象搞错了年代。我被如此庄重、丝毫激不起人邪念的胸部塑像震惊，我觉得它们非常古老，那对风雨剥蚀的乳峰是古老年代延续至今唯一的贯穿物。①

这里体现的其实就是一种可以由古老年代延续至今的唯一的贯穿物——母性。女子牧马班毕竟多是女孩，严歌苓更多地在狗性、马性里寻找和表现它们的母性。叔叔对着老狗姆姆勾动枪机的一刹那，他感到手指僵硬而无力。"狗祖露着怀孕的胸腹，那上面的毛已褪尽，两排完全松懈的乳头一律耷拉着，显出母性的疲惫。叔叔的枪在手里软化，他感到子弹在枪膛里已消融，在这样的狗的胸膛前，融成一股温乎乎的液体流出来。他认为自己得到了某种神秘的启示。老母狗这个姿势不是奴性的体现，恰恰是庄严，是一种无愧于己无愧于世的老者的庄严。"叔叔认为自己得到了某种神秘的启示，手里枪的软化，都是来自于怀孕的姆姆的母性所体现的庄严。小点儿协助沈红霞给母马接生，小马驹娩出母体，"这样，雌性才真正走完了它的闺中之路"。"红马感到柔与刚、慈爱与凶残合成的完整的母性，是所有雄性真正的对立面，是雄性不可能匹敌的。"②更不可思议的是，老狗姆姆在报复完两只杀死它的孩子的狼之后，竟然母性大发，哺育起了它们的两只狼崽子。

人们断断想不到，与狼征战一生的老狗姆姆正在引狼入室。它屈

① 严歌苓：《雌性的草地》，解放军文艺出版社 1989 年版，第 161～162 页。
② 严歌苓：《雌性的草地》，解放军文艺出版社 1989 年版，第 48～49、69、71 页。

服于母性，用自己的乳汁哺育仇敌之后。这是善是恶还是蠢，连它自己也不能判断。它自食其果的日子不远了。姆姆永远不会被同类原谅，它与狼私通，将遭到整个狗族的抛弃。它站在狼穴里，当两只小狼战兢兢向它仰脸张嘴时，它已在一瞬间把自己可悲又可耻的唯一下场想过了。

　　大概它叼过头一只狼崽，在杀害它之后沾了它的气味。于是两只狼崽嗅嗅它的嘴，便立刻拱进它怀里。见狼崽毫不见外地吮着它的乳，它竟被深深打动了。待人们议论着疑惑着离去后，姆姆想，它生产了一辈子狗，每条狗都是剿灭狼的精良武器。但它最终却哺养了狼。它感到，作为狗，它是叛徒；作为母亲，它无可指责。它情愿在奇耻大辱中，在大罪大罚中，通过乳汁，将一种本性输入到另一种本性中去。①

这母性，竟然让姆姆穿越了狗与狼世为天敌的天堑之隔。但是，下场也悲凉："很久很久以后，一条老得可怖的母狗在荒原上走。它想，它以身试法，世界还是不容它。"如果说，姆姆对狼崽子藏污纳垢了的话，女子牧马班收留了小点儿，也是"她们洁净的生活已藏污纳垢"。《雌性的草地》再版时的代自序是"从雌性出发"，正是严歌苓在初版九年之后的真实感悟："以此书，我也企图在人的性爱与动物的性爱中找到一点共同，那就是，性爱是毁灭，更是永生。"②小说正式开启了"从雌性出发"的叙事母题，这条创作的线曾经在严歌苓的创作中埋设了很长一段时间，一度成为她创作的精神标识之一。

---

　　①　严歌苓：《雌性的草地》，解放军文艺出版社 1989 年版，第 187 页。
　　②　严歌苓：《雌性的草地》，春风文艺出版社 1998 年版，第 187、72、代自序第 5 页。

第三章
知人论世的批评智慧

　　即便亟须完成文本细读式文学批评的补课任务，但文学批评应该蕴涵知人论世的批评智慧，这是毫无疑问的。文学评论和文学研究，或多或少会包含研究者和评论者的写作立场、价值判断和旨趣选择。而要做到能够回归文学本体、回到文学本身的文学批评，先就要对评论的对象是"有感而发"，这样写出的评论才会带着评论者的热情和体温。所以陈晓明才会说："'有感而发'看似寻常，其实不寻常。做评论最重要的是要对自己评论的作家作品动了感情，用心用情去评价对象，才会有发自内心的感动和感悟。通常人们会说评论乃是一项理性活动，属于科学抽象思维活动。但文学评论与其他的社会科学有所不同，甚至截然不同。我不以为那些冷静客观的评论就是最好的评论，带着挑剔的眼光去品评作品是需要的，看出作家作品的漏洞或不足，这无疑是一项很重要的工作。但这种批评很容易变成批评者的自我维护，批评者顽强维护自己的立场的标准，以所谓冷静客观的眼光去看待对象，那对象无论如何也是不会百分之百合符批评者的标准。活的对象与固定的标准尺度如何能吻合呢？与既定的概念范畴如何能合拍呢？显然不能。"①陈晓明的本意不是说评论不应该有冷静客观的一面，他实际上是警惕于一种先入为主、批评者持有自己特定乃至固化的批评立场的时候，对作品作出苛严冷酷甚至削足适履的评论。所以他特地强调："不管文学评论还是文学研究，都应该是以心相交。与今人如此，与

────────────

　　① 陈晓明：《她能回到文学本身——漫议刘艳的文学评论》，《南方文坛》2018年第3期。

古人也应如此。"①以心相交，必然就需蕴涵知人论世的批评智慧。

　　即便是将叙事学研究和文体学研究方法相结合，并在细读式文学研究方面成绩卓著的学者申丹，也从来不是只关注具体作品的形式分析和文本分析。她曾经指出自己的"细读"是"整体细读"。什么是她所认为的"整体细读"呢？"它以文本为依据，以打破阐释框架的束缚为前提。"她的"细读"有两个特点："一是既关注遣词造句，又关注叙事策略。二是在'细读'局部成分时，仔细考察该成分在作品全局中的作用。"而她言称"整体"性则主要体现在以下三个方面："一是对作品中各成分之间的相互作用加以综合考察；二是对作品和语境加以综合考察；三是对一个作品与相关作品的相似和对照加以互文考察。也就是说，'整体细读'是宏观阅读与微观阅读的有机结合，两者相互观照，相互关联，不可分离。"②这里，她其实已经触及作品和语境、作家作品与作家自己以及其他作家作品的互文考察的问题，这就必须要求研究者具备知人论世的批评智慧。

　　知人论世的批评智慧，对于研究和评论不同的作家和作品非常重要，就是对于研究同一个作家的不同作品，也同样很重要。对于叙事学研究来说，作品的真实作者和隐含作者，不是一回事。"隐含作者"是西方叙事学界的核心概念之一，也是三四十年来频频出现在西方文体学论著中的一个重要概念。从理论上来讲，"隐含作者"是以文本为依据推导出来的作者形象，不仅不同作家的作品的隐含作者不相同，就是同一个作者不同的作品的隐含作者也是不相同的，这其实是对中外学界喜欢对作者道德观和价值判断、情感历程等形成较为固定的看法的一种反拨。在申丹看来："而由于种种原因，作者在创作不同作品时可能会采取大相径庭的立场，或遵循或违背社会道德规范。若要较好地把握某一作品隐含的特定作者立场，需要在打破阐释定见的基础上，对作品进行'整体细读'：既对作品的叙事结

---

　　①　陈晓明：《她能回到文学本身——漫议刘艳的文学评论》，《南方文坛》2018 年第 3 期。

　　②　申丹：《叙事、文体与潜文本——重读英美经典短篇小说》，北京大学出版社 2009 年版，第 12、13 页。

构和遣词造句加以全面仔细的考察，又将内在批评和外在批评有机结合，对作者的创作语境加以充分考虑，同时进行互文解读，通过对照比较来更好地从整体上把握作品。此外，我们还可以通过作品分析，发现相关理论在关注面上的遗漏和衡量标准上的偏误，从而对之做出相应的补充和修正。"①"将内在批评和外在批评相结合，对作者的创作语境加以充分考虑"，不止是对与同一个作家的不同作品具有研究和评论的有效性，对于不同的作家作品，就更显其必要性和重要性。

《童年经验与边地人生的女性书写——萧红、迟子建创作比照探讨》这篇论文，曾荣获第五届"唐弢青年文学研究奖"，授奖词当中有一句——"其中对两位作家的相似性、相关性和差异性的论证分析，颇有说服力。论文知人论世，感悟丰沛，兼具历史感和现实感"。"知人论世"，的确是研究者和评论者在作文学研究和文学批评的时候，应该具有的和需要不断增益的一种批评智慧。

第一节　童年经验与边地人生的女性书写
——萧红、迟子建创作比照探讨

萧红和迟子建，作为中国现当代文学史上著名的东北女作家，创作存在很多相似性和相关性，单纯的影响研究有失偏颇。本节旨在通过童年经验这样一个意义维度，考察童年经验是如何直接为她们的创作提供了生活原型和题材，令其对于边地人生的女性书写，呈现细节化叙述的艺术特征和属于她们的独特审美意蕴；探讨童年经验经过了成年经验的重塑和再造，是如何进入了她们的创作，甚至还直接影响了她们的小说创作理念；而且，童年经验作为先在意向结构，对于她们的文学书写尤其是边地人生的女性书写，发生着切实和深远的影响。

---

① 申丹：《叙事、文体与潜文本——重读英美经典短篇小说》，北京大学出版社2009年版，第161~162页。

心理学家对"童年时期"有不同的定义，影响最大的当推弗洛伊德，他在《梦的解析》和《性学三论》中，对童年时期的童年经验均作了独到深刻的分析，奠定了现代儿童心理学的基础。但弗氏过于专注于儿童的"性心理"，把儿童经验主要归结为性心理，显然有失偏颇。本节并不打算去发掘这方面的儿童经验，而是去关注更为普通的生活化的儿童经验如何形成一种初始而长久的记忆，从而影响了作家后来的创作，或者构成了作家创作的主要资源和动力。本节讨论的作家"儿童时期"拟规定为从作家婴幼到少年时期(从出生起至 12~14 岁的青春前期)阶段，童年经验即指这一时期获得的生命体验与记忆。国内理论批评界童庆炳先生较早论述这一问题，他曾经说道："几乎每一个伟大的作家都把自己的童年经验看成巨大而珍贵的馈赠，看成取之不尽、用之不竭的创作的源泉。"①童年经验对于作家创作的重要性，不言而喻。从客观层面而言，童年经验包括作家童年的生活环境和人生遭际；从主观层面而言，又包含作家对自己童年生活经历的主观的心理感受和印象以及由此形成的心理效应和大脑记忆。五四时期，伴随着"人"的发现和对儿童的发现，儿童的视角和叙事策略，日渐受到作家的重视和青睐，而童年经验，更是成为许多作家选材构思和灵感佳作的源泉。许多现当代作家，都常常携童年经验或者从童年经验当中汲取妙思来进行创作。

萧红和迟子建，作为中国现当代文学史上著名的东北女作家，很多人感觉或者注意到了她们创作的相似性和相关性，往往会从迟子建受到萧红影响的角度思考，譬如：迟子建就曾经面对这样的问询——"很多东北女作家非常喜欢萧红，而且深受萧红影响。萧红在现代文学史上的地位与你在中国当代文学史上的地位差不多。萧红小说的散文化写作和纯净的艺术气质与你也有相似之处。我想她对你的影响毋庸置疑。"对此，迟子建的回答是聪敏而机智的："萧红是中国现代文学史上的一座丰碑，她的《呼兰河

---

① 参见童庆炳：《作家的童年经验及其对创作的影响》，《文学评论》1993 年第 4 期。他认为："一般而言，童年经验是指从儿童时期(现代心理学一般把从出生到成熟这一时期称为'儿童期')的生活经历中所获得的体验。"

传》是她生命和文学的绝唱，很难有人逾越。作为后来的东北作家，我所能做的就是营造自己的艺术世界，把迟子建的作品做得更好，成为自己的唯一。任何的比附其实都是无知、浅薄和急功近利的表现，要知道，无论在哪个时代，萧红都是不可替代的。"①由此也不难见出，虽然读到迟子建的《东窗》《秧歌》等，很容易就可以联想和联系到萧红的《呼兰河传》《小城三月》等，但单纯的影响研究是否可取，值得商榷，而若是想从一个角度切入，对她们的创作加以辨析，也并不是一件容易的事情。在此，希望通过童年经验对萧红、迟子建两位作家创作影响的考察，或者说通过对她们童年经验的溯源，来比照考察她们童年经验如何影响了她们的创作？童年经验是怎样进入了她们的创作？或许可以在一个更为多样和立体的空间里来揭示她们创作的艺术特征和复杂意蕴。这种比照不是区分高下、优劣，也不只是辨别同异，更重要的是一种丰富性的呈现和映衬。

一、童年经验·生活原型和题材·细节化叙述

辽阔的东北边域，独特的气候、风光景色、四季更替以及独具特色的习俗风物、民情与民众的生活态度等，带给萧红和迟子建不同于他人的童年经验。萧红笔下的《家族以外的人》《呼兰河传》和《后花园》等作品，营造出的是一个北国女孩的童年生活氛围和经历，没有刻着地域烙印的丰蕴的童年经验，很难想象会产生《呼兰河传》这样"一篇叙事诗，一幅多彩的风土画，一串凄婉的歌谣"②；没有童年时期在大兴安岭、黑龙江和北极村特殊的地域风貌、自然民俗、生活经历的独特经验，如何能够有迟子建这样一个灵秀女子的接通她生命出发之地"地之灵"的诸多创作？她的许多作品明显存在或者可以寻根溯源见出其童年生活、童年经验在她心中留下的深深烙印。

---

① 《北京文学·中篇小说月报》编辑、迟子建：《与迟子建对谈：鲁迅在骨子里其实是一个浪漫主义者》，《北京文学·中篇小说月报》2005 年第 3 期。

② 茅盾：《呼兰河传/序》，《萧红全集·上卷》，哈尔滨出版社 1998 年版，第108 页。

先前的研究当中，我已经谈到萧红和迟子建在她们的作品当中，尤其对景物的描写，其书写常常流露"我向思维"的特征，具备拟人化、打通人的感觉和知觉的能力，往往可以看到主体与客体的真诚拥抱。家乡物事，到了萧红和迟子建笔下，都似乎是有生命的、与人有着血缘亲情的东西。①在萧红和迟子建这里，童年经验，是作为生活原型和重要题材，直接进入到了她们的创作当中，其重要性和不可忽视，就像迟子建自己在《北极村童话》开篇那句话所说，"假如没有真纯，就没有童年。假如没有童年，就不会有成熟丰满的今天"②——这句话，对于迟子建迄今三十几载的创作，几乎具有寓言或者说隐喻的意义。进一步去看，童年经验带给萧红和迟子建的创作的原型和题材宝藏，首先就在于那"北国一片苍茫"的故乡大地以及其中的民众生活、民情风俗和习俗风物。

故乡民众日常的看戏、扭秧歌、上坟、扎彩铺、跳大神，等等，都为萧红和迟子建提供了无限的生活原型和写作的题材。《呼兰河传》一共七章，第一章，是呼兰小城的自然风光、四季更替、民情风俗乃至民众的生活态度，奠定了整篇小说的情感基调或者说环境氛围，很容易见出，萧红童年的生活经历片段为她提供了很好的素材，童年经验作为题材直接进入了她的创作。上坟，对于东北边地的乡民来说，好像并不感到真正悲戚，更谈不上悲痛，人死了，"他们心中的悲哀，也不过是随着当地的风俗的大流，逢年遇节地到坟上去观望一回"③。这样民情风俗的边地民众的生活，一天一天进行着。他们糊里糊涂过着似乎也很苦的生活，对待生死，都是那样地麻麻木木、浑浑噩噩，"生、老、病、死，都没有什么表示。生了就任其自然地长去；长大就长大，长不大也就算了"④。凡此种种乡民

① 参见拙文：《童心与诗心的女性书写——萧红、迟子建创作品格论》，《齐鲁学刊》2013 年第 3 期。

② 迟子建：《北极村童话》，《原野上的羊群/迟子建文集 1》，江苏文艺出版社 1997 年版，第 1 页。

③ 萧红：《呼兰河传》，林贤治编注：《萧红十年集》（下），人民文学出版社 2009 年版，第 674 页。

④ 萧红：《呼兰河传》，林贤治编注：《萧红十年集》（下），人民文学出版社 2009 年版，第 673、674 页。

习俗和边地的生活样式，离不开童年生活的积累和童年经验所提供的素材，也使得萧红能够在抗战的洪流和时代喧嚣中，以她的女性视阈继续着国民性思考的主题，对边地民众生活的"历史惰性"作出反思，反思人对自然的依附"已然变本加厉地扩展为一种文明和文化，一种以人对自然的依附为前提，又以人对自然的依附为目的的、自觉的、至少是自律的文化"①，而这反思，因着萧红童心和诗心的熔铸，使得原本沉重和容易滞重的命题，同时兼具"但书中却有着像诗样美的辞章，以及扣人心弦的情节"②。

时隔大约半个世纪之后，迟子建在对北国民众习俗民情描摹的时候，依然得益于童年积累的素材和经验。上坟在迟子建笔下，也有着过节一般的气氛，"坟场是拥挤热闹得不得了了。逢到清明节和阴历七月初七的时候，简直可以说是热闹非凡了"，而"坟场也是出故事的地方"③——腊月二十七扯着八个孩子来给老婆上坟的郭富仁，遇到了同样去上坟的老寡妇徐慢慢，竟然说成了亲事，而且再上坟，还纷劝已经故去的那两个地下也成双。萧红和迟子建对于上坟、坟场的描写，更多童年经验和儿童视角，对于年轻即已离开家乡开始颠沛人生的萧红就尤其如此，难怪茅盾要说《呼兰河传》展现给我们的是边地人生的叙事诗、风土画。迟子建的创作，无论是早期的《北极村童话》《东窗》《秧歌》等，还是后来的长篇《伪满洲国》《额尔古纳河右岸》等，其中的地域风情、民众的日常生活场景等内容，都令作家的小说创作具有了"风俗史"的样貌和特征④。但种种的包括上坟、放河灯、扎彩铺、跳大神等情节和细节，并不是仅仅依靠案头资料和田野调查。这两样当代作家习用和可以用的"功课"方

---

① 孟悦、戴锦华：《浮出历史地表：现代妇女文学研究》，中国人民大学出版社2004年版，第188页。

② 葛浩文：《萧红传》，复旦大学出版社2011年版，第106页。

③ 迟子建：《东窗》，《秧歌/迟子建文集2》，江苏文艺出版社1997年版，第233页。

④ 何平：《重提作为"风俗史"的小说——对迟子建小说的抽样分析》，《当代作家评论》2009年第4期。

式，对于身陷时代颠沛流离当中的萧红，自然是不适用的。所以，很多的情节和细节，恰恰来自于作家童年的生活经历和经验，如此方能展现出巴尔扎克所希望写出的那种被"许多历史家忘记了写的那部历史，就是说风俗史"①。在有些当代作家越来越依靠新闻资料来写作的时候——就连余华晚近的《第七天》，都是直接将现实事件乃至新闻事件"以一种'景观'的方式植入或者置入小说叙事进程"、以现实"植入"和"现实景观"的方式来表象现实②；迟子建无疑早已经认识到了仅靠第二手资料写作的局限性，"有的作家仅靠新闻资料去写作，这种貌似深刻的写作，不管文笔多么洗练，其内心的贫血和慌张还是可以感觉到的"，迟子建认同她的创作"笔下的人物、风情、故事，大都源自脚踩的这片黑土地"，故乡成为自己"取之不尽、用之不竭的题材资源"，她坦言"如果没有从小在故乡中见到的风景，没有那里的风雪的捶打，就没有我和我的写作世界"③。同样的道理，如果没有童年的经历、经验和故乡的风景、民情、习俗、风物的浸润，就不会有萧红《呼兰河传》这样文学和人生的巅峰与绝唱之作。

对于边地的民众，人死了，不过是逢年遇节到坟上去观望一回，坟场拥挤热闹乃至生出故事；上坟，就这样几十年百数年不变地重演着，从中，约略可以见出北国生民对待生死的态度、乡民的生死意识与观念。对待人的逝去，鲜见生者具有发自内心的痛苦，更多的倒是习俗和仪式化的外在的"物"的外壳和表达形式。在萧红和迟子建的笔下，除了乡民已成习俗的上坟行为，还有对更加近乎"盛举"的扎彩铺及其生意的描述，同样可以溯源到作家童年一点一滴经验的累积，反映于萧红和迟子建文学书写，

① 巴尔扎克：《〈人间喜剧〉前言》，《西方文论选》（下卷），上海译文出版社1979年版，第168页。
② 徐勇：《以象征的方式重新介入现实——论苏童〈黄雀记〉的文学史意义》，《文学评论》2014年第2期。
③ 参见《埋藏在人性深处的文学之光——作家迟子建访谈》，《文艺报》2013年3月25日。

便是对于习俗风物(包括扎彩铺)所进行的细节化叙述和描写。即便是意在写出与历史学家写历史所不同、写出为许多历史学家忘记了写的那部历史——"风俗史"的巴尔扎克,早早就已经体会到并且指出,小说的规律同历史的规律是不同的,历史所记载的,是过去发生的事实,而小说"应该描写一个更美满的世界",在巴尔扎克看来,作为"风俗史"的小说,"如果在这种庄严的谎话里,小说在细节上不是真实的话,它就毫无足取了"①。

有关扎彩铺的描写,是萧红《呼兰河传》描写从小生活其间的边地之乡民民俗习俗相当耗费笔墨和出彩的章节。葛浩文曾经指出,这些细节体现了萧红回溯往事和童年旧事的才华,"我们早已提到过萧红轻而易举,不费吹灰之力回述往事的才华,尤其在《呼兰河传》中更比比皆是。例如描述呼兰县人如何重视为死人'烧纸钱'(烧纸做的房子、动物、人,等等)的事"②。细节化描写,是萧红描写故乡扎彩铺时所呈现的典型特征。东二道街上几家扎彩铺,为死人预备的"大至喷钱兽、聚宝盆、大金山、大银山,小至丫环使女、厨房里的厨子、喂猪的猪倌,再小至花盆、茶壶茶杯、鸡鸭鹅犬,以至窗前的鹦鹉",一应俱全:

> 看起来真是万分的好看,大院子也有院墙,墙头上是金色的琉璃瓦。一进了院,正房五间,厢房三间,一律是青红砖瓦,窗明几净,空气特别新鲜。花盆一盆一盆地摆在花架子上,石柱子、金百合、马蛇菜、九月菊都一齐地开了。看起使人不知道是什么季节,是夏天还是秋天,居然那马蛇菜也和菊花同时站在一起。也许阴间是不分什么春夏秋冬的。这且不说。
>
> 再说那厨房里的厨子,真是活神活现,比真的厨子真是干净到一千倍,头戴白帽子,身扎白围裙,手里边在做拉面条。似乎午饭的时

---

① 巴尔扎克:《〈人间喜剧〉前言》,《西方文论选》(下卷),上海译文出版社1979年版,第173页。

② 葛浩文:《萧红传》,复旦大学出版社2011年版,第110页。

候就要到了，煮了面就要开饭了似的。

……

　　小车子装潢得特别漂亮，车轮子都是银色的。车前边的帘子是半掩半卷的，使人能看到里边去。车里边是红堂堂地铺着大红的褥子。赶车的坐在车沿上，满脸是笑，得意洋洋，装饰得特别漂亮，扎着紫色的腰带，穿着蓝色花丝葛的大袍，黑缎鞋，雪白的鞋底。大概穿起这鞋来还没有走路就赶车来了。他头上戴着黑帽头，红帽顶，把脸扬着，他蔑视着一切，越看他越不像一个车夫，好像一位新郎。①（省略号为本书作者所加）

　　扎彩铺，扎出了正经八百的大院子，正房、厢房等，一应俱全，不同季节的花，竟然也一起开放了。纸扎的房子和物件，因为窗明几净，竟然是可以让人觉得和体会到"空气特别新鲜"——成人难有这样的感受和体验，萧红在这里，让"隐含作者"在以孩子、一个儿童的眼光和身心感受来陈述事实和叙述细节。布斯在 1961 年《小说修辞学》中提出"隐含作者"这样一个重要概念之后，这一既涉及作者编码又涉及读者解码的重要概念为后来的叙事学家广为采纳和使用。无论"我们是将这位隐含作者称为'正式作者'"，还是将之视为"作者的'第二自我'"，"作者会根据具体作品的特定需要而以不同的面貌出现"②。可以肯定的是，萧红在《呼兰河传》中，为自己选择了合适的面貌——儿童的视角、感受、经验，并有着成人判断和成人声音在暗中的把控。活神活现的厨子，比真的厨子干净，做着拉面条，似乎煮了面要开饭似的，读之更似孩童的体验和感受，令读者产生非常鲜活和生动的阅读感受，如此鲜活生动的编码和解码，远不是一个一板一眼的成人叙述者所能够实现和带来的。而小车子装潢得特别漂亮，也全

---

　　①　萧红：《呼兰河传》，林贤治编注：《萧红十年集》（下），人民文学出版社 2009 年版，第 670、671 页。

　　②　Wayne C. Booth, *The Rhetoric of Fiction.* （Chicago：U of Chicago P，1961，2nd edition 1983），p. 71.

是由具体的细节来搭建和构成的，车轮子、车帘子、车里边的褥子，每一样细节，都没跑出"我"好奇和善察的眼睛。赶车人也就是车夫的装束、神情，也无一挂漏、被描述得活灵活现，鞋子因着干净和新，竟然让人觉得是鞋子新做了便被穿起，还没有走路，车夫就赶车来了，好一个蔑视着一切、不像一个车夫却倒好像一位新郎的赶车人。借由孩子的眼睛，才会这样解读和叙述，作家方令自己的内心如此敞开和真诚地去拥抱面前的景物"客体"。可以想象，萧红在她的童年，便具有怎样的一种会心和一双善于、乐于观察周围事物的敏感善察的眼睛。少年读书时候便已经离家，如果没有童年经验的累积，作家仅凭想象或者第二手资料，是不会有这样生动的足以打动人心的民俗风情的叙述的。细节的呈现，还让作品更加具有风俗史的特点：

> 还有一个管家的，手里拿着一个算盘在打着，旁边还摆着一个账本，上面写着：
>
>　　北烧锅欠酒二十二斤
>　　东乡老王家昨借米二十担
>　　白旗屯泥人子昨送地租四百三十吊
>　　白旗屯二小子共欠地租两千吊
>
> 这以下写了个：
>　　四月二十八日①

账本的内容，虽然应该是成人写作者后加的，但类似记忆和文本叙述视角却是儿童的。没有这些细节的描述，恐怕就不能够书写出被许多历史学家忘记了写的那部历史——"风俗史"。上面这段文字，不止给人以现场感和身临其境的阅读感受，还为时代、为风行于北国边地的民情和当时民

---

① 萧红：《呼兰河传》，林贤治编注：《萧红十年集》（下），人民文学出版社 2009 年版，第 671 页。

众实际生存景况，留下了一份鲜活和珍贵的记录。类似的为死人扎纸烧纸的行为，在迟子建这里，也有着相近的叙述和描写，"女萝"拉车的干爹死了，女萝看到干娘院门口摆满了纸牛、纸马、纸房子、纸丫鬟、纸车、纸鱼、纸灯等这类丧葬品：

> 干爹的房子非常宽绰，也很干净，屋子里摆着桌子、椅子，那桌子上甚至还有茶具。那椅子旁立着一个俏模样的丫鬟，丫鬟的手里还拿着一把扇子，好像是要给干爹扇风，想必是暑热的天气吧。可转而一想又不是，因为另一间房子里还盘着火炉，火炉上放了一把壶，这是冬天的布景了。她想：也许这是夏季时闲下来不用的火炉呢。所以便认定是夏季了……这棵叫不出名字的树下停着一辆黄包车，崭新崭新的，没有一丝尘土，看上去是达官显贵坐的车，但别人却说这是给干爹乘的车。(省略号为本书作者所加)①

纸扎出的物件，依然让人混淆或者说陷入迷惑这到底是什么样的季节，说是四季杂陈的话应该说更加确切。迟子建借"女萝"的视角和观察，随着她思绪的流转，同样写出了扎纸的种种细节。萧红笔下给故去的人预备的车子，到迟子建这里，依然漂亮而且"崭新"。萧红和迟子建，巧借童年的视角或者说自童年经验而来的对风俗细节化叙述的能力和方式，展现了为历史学家所无法记录和呈现的风俗的历史，并在其中寄寓了她们对于人的生命存在的思考，或者也可以说，她们借童年经验所提供的素材，表达了她们一些更深在和内在的思考。她们并没有让叙述和书写仅仅停留在童年的视角和感受以及体验的层面，而是时时隐现成人叙述者的话语和声音。萧红笔下东二道街的扎彩铺，让"看热闹的人，人人说好，个个称赞。穷人们看了这个竟觉得活着还没有死了好"，"羡慕这座宅子的人还是不知

---

① 迟子建：《秧歌》，《秧歌/迟子建文集 2》，江苏文艺出版社 1997 年版，第 29 页。

有多少"①。的确，当读者在认识了乡民贫苦、生之艰难却保持着近乎恒久
的惰性不变后，看到他们苛待自己与亲人的"生"，却盛待自己与亲人的
"死"，难免不与隐含作者身上"成人"的那一面一起产生难以言传的空虚
感，读者面对繁盛而美丽鲜活的扎纸，"心中对生者为死人买这些东西所
承担的负担及这种无聊的举动，免不了会产生一种无以名状的空虚感。萧
红在此书中，处处强烈地攻击农人们的那种被虐待狂式的反对任何改善他
们生活之举的态度。就像萧红本人一样，这些农人们是他们自己最大的敌
人"②；迟子建这里，女萝一方面"觉得干爹拥有这一切简直是不得了了"，
另一方面又疑惑"死了并不是一了百了，麻烦还在后头呢"③。迟子建心里
同样蕴有对人之生死的荒凉感，只是不似萧红那么深在和彻骨就是了。正
因为能够认为"现在或是过去，作家们写作的出发点是对着人类的愚
昧"④，"我开始也悲悯我的人物""但写来写去，我的感觉变了""我觉得我
不配悲悯他们，恐怕他们倒应该悲悯我咧""我的人物比我高"⑤，萧红才
在不伤及文学性和艺术性表达当中，依然寄寓和作着她对于国民性的思考
和对于边地民众惰性生存的沉思。风俗史的绮丽地貌下面，暗寓作家对于
滞重的历史、人性深刻思考的潜流。萧红没有把自己置于高高凌驾于民众
之上的"精英"位置，她真正潜入了民众最普遍和最为普通的生活，她笔下
"就不再是脱出社会常规的个别的、奇特的、偶然的事件与人物，而是民
族大多数人的最普遍的生活，是最一般的思想，是整个社会风俗"，应该
说她是在继鲁迅的足迹之后别辟蹊径，摹写出了代表"民族的生活方式"的

---

① 萧红：《呼兰河传》，林贤治编注：《萧红十年集》（下），人民文学出版社 2009
年版，第 671、673 页。

② 葛浩文：《萧红传》，复旦大学出版社 2011 年版，第 110 页。

③ 迟子建：《秧歌》，《秧歌/迟子建文集 2》，江苏文艺出版社 1997 年版，第 30
页。

④ 《现时文艺活动与〈七月〉——座谈会纪录》，《七月》第 3 集第 3 期（总第 15
期），1938 年 6 月 1 日。

⑤ 萧红与聂绀弩的谈话，见聂绀弩：《回忆我和萧红的一次谈话》，季红真编选：
《萧萧落红》，人民文学出版社 2001 年版，第 6 页。

社会风俗画卷①。正是由于与萧红有着一脉传承的精神气韵，迟子建解读鲁迅，感受到的是一个"在骨子里其实是一个浪漫主义者"的鲁迅，她喜欢和选择加以解读和点评的，会是鲁迅《社戏》这样的作品②。与萧红相近的气韵，迟子建也会："我觉得有的时候生活有一种强大的惯性，日常生活的这种不可抗拒的力量，一个没有多大的历史抱负的小人物，他会被裹挟在历史的滚滚洪流中，无声无息地过去了。"③三十几年的写作，迟子建同样没有那种高高在上的精英意识和拿捏作势的"文人"腔调，哪怕是仿"地方志"写法的《伪满洲国》，也依然把"风俗史"书写的重点放在了"地方的日常生活"，"迟子建写作为风俗史的小说，但迟子建是一个把自己看得很渺小、微弱的作家，她的风俗史是一部属于北中国大地沉默者的风俗史"④。

　　萧红和迟子建对于纸扎的文学书写，别具北国边地地域特征和属于她们的独特审美意蕴。不断"重构'南方'的意义"⑤的男性作家苏童，也有以纸扎为题材进入小说创作的作品，短篇小说《纸》，作家所作，就不是萧红、迟子建这样的对于纸扎细节化描摹到近乎"风俗史"的呈现。显然，苏童既无意在一种"变"中着意用力在"恒久"和"不变"之上，似乎也无意对惰性生存层面的国民性作出思考。《纸》所作，是"香椿树街"的少年在"文革"的一段成长经历，纸扎老人的女儿青青三十年前被日军流弹击中殒命，在少年听了青青的故事之后，青青穿着花旗袍、怀抱一只红纸箱子、纸箱子里盛满纸扎、身后还跟着一匹纸马的形象，便总是虚虚实实出现在少年的睡梦和幻象、幻觉当中，见证和隐喻了"少年"在那个特殊年代夹杂了性

---

　　①　钱理群：《"改造民族灵魂"的文学》，《十月》1982 年第 1 期。

　　②　《北京文学·中篇小说月报》编辑、迟子建：《与迟子建对谈：鲁迅在骨子里其实是一个浪漫主义者》，《北京文学·中篇小说月报》2005 年第 3 期。

　　③　迟子建：《现代文明的伤怀者》，迟子建、郭力对话笔记：《迟子建与新时期文学·现代文明的伤怀者》，《南方文坛》2008 年第 1 期。

　　④　何平：《重提作为"风俗史"的小说——对迟子建小说的抽样分析》，《当代作家评论》2009 年第 4 期。

　　⑤　张学昕：《苏童：重构"南方"的意义》，《文学评论》2014 年第 3 期。

的成熟和迷蒙、青春期被"启蒙"的一段成长的经历。虽然小说叙述的仿佛只是一段童年、少年记忆，但其笔触并不着意在纸扎的具体细节和民俗展示。纸扎，在苏童这里，是一种意象，一种象征，一种隐喻，因着苏童的小说理念和艺术感悟，对纸扎的书写，也已经"超越传统写实情境而达到对现实具象的超越"，"记忆和想象铸就的意象，已经很少在小说中有明显外在的痕迹"，过去的历史、当下的生活业已"溶进小说的灵魂"①。与苏童近作《黄雀记》相近似，短篇小说《纸》已见苏童以虚入实、以象征的手段重新介入现实做法的端倪，正是由于象征的方式，"虽然看似隐晦而充满歧义或多义，但正是这种丰富性本身开启了表象现实的多种可能"②。于是，苏童能够在《纸》这样一个区区短篇里面，依然可以承载"呈示家国往事、个人命运的伤痛多舛和历史的迷魅，并进而演绎为文学的记忆"③的文学命题和精神主旨。而小说因之所具备的亦真亦幻的"魔幻现实"的色彩，便令苏童对于纸扎的文学书写，与萧红和迟子建对于纸扎和烧纸行为、民俗的描写，有着绝大的不同。经由两相直接对比和参差的对照，或许更有益于我们领会萧红和迟子建的与众不同。

二、童年经验的重塑和再造

上坟、扎纸"烧纸钱"、放河灯、跳大神、野台子戏、秧歌，等等，都是宝贵的童年经验，助益两位女性作家以她们身为北国女儿的身份来介入现实；独特的立场、视角、声音和叙述方式等，令其小说往往展现出"风俗史"和"社会风俗画"的审美意蕴。童年经验，就犹如一堆作家进行创作可以永远参照的鲜活资料和档案材料，静静地躺在作家的脑海里、封存在作家的记忆里，受到偶然机遇的触发，或者主客观条件的合力激发，会自然而然地进入作家创作，而且会是触景而生的"情"和下笔如有

---

① 张学昕：《苏童：重构"南方"的意义》，《文学评论》2014年第3期。
② 徐勇：《以象征的方式重新介入现实——论苏童〈黄雀记〉的文学史意义》，《文学评论》2014年第2期。
③ 张学昕：《苏童：重构"南方"的意义》，《文学评论》2014年第3期。

神的文学书写。凭借回忆机制，童年经验与作家自己当下的生活经验接通，童年经验经过成年经验的重塑，为作家创作提供取之不尽、用之不竭的题材①。

萧红是一位英年早逝的天才作家(1911—1942 年)，她的一生确是几乎跨越了 1911 年辛亥革命到抗战胜利这段战火不断、多灾多难的岁月，虽然也让她写出了《生死场》这样可以视之为 20 世纪 30 年代抗日文学奠基之作的作品，但是，她在创作上的特殊禀赋的迸发和崭露，是逐渐从两件事——她与萧军关系恶化和鲁迅先生的逝世——之后开始的。从 1936 年尤其是 1938 年开始，萧红的创作可以划分为前后两个时期。她在思想和写作上的变化，从那部带有反讽意味的未完之作《马伯乐》就已经初露端倪，而《家族以外的人》《呼兰河传》《后花园》和《小城三月》等篇章，则是她在生命后期回望故乡这曾经的精神家园写出的优秀作品。二十几岁开始，她就在抗战的战火中离开了家乡，辗转青岛、上海，后来又是临汾、西安、武汉、重庆，最后到香港，长期远离故乡，身心备受颠沛流离之苦，毫无安全感可言，"不错，我要飞，但同时觉得……我会掉下来"②，就是她真实的心理写照，弱小无依、孤寂非常、缺乏安全感的萧红，远在离家千里之外、数千里之外，回望家乡，难免形成一种"眷恋故园的心理定向结构"③。童年经验，已经作为题材乃至主要题材直接进入她的创作，很多人物原型直接来自她的家族和童年生活经验，像祖父、有二伯、厨子、冯歪嘴子(《呼兰河传》)等人物，而翠姨(《小城三月》)是以自己亲族里的"开姨"为原型，等等。这样的家国处境和个人遭际，萧红在人生最后几年的回望故乡，恐怕确实难以避免给故乡罩上温馨的古雅的轻纱，故乡也在她记忆中被轻度或者适度地、不自觉地改造了，甚至不乏一些诗

---

① 参见童庆炳：《作家的童年经验及其对创作的影响》，《文学评论》1993 年第 4 期。

② 绀弩：《在西安》，季红真编选：《萧萧落红》，人民文学出版社 2001 年版，第 11 页。

③ 童庆炳：《作家的童年经验及其对创作的影响》，《文学评论》1993 年第 4 期。

意和美化：

> 卖馒头的老头，背着木箱子，里边装着热馒头，太阳一出来，就在街上叫唤。他刚一从家里出来的时候，他走的快，他喊的声音也大。可是过不了一会，他的脚上挂了掌子了，在脚心上好像踏着一个鸡蛋似的，圆滚滚的。原来冰雪封满了他的脚底了。他走起来十分的不得力，若不是十分的加着小心，他就要跌倒了。就是这样，也还是跌倒的。跌倒了是不很好的，把馒头箱子跌翻了，馒头从箱底一个一个地滚了出来。旁边若有人看见，趁着这机会，趁着老头子倒下一时还爬不起来的时候，就拾了几个一边吃着就走了。等老头子挣扎起来，连馒头带冰雪一起捡到箱子去，一数，不对数。他明白了。他向着那走不太远的吃馒头的人说：
>
> "好冷的天，地皮冻裂了，吞了我的馒头了。"①

这是《呼兰河传》第一章刚开篇不久的一段描写。北国的寒冬，大地冻裂了，卖馒头的老头冰天雪地里步履蹒跚、意外跌跤，馒头洒落，被人"揩油"捡了吃着就走了。这对备受严寒困顿、生活可能也很不宽裕甚至拮据的老头来说，无疑是雪上加霜。而且边地生民生性鲁莽，遇事动辄开骂或者拳头相向，可是，卖馒头的老头竟然能够以一句不失生活诗意的"好冷的天，地皮冻裂了，吞了我的馒头了"，来自我解嘲和宽解自己。跌倒、被别人掠走馒头，倒是丝毫不见老人的窘态，甚至让人觉得有些憨态可掬。连严寒，在萧红笔下都是这样地让人眷念和不失诗意。在弗洛伊德看来，"在所谓的最早童年记忆中，我们所保留的并不是真正的记忆痕迹而却是后来对它的修改。这种修改后来可能受到了各种心理力量的影响。因此，个人的'童年记忆'一般获得了'掩蔽性记忆'的意义，而且童年的这种

---

① 萧红：《呼兰河传》，林贤治编注：《萧红十年集》（下），人民文学出版社 2009 年版，第 658、659 页。

记忆与一个民族保留它的传说和神话有着惊人的相似之处"①。的确如此，萧红掩蔽掉了很多童年记忆和经验，祖母拿着大针等在窗子外边、用针刺了她手指的经历(《呼兰河传》)，有二伯被父亲打的事情(《家族以外的人》)，等等，都是一笔带过而且也不见有多么痛苦或者凄厉；更多的是类似跟祖父学诗念诗和裹了黄泥、在灶坑里烧小猪烧鸭子很香地来吃这样的事情，盘踞在萧红的记忆里，扎了根，很深的根，又盘根错节，拔除不掉。连打碎了扔在墙边的大缸，都那么让人想念和回味，而在孩子叙事人的声音里面"这缸磘为什么不扔掉呢？大概就是专养潮虫"(《呼兰河传》)，萧红掩蔽掉了缸磘的破碎、无用和被废弃扔在墙边，留下的是不失回味意味的一些童年记忆。萧红在她的边地人生的文学书写里，尤其景物人事描写当中，尽量掩蔽或者有意无意遗忘那些不好的方面；在对国民性惰性生存和不好、恶的人性的深刻反思中，故乡的民情事象等，经由回忆也被改造了，甚至不失一些诗意，前面所分析萧红对上坟、扎彩铺等的描写，无不体现了这一点。尽管《呼兰河传》难以掩蔽掉深在的空虚感、荒凉感，但"呼兰河这小城里住着我的祖父"，已经给小说定义了主基调，令童年的回味和不乏诗意，成了作家与隐含作者重点要呈现和书写的一翼。而童年的经验和记忆自然要经过成年经验的重塑和再创造，"她能生动地将她周遭的景色人物呈现在读者前。因此，她最成功和最感人的作品，大多是经由她个人主观和想象，将过去的事，详尽、真实地再创造"②。经由改造的童年记忆、童年经验所产生的不乏诗意的叙述笔调，与对人性之恶、人性复杂性深入骨髓般的探察以及对国民性深刻反思之间，张弛之间所形成的叙述张力当中，《呼兰河传》呈现出了它不同寻常的繁富、复杂的思想和审美意蕴，也为读者、研究者开启了多层面、多维度读解和可诠释性的可能性。

---

① [奥]弗洛伊德：《日常生活的精神病理学》，车文博主编：《弗洛伊德主义原著选辑》(上卷)，辽宁人民出版社1988年版，第105页。
② 葛浩文：《萧红传》，复旦大学出版社2011年版，第106页。

如果说萧红是在创作成熟期，将写作的笔触投向了故乡，对故乡童年经验的重塑和再创造，带来了她艺术上的成熟和才华毕现——没有童年经验的重塑和再创造，很难想象萧红会在离世前完成"该书却仅是她那注册商标个人'回忆式'文体的巅峰之作"①的《呼兰河传》；那么，迟子建又何尝不是在回眸故乡中开始她的创作道路并日臻成熟的？只不过，与萧红不同的是，迟子建是从故乡和童年经验，开始了她的创作历程。童年经验经过迟子建的重塑，在不同的年龄段和创作时期，呈现不同的光彩和艺术魅力，但内蕴是同一的，共同指向北国边地的故乡，那里积蕴着迟子建一生可以汲取和使用的创作资源。迟子建的《云烟过客》，写到了她童年的生活经历、经验、家族成员和她的求学等成长经历，她在《北极村童话》《原始风景》《东窗》《秧歌》和长篇《树下》等作品中的许多描写，都可以在《云烟过客》里寻到根源和影子，很多写作题材直接来自童年经验和记忆，处女作《北极村童话》甚至直接记录了"我"（小女孩迎灯）在北极村姥姥家生活的一段故事，通篇都是一个"七八岁柳芽般年龄"小女孩的童年生活记趣、自然的风景、民情民俗和与邻居的交往等。像《东窗》《秧歌》，几乎可以直接看到它们与萧红《呼兰河传》《小城三月》之间的精神传承，童年经验借由迟子建的回忆，也被赋予很多的美化笔调和诗意化色彩，北极村、大固其固、白银那等，全是经过了迟子建主观心灵折射和经验重塑的、美丽甚至不失魅惑气韵的北国边城。

回眸故乡，回望精神家园，对故乡人与事再创造的时候，难免不将其美化和诗意化，这也是作家将成年经验揉进了童年经验的表现。边地的一草一木、风土民情，就犹如血液一样，进入了两位女作家的身体，影响着她们看取世界和人生、人性的态度，影响着她们的文学书写方式。迟子建曾说："在黑龙江这片寒冷的土地上，人与生存环境抗争的时候，会产生无穷无际的幻想，再加上这片土地四季的风景变幻如同上天在展览一幅幅绚丽的油画，所以具体到作品中时，从这里走出的作家，尤其是女作家，

① 葛浩文：《萧红传》，复旦大学出版社2011年版，第112页。

其小说中的'散文化'倾向也许就悄然生成了。"①对处女作《北极村童话》,她自己曾自言"完全没有感觉是在写小说,而是一发而不可收地如饥似渴地追忆那种短暂的梦幻般的童年生活"②,结果由于"太'散文化'"而遭到两次退稿,最后发表在《人民文学》1986 年第 2 期上。在迟子建所有可以追溯到童年经验的小说里面,我们都不难发现散文化、诗意化的一些书写。萧红涉故乡和童年经验的创作,也以散文化为典型特征,甚至不能为当时文坛和主流文学思潮所接受。萧红后期的小说,尤其《呼兰河传》,不失扣人心弦的情节,但通篇又的确是由"像诗样美的辞章"构成的,难怪茅盾要评价"它是一篇叙事诗,一幅多彩的风土画,一串凄婉的歌谣",迄今似乎还没有更恰切和超乎其上的评价。当有友人称赞她"萧红,你会成为一个了不起的散文家,鲁迅说过,你比谁都更有前途"的时候,萧红听出了其中的潜台词,"她笑了一声说:'又来了! 你是个散文家,但你的小说却不行!'"她几乎是领时代风气之先地表达了自己的主张:"有一种小说学,小说有一定的写法,一定要具备某几种东西,一定写得像巴尔扎克或契诃夫的作品那样。我不相信这一套。有各式各样的作者,有各式各样的小说。"③

　　小说创作的散文化和诗化,的确给萧红和迟子建带来过一些或大或小的困扰,她们的小说都或多或少因为不追逐潮流而被误读误解过,都曾因为她们艺术追求方面的特殊禀赋,而曾经影响到人们对她们从文学史的层面进行归类和评价。当救亡压倒启蒙、同时代的作家都在写抗战文学和抗日宣传品的时候,萧红选择了写《呼兰河传》这样的作品。茅盾当年为《呼兰河传》所作的序,肯定《呼兰河传》的同时,也给此后很长一段时期对于《呼兰河传》的评价、对于萧红的文学史定位,定下了调子:他认为萧红

---

①　《北京文学·中篇小说月报》编辑、迟子建:《与迟子建对谈:鲁迅在骨子里其实是一个浪漫主义者》,《北京文学·中篇小说月报》2005 年第 3 期。

②　迟子建:《自序》,《原野上的羊群/迟子建文集 1》,江苏文艺出版社 1997 年版,第 1 页。

③　萧红与聂绀弩的谈话,见聂绀弩:《回忆我和萧红的一次谈话》,季红真编选:《萧萧落红》,人民文学出版社 2001 年版,第 5 页。

"感情富于理智"、"被自己的狭小的私生活的圈子所束缚",而"和广阔的进行着生死搏斗的大天地完全隔绝了"①……很长一段时期,文学史教科书里面,萧红作品的人性内容和非主流倾向是被遮蔽的。而作为对其之前的文学史和文学思潮加以开阔和开拓性意义存在的美国学者夏志清的《中国现代小说史》里,对萧红的评价只有一句话:"萧红的长篇《生死场》写东北农村,极具真实感,艺术成就比萧军的长篇《八月的乡村》高。"1987 年夏志清在对他书的中译本作序时,才提到书中对萧红《生死场》《呼兰河传》未加评论,实在是最不可宽恕的疏忽。2000 年夏志清提到了他曾经在一篇文章里对萧红《呼兰河传》的"最高评价":"我相信萧红的书,将成为此后世世代代都有人阅读的经典之作。"而萧红独特的艺术追求,带给她的,竟然就曾经是:"就这样,萧红成了前后两种不同的文学思潮的牺牲品";"写法上,没有一个小说家像她如此的散文化、诗化,完全不顾及行内的规矩和读者的阅读习惯。她是一个自觉的作家,可以认为,她是自弃于主流之外的"②。

当代文学的研究者们也多提到或者意识到迟子建如何进入文学史的问题,"几乎每一个谈论迟子建的研究者都指出迟子建是少有的没有进入当代文学史叙述谱系的重要作家",甚至觉得她"在别人获稻的时候,她却在捡拾弃置在收获的田野上的稗子"③。迟子建对自己无疑也是认识清楚的:"我的写作始终走在自己的路上。我属于那种从山里流出来的小溪,没有汇入大的江河。带着流经土地山川草木的气息写作,我已很知足。只要我认准的路,很少会被什么文学潮流左右。"④但是正如萧红早已坚定主张的"有各式各样的作者,有各式各样的小说",谁又能够说没有汇入大的江

---

① 茅盾:《呼兰河传/序》,《萧红全集·上卷》,哈尔滨出版社 1998 年版,第 109 页。
② 林贤治:《前言:萧红和她的弱势文学》,林贤治编注:《萧红十年集》(上),人民文学出版社 2009 年版,第 14、15 页。
③ 何平:《重提作为"风俗史"的小说——对迟子建小说的抽样分析》,《当代作家评论》2009 年第 4 期。
④ 《埋藏在人性深处的文学之光——作家迟子建访谈》,《文艺报》2013 年 3 月 25 日。

河的小溪，就不是独一无二、别具魅力的溪流呢？正如迟子建自己所说，"这30年创作中的变化，我想读者都是看得出来的。但我所有的变都是渐变，也就是自然而然的变，而不是刻意求新的突变"①。迟子建的创作尤其是小说，有很多不变的东西，其中之一可能就是"她的小说写的是她个人的心灵景象，所以是他人无法重复，而她自己也不需要重复他人"，"迟子建称得上是真正的小说家"②。

三、童年经验·先在意向结构·边地人生的女性书写

　　童年经验为两位作家提供的可不只是生活原型和写作题材，它已经作为一种先在的意向结构对创作产生多方面的影响，"对作家而言，所谓先在意向结构，就是他创作前的意向性准备，也可理解为他写作的心理定势。根据心理学的研究，人的先在意向结构从儿童时期就开始建立。整个童年的经验是其先在意向结构的奠基物"；童年经验作为先在意向结构的奠基物，影响和制约着萧红和迟子建面对生活时的感知方式、情感态度、想象能力、审美倾向和艺术追求等。③ 童年经验作为先在意向结构最初却又是最为深刻的核心，对作家的一生都起着影响和制约、引导的作用。"由童年经验所建筑的最初的先在意向结构具有最强的生命力"④，童年经验所建构起的最初的先在意向结构，深刻影响了萧红、迟子建作品的基调、情趣和风格等，尤其直接关涉和影响着她们对于边地人生的女性书写的部分。暂选取几个方面看童年经验(主要从民情风俗、地域自然等层面所熔铸形成的童年经验角度，当然，也不能忽视社会、时代和民族的因素)作为先在意向结构是怎样影响和引导着她们的创作。

　　萧红那样不厌其烦地描写家乡的种种盛举，除了唱秧歌、跳大神、放

　　① 《埋藏在人性深处的文学之光——作家迟子建访谈》，《文艺报》2013年3月25日。
　　② 张红萍：《论迟子建的小说创作》，《文学评论》1999年第2期。
　　③ 童庆炳：《作家的童年经验及其对创作的影响》，《文学评论》1993年第4期。
　　④ 童庆炳：《作家的童年经验及其对创作的影响》，《文学评论》1993年第4期。

河灯、上坟等，"都是为鬼而做的，并非为人而做的"，而狮子、龙灯、旱船，等等，"似乎也跟祭鬼似的，花样复杂"。乡民生活艰难却如此恒久不变的惰性生存，确实给萧红形成了过于深刻的心灵感受和记忆，她如此详细和具体而微地描写乡民的种种盛举，实际上也是在进行着自己对于生命存在的深刻思考，也在诉说和表达她由这些盛举而感到的空虚、凄凉与人生的荒凉：

> 死，这回可是悲哀的事情了，父亲死了儿子哭；儿子死了母亲哭；哥哥死了一家全哭；嫂子死了，她的娘家人来哭。
>
> 哭了一朝或是三日，就总得到城外去，挖一个坑把这人埋起来。
>
> 埋了之后，那活着的仍旧得回家照旧地过着日子……①（省略号为本书作者所加）

《呼兰河传》里，很多时候，作家是从孩子的视角和叙述，或者是采取似乎与被叙述的对象同样高的高度和理解问题的水平、角度来叙述，这时的隐含作者所持的立场、理解问题的能力和价值判断等，似乎是低于作家本人应该具有的认识问题和所持思想的高度的。正是这种"低于"，令萧红可以短暂取与作品中人物同一的高度，让民俗事象得以原生态展现，而不必流于所谓的揭露和峻切的批判。但是，童年经验中这种种事象确实令作家本人深深感受到人生的虚无、荒凉和空虚之感，隐含作者便时不时有意或者无意地释放成人叙述人的声音，表达种种虚无或者荒凉的感觉：跳大神"若赶上一个下雨的夜，就特别凄凉，寡妇可以落泪，鳏夫就要起来彷徨"，"人生为了什么，才有这样凄凉的夜"；放河灯是"再往下流去，就显出荒凉孤寂的样子来了"，"使看河灯的人们，内心里无由地来了空虚"；等等。②

---

① 萧红：《呼兰河传》，林贤治编注：《萧红十年集》（下），人民文学出版社 2009年版，第 674 页。

② 萧红：《呼兰河传》，林贤治编注：《萧红十年集》（下），人民文学出版社 2009年版，第 685、687 页。

《呼兰河传》里，最让人触动心怀的恐怕就是"个体生命的泯灭与消失，如尘埃落定，悄无声息，众生的生命与生活并不因此而有一丝一毫的牵动，个体生命逝去的无尽荒凉与悲寂，并没有影响周围人的现世人生，人们仍然一如往常般生活，历史并不是在每个生命个体身上都能刻上深深的烙印，现世生存有它的恒定、坚实与自足性"①。这种个体生命的泯灭，几乎影响不到周围人与事的一丝一毫，在《小城三月》结尾，获得了充分表达：

　　…………

　　翠姨坟头的草籽已经发芽了，一掀一掀地和土粘成了一片，坟头显出淡淡的青色，常常会有白色的山羊跑过。

　　街上有提着筐子卖蒲公英的了，也有卖小根蒜的了。更有些孩子们，他们按着时节去折了那刚发芽的柳条，正好可以拧成哨子，就含在嘴里满街地吹。声音有高有低，因为哨子有粗有细。

　　大街小巷到处是呜呜呜，呜呜呜。好像春天从他们的手里招呼回来了似的。但是这为期甚短。一转眼，吹哨子的不见了。

　　接着杨花飞起来了，榆钱飘满了一地。②

　　引文开始两个连续的省略号，是小说原文里面的，是语意的停顿和转换，也是对翠姨之死作一种很无奈的表达和抒发悲怀之情。这段文字后面还有5个自然段，在描写家乡的春天、年轻姑娘们如何坐着马车去选择衣料准备春装，却"只是不见载着翠姨的马车来"。翠姨的死，如此孤凄、荒寂，与春天的春意盎然和孩子、别人、年轻的姑娘们的生机盎然两相对照。个体生命的泯灭与消失，无声无息，现世众生的生存依然那样繁华和

———————

　　①　参见拙文：《女性视阈中历史与人性的双重书写》，《文艺争鸣》2008年第6期。

　　②　萧红：《小城三月》，林贤治编注：《萧红十年集》(下)，人民文学出版社2009年版，第886页。

热闹，这是萧红在烛照乡民惰性生存之外所作的更为深在和让人深思的对于人性、对于人的生命存在的思考。

围绕乡民惰性生存态度的种种事象，盘踞在萧红的童年经验里，牵引着她的情绪和思考，影响着她小说的主旨和情感基调。回望家园而令童年时代的家乡不失诗意之余，她在作品中省思乡民的这种惰性生存方式和浑浑噩噩对待生死的态度，作家一直也没有失却"对着人类的愚昧"的思考和精神旨归。回眸当中的悲戚心情与她应该持有的立场和价值判断，或许只有萧红自己可以准确解码，一方面不动声色描写乡民种种盛举，一方面还是忍不住在小团圆媳妇死后，把她的结局处理成了神话传说式的结尾——小团圆媳妇的灵魂也来到了东大桥下，变成了一只很大的白兔——转世到另一个世界，变作白兔的"不死"，何尝不是萧红的一点精神寄托呢?

很多人注意到了迟子建创作中的"荒凉"底色，但是，迟子建比萧红的童年经验和成长经历要平顺得多，她受童年经验这一先在意向结构影响，作品中也就更多温暖底色，这是她与萧红很大的不同。在晚近长篇《群山之巅》创作中，采访老法警，牵系迟子建并进入她小说的都是"那些裹挟在死亡中的温暖故事，令人动容"①。她很少写大奸大恶的人物，她笔下的人物都有向善的基因或者实际行为方式。哪怕是极恶的人，迟子建也总要赋予他人性柔软的东西，"我作品里有这种倾向，我很少把人逼到死角，我写这些人的恶肯定是生活当中存在的，可是连我都不知不觉，我到最后总要给他一点活路，让他内心还留一点泪水，留一些柔软的东西"；哪怕是对待死亡的态度，迟子建也要积极得多，她曾经明确表示她是相信彼岸世界的，"我相信生命是有去处的，换句话说，我相信人是有灵魂的"，人死了，就是到另一个世界去，这样，人的灵魂就有了安妥的地方，生者也可以有些许心灵的慰藉而不必陷落于无尽的荒凉和无边的孤寂。②《白银那》

① 迟子建：《每个故事都有回忆》，《群山之巅·后记》，《收获》2015年第1期。
② 迟子建：《现代文明的伤怀者》，迟子建、郭力对话笔记：《迟子建与新时期文学·现代文明的伤怀者》，《南方文坛》2008年第1期。

里，卡佳的死，换来了马家和乡民矛盾的解决；《白雪的墓园》中父亲死了，变成一颗红豆藏在母亲的眼睛里，直到母亲亲自把他送到墓园，他才安心留在那里——母亲眼睛里那颗红豆消失了；《亲亲土豆》中妻子要离开丈夫的坟，坟顶一只土豆滚落，一直滚到妻子脚边，"仿佛一个受宠惯了的小孩子在乞求母亲那至爱的亲昵"，妻子怜爱轻嗔："还跟我的脚呀?"哪怕是《树下》中姨父强奸了少年的七斗，作家也为被人行凶全家暴毙的姨父一家人寻觅到了灵魂安妥的家园、另外的世界，七斗还在梦境里与他们不失温馨地重逢。而对于像《额尔古纳河右岸》这样的作品中有关的文学书写，迟子建更是认为，"死亡是另一种生活的开始，所以他们才把死亡看得神圣、庄严"，"从小死亡带给我的恐惧是因为葬礼，葬礼上的哭声实在太悲切了。所以现在想宗教的力量是伟大的，它能让人克服对死亡的恐惧"①，迟子建寻觅到了将宗教作为安妥灵魂的有效方式。从小耳濡目染的萨满文化，对迟子建的影响是显而易见的。这样的童年经验作为先在意向结构，对迟子建创作也产生了深远的影响。

《呼兰河传》中，萧红对从小看到和熟悉的跳大神，是不动声色加以解构的，这是萧红的童年经验带给她的意向结构，她对此举和行为绝无欣赏或者是认同的态度。迟子建这里，跳神，却是一种真正的可以救人的宗教行为，《额尔古纳河右岸》里的老萨满早在成为萨满的时候，就得到了神的谕示，如果她在部落里救了不该救的人，她就会死一个孩子，但是一遇到危难病人，她还去跳神，还要救人，也因此一次次地失去孩子。《额尔古纳河右岸》是关于神灵和"最后的萨满"的史诗。神性和神灵之光环绕，恰恰是因为童年形成的经验作为一种意向结构一直影响着迟子建："我的故乡因为遥远而人迹罕至，它容纳了太多的神话和传说。所以在我记忆中的房屋、牛栏、猪舍、菜园、坟茔、山川河流、日月星辰等等，无一不沾染了它们的色彩和气韵。我笔下的人物显然也无法逃脱它们的笼罩。我所理解的活生生的人不是平常所指的按现实规律生活的人，而是被神灵之光包

---

① 迟子建：《现代文明的伤怀者》，迟子建、郭力对话笔记：《迟子建与新时期文学·现代文明的伤怀者》，《南方文坛》2008 年第 1 期。

围的人。"①神性，成为迟子建乐于书写的对象。有了这样的成长经历和童年经验，便有了这样的迟子建。迟子建作品中，常常可见神性的文学书写和表达，《布基兰小站的腊八夜》里，随身携带神偶口袋的鄂伦春族老妇云娘，就是一例，小说后面所附迟子建《创作谈：这样有神的夜晚还会有吗》中，迟子建在文末道出："小说中的顺吉，在结尾时说了这样一句话：'这样有神的夜晚，以后再也不会有了！'而我是多么希望这样有神的夜晚，以后仍然存在啊。因为有神的夜晚，即使再黑暗，我们的心里，也会有丝丝缕缕的光明！"②有神、神性存在，是为了心里可以有丝丝光明，这便是迟子建创作的精神内核之一。

"可能作家所处的时代不一样，萧红那个时代注定不像我生活着的和平年代，我会以一种很平和的心境去回望历史，而萧红，由于她多变的个人经历和所处时代的风云变幻，她的作品在哀婉中就有凌厉的色彩，使她的小说'美'而'尖锐'，独树一帜。而我希望赋予我笔下人物的东西，更多的是那种宠辱不惊的气质。一个人能被巨大的日常生活的流推动着，循序渐进地走下去，在波澜不惊中体味着人世的酸甜苦辣，也是不平凡的人生。""不过萧红作品中的'尖锐'，是恰到好处的。"③——迟子建的一席话，比较清晰地道出了她所自觉的她与萧红的不同。不同的历史背景、时代语境、个人经历以及气质禀赋，令两位女作家的文学书写，在"'美'而'尖锐'"和"宠辱不惊"、"波澜不惊"的差异之外，还有很多具体而微的差异和不同。童年经验与边地人生的女性书写，虽然更多地勾连起她们相通的精神气韵，但其不同和差异同样不容忽视并极具研究的价值。两位极具才气和艺术禀赋的女作家，都曾以她们不俗的表现和才情，搭建起奠基在她们童年经验基础上的边地人生的艺术世界，为我们的当代文学写作与研

---

① 迟子建：《谁饮天河之水》，《北方的盐》，江苏文艺出版社 2006 年版，第 238页。

② 迟子建：《创作谈：这样有神的夜晚还会有吗》，《北京文学·中篇小说月报》2008 年第 10 期。

③ 迟子建：《现代文明的伤怀者》，迟子建、郭力对话笔记：《迟子建与新时期文学·现代文明的伤怀者》，《南方文坛》2008 年第 1 期。

究，提供了丰赡的文学样本，并且也开启了对其多层面、多维度诠释和研究的可能性。

第二节 贾平凹的古意、今情与文学"史"观

一、贾平凹写作的古意与今情
——以贾平凹几个短篇小说和散文为例

贾平凹可能是当代小说名家中对古代体悟最多最深的一位，有人做过有趣的统计，在贾平凹"序跋文谈"的五本书——《贾平凹文集·散文杂著》《朋友》《关于小说》《关于散文》和《访谈》中，涉古代的内容就有 110 处之多。贾平凹对古代文学、古代历史哲学、杂书杂著(天文、地理、古碑、星象、石刻、陶罐、中医、农林、兵法等)和戏曲，涉猎颇多，令传统如墨透纸背一般，浸润了他的文学创作。近年的长篇小说《带灯》后记，他写道他由"喜欢着明清以至三十年代的文学语言"，转而"却兴趣了中国西汉时期那种史的文章的风格"——无论哪种风格，都表明他对古代文学的偏好和文体风格的借用，《带灯》有对中国古典史传传统和传奇文体特征的参鉴。贾平凹 2014 年出版的《老生》，他把陕西南部山村的故事，从 20 世纪初一直写到今天，其实是现代中国的成长缩影。小说通过一个唱阴歌的、长生不死的唱师，来记录和见证几代人的命运辗转和时代变迁，通过老唱师念一句、我们念一句的方式，加进了《山海经》的许多篇章，更加意味着贾平凹在"我得有意地学学西汉品格了，使自己向海风山骨靠近"(《带灯》后记)。通过一个《山海经》，贾平凹几乎是将整个 20 世纪的历史接续起了中华民族的史前史。在贾平凹的读书札记里，可以知晓贾平凹是反复披览《山海经》的，甚至犹觉不足，还曾特地跑到秦岭山中去一一对照。这样来看，他化用《山海经》入小说，就一点也不奇怪了。《极花》里，贾平凹如数家珍自己，细数自己"我的写作与水墨画有关"，阐发如何以水墨画呈现今天的文化、社会和审美精神动向，以一部《极花》写出了中国"最后"的农

村。很多人认为贾平凹古文功底非常好，他自己却另觅根源："商州和陕西那个地方，古文化氛围浓一些，稍加留意，并不是故意学那些东西"。由此看来，贾平凹创作当中能够圆融融会"古意"与"今情"，端的是占据了天时、地利与人和。

一

无论是小说还是散文的写作，浸润在贾平凹作品字里行间古意典雅的语感是扑面而来的，贾平凹的语言古意、净雅、练达，少有拖沓随意之笔。古文功底深厚之外，古意与审美意蕴的抒情性，已经丝丝缕缕渗透到贾平凹的写作当中。文学是反映社会生活的晴雨表，作家是时代生活的记录者。贾平凹的小说，尤擅关注同时代人的生活，用文学的方式描述世道人心与记录时代和社会生活的流转变迁，我们可以从他的小说，体味到一个作家细如毫发又无处不在的悲悯之心，在一种抒情性的悲悯里，打开的是作家那颗真诚和热切的心随时代和社会生活一起跳动而释放出的炽热的"今情"。他很少或者说不故弄虚玄和玩弄叙事的"圈套"以制造阅读的障碍，他的小说是好读的，古意已经不仅仅停留在语言的层面，它穿透了文本的表层，侵入了小说的文本结构，他的小说常常蕴藉着一种古意袅袅的氤氲气息。贾平凹的短篇小说，常常无法用技巧或者奇巧的叙事手法来衡量，他不着意去制造悬念、惊奇乃至惊悚，很多所谓的短篇小说的写作技法，对他似乎是无效的。毕飞宇曾经讲过："小说家是需要大心脏的。在虚拟世界的边沿，优秀的小说家通常不屑于做现实伦理意义上的'好人'。"所以毕飞宇在分析莫泊桑的《项链》时极赞莫泊桑写作手法之高明，夸他"手狠"，言称："《项链》这篇小说有一个所谓的眼，那就是弗莱思洁的那句话：'那一串项链是假的。'这句话是小说内部的惊雷。它振聋发聩。我相信第一次读《项链》的人都会被这句话打晕。"①——读了贾平凹的小说尤

---

① 毕飞宇：《两条项链——小说内部的制衡和反制衡》，《小说课》，人民文学出版社 2017 年版，第 62、64 页。

其短篇小说，你就会知道，无法用这些俗成的律规来套在贾平凹的短篇小说写作上，他有点"不守规矩"——不守短篇写作的规矩。我们似乎总能够透过文本，感受到一个"好人"的心脏的跳动和他心怀炙诚的热度。贾平凹的小说，不以情节和悬念胜，而往往是以情动人，感人至深。

短篇小说《阿秀》里的秀秀，是山地人，进城便被唤作了"阿秀"，小说写她进城给一个局的书记家里当保姆的故事。故事很容易让人想起沈从文写于 20 世纪 30 年代的《丈夫》，写了那个年轻的乡下女人"老七"在城里大河的妓船上做卖身的"生意"，丈夫来探望，诚实耐劳的丈夫目睹自己女人伺候客人，备受煎熬，年轻的两夫妇终于一早都回转乡下去了的故事。《阿秀》中秀秀进城做的是保姆，但穿衣打扮和气质受主人的影响，也发生了翻天覆地的变化，她甚至由每月把挣的钱邮回给乡下，让娘攒下给弟弟讨媳妇，发展到把主人每月付的二十元工资，都用在了穿戴上，她甚至让很不宽裕的未婚夫山山四处借钱供她消费。《边城》中女人进城后变成"大而油光的发髻，用小镊子扯成的细细眉毛，脸上的白粉同绯红胭脂，以及那城市里人神气派头，城市里人的衣服"①，也曾令乡下来的丈夫感到极大的惊讶、有点手足无措的情形，在《阿秀》中，依然存在。订婚半年的山山来城里看秀秀，就遭遇了与《边城》中丈夫相类似的惊讶和手足无措。而且更甚的是，阿秀对主人谎称山山是"乡党"、拒绝承认是未婚夫，对山山心灵的伤害是显而易见的。阿秀到底是山里的孩子，她依然有淳朴的一面，她也有对山里剪不断理还乱的难舍的感情。小说最感人的是结尾，秀秀送别山山，她让山山告诉娘再过五天钱下来了就给她邮去——说明她对因装扮自己而花光每月二十元的工资已经心生愧疚，也仍然希望山山常来看看她。小说结尾最后一段："说完，她一低头，抱了孩子跑回家来，一进院门，却在孩子的屁股上狠狠拧了一把，孩子哭了，她不知怎么也放开声地哭了。"②秀秀的复杂感情全部蕴含在这一段话里了。

---

① 沈从文：《丈夫》，《沈从文小说》，浙江文艺出版社 2002 年版，第 153 页。
② 贾平凹：《阿秀》，《贾平凹作品·清官》（第 15 卷），上海三联书店 2012 年版，第 426 页。

　　乡下女孩进城做保姆经历各种各样的遭遇和故事，是很多小说家乐于表现的题材。比如严歌苓的《草鞋权贵》，小说由乡下来城里做保姆的小姑娘霜降的所见所闻，细述了曾经声名显赫的程司令一家不同于寻常人家的生活和种种不为人知的内情：夫妻关系诡谲而不和谐，孩儿妈（程妻）与男秘书曾经扑朔迷离的私情与程司令总疑心有个儿子是私生子的矛盾和冲突贯穿始终。程司令是个日渐颓颓老矣却好似仍然心不老的让人捉摸不透的一家之长，孩儿妈犹如魂灵般幽幽地存在于这家的院子里，影影绰绰如《雷雨》中的繁漪，却连繁漪那份泼辣都不能也不敢有……除了三个儿子性情命运遭际各个有别，女儿东旗也不乏性情乖张之处，很多人觉得《草鞋权贵》有《红楼梦》的些许神韵。同样会经历穿衣打扮和随主人参加舞会等现代生活的洗礼，霜降仿佛是程司令一家在新的时代生活当中走向分裂和衰败的见证者。与程司令一家生活的铺张和表面繁华背后的精神空虚和苍白人生相比，霜降的人生是实在的、坚韧的，她像迎春花一样，是满身浸融了暖意的。霜降与程司令儿子四星之间扑朔迷离的情感演绎，也呈现这样的审美意蕴：霜降是"正"的一方，四星不止身体上是被父亲"软禁"的"犯人"，他的心灵也是萎靡、不健康的，比不得霜降的活泼泼的健康和鲜活的生命活力。贾平凹《阿秀》一篇，没有《草鞋权贵》里七八个小保姆同时并且分别伺候一家里不同人的阵仗，城里局的书记这个主人家，倒是实在和坚韧的，阿秀宛如浮萍，城里做保姆的经历，实实在在让山地人的生活方式、道德与价值观、文化传统等，统统遭遇着城市现代生活和现代消费主义的考验。贾平凹笔下的"阿秀"，承载了贾平凹对旧（古）已难存、今犹难以安放乡人身心的忧虑，尤其作家对山山进城探望、想与阿秀有所亲近而不得一段文字的描写，对人物心理的呈现细致入微，那种难以言说的尴尬和或许曾经亲密的往昔已经不复存在……小说结尾所体现的恰恰是亟欲摆脱与乡间人关系、亟欲割断与乡间生活关系的阿秀，内心对乡间人与事的百般不舍，小说结尾，仍是落笔在了人的一种复杂的"今情"之上。

　　与《阿秀》类似，短篇小说《饺子馆》《鸽子》《猎人》《倒流河》记录的都是时代和社会生活的面影。《饺子馆》写的是饺子馆老板贾德旺与文联组联部主任胡子文交往，胡子文提携贾德旺却又在贾德旺当了政协特邀委员后心生嫉妒，百般两相龃龉的故事。胡子文撺掇他开的那个"饺子文化研讨会"，很有讽喻的意义。小说结尾，以拍照时贾德旺被装满硬币的麻袋砸死"半个脑袋扁了，一股血喷出来"，而胡子文也失足跌落"整个脸面浸在水潭里不动了"戛然而止。看似是一个很突然的结尾，实则必然。贾德旺已经不是单独的一个在西安打工之后开店发家致富的河南人，他是千千万万"西安城里五分之一又都是河南籍人"中的一个，是他们的缩影和化身，他所遭遇的"日巴耍"不是他一个人才有的个例，恐是所有河南人、外来人口难以避免的，无论你有钱还是没钱。将山里人进城的故事写得最打动人心和让人痛心、难以释怀的，似乎当属《鸽子》。巷子里唯独"我"养着鸽子，一共是12只，引来了总来看鸽子的小男孩，他是只身一人在城里工作的冯山的儿子。冯山夫妻两地分居十多年了，相处在一起还不足两年，冯山夫妻不久前终于离婚了，冯山把儿子沙沙带到了城里，孩子不习惯城里的生活，与城里的孩子也不合群，甚至因为他是一个乡下孩子、保持着乡下孩子的习惯而常常遭受城里孩子的奚落，沙沙因此与城里孩子常常打架，而城里大人也不接受沙沙身上山里人的秉性而常常非议他。冯山不让孩子再来看鸽子，向"我"索要了一只鸽子给孩子养，这只鸽子深受孩子的喜爱。没想到，这只鸽子也是孩子悲剧命运的导火索，大风雨的夜里孩子为了救鸽子，不幸跌落，压死了鸽子，也跌断了自己的脊椎骨，从此瘫在床上，整整躺了一个月后，这可怜的孩子沙沙走了……如果能够不离开母亲身边，他怎会那样孤独到把感情全部寄托到一只鸽子上面？如果乡下的母亲能够进城就不会有父母的离婚，如果城里的大人和小孩能够真正接纳和善待沙沙，怎么会有这样悲剧的结局？读了《鸽子》，你会觉得可怜的孩子沙沙就在你的心头，使你似乎久久害着心口疼的病症，这堪称是作家以文学的方式记录时代和社会生活的一个典型的小说文本。写作这个文本的作家，一点也不"手狠"，他是悲天悯人、情怀深在的。

《猎人》一篇，作家似乎算是最为玩弄了一下叙事的手法，小说看似很写实，直到结尾，也没有真正揭示出戚子绍遇到的狗熊怎么还说人话呢？狗熊对他几抓几放，也是奇了。他问狗熊到底是狗熊还是魔鬼，狗熊却反问他"你问我""我正想问你呢，你到底是猎人还是卖屁股的?!"——整个小说情节展开在看似很写实的打猎的境遇里，其实暗寓荒诞色彩，"会说话的狗熊"及其表现，极具讽喻的意义。《倒流河》发表在《人民文学》2013年第2期，获人民文学短篇小说奖，贾平凹在获奖感言中说自己创作完《带灯》之后，后记还没写，便写就了《倒流河》，写得很顺手，一气呵成，这让他得到一个心得，就是"写完长篇，惯性还在，易于写中短篇，就好像打篮球，需要手热，手热就能写出鲜活，写出一呼一吸的气息"。先是"煤黑子"后是煤老板的立本和妻子顺顺、撑船的老笨和儿子宋鱼是小说的主要人物，小说虽以立本和顺顺的故事为主，但两条线索并行而且时有交织，小说结尾立本患着癌病却固执地坚持煤窑不能关停，要挖、继续挖，结果煤挖出来，堆得沟岔里到处都是煤，被初夏的大雨一层层地冲刷，高高的丘堆变成平的，这莫大的灾祸和损失，在顺顺看来却是"立本的病总该康复了"——喻指立本被钱被挖煤冲昏了头脑的"病"该好了。而倒流河上的船虽然千疮百孔了，却还在撑，当想搭渡船回到河南的人眼看着船在，船上已经没有了老笨，老笨的茅屋也已经拆了，原来老笨睡在村里的老屋，而且做了个梦——梦见拾到了一大筐的鸡蛋。在小说已经结尾而其实还一直没有结尾的生活那里，小说家给人物、给我们留下了空白和可以无限想象的空间——恰如中国绘画的留白，小说留白给我们留下了足够的空间，给我们留足了想象的余地，可以缅怀曾经的人与事，怅惘深味，气韵悠长。

二

若说贾平凹散文中的古意，较之他的小说，那就更胜一筹。我们知道在中国，散文的传统非常源远流长，它成为一种文学上的自觉和事实，其实应该在春秋战国时期就已经形成了，但是散文的名称是形成于宋代，最早有记载散文概念的典籍是南宋时期罗大经的《鹤林玉露》。在此之前散文不叫散文，叫"文"，其实也就是散文。自古以来，对于同一个文人来说诗与文未必都能够兼擅的，能诗未必能文，能文未必能诗，能文者要有他自己特殊的禀赋，诗文源流各异。一直到现代时期以来，同样的，有的好的小说家未必能够写作散文，能写好小说又能写好散文其实是一件了不起的事情。贾平凹小说的语言乃至文体结构往往不失古意，他的散文就愈加古色古香，一种古意和古雅的气息在文本中弥散开来，活色生香。散文与诗歌不同，诗歌依赖于音律，但是散文在因字而生的魅力方面是不输于诗的，它具有一种音韵之美，炼字炼意与意象意蕴等方面皆不输于诗。我们从贾平凹的散文当中，深刻感受到了他在遣词写句方面的语言天赋和古典文学以及文化的素养。细细揣摩其文字，常常有"增之一分则太长，减之一分则太短；著粉则太白，施珠则太赤"之感。当代散文写作，语言文字是门槛，但真正迈过这个门槛的人，不多。贾平凹无疑是做得极好的那一个。

　　五四以来成果最大的当属小说和诗歌，发生剧烈变化方面，散文在剧烈程度上面不如小说和诗歌，发生变化的时间上也应该是比小说、诗歌稍微靠后的。它变化的剧烈程度要弱一些，它的发生变化的时间也要晚一些，但是这并不能抹杀白话散文在现代时期的重要性和具有重大的文学史的意义和价值。无论是在偏于英语系的林语堂、梁实秋、钱锺书等人那里，还是偏于日语系的周氏兄弟、丰子恺等人身上，他们的散文都是基于散文随笔 Essay 这个词演化而来的，可以说自由自在的笔调是现代散文发展的一个重要的典型特征，而且现代以来的散文在文法和句法等方面往往是存在文言的痕迹的，像鲁迅、梁实秋、林语堂等这些人的散文。现代以来的散文文法、用词往往保留文言的痕迹，语言、情调也有旧文化的气息，这是好散文。在某种意义上，新散文仍然有很文人的气息，这是尤为可贵的。贾平凹作的是新散文，但他的散文的确是在散文文法、用词上葆有很浓重的文言的痕迹，很多情调也有文人雅士和旧文化的气息，比如《名人》《闲人》《弈人》《品茶》《访梅》《五味巷》等篇，写的明明是今人今事今之生活，透出的却是古雅的文化气息，这既得益于贾平凹写作虽是白话却断句、表意皆取镜文言的文字功底，又加之商州和陕西尤其西安本身就古色古香文化气息浓厚，把贾平凹的散文和他散文中的人与事，无不熏染得古意犹存，在一种轻和慢的节奏中，古意与今世生活形成一种参差的对照。

散文作不得虚和假，所以，没有丰厚生活积累和对生活始终保持睿敏的关注目光的作家，很难写好散文。《名人》中的那个"名人"——"你"，让人毫不怀疑带有很多贾平凹自己生活的影子。集会场面几百人围上去让"你"签名，挤乱中"你"终于从人群的腿缝下爬出来，结果"你的西服领口破了，眼镜丢了一条腿儿，扣子少了三颗"。"你不止一次地向我抱怨，说你家的茶叶最费，因为来客不断，沏一壶茶喝不了几口，再来人再沏新茶，茶叶十分之八是糟蹋了"，当然是很写实的，贾平凹的现实生活想来就是这样。但散文中似乎有更为夸张的情境："甚至你突然收到法院的传票，不去吧，法律是严酷的，你害怕那警车到来；去吧，犯了什么罪吧？你忐忑不安了。一进法院，接待你的人激动不已，视你为座上客，说：'我们想见见你，你是名人，平时我们是不容易见到的，只好用这种方法了，望你见谅！'你原谅了，你能不原谅吗？"——这有点极端又不失幽默感的情境抒写，未必不是来自作家本人的真实生活，名人为"名"之累，也算活色生香在了纸上、被写成和指代了其实是一类人——"名人"的生活情景。什么是"弈人"？"他们是些有家不归之人，亲善妻子儿女不如亲善棋盘棋子，借公家的不掏电费的路灯，借夜晚不扣工资的时间，大摆擂台"，"围观的一律伸长脖子"、"双目圆睁，嘶声叫嚷着自己的见解。弈者每走一步妙着，锐声叫好，若一步走坏，懊丧连天，都企图垂帘听政"①。《闲人》和《弈人》等篇，足见贾平凹留心观察生活的细致和入微。与《名人》与《弈人》不同，《闲人》里所写的这类人，与作家主体距离相距较远，而且非得作家平常常有一双善于观察生活的眼睛而不能得。《名人》《弈人》《闲

———————

① 贾平凹：《名人》《弈人》，《贾平凹作品·坐佛》（第 19 卷），上海三联书店2012 年版，第 114、115、108 页。

人》，在与作家本人是否具有如影随形般的相似度上，其实两相之间的距离，是由近及远的，《闲人》中的"闲人"与贾平凹本人完全没有什么相近之处，但能够对这各种类型的人生动精准地绅绎和描摹，同样都来自作家对现实生活的细致观察和真切感悟。

　　散文不是小说，它主要是抒情和记事，可以有精神向度的追求和表达，但散文一般不虚构故事，尽量不对原始的故事作过多的虚构变形。近年虽有很多散文写作者喜欢虚构故事，很多散文的研究者也在争论散文到底能不能虚构的问题。但是，大家终还是认为散文抒情、记事，应不作小说式的虚构——是散文写作的基本伦理。散文家或者散文写作者在散文记事时候，可以讲求叙事的手法，但不能沦为一种小说式地虚构和小说叙事手法。对于涉历史人物、事件等题材的散文，允许合理的想象，但不宜走向小说式虚构的歧途。贾平凹的散文，就不存在过度虚构的问题，其情也真其情亦切，其散文非常讲究事的真尤其是情的真，像《读书示小妹十八生日书》《五十大话》《我不是个好儿子》《风筝——孩提纪事》《自传——在乡间的十九年》《一位作家》《母亲》等篇，有着作家本人太多现实生活的面影。《母亲》记录了浅儿初生，妻子初为人母而我初为人父的喜怒哀乐，其中写的是贾平凹与家人的生活，却似乎可以照见我们的人生和生活感受，生活气息浓郁、真实感充盈。作家观察生活细致入微，很多记录新手妈妈爱孩子的细节，堪称经典。"一天夜里，风雨很大，哗哗哗，打得门外的那棵棕树整夜整夜地响，我在炕上睡不着，坐起来构思一篇文章，终也思绪不收。她却没有醒，伸着胳膊，让孩子枕了，那整个身子就微微蜷着，孩子就正好在她的怀抱了。嗯儿，嗯儿，睡得安闲，似乎那风声雨声，在棕树叶上变成了悦耳的旋律，那睫毛扑落下来，是一副完全浸融的神态。突然，孩子动起来，只那么哭出一声，她猛地睁开了眼，立即就醒了，伸手将孩子抱起来。我奇怪了，在她那身体的什么地方，有一根孩子的神经吗？"①

---

　　① 贾平凹：《母亲》，《贾平凹作品·丑石》（第 18 卷），上海三联书店 2012 年版，第 10 页。

一个新手妈妈，与新生的孩子，身心牵系，牵孩子之一毫发而动母亲全身心的情形，跃然纸间。

《我不是个好儿子》，弥漫全篇的是母亲对我无微不至的关爱和我自觉的愧对母亲，我以给母亲寄钱来聊以安慰和平衡自己亏欠母亲的那颗心，母亲却舍不得花，她把我每次寄去的钱一卷一卷塞在床下的破棉鞋里，几乎让老鼠做了窝去，"零着攒下了将来整着给你"。可怜天下父母心，而我们总是无法回报母亲甚至愧对母亲对我们无私的爱，一览无余。《我不是个好儿子》和《自传》之所以感人至深，就是因为它们几乎是作家的"自叙传"，这恰恰反映了散文求真——情要真、事也要真的文体要求和审美意蕴需求。《桌面》《月迹》《丑石》《"卧虎"说》《动物安详》《读山》《两代人》《白夜》等篇，也是贾平凹对生活中具体的物事的抒怀，满怀情怀的真，对于我们写作类似类型的散文，是有参鉴价值和启示意义的。《老人和鸟儿》等，也取材自现实生活，写尽了一个老人孤寂的内心和儿女无法走进其内心的孤独与苦楚。《四十岁说》《五十大话》等，莫不来自作家在一个具体的年龄节点的时候，对人生、世事的感怀和畅想。

散文作为一门艺术，要比小说和戏曲古老得多，我们没有人能够规定什么叫作散文，什么不算，而且写法上也没有统一的体式和规定规矩可以规定或者参照。虽然常说"形散而神不散"是散文的特质之一，但那其实也不是散文的一定之规。什么样的散文是好的散文？从贾平凹散文中，我们看到了好散文的特质。自古以来好散文的境界，应该是"大象无形、大音希声"的，至于现代以来的人常常把散文分成种种——抒情、哲理、叙事、学者乃至文化散文，等等，这差不多是我们对散文的一种硬性的分类，其实对于散文写作和散文的研究，不见得有利。真正好的散文应该是"大象无形、大音希声"的，也就是说几乎是庄子所诉述的那种境界——绝真率性、自由无碍，这才应该是好散文的内在品格。贾平凹的散文葆有文言的痕迹，文化气息浓厚，语言情调和审美意蕴都很有古典文学和文化的气息，其散文的语感和其散文在精神气质上都很文人。从贾平凹的散文文字当中，我们可以把摸和看到古代、现代以来散文传统当中最好的一脉以及其所包蕴的情感蕴藉和精神旨归。

二、素材如何进入小说，历史又怎样成为文学
——贾平凹《山本》的文学"史"观

一

在解读《山本》之前，有必要回顾一下近年尤其近五六年贾平凹的长篇创作。贾平凹 2013 年的长篇小说《带灯》开启了一个新的审美领域——"新乡镇中国"的文学书写，以"当下现实主义"对 21 世纪正在剧变中的新乡土中国进行独特审美思考和精神探寻，不仅从题材上是对其以往文学创作领域的突破，而且把"乡镇叙事"的地域审美书写拓展为整个"新乡镇中国"的整体性空间及其现代性命运的全息性精神呈现，① 有学者（李遇春）还将其称之为"微写实主义"——即对以往的现实主义书写的突破和越界。贾平凹《带灯》等乡土小说，满怀对乡土中国面临现代性社会转型所遭遇的经济亟速发展乃至无数畸形现实所怀有的深刻思考和危机感，再或者是书写乡村文化传统是如何在文化消费主义面前不堪一击……2014 年的《老生》，可视为贾平凹对百年乡土中国持续不断的沉思，《老生》以四个相对独立的故事，讲述了乡土中国近百年的历史：从 20 世纪二三十年代的国民战争，中国共产党走农村包围城市的路线，到解放战争胜利；从 40 年代的土改运动，到 1976 年前乡村社会的各种经济结构改造实验和阶级斗争；从 1978 年后的改革开放基层干部想尽一切办法发展乡村经济，农民开始进城谋生，乡村的物质生活大大改善，到一场突如其来的瘟疫将一个村庄毁灭。小说以古籍《山海经》引入，以一位唱阴歌的乡村唱师的叙述视角，讲述乡村社会的人事兴亡和发展变迁，串起百年现代中国成长的历史。2016 年的《极花》则是一部女性被侮辱与被损害的戕害史，又是一部中国村庄最后面

---

① 张丽军：《"新乡镇中国"的"当下现实主义"审美书写——贾平凹〈带灯〉论》，《文学评论》2014 年第 1 期。

影的百科全书式的断代史。《极花》选择逃离乡村去往城市却被拐卖到更偏僻乡村的农村知识青年胡蝶为叙述者，讲述地方"传统"权威如何削弱和瓦解，乡村秩序如何变形和变质，农村知识青年如何成为上升无望的失败者，善良而怯懦的底层民众如何成为施暴者，最终缺少精神和信仰看护的中国农村如何成为涣散之乡和暴力之域。① 中国农村的沦陷是 20 世纪 90 年代中期以来贾平凹小说集中书写的主题，他在《高老庄》《秦腔》《带灯》《极花》等作品中对其进行了持续而深刻的挖掘和揭示。

在这条蜿蜒绵长的写作脉络里，《山本》是自然而然生成的，可以见出与《老生》的气韵相通之处，但其气魄更大，文学性和艺术性也更加丰沛。"山本"这个书名，贾平凹在后记里有解释，但我个人可能还是更加喜欢"秦岭志"。贾平凹从棣花镇、从商洛笔墨荡开去，写了关于秦岭的这本书。但贾平凹的志向和志趣又不仅仅止于此。秦岭是"一道龙脉，横亘在那里，提携着黄河长江，统领了北方南方，它是中国最伟大的一座山，当然，它更是最中国的一座山"。贾平凹为秦岭写志，其实就是为近代中国写志，秦岭是他窥见一段中国近代历史的切口，也只有秦岭的山高水长，苍苍莽莽，有这样深厚的历史底蕴、文化蕴藉，可以令作家达成这样的写作目的。《山本》不再像《老生》那样，时间跨度百年，也不再是以一个人的叙述视角，反而可以将相对《老生》而言较短的一个时间段——一段秦岭在 20 世纪二三十年代并且上下各略有延伸——下可至 40 年代的历史，充分具象化和用多得数不清的细节性叙述将小说叙事丰赡和充盈起来。《山本》细腻充盈同时又气势恢宏，是对《老生》的超越。

我这里说贾平凹勾勒出了近现代中国史诗，并不是说要把《山本》去同历史史实做一一的比对。将《山本》归入历史题材，恐怕是有违作家写作初衷的。《山本》所涉及庞杂混乱的素材，该怎样处理？对作家也是一个巨大的挑战。贾平凹在《山本》"后记"里也说道："再就是这些素材如何进入小说，历史又怎样成为文学？我想我那时就像一头狮子在追捕兔

---

① 何平：《中国最后的农村——〈极花〉论》，《文学评论》2016 年第 3 期。

子，兔子钻进偌大的荆棘藤蔓里，狮子没了办法，又不忍离开，就趴在那里，气喘吁吁，鼻脸上尽落些苍蝇。"①这是形象地说出了作家处理庞杂、体量巨大的素材，以及如何处理历史和文学关系的一种困顿不好厘清时候的境况。

一个并不太希望看到的情况是，评论和研究当中存在过多地将小说《山本》去与历史做比对和剖析的情况。《山本》甫一面世，就在小说与历史之间关系问题上出现了两个层面的评论趋势：第一，是将《山本》与历史史实之间去作考察和挖掘，这其中又包含两个维度，一个是将《山本》归入历史题材小说，考察它作为历史题材小说的意义和价值；另一个则是承认小说书写的是传奇，但仍然在考察"传奇如何虚构历史"的问题，依然认为《山本》体现了作家书写历史的真诚和雄心，有的人甚至将小说与当时秦岭红军的历史和中国二三十年代的历史作比对和索隐式研究，甚至得出这样的结论："历史从虚构那里学会如何运用庄严的面相编织谎言，而虚构也会以谎言作为招牌重建一段历史。"②第二，与前一个层面的第二个维度相类，《山本》被归入"新历史主义"、历史的民间叙述之类的思想以及美学谱系被加以讨论，这其实是有违贾平凹创作初衷的，研究者当然也不能将《山本》窄化为新历史主义小说。我们知道，20 世纪 80 年代中后期开始的一段"新历史主义"的文学叙述，是有它的文学史意义和历史功绩的，往往是以无数细节丰赡的叙述以及被原来的宏大历史叙事方式所忽略的文学与历史的一种叙述方式——以文学的方式重述历史，丰赡了有关历史的文学叙述的文学性。新历史主义的意图是要揭示被主流历史和话语叙述方式所一度忽略的民众生存本相、民族的生命史，比如，陈忠实的《白鹿原》、莫言的《丰乳肥臀》、张炜的《家族》和余华的《活着》《许三观卖血记》等。但新历史主义后来的弊端也是显而易见的："由于其逐渐加重的虚构倾向，由于其刻意肢解历史主流结构的努力，而走向了偏执虚

---

① 贾平凹：《山本》后记，作家出版社 2018 年版，第 523 页。
② 方岩：《传奇如何虚构历史——读贾平凹〈山本〉》，《扬子江评论》2018 年第 3期。

无的困境。游戏历史主义不但是新历史主义的终极，同时也是它的终点和坟墓，从一定意义上说，正是这种过于偏执的游戏本身最终虚化、偏离和拆除了历史和新历史主义文学运动，这虽然是一个矛盾和一个悲剧，但却势出必然。"①

井宗秀和井宗丞是有原型的，其中的一些历史事件，似乎也是有原型可循。一些论者便颇费工夫地去探究这里面的究竟。这种对井宗秀和井宗丞原型的考证，在贾平凹看来："现在一些读者有兴趣考证井宗秀和井宗丞的原型，其实是不必的。井宗秀和井宗丞是有原型，但仅仅是攫取了原型极小极小的一些事，而最大的是通过那些历史人物了解那一时期政治、军事、经济、民生等一系列的社会情况，可以说以原型出发，综合了众多，最后与原型面目全非。"②以正史、野史或者新历史主义小说的概念来解读和对待《山本》，难免不是把小说与历史之间做了过于牵强的联系和比照。《山本》虽然也展示了20世纪二三十年代发生在秦岭的一些史实，但似乎更"是在天人之际的意义上考察历史、社会、人性种种方面的复杂的矛盾纠葛"。而有的论者（杨辉）还是能够认识到："整个作品的气象和境界与普通的历史小说还是很不一样的。"由于担心大家把复杂的问题看简单了，贾平凹自言："我为什么要写这个题记。就是强调《山本》的目的，不是写秦岭那些历史，而是想从更丰富的状态中去写中国。"③从这个意义上讲，《山本》不是写历史的小说、不是传统和纯粹意义上的历史小说，也不宜归为新历史主义小说，但它自带的丰富性，一点也没有影响《山本》的复杂、繁富与宏阔，一点也没有影响它的史诗性。说《山本》书写了20世纪二三十年代近现代中国的史诗，是负责任的说法。这恰好可以解释，为什

①　张清华：《中国当代先锋文学思潮论》（修订版），中国人民大学出版社2014年版，第187页。

②　贾平凹语，参见贾平凹、杨辉：《究天人之际：历史、自然和人——关于〈山本〉答杨辉问》，《扬子江评论》2018年第3期。

③　贾平凹语，参见贾平凹、杨辉：《究天人之际：历史、自然和人——关于〈山本〉答杨辉问》，《扬子江评论》2018年第3期。

么陈思和先生认为《山本》是向传统致敬，他将《山本》与《水浒传》联系，认为《山本》深刻揭露了普通人性中的残酷基因——比如杀戮和剥人皮这些残酷的东西。贾平凹本人则认为自己重点不是写战争，而是写"林中一花，河中一沙"，"《山本》里虽然到处是枪声和死人，但它并不是写战争的书，只是我关注一个木头一块石头，我就进入这木头和石头中去了"（《山本》后记）。贾平凹坚定地认为："从历史到小说，它有个转换问题。"贾平凹认为《红楼梦》教会了他怎么写日常生活；《三国演义》《水浒》讲究传奇的东西，特别硬朗，故事性强，教会了他怎么把小说写得硬朗。细读《山本》就能真切体会到贾平凹的确是："写《山要》时我要求'现代性、传统性、民间性'，在写法上试着用《红楼梦》的笔调去写《三国演义》、《水浒传》的战事会是怎么样？"而"现代性、传统性、民间性"的融合，也是清晰可见的。①

二

《山本》这样的文学"史"观，落实到小说叙事上，也令《山本》与此前贾平凹小说的文本形式和叙事有些差别，小说叙事也更加繁富。正如贾平凹自己所说："解读小说是有不同的角度，有的小说可能结构简单些，从一二个角度就能说清。或许《山本》要复杂些，'正史'、'野史'说到底还是历史，而小说，还是那句大家都知道的话，是民族的秘史。这个秘史，不是简单地从'野史'和'正史'对立的角度说，而是说它还包含着更复杂的生活的信息。比如人的日常生活中的衣食住行，自然风物，以及二者之间的复杂关系等等这些历史顾及不到的细节。它们可能呈现出历史更为复杂的状态。"②还不仅仅止于此，《山本》的文学"史"观，还影响到了小说的文本形式和叙事。

如果说，前此的《带灯》《老生》《极花》等，还采用一定的章节设置的

---

① 贾平凹语，参见贾平凹、杨辉：《究天人之际：历史、自然和人——关于〈山本〉答杨辉问》，《扬子江评论》2018 年第 3 期。
② 贾平凹语，参见贾平凹、杨辉：《究天人之际：历史、自然和人——关于〈山本〉答杨辉问》，《扬子江评论》2018 年第 3 期。

话；《山本》在小说文本和叙事形式方面，已经是章节全无，仅以"※ ※ ※"来区隔不同的叙事片段和作叙事转换。而若了解和深谙贾平凹的文学"史"观，就知道《山本》中的这种表现是贾平凹多年来小说叙事探索的一个自然而然的结果，而且是与他的《山本》所要表达的内容和素材处理等方面，都高度契合的。十几年前，贾平凹在《我心目中的小说——贾平凹自述》当中，就已经明确提出了他认为"小说是一种说话"的小说创作理念："小说是什么？小说是一种说话，说一段故事"，"世上已经有那么多作家的作家和作品，怎样从他们身边走过，依然再走——其实都是在企图着新的说法"①。但是警惕于过于追求小说结构和技巧的小说写法，他特地举了一个例子："在一个夜里，对着家人或亲朋好友提说一段往事吧。给家人和亲朋好友说话，不需要任何技巧了，平平常常只是真"。"开始的时候或许在说米面，天亮之前说话该结束了，或许已说到了二爷的那个毡帽。过后一想，怎么从米面就说到了二爷的毡帽？这其中是怎样过渡和转换的？一切都是自自然然过来的呀！禅是不能说出的，说出的都已不是了禅。"他特别强调："小说让人看出在做，做的就是技巧的，这便坏了。说平平常常的生活事，是不需要技巧，生活本身就是故事，故事里有它本身的技巧。"他反思了有人越是要打破小说的写法，越是在形式上想花样，往往适得其反的情况："因此，小说的成功不决定于题材，也不是得力于所谓的结构。读者不喜欢了章回体或评书型的小说原因在此；而那些企图要视角转移呀，隔离呀，甚至直接将自己参入行文等等的做法，之所以并未获得预期效果，原因也在此。"②其实，作家贾平凹在这里不是说小说的题材和结构不重要，他真正在反思的是传统章回体和评书型小说已经不合时宜，而 20 世纪 80 年代中期以来一些小说过于追求叙事形式的所谓探索和求新已经将小说写作自蹈叙事游戏的困境乃至死局……作为一位几十年以来一直创作丰赡、走在内地文坛创作前沿的文坛"超级劳模"型作家，贾平凹在

① 贾平凹：《我心目中的小说——贾平凹自述》，《小说评论》2003 年第 6 期。
② 贾平凹：《我心目中的小说——贾平凹自述》，《小说评论》2003 年第 6 期。

小说叙事上，对传统章回体和过于追求小说叙事先锋技巧这两翼，是他近十几年来一直在警惕和以自己的实际创作作出反思的。这样就一点也不奇怪，贾平凹近些年的创作，在小说叙事上一路走来的变化。而这变化，到了《山本》达到了某种程度上的极致，也可以说是一种炉火纯青的境界。而深埋其中的，除了"小说是一种说话"的创作理念，还有着他对小说体式和小说叙事的一种自觉。

对于文学应该有的"史"观，应该也是一直服膺他在《我心目中的小说——贾平凹自述》这篇文章当中所讲的"实与虚"的观念："面对着要写的人与事，以物观物，使万物的本质得到具现。""生活有它自我流动的规律，顺利或困难都要过下去，这就是生活的本身，所以它混沌又鲜活。如此越写得实，越生活化，越是虚，越具有意象。""以实写虚，体无证有，这正是我的兴趣。"《山本》要写出贾平凹想呈现的生活，写作成功而且写成更多地呈现物事人情的"秦岭志"——"以实写虚，体无证有"，取消了小说章节，整个小说全篇打通、贯通，无疑助益他达成了自己的写作目的。而吊诡的是，自言最不讲究小说体式和小说叙事技巧的贾平凹，借此却在《山本》中实现了对于他自己和当下小说创作而言，都是小说叙事上新的尝试。虽然《山本》小说叙事完全不是 20 世纪 80 年代中期开始的那一段先锋派文学所呈现的叙事技巧和形式特点，但谁能说这不是一种新的、有益的小说形式方面的探索和创新呢？当很多学者和评论家譬如陈晓明教授近年来一直在担忧，20 世纪 90 年代以来，还远未获得成熟圆融的西方现代小说经验的中国小说如果一味地回归传统的写作态势，情况令人担忧；当然，他也看到了如贾平凹、莫言等许多中国优秀的作家，仍然在寻求传统与现代融合的道路上孜孜以求，而他们对小说叙事的探索又何尝不是体现一种小说创作形式创新方面的先锋探索精神呢？这种富有创新意识的探索精神，可能也恰恰是贾平凹的创作一直保持旺盛的生命力，一路发展而来终于产生了这部最具有大师气象的长篇小说《山本》的一个重要原因。

分析至此，如果再把《山本》视为纯粹历史题材的小说，或者视之为纯粹的新历史主义小说，就有点不厚道了，甚至是拔着自己的头发非要离开地球一样的情况了。中与西、传统与现代的融合，已经是近些年来贾平凹越来越在表达和表述的一种创作的理念了。《我心目中的小说——贾平凹自述》里贾平凹自言，面对《阿Q正传》，"如果在分析人性中弥漫中国传统中天人合一的浑然之气，意象细缊，那正是我新的兴趣所在啊"；而《山本》所透露出来的贾平凹的写作理念和文学"史"观，正是他想在生活物事人情的繁富与千头万绪当中，表现和探求一种意象氤氲、天人合一的浑然之气，一种禅境。《山本》小说叙事形式上的浑然一体，已经在帮他实现这个夙愿了。果然，贾平凹在《山本》后记中，这样写道："说实情话，几十年了，我是常翻老子和庄子的书，是疑惑过老庄本是一脉的，怎么《道德经》和《逍遥游》是那样的不同，但并没有究竟过它们的原因。一日远眺了秦岭，秦岭上空是一条长带似的浓云，想着云都是带水的，云也该是水，那一长带的云从秦岭西往秦岭东快速而去，岂不是秦岭上正过一条河？河在千山万山之下流过是自然的河，河在千山万山之上流过是我感觉的河，这两条河是怎样的意义呢？突然省开了老子是天人合一的，天人合一是哲学，庄子是天我合一的，天我合一是文学。这就好了，我面对的是秦岭二三十年代的一堆历史，那一堆历史不也是面对了我吗，我与历史神遇而迹化，《山本》该从那一堆历史中翻出另一个历史来啊。"①

很清楚可以看到，《带灯》还是分"上部　山野""中部　星空""下部　幽灵"，每部长短不同的段落前，会有无数"高速路修进秦岭""樱镇"等这样的小标题。《老生》分"开头""第一个故事""第二个故事""第三个故事""第四个故事""结尾"。《极花》里分"1 夜空""2 村子""3 招魂""4 走山""5 空空树""6 彩花绳"。《老生》《极花》里每个叙事章节里，会有叙事区隔的标志"＊　　＊"来区分不同的叙事段落。而《山本》已经取消了叙事的章节题目，仅以"※ ※ ※"来做不同的叙事片段的区隔。而且有意思的是，50万字庞大的小说叙事，被"※ ※ ※"区隔成了一共81个叙事片段。不知道这是不是贾平凹有意为之的，我想是的。《山本》里的人经历九九八十一"难"

才修成，而小说也经历了一共九九八十一个段落的叙事才完结。小说叙事虽看似圆满修完了，但是落实到每个人物和人物命运等，却未必圆满。《山本》以事事处处很"实"的书写，却表达了很多"虚"的东西和意象。于是，也就可以理解贾平凹所说的："陆菊人和井宗秀是相互凝视，相互帮扶，也相互寄托的。如果说杜鲁成、周一山、井宗秀是井宗秀这个书中人物性格的三个层面，陆菊人和花生是一个女人的性格两面。我是喜欢井宗秀和陆菊人合而为一，雌雄同体。"①

"以实写虚，体无证有"，有什么样的文学"史"观，就有了什么样的小说叙事。《山本》也就只会让陆菊人与井宗秀互相凝视而不会有真正的俗世男女情爱；小说会安排陆菊人，为井宗秀培养了一个女子"花生"嫁给他，而他却又失去了作为男人的性能力，花生与井宗秀也不能真正地结合。就像郜元宝在分析赵本夫的长篇小说《天漏邑》时所讲：每个人都是天漏村居民，都是天漏文化的组成部分，都带着与生俱来的"漏"来到人间，经历一世——在佛家所谓"有漏之学"，指人间一切"解法"都不完善②——这一点上，《山本》与其倒是气韵亦相通的。小说《山本》在叙事上处处呈现情节的非二元对立和非开端、发展、高潮、结局的情节完整性，比如剩剩腿跛了——一个长一个短，井宗秀安排人去找莫郎中给剩剩来治病，结果杨钟死了，冉双全则因误会失手打死了莫郎中，剩剩的跛脚再也无人能治。杨钟一直不是陆菊人心里所仰敬和喜欢的男人，但当杨钟死了，陆菊人又念起杨钟百般的好……人生终无尽意处，"秦岭却依然苍苍莽莽，山高水长，人应该怎样活着，社会应该怎样秩序着，这永远让人自省和浩叹"。在贾平凹看来，"好多人在读《水浒传》《三国演义》《红楼梦》这种名著的时候，都是在吸收怎么活人的道理，而不是想解释目前社会上发生了什么问题"，"小说里的任何情况处理，尤其结尾，多义性最好，由读者各自去理解"。

———————————

① 贾平凹语，参见贾平凹、杨辉：《究天人之际：历史、自然和人——关于〈山本〉答杨辉问》，《扬子江评论》2018 年第 3 期。

② 郜元宝：《天漏，人可以不漏——赵本夫新作〈天漏邑〉读后》，《当代作家评论》2017 年第 6 期。

"我们曾经的这样的观念，那样的观念，时间一过，全会作废，事实仍在。历史是泥淖，其中翻腾的就是人性"。① 贾平凹剪裁《山本》书中叙事，靠的是情节及其衔接点，但更是与他的小说观念、与他小说所持有的文学"史"观相融合和吻合的。若对《山本》的小说叙事形式加以研究，会有更多更深的发现。

---

① 贾平凹语，参见贾平凹、杨辉：《究天人之际：历史、自然和人——关于〈山本〉答杨辉问》，《扬子江评论》2018 年第 3 期。

第四章
在场的学理性批评

　　当代文学批评不知从何时开始，抑或自始即如是，一直有着学院批评和非学院批评的分歧。学院派文学批评往往觉得只关注文学现场的即时性批评，存在着种种的弊端，零距离、即时性，有时难免一叶障目，或因缺乏距离感而判断有偏差，更不要说还有捧场式批评、人情批评等的问题。但是反过来，学院批评也承受一些指责，比如其自身确实存在沉疴已久的问题——"学报体""C刊体"等，其中一些文学研究和文学批评文章，的确日渐沉闷和缺乏可读性，对文学现场加以关注的即时性、当下性，也的确差一点。由于学院派批评本身也存在弊端，连累学院的学理性批评也承受压力和被各种误解、误判……甚至很多学院中人，也更倾向于或者说乐于去写捧场批评、印象批评和读后感式的批评，乐于以评论与评论者的时刻的"在场"——在文学现场，追求曝光率和批评话题的热度以及批评的吸引大众眼球，乐于站立在时代潮头，而不太考虑评论的学理性和长效性。

　　殊不知，20世纪50年代到80年代，即时性的文学批评是当代文学研究最重要的组成部分。逐渐，当代文学研究分化出了文学史的研究；20世纪80年代中期以来，外国文学理论尤其欧美现代文艺理论乃至各种人文社会科学思潮的引进，理论化的文学研究和文学批评由之有了相当明显的推进；即时性的文学批评依然存在，但更多地让位于媒介批评，包括"推介性批评"、"扶植性批评"、各种"酷评"，等等。在这个当代文学批评历史发展的脉络中，学院批评与非学院批评；学院批评和媒体批评；学院批评和媒体批评、阐释性批评；等等——不同的人从不同角度，可以对批评有很多分类。有一点是毋庸置疑的，文学批评在当前文学的生产、接受、传承这套完整的机制中，承担的作用非常重要，文学批评、批评家从海量的文学作品中遴选优秀的作品，并使之不断地经典化，这是当代文学经典化的一个过程，也是当代文学史建构和重构的一个基础性工作。像程光炜说他最近数年，除正常教学和科研之外，他陆续写过一些最近三十年重要小说家作品细读的文章，还讲他是以看"古物"的眼光(亦即一种"史家眼光")来写的，这实际是在做史家的文学批评和重构文学史。他在《小说九家》前言开篇即言："近年来，我在治文学史之余，也会根据兴趣写一点谈当代小说的文章。这些文章有些是对文学史问题的补充，有的则单独存在，是想谈一下对某些作家作品的看法。"①文学史研究、文学史问题的思考和作家作品的评论，是如此密不可分。既如此，如果不重视学理性，而一味追求短平快，那么副作用是明显的。此外，文学批评离不开理论，但文学批评本身也为理论的发展提供素材、例证，并影响理论的发展，自然也对文学批评提出了学理性的要求。

学理性批评，似乎一直被认为与文学现场具有一定的距离，缺乏时代感、问题意识和批评意识的自觉担当……情况真是这样吗？这是对学理性批评的一种有意或者无意的误解。当代文学，好的学理性批评，是时刻关注或者留意文学现场的；好的学理性批评在关注文学现场的时候，也往往兼具文学史视阈、问题意识和一种学理性的追求与自觉担当。也只有这样，文学批评对于当下发生的文学现象，才能有更深入的思考；对于最新出现的当代文学作品，才能承担起文学批评本该具有的遴选出优秀之作的作用，并对当代文学经典化和当代文学史的建构与重构，都发生着应有的作用。

例如，21世纪以来，当年的先锋作家，皆有新作问世，苏童的《河岸》《黄雀记》，余华的《兄弟》《第七天》，格非的《江南三部曲》《望春风》，北村的《安慰书》和吕新的《下弦月》等，虽已经不是先锋小说，却在提示我

① 程光炜：《小说九家》前言，中国社会科学出版社2017年版。

们，先锋文学经验在今天是否还可能存在？并且以何种方式在继续生长和变异？在 2015 年前后开始持续两三年的以"先锋文学三十年"为主题的系列纪念活动中，围绕相关话题展开讨论——其中，先锋文学是作为文学史的一个话题和研究对象。对于从 20 世纪 80 年代开始的一段先锋派文学经验，它对近四十年来的当代文学其实始终和持续发生着影响，当下的文学如何汲取已有的文学经验，而葆有形式上的探索力和创新力？而当代的先锋派作家如何实现先锋文学的转型或者说续航？① 都是学理性批评应该担负和所做的研究工作。而赵本夫的长篇小说《天漏邑》，荣获"2017 汪曾祺华语小说奖"唯一的长篇小说大奖，授奖词是："《天漏邑》是著名实力派作家赵本夫个人厚积薄发匠心独运的一部力作，也是近年来中国长篇小说界一个令人振奋的重要收获。""小说融神话故事、历史传奇和现实人生于一炉，多维叙事空间相互补充，大跨度时间转换有条不紊，众多人物形象鲜活而立体。历史天命的探询，现实人生的讽喻，复杂人性的拷问，共同诠释了'天漏而人可以不漏'的基本主题，也因此有力撼动了中国文化心理的深层结构，挑战了长期以来战争小说的流俗之见和历史小说的僵化格局，立意高远，气度不凡。""《天漏邑》大胆的出位之思，浓郁的风俗画卷，雄壮的战争场面，将和众多各具面目的人物形象一起，长留读者的记忆深处。"在《天漏邑》获奖之前，《南方文坛》2017 年第 6 期就有过《天漏邑》的专辑评论，其中我写作的那篇评论，篇幅不算长，着重"从《天漏邑》看抗日战争叙事人性书写新向度"来分析。而本章第二节的长文，则是尤重视从学理性的角度、文学史视阈来研究和分析赵本夫的《天漏邑》。这样的研究，本身也显示了这种学理性批评的"在场"——学理性批评，是不会忽视文学现场正在发生着的文学事件和文学现象，以及那些新鲜出炉的优秀的当代文学作品的。

---

① 先锋文学续航的说法，参见吴俊：《先锋文学续航的可能性——从吕新〈下弦月〉、北村〈安慰书〉说开去》，《文学评论》2017 年第 5 期。

第一节　无法安慰的安慰书
——从北村《安慰书》看先锋文学的转型

《花城》杂志一直被视为先锋派文学的重要阵地，《花城》杂志、花城出版社培育和形塑了北村、吕新等先锋文学作家。2016 年，《花城》杂志刊发了吕新的《下弦月》和北村的《安慰书》①，花城出版社出版了单行本，并且重版了他们的代表作《抚摸》和《施洗的河》。围绕两书，分别有了 11 月 21 日在北京师范大学的研讨会，即"'先锋的旧爱与新欢'——《下弦月》《安慰书》北京首发式暨研讨会"的成功举办；而南京系列活动，则包括 11 月 25 日的先锋对谈和 11 月 27 日南京师范大学的研讨会和先锋书店读者见面会。在近两年以"先锋文学三十年"为主题的系列纪念活动中，大多是以相关话题展开讨论，先锋文学是作为文学史的一个话题和研究对象，被探讨、被追溯、被缅怀，等等，而《花城》杂志和花城出版社刊发、出版两位代表性先锋作家的新作，可以说是别立新声的，无怪乎有人会说"吕新、北村的新作问世，更像是一种提问和质疑：重提先锋，意欲何为？"②

20 世纪 80 年代是 20 世纪文学史上第二次引入西方文艺思潮的高峰时段，其中就在 70 年代末 80 年代初引入了意识流手法，以刘索拉、徐星两个中篇为代表的"现代派"和韩少功、阿城、李杭育、郑万隆等人的"寻根文学"为代表，令 1985 年毫无疑问地成为当代文学史的标志年份。不同的学者批评家，对先锋派文学，有不尽相同的命名和指认，甚至开出的作家名单也不尽相同：陈晓明认为，"得到更大范围认同的先锋派文学是指马原之后的一批更年轻的作家，苏童、余华、格非、孙甘露、北村，后来加上潘军和吕新"③；南帆也直言，"我愿意对'先锋文学'的团队构成表示某

---

① 吕新：《下弦月》，《花城》2016 年第 1 期；北村：《安慰书》，《花城》2016 年第 5 期。
② 方岩：《先锋的旧貌与新颜》，《文学报》2016 年 12 月 16 日。
③ 陈晓明：《先锋派的历史、常态化与当下的可能性——关于先锋文学 30 年的思考》，《文艺争鸣》2015 年第 10 期。

种好奇。通常，批评家开出的名单包括这些骨干分子：马原，余华，苏童，格非；叶兆言、孙甘露或者北村出镜的频率似乎稍稍低了一些，尽管他们的某些探索可能更为激进。另一些批评家或许还会在这份名单之后增加第二梯队，例如吕新，韩东，李洱，西飏，李冯，潘军，如此等等"①；张清华则认为单就小说而言的"狭义的先锋文学"，"是指分别于1985年和1987年崛起的两波小说运动"，前者是"新潮小说"与"寻根小说"的结合体，后者是"先锋派"和"新写实"的双胞胎，在他看来，"这个小说思潮或者运动大致是从1985年到1990年代中期，大约持续了将近十年时间"②。虽然大家的指认稍有出入，但先锋派文学的命名是共识，而且其文学经验一直留存到了今天。单纯地以先锋派集体叛逃、江郎才尽、先锋文学骤然休克，来宣布"先锋文学"作为文学史喧闹的一页骤然翻过，似乎稍嫌草率了一些。且不说先锋派几乎是直接催生了20世纪90年代的长篇小说热，21世纪以来，当年的先锋作家，皆有新作问世，苏童的《河岸》《黄雀记》，余华的《兄弟》《第七天》，格非的《江南三部曲》《望春风》，虽已经不是先锋小说，却在提示我们，先锋文学经验在今天是否还可能存在，并且以何种方式在继续生长和变异？有研究者甚至从年轻一代作家已经对文本试验、对挑战既定的历史经验和文学经验不太感兴趣时候，反而是"50后"作家比如贾平凹、莫言等人，如何在历史意识、现实感和文本结构、叙述方面不断越界，寻求把传统小说与戏剧经验、与西方现代主义小说经验混合一体的方法，借以来探究主流文学中看似常态化的文学经验，其实就包含了先锋意识③；甚至通过莫言发表在《收获》2003年第5期的一个短篇小说《木匠和狗》，通过"歪拧"的乡村自然史来考察中国现代主义的在地性问题④。

① 南帆：《先锋文学的多重影像》，《文艺争鸣》2015年第10期。
② 张清华：《谁是先锋，今天我们如何纪念》，《文艺争鸣》2015年第10期。
③ 陈晓明：《先锋派的历史、常态化与当下的可能性——关于先锋文学30年的思考》，《文艺争鸣》2015年第10期；陈晓明：《我们为什么恐惧形式——传统、创新与现代小说经验》，《中国文学批评》2015年第1期。
④ 陈晓明：《"歪拧"的乡村自然史——从〈木匠和狗〉看中国现代主义的在地性》，《文学评论》2017年第1期。

　　的确，先锋不分先后，先锋也不分年龄，正当陈晓明等研究者担心先锋老龄化的现状时，新书腰封上赫然印着"归来依然是少年""先锋作家最新力作"的《下弦月》和"先锋作家北村沉寂十年之作"的《安慰书》，的确给人以震撼，把"重提先锋"的问题，又再度呈现在了我们面前。它们的意义和价值，已经让"重提"远远超越了对先锋文学的纪念层面，直接向我们提供了先锋作家新作、转型之作的新鲜的文本、文学样本，让我们去思考先锋文学经验在 21 世纪、在当下的合法性、在地性问题，思考先锋文学作家的转型究竟应该如何去理解？先锋文学经验生长和变异以及未来的可能性还有多少并且路径在哪里？《下弦月》书写的还是一段过去的历史，"献给那片不长水果的苦寒之地以及那些随风远去了的岁月"；北村的《安慰书》却是直接把笔触投向了先锋作家本最不擅长的现实题材——现实事件与现实生活故事的叙事，难上加难的是，题材来源竟然是新闻事件，怎样处理好文学与现实的关系，让现实在作家心灵之光照耀过之后，能够比那些拘泥于写实的小说更加具有对现实生活的提炼与抽象能力。小说叙事方面，已经不是早期的那种先锋姿态——对现实主义规范全面僭越之后的朝着形式主义的方向越界，小说既讲究了小说的可读性、小说所反映现实的真实性、可信度，又在叙事方面颇费心机。故事与话语，情节与叙事里面蕴含了作者太多的心思与玄机：叙述的角度，叙事的距离，小说情节在悬念中推理式前进，随意赋形的叙事，多个人物的转换型限制叙事……这些是先锋作家在当下转型当中所作的一种艺术探索，这其中，可能就有着先锋作家乃至中国当代文学重构本土与传统、与世界文学经验关系的努力，《安慰书》中的那些叙事的关节和技巧处理方式，已经不是早期先锋派那种明显的形式主义倾向，但北村对叙事的讲究和叙述方法的强调，到了无以复加的程度。在研究者对中国当代小说还远未获得成熟、圆融的现代小说经验的忧虑当中，《安慰书》从小说叙事和文本内部，通过作家自觉与自主的叙事探索，显示当代小说内化重构的深度和可能性。先锋派作为一个派，已经无法在当代文化中存在，但先锋作为一种精神和意识，依然存在于作家的创作中。《安慰书》中对于人的主观心理感觉的强调，感觉的象征化、具象化，善与恶的对峙以及恶导致的赎罪、悔罪而恶本身并无法被宗教式救赎和解脱的主线，也无不说明先锋作为一种精神和意识，隐藏在了小说看似已趋常规化和常态化的叙述当中，这无疑是北村先锋文学姿态的一种自觉保留，并显示了作家一种能力，能够在当前的汉语文学写作中开辟和拓展出一条先锋派作家顽强生存的路径。"直至今天，开辟汉语文学的可能性还是需要先锋精神"①。

一、文学与现实，先锋文学转型的当下可能性

先锋派作家处理不好文学与现实的关系，几乎是一种共识。20 世纪 80 年代后期的先锋派小说本来就是对现实主义规范的僭越，南帆在 20 世纪 90 年代论述"先锋文学"时就说过"他们并非为历史与经验而写作，而是用写作创造崭新的历史与经验"②。张清华曾经把先锋小说分为三个分支：一是"新历史主义"的一支，另一支是"面对当下生存情状的寻索者"，还有一支是先锋小说旁侧的"新写实"。连张清华自己也承认，从严格意义上说，"新写实"并没有明显的先锋性。跟现实关系最密的当下生存情状的寻索者们——从 20 世纪 80 年代中期的残雪到稍后的马原，以及跨越八九十年代的余华、格非、孙甘露等，基本上是以"寓言"的形式写人的生存状态，如马原的《虚构》，格非的《褐色鸟群》《傻瓜的诗篇》，余华的《现实一种》《世事如烟》甚至其长篇《许三观卖血记》（1995 年）等作品，都是一些类似于卡夫卡、加缪、娜塔丽·萨洛特式的存在主义寓言。从叙事角度看，它们无不具有"隐喻式超现实叙述的特点"。先锋派对待现实社会和现实书写的态度，已然如是，在他们"新历史主义"的文学书写当中，结构主义的方法使它打破了传统历史主义关于"历史真实性"的神话，认为历史不过是某种"文学虚构"和"修辞想象"，而存在主义的启示则使它形成了个人与心灵的视角，认为历史不过是"一团乌七八糟的偶然事件"，真正重要的只是"人

① 陈晓明：《先锋派的历史、常态化与当下的可能性——关于先锋文学 30 年的思考》，《文艺争鸣》2015 年第 10 期。

② 转引自南帆：《先锋文学的多重影像》，《文艺争鸣》2015 年第 10 期。

的历史"，需要立足于"人性"，"把历史变成我们自己的"，变成"主体与历史的对话"。苏童、格非等人的"家族历史小说"、过去年代的"妇女生活"小说，叶兆言的"夜泊秦淮"等历史风情小说，以及晚近的陈忠实的《白鹿原》、莫言的《丰乳肥臀》等长篇，都是这一新的历史观念与思潮的产物。在这一观念的外围，更是出现了大量的"新历史小说"文本。①

20世纪80年代中期以来的新历史主义思潮，以及由其催生或者陆续出现的其他"从民族国家拯救历史"的小说，能够提供一种"复线的历史"（杜赞奇语），对于纠偏或者说补充"十七年文学"两种基本类型的小说"红旗谱"和"创业史"那种宏大的民族国家单线历史叙述的方式，是有价值和意义的。《红高粱》《古船》《活着》《白鹿原》《长恨歌》《尘埃落定》《丰乳肥臀》等小说的出版，令中国当代文学中的"从民族国家拯救历史"已经成为一种成熟的叙述模式，"村庄史"、"家族史"、"民间野史"和"个人史"等对应于"民族国家史"的"小历史"，也不断成为批评家和文学研究者评价这类书写中国近现代历史小说的常用研究视角。但研究者已经意识到并加以反思，小说作为历史建构的一种方式提供了远远比历史研究丰富的日常生活审美，而且，"复线的历史"似乎并不必然地带来文学审美的丰富性，一种极端的倾向，是忽视人在历史中的复杂性，甚至将暧昧、幽暗、矛盾的人历史符号化。所以，像迟子建21世纪长篇小说《额尔古纳河右岸》和《群山之巅》，虽然所涉及的题材都已经在中国当代文学被许多作家做成了"民族志"和"村庄史"。研究者考虑的却是，迟子建怎样舍弃建构"复线的历史"的努力，转而将自己融入人间万象，和小说人物结成天然的同盟，形成共同的担当，"从历史拯救文学"，进而逐步建立以"伤怀之美"为核心的文学和日常生活的美学。②

就是这样吊诡，即便是似乎可以避开现实社会、旁逸到"历史"书写的

---

① 参见张清华：《中国当代先锋文学思潮论》（修订版），中国人民大学出版社2014年版，第11~13页。

② 参见何平：《从历史拯救小说——论〈额尔古纳河右岸〉和〈群山之巅〉》，《中国文学批评》2017年第1期。

一支，最终也会由于其历史观而滑入叙事游戏的空间，而终结其先锋本质。小说所涉及的题材，哪怕是可以做成"史"的题材，最终还是要回到日常生活中来。写作《安慰书》的北村，可以说深味小说之脉，他说，"只有作家光照过的现实，心里面的现实可能比外面的现实更真实，这就是为什么时代过去以后，历史教科书是一部分，作家描述的、记录的历史可能更为真实的，也就是心灵的历史"，尽管他自言"我主要探讨的不是现实问题，这也不是一部现实小说"①——这其实主要是就小说的叙事和叙述等方面而言的，下面我还要详析，但他的确是在小说中选择和触及了最为重要的现实问题。采访他的导语里，记者都说"这本新书讲了一个中国改革三十年来的故事，和拆迁有关，和一桩谋杀案有关，它近得让人觉得，简直不像文学"②。一个"近"字，直击小说与现实关切密切的真相，而且还是如此沉重的现实题材，更何况在手持新书的时间，社会上因拆迁而杀人的现实依然存在着③。但小说与现实如此近切，素材又来自新闻事件，这本身就是极大的难度和挑战，不要说是先锋作家，就是非先锋的作家，也往往要付出牺牲文学性的代价。

在有些当代作家越来越依靠新闻资料来写作的时候，其中的问题和弊病也日渐突出。迟子建曾说"有的作家仅靠新闻资料去写作，这种貌似深刻的写作，不管文笔多么洗练，其内心的贫血和慌张还是可以感觉到的"④。有研究者更是对 21 世纪以来新闻事件入小说的问题，作了探究：2000 年之后出现了不少根据新闻报道改写的小说，包括李锐、刘继明等名作家，甚至闹出了雷同或抄袭之事，刘继明在 2004 年第 9 期《山花》发表的小说《回家的路究竟有多远》，李锐于《天涯》2005 年第 2 期发表的《扁

---

① 《北村：人像一个秤砣　恶会把他拉着下坠》，搜狐独家，2016 年 12 月 7 日。
② 参见《北村：人像一个秤砣　恶会把他拉着下坠》导语，搜狐独家，2016 年 12 月 7 日。
③ 2016 年 11 月中旬，河北贾敬龙因遭遇强拆而用射钉枪杀害村长何建华的事件，为媒体所关注和追踪报道。
④ 参见《埋藏在人性深处的文学之光——作家迟子建访谈》，《文艺报》2013 年 3 月 25 日。

担》，讲述了高度雷同的农民工断腿后爬回家乡的悲惨故事，以致掀起了抄袭风波。后来从作家的辩解中才明白，两位知名作家的素材居然都来源于中央电视台《今日说法·千里爬回家》……在研究者看来，对现实的重新叙事化的无力，是这样的改写并不成功的原因。小说情节在叙事过程中虽然比新闻有了文学化的改编，但其叙事终点却都与新闻报道毫无差别，最终由于作家的虚构能力和超越能力不够而让人叹息。这正是作家的文学部分与现实部分太近造成的结果，文学才华被过于具体的现实压制了。① 北村所写《安慰书》，素材无疑来自新闻事件，小说触及的现实，又如此近、近到扑面的程度，这其实是对作家叙事策略、叙述方面作出自主性艺术探索，提出了很大的挑战。"新闻事件成为作家写作的一个重要的来源。一旦社会新闻被作家拿过来用了之后，事件就已经离开社会新闻，就变成作家自己的，纳入到作家整个理想中。"②

同样是暴力强拆，在另一位先锋作家余华的近作《第七天》里，是叙述者杨飞"我"（亡灵）游荡中所遇：

> 我向前走去，走到市政府前的广场。差不多有两百人在那里抗议暴力强拆……他们是不同强拆事件的受害者，我从他们中间走过去……另外一些人在讲述遭遇深夜强拆的恐怖……有一个男子声音洪亮地讲述别人难以启口的经历，他和女友正在被窝里做爱的时候，突然房门被砸开了，闯进来几个彪形大汉，用绳子把他们捆绑在被子里，然后连同被子把他们两个抬到一辆车上，那辆汽车在城市的马路上转来转去，他和女友在被捆绑的被子里吓得魂飞魄散……汽车在这个城市转到天亮时才回到他们的住处，那几个彪形大汉把他们从汽车里抬出来扔在地上，解开捆绑他们的绳子，扔给他们几件别人的衣服，他们两个在被子里哆嗦地穿上了别人的衣服，有几个行人站在那

---

① 参见刘旭：《文学莫言与现实莫言》，《文学评论》2017 年第 1 期。
② 何平评价《安慰书》，参见《作家的牙齿必须能咬开这个时代｜吕新北村@南京》，2016 年 11 月 30 日"花城"微信公众号。

里好奇地看着他们，他们穿上衣服从被子里站起来时，他看到自己的
房屋已经夷为平地……①（省略号为笔者所加）

他房屋没有了，女友没有了，自己也因惊吓而阳痿了……哪怕是强拆
这样的事件，也被余华直接将现实事件乃至新闻事件"以一种'景观'的方
式植入或者置入小说叙事进程"、以现实"植入"和"现实景观"的方式来表
象现实。② 这种新闻事件以"景观"式植入小说叙事的方式，让人似乎再度
重温先锋文学曾经的叙事游戏态度，新闻事件的无深度拼贴当中，后现代
主义的戏谑情调再度浮出字里行间。北村在一部《安慰书》里，能够以怎样
的技巧处理方式来处理同样来自新闻事件的素材，围绕暴力强拆的叙事，
他该怎样展开并且有深度地表现？就像他自己说的"作家的牙齿必须能咬
开这个时代，而不只是用舌头舔一舔③"？用牙齿咬开这个时代的难度，是
显而易见的。

二、叙事层次、限制叙事、叙事框架、悬念以及随意赋形的叙事

《安慰书》小说开篇在一句"众水落去，我们才发现，自己成了一个孤
岛。这是哪个名人说的？"紧接其后"我是石原"，引出一个先当记者后做律
师的人，接手了一个案件，官二代陈瞳（即将退休的副市长陈先汉的独生
子），开车撞了一个孕妇，不仅如此，还狂刺孕妇 16 刀，捅死了她，系
"民愤极大"的一个恶劣事件。但这个事件只是一个表象，律师"我"（石
原）在为他寻求证人、证据辩护的过程中，就像一个侦探，将真相剥洋葱
般一层一层剥开，揭开了背后复杂而沉重的故事：改革 30 年来几个家庭
（族）围绕强拆（拆花乡建高铁）发生的罪与恶，受害者锲而不舍地复仇、施

① 余华：《第七天》，新星出版社 2013 年版，第 17 页。
② 徐勇：《以象征的方式重新介入现实——论苏童〈黄雀记〉的文学史意义》，
《文学评论》2014 年第 2 期。
③ 参见《作家的牙齿必须能咬开这个时代｜吕新北村@南京》，2016 年 11 月 30
日"花城"微信公众号。

害者悔罪而终于于事无补、无辜者再度被曾经的受害者加害……来自新闻事件的素材，经过北村在叙事方面的刻意讲究，既有很强的真实性、真实感，又在一种悬疑推理的可读性当中，情节不断推衍、真相逐渐浮出水面。而北村所作叙事方面的自主性探索，最为突出的一点，就是他搭建出了一个多层、细密的叙述框架，将中国作家一向不够擅长的限制叙事，发挥到了淋漓尽致的程度。

中国古代小说中已见限制叙事的情形，但实在不能与西方现代小说的限制叙事技巧等同。20 世纪初西方小说大量涌入中国以前，中国小说家、理论家从未形成突破全知叙事的自觉意识。俞明震在时人多从强调小说布局意识入手悟出限制叙事时，从柯南道尔选择"局外人"华生为叙事角度，接触到了如何借限制叙事来创造小说的真实感问题："……作者乃从华生一边写来，只须福终日外出，已足了之，是谓善于趋避……福案每于获犯后，详述其理想规画，则前此无益之理想，无益之规画，均可不叙，遂觉福尔摩斯若先知，若神圣矣。是谓善于铺叙。因华生本局外人，一切福之秘密，可不早宣示，绝非勉强。而华生既茫然不知，忽然罪人斯得，惊奇自出意外……"①(省略号为笔者所加)研究者分析了很难找到限制叙事对"新小说"改造的成功范例的原因：

> 也许，这跟"新小说"家的矛盾心态有关：一方面想学西方小说限制叙事的表面特征，用一人一事贯穿全书，一方面又舍不得传统小说全知视角自由转换时空的特长；一方面想用限制视角来获得"感觉"的真实，一方面又想用引进史实来获得"历史"的真实；一方面追求艺术价值，靠限制视角来加强小说的整体感，一方面追求历史价值（"补史"），借全知视角来容纳尽可能大的社会画面。②

---

① 觚庵(俞明震)：《觚庵漫笔》，《小说林》1907 年第 5 期。
② 陈平原：《中国小说叙事模式的转变》，北京大学出版社 2010 年版，第 68 页。

这些问题虽然不是全盘被当代文学继承和延续，但舍不得全知视角自由转换时空的特长，和虽然想借限制视角来获得"真实感"却不能真正实现的情况，依然在当代小说哪怕是先锋作家以及先锋作家转型之后的小说中，广泛地存在着。有人认为苏童的近作《黄雀记》因结构上分为上部"保润的春天"、中部"柳生的秋天"、下部"白小姐的夏天"，而认为它们分别以保润、柳生、白小姐"为叙事主体或传主"，说《黄雀记》"是对明清'后传奇'的多中心人物史传组合式结构的创造性转化"尚属有理，但说上中下部"它们分别从不同视角讲述了同一个故事的不同阶段，这是后现代小说的多中心叙述视角实验"①，似有牵强。细读就会发现，小说的上中下部，限制叙事往往是让位于第三人称叙述加全知叙事的，叙述者虽然很用心地克制自己全知的倾向，但与转换型人物限制叙事还是有很大不同。

北村在《安慰书》中，几乎把限制叙事发挥到了极致。贯穿小说始终的是叙述者"我"，由"我"的过去和现在所关涉到的所有人，在"我"寻求证据、寻求证人、探寻历史旧案真相的过程中，与"我"打交道、发生关联，"我"在《同城时报》做记者、报道强拆事件的历史，让"我"与陈先汉、刘青山刘种田兄弟、开推土机轧残刘青山(最后又被利用杀死了刘青山)的李义、李义当年强拆队工友刘大志、"我"在《同城时报》的徒弟唐松、唐松的警察兄弟唐山等人物，发生关联。而现实中，刘青山的女儿刘智慧(父亲被致残后做了刘种田女儿)是"我"儿子的幼儿园阿姨，委托"我"辩护的是陈瞳母亲杜秀丽，李义的儿子李江是"我"接手陈瞳案的年轻检察官，孙小梅是李江的女朋友，李江与刘智慧既是仇人之子女，又有着情人关系，刘大志的女儿刘菊是刘种田的情人，李江、陈瞳与刘智慧又是同学……他们是小说中的人物，却也是除叙述者"我"之外的一些叙述者，处于不同的叙述的层级。

---

① 李遇春：《"传奇"与中国当代小说文体演变趋势》，《文学评论》2016 年第 2 期。

作者可以通过结合运用第三人称和第一人称叙述者来写作一部小说，同样道理，作者也可以结合不同的**叙事层次**（*narrative level*）来安排话语。这样，一个被讲述出来的实施行动的角色，他自身在一个被嵌入的故事中又可以充当叙述者。在这个故事内可能又有另一角色讲述另一故事，依次类推。这一等级结构中最高层次是真正被置于第一故事的行动之"上"的那一个。我们称这一叙事层次为**故事外层**（*extrdiegetic*）。传统上第三人称叙述者正是被置于该层次，它拥有对于行动的全知视野，常常也拥有对于角色的思想和感情的知悉。①

律师石原"我"是实施行动——寻求证据证人和案件真相与历史强拆案真相和后续刘青山死亡事件真相的行动者、不断对事件作悬疑推理的行动者，但"我"自身又被嵌入当年的强拆致死致残事件，尤其是被嵌入当前陈瞳杀人案当中。"我"是叙事层次等级结构中被置于最高层次的那一个。但让人惊异的是，《安慰书》的隐含作者是把第一人称"我"（律师石原）而不是第三人称叙述者置于该层次，而且"我"也不拥有对行动的全知视野。"我"对每个"我"的行动所涉及人物的思想和感情根本达不到"知悉"的状态。"我"所知有限，"我"部分地被嵌入历史强拆事件——我当年只看到了真相的一些方面而已，"我"更是被嵌入了当前的陈瞳杀人辩护案，但是"我"又分明是一个"局外人"，"我"对当前的陈瞳杀人案的缘由知之甚少，对曾经的历史强拆也只是在替刘青山刘种田兄弟和乡民通过舆论赢得了他们应得的补偿款，让杀人者李义及其背后主使陈先汉受到了应有的和一定的惩罚。对于历史真相和当下的案件真相而言，"我"是局外人，只能取限知视角和限制叙事。从另一个角度讲，在"我"接下陈瞳案之后，陈瞳案所关联的人物还在发生着故事，比如刘智慧从要为陈瞳作证减刑辩护到拒绝做证人，最后心灵忏悔又想做证人但已经救不了陈瞳，对于这些在小说叙

---

① ［挪］雅各布·卢特著，徐强译，申丹校：《小说与电影中的叙事》，北京大学出版社 2011 年版，第 32 页。

事中继续发生着的故事，"我"也是局外人。"我"需要通过自身的努力，从李义、刘大志、刘菊、刘智慧、唐松唐山等人乃至陈先汉、杜秀丽等人口里，了解和还原事件真相和历史真相。比如，刘青山被强拆致残后过了几年死掉了，到底是尿毒症而死，还是被兄弟害死？这需要从不同人物口中去探求和还原，由于"我"是局外人，所知有限乃至知之甚少，"我"还要从不同人物的话中去辨明真伪和设计谈话策略——比如设计策引刘大志和刘菊等人去还原真相，从李义和陈先汉的陈述中去拂去假象、辨明孰是孰非和真相所在。从刘种田口中真正知道真相之前，"我"只有不断地从其他人口里尽可能多地套出线索和真相。"我"的局外人身份，让叙事层次最外层，也是叙事层次等级结构中最高层次叙述者"我"的叙述，首先就呈现一种限制叙事——也是为整部小说多层级、分层次限制叙事定下基调。

　　限制叙事，直接关涉北村在《安慰书》中的小说结构和布局，也让小说免去了对新闻事件的无深度拼贴之虞，扑面而来的是"真实感"目标的实现——中国现代以来作家一直想通过限制叙事所追求到的"真实感"，在北村的《安慰书》里，成为可能。中国当代作家常常在限制叙事时，露出全知叙事的马脚，或者看似披了限制叙事的外衣，仍然常常流连于全知叙事。这也难怪，在小说中，隐含作者要把自己的姿态放低到跟人物持平，乃至低于人物的程度——"我的人物比我高"（萧红语），实在不是一件容易的事情。可是，北村在《安慰书》中做到了这一点，而从"我"开始的限制叙事，"我"的行动和推理，无不构成推动情节发展的悬念。像我无意有意地跟踪了刘智慧，发现她母亲还活着，只是变成了植物人——当年强拆被轧后点燃煤气罐，"我"和所有人都以为她死掉了，她竟然还活着——"一路上两人都没有吱声，倒不是被医院里的那个黑色的活物吓坏了，而是我们（'我'、唐山，笔者注）都意识到了：在那具活死尸的裹布下面，还有一个像深渊一样的秘密。"①凡此种种，小说在许多类似的悬念和"我"的悬疑推理当中，情节一环扣一环发展。

---

① 北村：《安慰书》，花城出版社 2016 年版，第 109 页。

　　由于小说是在多个不同人物对同一事件的叙述和追述当中完成悬疑推理、情节发展的。每个人物的叙述，未必是可靠的，也就是说可能是一种不可靠叙述。但"不可靠叙述"在北村《安慰书》里，已经褪去先锋作家当年故意追求叙述圈套和阐释难度的形式主义极致化追求。在《安慰书》里，与其说是多个人物的不可靠叙述，不如说或者说更恰当的表述，应该是多个人物的限制叙事。概原因有以下几点：第一，叙述者对其叙述对象的知识或者说洞察力有限，叙述者只是部分"知情"，比如，刘大志、刘菊，唐松、唐山，等等，都是部分知情的人物。比如，刘种田刘青山的矛盾，刘种田把刘智慧当作女儿的无条件的宠爱，刘智慧与李江的关系等，"我"都从刘菊口里了解到了很多，"我开始相信刘菊是知道部分内情的人，但显然她不想一下子跟我透露那么多，她并不完全明白我的来意"①。后半句，显然加了"我"的推想，其实前半句才是切中肯綮的，即刘菊只"知道部分内情"。她的身份（刘种田情人、同居者），也不可能知道更多。或者说，作为人物限制叙事的需要，只能让她说那么多。第二，叙述者有着强烈的个人沉湎（在某种程度上会使他的叙述表达和评价都明显主观化）。这一点在小说中，也表现突出。比如李义对待陈先汉的所有陈述，他固然有怨恨陈的一面（刘智慧的复仇计划，是他当年点拨的，用刘智慧的话说"一个李义恨死了陈先汉，另一个李义爱死了陈先汉"），但更加主宰他的，是他对陈先汉这样"坚持拆迁建高铁"、"英雄创造"历史的"改革英雄"的无条件崇拜，他会在陈述中偏袒陈先汉、替陈先汉遮掩，用他儿子的话说他是陈先汉"忠心耿耿的拥护者和崇拜者"。再比如，李义对儿子李江和来自己家做义工的女子刘智慧的讲述，也由于他精神方面已出问题而处于部分知情乃至完全不知情的境地，加上他个人对刘智慧的喜爱（希望她能做儿媳），而作出带有他自己强烈个人沉湎的叙述和评价。第三，叙述者讲述的事情与作为整体的话语所显示的价值系统相冲突。这一点，在杜秀丽、陈先汉、刘种田等人身上，表现得很显著。谈到历史旧案时，杜秀丽替丈夫陈

---

① 北村：《安慰书》，花城出版社 2016 年版，第 92 页。

先汉申辩："杜秀丽看着我：石律师，你当年是反对我们的，现在时过境迁，你说一句公道话，恶，是不是推动历史进步的力量？""也没想到，李义真那么狠，她说。我家老陈是实在人，实干家，所以他要背黑锅，改革就要有代价，现在高铁开成了，花乡发展了，还算不算过去的账？怎么算法？退回十年你算得过来吗？预计到了今天的好处了吗？很多人都希望当年老陈坐牢，甚至被枪毙，我说幸亏当家的明理，否则人头落地，老陈现在只能冤为刀下鬼了！"①在杜秀丽的叙述里，她的价值观与道德评价体系与小说整体的价值系统是不符的，这其实也是一种限制叙事，明显带有为自己丈夫所犯下罪恶辩护性质的说辞，部分显示、还原了事件的真相亦即当年罪恶发生的真相，让小说呈现一种真实感。多个人物的限制叙事，甚至叙述相左、相互为补充，反而令小说的情节呈现更多的真实感，也成为悬念产生的契机，层叠密织、一环套扣一环的悬念当中，小说情节一步步发展、走向最终的真相揭出。

《安慰书》通过多个人物的限制叙事，创造了小说的真实感，让不同的人物重复叙述、追忆同一个事件，产生悬疑推理，剥洋葱般一层一层剥开，最终让真相浮出水面，这已经偏离了当年先锋文学的通常做派。比如，跟"先锋文学的正果"李洱的长篇小说《花腔》——让不同的人物重复叙述同一个历史事件——的叙事效果相比较，就有着很大的不同。《花腔》共由三个部分组成：有甚说甚；喜鹊唱枝头；OK，彼此彼此。每一部又包含正文和副本两部分，正文是三个讲述者在不同时代讲述关于葛任的历史。小说单行本卷首语末段又提到了有关对葛任的历史进行构建的第四个叙述人"我"："最后必须说明的是，虽然我是葛任还活在世上的惟一的亲人，但书中的引文只表明文章作者本人的观点，文章的取舍也与我的好恶没有关系。请读者注意，在故事讲述的时间与讲述故事的时间之内，讲述者本人的身份往往存在着前后的差异。正是由于这一差异，他们的讲述有时会

---

① 北村：《安慰书》，花城出版社 2016 年版，第 122、123 页。

出现一些观念上的错误。"①而前面又有:"读者可以按本书的排列顺序阅读,也可以不按这个顺序。比如可以先读第三部分,再读第一部分;可以读完一段正文,接着读下面的副本,也可以连续读完正文之后,回过头来再读副本;您也可以把第三部分的某一段正文,提到第一部分某个段落后面来读。正文和副本两个部分,我用'@'和'&'两个符号做了区分。之所以用它们来做分节符号,而不是采用通常的一、二……这样的顺序来划分次序,就是想提醒您,您可以按照自己对故事的理解,重新给本书划分次序。我这样做,并非故弄玄虚,而是因为葛任的历史,就是在这样的叙述中完成的。"②与新历史主义叙事策略不谋而合的《花腔》经由不同的叙述者叙述同一历史事件,"每个讲述者都有充分的理由对那段历史进行遮蔽或扭曲。这是作者设置悬念的手段";"因为说到底所有关于那段历史的记忆在本质上也是靠不住的,因为事后任何人都无法再度进入历史,个人的记忆是按照'对自己有利'的原则得以实现,或者说记忆在被讲述之前可能已经出了问题,更不用说经叙述而成的历史叙事。《花腔》关于葛任历史的叙事似乎导向了虚无"③。所以,在单行本《花腔》里直接就有:"其实,'真实'是一个虚幻的概念。如果用范老提到的洋葱来打比方,那么'真实'就像是洋葱的核。一层层剥下去,你什么也找不到。既然拿洋葱打了比方,我就顺便多说一句,范老所说的阿庆吃洋葱一事是值得怀疑的,因为白陉种植洋葱始于 1968 年。"④

与《花腔》不同的是,《安慰书》中通过多个人物限制叙事,而重复叙述同一个事件,最终导向了事件和历史旧案的真相渐次浮出水面,而不是导向了虚无。而且,《安慰书》由于环环相扣,也根本不可能不按小说本身的排列顺序去读,这本身也是由于北村搭建了一个细密如织、环环紧扣的叙

① 李洱:《花腔·卷首语》,人民文学出版社 2002 年版,第 2 页。
② 李洱:《花腔·卷首语》,人民文学出版社 2002 年版,第 1、2 页。
③ 张岩:《历史的回声——重读李洱的长篇小说〈花腔〉》,《文学评论》2014 年第 5 期。
④ 李洱:《花腔》,人民文学出版社 2002 年版,第 282、283 页。

述框架所致。《花腔》中，是洋葱一层层剥下去、什么也找不到，甚至连洋葱是否存在都是个悖谬问题，与《花腔》恰恰相反，北村在《安慰书》中是要把洋葱一层层剥下去，也就是通过悬疑推理，抽丝剥茧，最终找到真相或者说呈现出"真实"。北村自己对《安慰书》的创作总结，也验证了我的如上判断："我觉得在用这种推理形式时，可以慢慢的抽丝剥茧的，把很多发生的真相，首先是事实真相，然后是精神真相慢慢剥离出来，为什么要慢慢的剥离出来呢？中国大（疑为'作'，笔者注）家可能很缺乏一种透视、剖析、理性的思辨的力量，太多是一种感受性的东西。既然要有思想，就不能光有思想动机，必须要形成思想过程，这个思想过程实际上就是一个思辨过程，这个思辨过程如果放在小说的叙事里头就变成一个抽丝剥茧、慢慢揭开的峰回路转的过程，也是不断地自我否定这样一个过程。"①虽然北村自言《安慰书》不是一部现实小说，但他应该主要是针对小说手法不符合经典现实主义规范而言，但就小说所反映问题的现实性和真实感备至的情况，小说已经俨然不是早期的先锋做派，至少已是先锋作家的转型之作。

北村在《安慰书》中搭建的叙述框架，是让人赞赏的。叙述层次最高等级、最外层的"我"作为叙述者，在其他人物从其视角作叙述的时候，限制叙事的效果，其实是与叙述者"我"有关的，因为言语先由人物说出，才会被叙述者呈现。由于第一人称的叙述者"我"既参与了情节（或部分的情节），又就该情节与对面的人物交流，甚至还要考虑与读者交流的问题。所以说，第一人称叙述者"我"（石原）在言语的呈现中发挥了关键的作用。当然，说到底是隐含作者在小说的限制叙事和叙述框架、言语的呈现中发挥着主导作用。为此，北村在叙述者"我"、不同人物的叙述和"我"与人物的对谈中，用了大量的自由直接引语式的叙述——省去了引号等规约性标志的直接引语，更适合表现人物内心独白式的叙述；而且还用了少量的自由间接引语——谁在说话？叙述者石原"我"？还是人物？需要读者加一番

---

① 北村：《北村：人像一个秤砣 恶会把他拉着下坠》，搜狐独家，2016 年 12 月 7 日。

辨识，而这辨识，本身也让人推敲这叙述背后的可信度，等于让受述者、读者与"我"（石原）一起投身了悬疑推理，这或许也是北村在《安慰书》中制造悬念的一种方式。在这个完备的叙述框架里，延伸着数条线索，每条线索既可以梳理出其清晰的逻辑——这与先锋小说有意制造形式复杂性和阅读障碍已经完全不同，各条线索又互相缠绕、发生影响，线索的缠绕本身也让悬念的产生成为可能。北村自言他很少修改，在提纲里，他已经把"里面几条线的冲突，它的命运线，思想线，感情线等等，各个线我都先让它们博弈一遍"①，非得作家有强大的思考、思辨能力，始有如此自在自为的一种艺术生发的状态。可以说，小说的整个叙述框架细密、繁复，容不得错讹，非得小说家具备强大的叙事能力并且掌握现代小说所需的纯熟的叙事策略以及技巧所不能够为之。

"随意赋形"的叙事——随着自己所要表达的意思赋予它形状，小说的写法根据自己的内心体验来表达，北村的确做到了这一点。北村在后记里的那段话："只有探索人性是迷人的。人性是精神的核心。而小说的叙事是跟着灵魂走的，如影随形，走出故事，走出结构，走出语言，随意赋形，并浇筑出整个形式和风格的大厦。"②这句话，让我们看到了他身上先锋精神的遗留或者说潜藏于其中的先锋精神，又或可视作他对自己《安慰书》小说叙事取得成功的总结之语。

三、潜藏于其中的先锋精神

《安慰书》是以新闻事件作为小说素材的，尤其又是截取了案件——杀害孕妇的案件和强拆致死致残、致兄弟手足相残的历史旧案，有些人说案件远离现实，不痛不痒，不是文学，有的人会说，这个太过接近生活了，是新闻报道，写的都是浅薄的，幸亏北村"对这两个问题持不同意见"，北村在《安慰书》中书写了作家心理观照过的现实。不仅是心理观照过的现

---

① 北村：《北村：人像一个秤砣　恶会把他拉着下坠》，搜狐独家，2016 年 12 月 7 日。

② 北村：《安慰书·后记》，花城出版社 2016 年版，第 285 页。

实,《安慰书》中，北村的确具有一种足够坚韧的力量，用他足够坚硬的牙齿，咬进了现实。你可以说，《安慰书》不是一部现实主义小说，但是如前所述，小说家强大的叙事能力、叙事策略，尤其是限制叙事所产生的"真实感"，都无不在诉述小说具有鲜明的"现实性"。小说的真实感、反映现实的峻切性和对现实的穿透性，其叙述建立起来的进入现实主义却又不是传统、经典现实主义的那种力道，都无不表明小说具备顽强的先锋意识。选自新闻事件的素材、截取的是案件，却能够成功避开由于缺乏足够的虚构能力和超越能力而令文学性缺乏或缺失的危险，又能够没有滑入后现代主义的对新闻事件的无深度拼贴和戏谑情调，实属不易。心理观照过的现实，小说抽丝剥茧悬疑推理当中的理性思辨力量，尤其是其中恶与善的思辨、交战的全过程，无不说明潜藏于其中很有力道的先锋意识，也显示了北村对艺术创新的孜孜不倦，锲而不舍。

先锋文学曾经遭到现实主义文学诟病，言其无视常识，其文学世界"不真实"。先锋文学却说，文学实验可能产生另一种"真实"的观念，甚至产生另一种"真实"本身。这固然有强辩之嫌，但的确可以让我们思考，并非是经典的现实主义规范、客观写实乃至白描手法，才能真实和忠于现实。当"50 后"作家们比如贾平凹都在不断越界、突破自我，不满于自己所曾采用过的现实主义叙事模式而即便是现实书写也走向"微写实主义"①的情况下，当年的先锋作家更有可能对如何表现现实、如何让小说具备真实性，作出自主性探索。作家心理观照过的现实，可能更具现实性、真实性和震撼人心的力量。以表现强拆的场景描写为例，是拼贴一个戏谑化场景？还是用牙齿咬进现实、获得直入人心的力量？《安慰书》中以自然回忆或者转述的画面，来复现当年为建高铁暴力强拆霍童花乡的惨景，唐松、"我"、孙小梅一起喝酒聊天：

---

① 参见李遇春：《贾平凹：走向"微写实主义"》，《当代作家评论》2016 年第 6 期。

　　我说唐松，我哪有你能耐？你写了一篇小说，是那篇小说扭转乾坤的吧？孙小梅急忙问小说是怎么回事，我告诉她，当时拆迁方强暴拆迁，有个领头的农民以身阻挡推土机，他老婆点燃了煤气罐，结果严重烧伤，老公则被压在推土机下面，下半身粉碎，就像一盆番茄酱。孙小梅感觉要吐了。唐松写了一篇小说叫《我的下半身（下半生）哪里去了？》，主人公被推土机全部碾平，变成了一张薄薄的血纸，由于全部碾平了，所以面积扩大了几倍，血尸像煎饼果子那样被摊平，但还是人形，于是在大地上形成了一张巨大的像麦田圈一样的人皮，仿佛向天空无言地诉说和呼喊：人呵人！……当时民众把唐松这篇小说误以为是我写的真实报道，引起的愤怒似狂潮一样席卷同城，虽然我经过多次澄清，民众后来分清了我的报道和唐松小说的区别，但被推土机压烂下半身是事实，所以小说反而为报道加分，平添了新闻无法达到的情感烈度，市领导直接在我的报道上批示，霍童乡强拆案终于获得了圆满的解决。我成了最大的功臣。如是云云。孙小梅听傻了……①（省略号为笔者所加）

　　这是小说第一次对强拆场景的描写和再现，很好解答了"我"、唐松与当年强拆事件的关系，而"我"的报道与所谓的唐松小说之间的关系，也恰是一个象征和隐喻，隐喻了强拆这样改革历史当中普遍发生的事件与小说文本《安慰书》之间的关系。小说不是新闻报道，却达到了新闻报道难以达到的真实感和震撼力。小说第二次强拆场景复现是"我"和唐松拜访刘种田，看到刘青山遗像时"我"的一段回忆，回忆当时村民和拆迁队"血地"抗争的历史场景和刘青山被轧后的惨状："刘青山被抬出来时，已经不能说话了，用手指指自己的裤子口袋，刘种田从里面掏出了一百块钱，已经被血染红了，轧碎了一半，他以为口袋还在，实际上他的一半胯部已经没

---

①　北村：《安慰书》，花城出版社 2016 年版，第 29、30 页。

了。刘种田抱住哥哥号啕大哭！"①作家让裤子口袋里的一百元钱只剩一半，另一半随着已经没了的胯部轧碎了，以裤子里的只剩一半的一百元钱这样一个物象来象征并极写当时境况的惨烈。而孙小梅喝酒之后向我倾诉的李江(李义之子)的很多秘密，就"包括当年花乡惨案对他的影响。最骇人听闻的细节就是：少年李江那天晚上发现出事的原因，居然是从仓皇回家的父亲李义脚指头上发现的一块小肥肉开始的，那块小肥肉拇指指甲大小，有些黄，他还拿来玩了半天，后来才知道这是一块人的脂肪。当整个事件的报道铺天盖地而来时，李江才意识到父亲真的卷进了一个命案中。无论父亲如何向儿子辩白他并没亲自轧死人，但那块人类脂肪总是在李江眼前出现，拍打着他的神经"②。花乡惨案，是那天晚上仓皇回家的父亲脚指头上的"一块小肥肉"——"一块人的脂肪"，这块小肥肉，是意象，也是象征，象征着拆迁的惨烈，也成为李江一生挥之不去的心理阴影。在弗洛伊德看来，在所谓的最早童年记忆中，我们所保留的并不是真正的记忆痕迹而是后来对它的修改，成人的记忆是一种"掩蔽性记忆"③，但童年记忆里的事，即便可以遗忘、修改，长大后的李江，也不会淡忘夜间仓皇回家的父亲脚指头上的一块小肥肉。他后来对陈瞳、实际上是对陈先汉的复仇，都源于那块人类脂肪的深刻记忆。"孙小梅关于李义脚指头上一块人的脂肪的描述，差点让我恶心得吐了出来。"

> 它勾起了我非常不良的回忆：出事的那天夜里，我记得很清楚，人们从现场把人拖出来，抬上担架，耳边一片哀嚎盛，有人纵火，一个保管寮起火了，我突然看见才五六岁的刘智慧竟然也跟到了现场，她就那样眼睁睁地看着自己的父母血淋淋地被人从推土机下拖出来，她母亲痛得大声呼叫，父亲从腰以下内脏褴褛，惨不忍睹！我冲过去

---

① 北村：《安慰书》，花城出版社 2016 年版，第 46 页。
② 北村：《安慰书》，花城出版社 2016 年版，第 52、53 页。
③ 弗洛伊德：《日常生活的精神病理学》，车文博主编：《弗洛伊德主义原著选辑》(上卷)，辽宁人民出版社 1988 年版，第 105 页。

紧紧抱起刘智慧，转过身去，但她却扭过头去直视着母亲的肚肠在地上拖着……她的表情异常平静，是因为太小，还是完全被吓呆了，看不出一丝惊恐来，只有巨大的眸子里映照着熊熊烈火……我蒙上她的眼睛，拼命地往回跑。直到把她交给刘种田时，她仍然没有害怕的表情，只是在黑暗中睁着亮亮的眼珠。①

"我"的这段回忆，融入了"我"太多的主观心理感觉，强拆的"现实景象"是经过我的主观心理过滤过的场景复现，它不是纯粹写实的，但比纯粹写实更加真实，因为它是作家主观心理观照过的现实。小说后面还有几次对当时强拆的场景复现，由不同的人重复叙述同一个事件，从不同的角度、维度补充甚至是强调当时的景象，每一次复现，都会因为其真实和沉重，敲打着人心，让人不能承受之重。这种场景复现，也从小说叙述逻辑的角度，解释了燃起李江、刘智慧心中复仇火焰的缘由。而"我"每一次重回陈瞳案发生地、地上的"石板"都作为一种意象和象征，复现血案发生时的情形。小说第一章，我再度经过陈瞳案发生地的时候：

我心情转为轻松，拢紧风衣穿过广场。突然我站住了：离我大约几十米远的前方，就是陈瞳案发生之地，我慢慢地走过去，蹲下来，凝视着石板路面：唐山曾经带我来实地看过，他描述陈瞳行凶时的表情，不知道是哭着还是笑着，表情很古怪，一手狠狠按在她脖子上使之不能反抗，另一只手紧握尖刀丧心病狂地捅着她的肚子，他成了一个血人，看着像鬼似的，"丧心病狂"是唐山当时使用的词汇，警察一般不使用这样非专业描述的语言，他可能也被陈瞳的暴行震惊了：由于反复捅刺的部位一致，导致被害孕妇的肚子开了一个大洞……汹涌的血水喷薄而出！流得到处都是，完全染红并覆盖了十几块地板石。②

---

① 北村：《安慰书》，花城出版社 2016 年版，第 53 页。
② 北村：《安慰书》，花城出版社 2016 年版，第 18 页。

"我"再度经过凶案发生现场时，对石板路面的凝视，让我回忆起了唐山向我描述的陈瞳行凶时的表情及惨烈程度，是对唐山事后叙述的再叙述、场景再现的再现。足够激烈强度的场景，但如果作家场景复现仅止于此，并不能够达到最佳的叙事效果。因为不管怎样强烈，都是叙述的再转述，距离较远，无有佐证的话也难有足够的可信度和说服力。可是，小说家没有止步于此，他继续写道：

> 我低下头凝视着石板：环卫工人连续刷洗了几天，血印都没有完全褪去，而是深深渗透进了石板，这种石板有着像根脉和树杈一样的裂纹，血迹就深深嵌入那里，像人身上密布的神经和大脑的沟回一样，十分瘆人！连石板都记住了血腥的暴行，某种恐怖传闻开始在同城奔走，唐松在他的微博上写道："石头也在控诉官二代的肆意横行，它记住了仇恨"，来血纹石板上献花和点蜡烛的人越来越多……①（省略号为笔者所加）

这一下子又把距离拉近，近到是正身处广场的"我"凝视着脚下的石板，"我"的低下头凝视，看到的石板景象，是现实景象、现实实存，也让"我"的叙述，在叙事距离上由远及近，这种叙述者和其中事件的距离变化，本身就对叙事虚构和作家能够手法灵活地表现事件的激烈程度和产生真实效果、震撼力，发生作用。要知道，距离概念揭示了叙事虚构（特别是小说）的一个基本特征：如果叙事虚构异常灵活并以激烈强度表现事件和冲突，它本身就由一系列距离化的手段构成。② 石板已经成为记录暴行的意象和一种象征，在陈瞳案当中发挥着作用，"市府意欲拆掉这几块石板，重新铺装路面，但居然被一个人拦下来了"，这个人就是李江。这些场景复现和景象呈现，都不是经典现实主义的描写手法，是熔铸了作家主

---

① 北村：《安慰书》，花城出版社 2016 年版，第 18、19 页。
② ［挪］雅各布·卢特著，徐强译，申丹校：《小说与电影中的叙事》，北京大学出版社 2011 年版，第 35 页。

观心理感觉的情景描写和现实景象。有研究者认为，莫言在《檀香刑》之后的小说当中，把感觉推到一个超感觉的象征世界，感觉象征化是现代小说的重要标志，也是莫言成为大作家、具有莫言式先锋性的关键一步。① 我倒觉得，像北村这样，把作家的主观心理感觉融进现实，实存的物象作为一种意象和象征，不是拘泥于纯粹写实的景象描写和场景复现，反而更加具有现实冲击力和真实感，潜藏于其中的是一种先锋意识，烙印着作家转型之后依然具有先锋意识同时又深具现实感这双重的印记。

"血石"不止是血案的证据，还是情节发展的动力。小说第四章：

> 从岳母家回来，经过成功广场，又在陈瞳行刺的地方的石凳上坐了下来。这已经是本周第三回啦。我抽着烟，低头看看那块血石，抬头望着人来人往，好像能想清楚一些事情。已经是初秋，地上铺了稀稀落落的树叶，虽然还不够红，但远远看去，还是在我眼前幻化为一抹凝固的血迹。一个穿着栗色风衣的女子从眼前匆匆走过，踩死了一只正在过街的小蟾蜍。我看她犹豫了一下，还是踩了上去。在一瞬间这桩命案就发生了，也许这个风衣女子正赴一场约会，验证美好爱情，抑或是去做一件好事和义工，这是一种合理冲撞和损耗？至少无须查验追责和辩护。我记得在大学时老师曾给我们做过一个实验：用图钉扎甲虫，一种据说没有痛感的动物，因为没有痛苦，所以施害者并无道德责任？但我已经不记得我当时的结论是什么了。②

面对血石，连落叶都依然"在我眼前幻化为一抹凝固的血迹"。而在这个场景中驻足，看到匆匆走过的女子踩死一只过街小蟾蜍，我内心的一系列心理活动，其实是关系到我对陈瞳案和历史旧案中施害者与受害者、施害与受害的一种思考和思辨的过程。

---

① 谢有顺：《感觉的象征世界——〈檀香刑〉之后的莫言小说》，《文学评论》2017年第1期。
② 北村：《安慰书》，花城出版社2016年版，第61、62页。

《安慰书》有一个最为重要的方面，就是作家对善与恶尤其是恶与罪的一个思考的过程，思辨性和近乎"天人交战"（北村语）的情形，贯穿小说始终。北村自言不喜欢东方的故事传统和叙事传统，不喜传统的"传奇"小说，在他看来，传统的传奇主要是描述故事的表面，北村要在他的文学中讲究心灵的冲突，"你外在的思辨的或者情节冲突的逻辑，就必须符合内在的精神冲突的逻辑"①。卡夫卡曾经说道："对于我们来说世界上有两种不同类型的真理。我们可以把它们描绘成认识之树和生活之树，也可以说成行动真理和休息真理。在第一种真理中善和恶是分开的，而第二种真理并不是别的什么东西，它就是善本身，它对善和恶都是一无所知。对于第一种真理我们确实很熟悉，而对于第二种真理我们却只能去猜想，这是令人悲伤的景象。"②据此，彼得-安德雷·阿尔特进一步说："由于人固守在感官世界里，因此他就必然生活在恶那里。而恶不允许他清楚地感知到自己的境遇，只允许他感知到认识的表面现象。"③在卡夫卡和阿尔特看来，善与恶分开而恶普遍性存在着，纯然的善只能去猜想，人在恶里时，恶并不允许作恶者清楚地感知自己的境遇，所以恶是这样普遍、广泛、不可更移地存在着。《安慰书》中，把对恶的展示、审视和思考，几乎做到了极致。

在杜秀丽、陈先汉乃至李义看来，"恶"是"推动历史进步的力量"，强拆的施害者，成了他们意念中的"英雄"，受害者，成了阻碍社会进步的"蚂蚁"。吊诡的是，施害者也可以变成受害者，陈先汉的独生子陈瞳，成了替父辈赎罪的牺牲品，随着落入刘智慧圈套后，这个善良的年轻人与刘智慧一起做义工，随刘智慧去面对她的植物人母亲、一次次接受心灵的拷问，爱上刘智慧、在当众表白后，遭到羞辱而"冲动"杀人、葬送了自己年

①　北村：《北村：人像一个秤砣　恶会把他拉着下坠》，搜狐独家，2016 年 12 月 7 日。

②　参见［德］彼得-安德雷·阿尔特著，宁瑛、王德峰、钟长盛译：《恶的美学历程：一种浪漫主义解读》，中央编译出版社 2014 年版，第 420 页。

③　［德］彼得-安德雷·阿尔特著，宁瑛、王德峰、钟长盛译：《恶的美学历程：一种浪漫主义解读》，中央编译出版社 2014 年版，第 420 页。

轻的生命。而陈先汉在得知儿子被判死刑后与刘种田（刘种田害死哥哥刘青山的事情被刘智慧知道）在楼顶不期而遇、都想跳楼自杀，最后陈先汉抢先了一步，跳楼身亡。李义、李江本是受害者，但同时又是施害者。当年李义以陌生人身份现身，挑动了幼小的刘智慧的复仇火焰，教授她复仇的办法，李义当年轧残了刘青山，后来又被陈先汉、刘种田利用，第二次动手杀死了刘青山，自己也因癌症晚期死掉了。李江直接在陈瞳案中，夹带私货亦即私仇，导致陈瞳被判死刑，却因在陈瞳案中的伪证罪失去了检察官资格。小说结尾，李江坐上了往刚果的班机但却未必能够与刘智慧双双团圆……刘青山刘种田兄弟本是受害者，在花乡集团的利益面前，兄弟反目，刘种田竟然与原来的冤家对头陈先汉联手，杀死了自己的亲哥哥。复仇成功的刘智慧，并没有获得真正的解脱，小说"尾声"，她在非洲做了一名修女，"染上了一种很难治愈的新型流感，现已病危"。

《安慰书》中，贯穿着一条很重要的复仇叙事的线索。当然，这个复仇故事的真相，在小说临近结尾，才得以揭示。所以，小说整个悬疑推理的过程，与其说是围绕复仇叙事展开的，不如说是围绕北村对善与恶，尤其是恶的一个思考和思辨过程展开的，这在以前的当代小说中，是少见的，甚至是仅见的。乔叶的近作《认罪书》也是复仇叙事，却与《安慰书》有着很大的不同。乔叶《认罪书》，复仇的缘起，是由于金金被"始乱终弃"这样一种女性的情感仇怨，后来才转向对梁家家族罪恶和历史之恶、普通个体身上"平庸的恶"的揭示和反省，而这一切，经历了一个叙事逻辑的转换，就是对于恶的揭示，让位于一种复仇叙事。故有研究者认为："小说以金金为主线进行的叙事，偏重的是对复仇行为、复仇过程和复仇结局的展现，而行为主体因复仇所形成的罪，以及由此可能产生的灵魂的激荡和道德的焦虑并未得到丰沛的呈示"；"当金金的复仇目标达成后，小说也以善必胜恶和因果报应的逻辑匆匆结尾，小说中的人物面对罪行而进行的自省、挣扎和承当的叙述空间、长度和深度被大大挤压"。① 《认罪书》的复仇叙事，

---

① 沈杏培：《〈认罪书〉：人性恶的探寻之旅》，《文学评论》2015 年第 5 期。

更多地体现中国复仇之作所惯常的"更多地激发善必胜恶的愉悦感"和因果报应的善恶伦理。

《安慰书》中对善与恶尤其是恶的一个思考和思辨过程，是传统文学所没有的，潜藏于其中的，是丰沛的先锋意识和先锋精神。有研究者(张柠)认为，北村从《愤怒》到《我和上帝有个约》和《安慰书》，提供了当代作家思想问题进入情节和形象的非常好的经验。传统小说向来缺乏思想如何进入形象和情节的方法，而北村在这点上十几年来一直在探索。"只有让思想进入我们的民族自身的人物形象中去，小说才能变得鲜活。而不是直接把观念移过来，移过来是容易的，但要把观念变成具体可感的情节和形象是有难度的。"①北村在《安慰书》中，毫无疑问地解决了这个难题。《安慰书》，名曰"安慰书"，实际上写的还是人的"没人安慰"和"无法安慰"，这说到底探索的仍然是人的生命存在与人性的根底，这也正是先锋文学作家北村所一直在意、着意和执着探索的。北村自言："《安慰书》实际上是没办法安慰。《圣经》有一句话是非常合适的，它说被欺压者流泪，没人安慰，欺压人的人也流泪，也没人安慰。大家互相欺压都很孤独，彼此成为孤岛。"②或可用一句话来概括小说的主旨：无法安慰的《安慰书》——从中，我们看到了先锋文学的转型，而且，先锋精神，是不灭的。

第二节　诗性虚构与叙事的先锋性
——从赵本夫《天漏邑》看中国故事的讲述方式

赵本夫 2017 年出版的长篇小说《天漏邑》，通过教授祢五常与弟子们对天漏村(邑)历史与文化之谜的追索，杂糅了田野调查的笔法，建立起与天漏邑有关的诗性虚构的中国故事。小说将追索天漏邑之谜——还原古天

---

① 参见赵芯竹：《吕新与北村：重新打开先锋文学之门的密钥——先锋小说在"花城"》，百道网，2016 年 12 月 13 日。

② 北村：《北村：人像一个秤砣 恶会把他拉着下坠》，搜狐独家，2016 年 12 月 7 日。

漏邑的诗性中国叙事与追索者的当下叙事以及抗日战争叙事自如嵌套、复杂密织,其中还对抗日战争叙事作了延伸——到抗日战争胜利后、直到祢五常及其弟子们生活的当下——两者在此得以绾合。小说所作的叙事变革,不止体现在它在坚实的写实主义的基础上,含有东方哲学和文化、带有文明演进和神秘色彩乃至存在主义的多重格调,更体现在它既继承了中国古典的传奇小说的叙事传统,又吸纳了20世纪80年代以来的叙事经验,在叙事结构、叙事策略等方面都体现出了叙事的先锋性探索。小说在人性书写的丰赡以及文学书写的开放性等方面,也是值得称道的。

作家赵本夫原是江苏省作协副主席,曾任《钟山》杂志主编,多年笔耕不辍,取得了良好的创作实绩。1981年,33岁的他凭处女作《卖驴》一举夺得全国优秀短篇小说奖。中篇小说《天下无贼》因冯小刚翻拍的同名电影为大家熟知。在1985年前后先锋小说风起云涌的时候,赵本夫勇敢地选择了守望者的角色,为中国当代文学贡献了多部优秀的长篇小说、中篇小说和短篇小说。出于不追随创作时髦的坚守,他曾自言:"多年来,我从没有进入文坛最红的核心,但也不是一个被遗忘的作家。"赵本夫是一个有家国情怀的作家,他的《塞堡》《走出蓝水河》《绝唱》《涸辙》《空穴》等都是精品,"地母三部曲"(《黑蚂蚁蓝眼睛》《天地月亮地》《无土时代》)为人所熟知。2017年1月,历经十年的厚积薄发,人民文学出版社出版其长篇小说《天漏邑》,被评论界认为是赵本夫的"巅峰之作",也堪称近年中国长篇小说的代表作之一。大家几乎达成共识,"这是一部有历史纵深、有文明演进、有人类胎记、有神秘色彩、有东方哲学内涵的中国小说",借由这部小说,作家赵本夫似乎向我们传达:"我们应有自己的文化自信,历史数千年的文化积累,这是我们的本源和血脉,不能被无视。"①在小说的扉页上,赵本夫引用了奥地利作家斯蒂芬·茨威格《异端的权利》里的一句话:"我们的世界大得足以容纳许多真理。"2017年7月8日,中国作协举行的

---

① 赵本夫、吴俊(对谈):《数千年文化积累是我们的本源和血脉 写作要倾尽全力就像井水是打不尽的》,《青年报·新青年周刊》2017年4月16日。

"赵本夫长篇小说《天漏邑》研讨会"上，评论家孟繁华认为，这句话可谓理解这部小说的一把钥匙，它体现了赵本夫对世界、对战争、对我们的文明史的一种理解、一种认同。作为研讨会的参加者，笔者在阎晶明、范小青、陈晓明、孟繁华、郜元宝、张燕玲等多位评论家和作家对《天漏邑》艺术特色和创作理念所作的深入探讨中，深切感受到大家的理解殊途同归——《天漏邑》小说文本的意蕴丰赡繁富。这部小说文本的意蕴之多层面、多维度，亦可谓丰赡到"大得足以容纳许多真理"，故而触动和引发评论家们诉述诸多的真知灼见。

一、诗性虚构与天漏邑有关的中国故事

《天漏邑》通过教授祢五常与弟子们对天漏村（邑）历史与文化之谜的追索，杂糅了田野调查的笔法，建立起诗性虚构的中国故事。在《天漏邑》所诗性虚构的中国故事中，处在外围和表层的，是在追索天漏邑之谜当中，还原古天漏邑的诗性中国叙事和追索者祢五常教授及其弟子们生活的当下叙事。小说所写祢五常教授与弟子们对天漏村（邑）历史与文化之谜的追索，是在写实、纪实的基础上，通过符合逻辑的想象唤起一个苍茫辽阔的非现实世界、虚构的古中国村落形象——天漏邑。作家将文字学、考古学、古代文学、天文、地理、历史与天马行空、神秘瑰丽的想象结合在一起，塑造出一个谜一样的天漏村，许多叙事场景真实与虚幻交织，既有纪实性，又有离地三尺的文学性，在一种看似不失写实与纪实的天漏村当下的叙事——主要凭借田野调查、考古发现等手法——之上，与古时天漏邑的战争、民生和日常生活打通，很多片段气势恢宏，神秘悠远。《天漏邑》如何虚构、还原出一个古今天漏村（邑）的中国故事，并且使这个虚构的故事充满诗性的魅力，这是值得我们探讨的问题，从中也可以看出作者叙事的努力与突破。在这一点上，小说与陈河的《甲骨时光》很有点气韵相通。两部小说在体现作家诗性虚构中国故事的能力上，颇有殊途同归之处。

熟悉 20 世纪 80 年代以来中国文学的发展状况，就不难体会诗性虚构出富有诗性和抒情性的中国故事，还原一个文化、历史和美学意义上的中

国形象的重要性和价值。有评论家说，"中国的小说革命，一度在极端写实和极端抽象之间摇摆，如'新写实小说'，写出了日常生活的事实形态，但缺乏一种精神想象力，而先锋小说一度致力于形式探索，把情感和记忆从语言的绵延中剔除出去，也因失之抽象而把小说逼向了绝境"；"小说的物质外壳必须由来自俗世的经验、细节和情理所构成，此外，它还要有想象、诗性和抒情性，这样才能获得一个灵魂飞升的空间"①。天漏邑是一个谜，名叫天漏的村子也是一个谜（且不说天漏村走出的抗日英雄宋源和千张子也双双成谜）。祢五常教授及其弟子们通过田野调查和考古学等的方法，追索天漏邑之谜，小说在俗世的经验日常和细节情理构成坚实的写实主义的基础之上，所虚构出的古天漏邑与今天漏村的中国故事，呈现出历史与现实的无限可能性，这恐怕是小说最为迷人的气质之一。"有梦想，有秘密，有可能性，有精神奇迹，有价值的想象力，这样的小说才堪称是抒情性的、诗性的"，赵本夫的小说语言是诗性的、抒情性的，《天漏邑》是他"面对历史，撬动的是那些深藏不露的隙缝，从而找到和自我相关的联索"②。

《天漏邑》开篇，第一章第一句，就通过引用古代典籍，引出了谜一样的天漏村：

> 《列子·汤问》："天地亦物也。物有不足，故昔者女娲氏炼五色石以补其阙；断鳌之足以立四极。"

> 是说，任何东西都是有破绽的。
> 天，也有破绽。
> 天大的破绽。
> 天漏村就是天空的一个破绽。

---

① 谢有顺：《"70 后"写作与抒情传统的再造》，《文学评论》2013 年第 5 期。
② 谢有顺：《"70 后"写作与抒情传统的再造》，《文学评论》2013 年第 5 期。

　　在同一时间里，别的地方晴空万里，艳阳高照，天漏村则可能是另一番景象：浓云密布，电闪雷鸣。那雷电也来得猛，如一架状如枯枝的外星轰炸机，突然就出现了，白光闪闪，炮声隆隆，对着天漏村狂轰滥炸，一时间惊天动地，火球乱窜。瞬间，有房屋起火了，山墙轰塌了，紧接着暴雨倾泻而下，轰轰哗哗，如江河崩堤。那雨量大得吓人，每一座房前都是一挂飞瀑，每一条村道都是一条激流。如果从九龙山顶望下去，半山窝的天漏村正在被毁灭之中。

　　突然间，雷电暴雨戛然而止。

　　一只山鹰盘旋而来。

　　天空碧蓝如洗，就像什么事都不曾发生过。

　　但，还是出事了。哪里传来一声悠长的叫喊："胡三爷让雷劈了！……"①

　　小说开篇就是这样富有诗性和抒情性的叙事，在不失抒情性的事象描绘之外，揭开天漏村迷魅世界的一角，开辟出令想象飞升和精神腾跃的空间。之后引出的是专家祢五常对九龙洞中"乍册"（竹简）即村志的发现和解读。接着，小说笔锋一转，转向对天漏村走出的抗日英雄宋源、千张子的书写。直到第二章，才续写了天漏村从古至今一直如化外之地："是一个和桃花源对应齐名的地方，而且比桃花源的传说还古老。只是外界不叫天漏村，而叫天漏邑"，"有说是远古移民部落，有说是一个古代小国的都城，有说是古代囚徒流放处，有说是一个罪恶的渊薮，有说是一个自由的天堂"，"天漏邑就成了一个谜"。"专家祢五常经过多年考察论证，也很肯定地说，天漏村就是天漏邑。天漏村丰富的资料和信息能够证明这个事实。"接下来，小说引用了很多史书上关于女娲补天的记载和天漏村竹简的记载，得出结论女娲补天并没有补好，而是留了缝隙，就在天漏村上空，目的是以泄风雨雷电，警示惩戒有罪的人。祢五常发现的竹简上记载说，

　　① 赵本夫：《天漏邑》，人民文学出版社 2017 年版，第 1~2 页。

天漏村原是一个部落，以天漏为都城建立了一个小国"舒鸠"，而这舒鸠，恐怕是与原始崇拜鸠有关，因为：《禽经》上说："鸠拙而安。"《诗·召南·鹊巢》里说："维鹊有巢，维鸠居之"①……小说中，作家运用自己的文学和历史文化素养，对文字学、考古学、古代文学、天文、地理、历史等材料广为援引，兼以凭借小说人物祢五常教授及其弟子日常所作的田野考察的笔法，诗性虚构出一个古今天漏邑的中国故事。这与陈河在《甲骨时光》中大量借用和援引古代典籍和纪实性材料，是如出一辙的，比如，陈河凭借《诗经》里的短诗《宛丘》"子之汤兮，宛丘之上兮。洵有情兮，而无望兮"②，就塑造出了与贞人大犬相爱的巫女形象，写出了一段最为伤感的爱情。相较而言，陈河对考古材料的倚重和借鉴，更加突出和明显。陈河仔细阅读了李济的《安阳》，上下册的邦岛男的《殷墟卜辞研究》、陈梦家的《殷墟卜辞综述》、杨宝成的《殷墟文化研究》、郭胜强的《董作宾传》，等等③。《甲骨时光》把大量的史料穿插在小说的诗性叙述中，诗性虚构出一个民国与殷商时期的中国故事。《甲骨时光》是通过杨鸣条对甲骨的寻找、甲骨之谜探寻发现的当下叙事以及与之对应的古代殷商的故事这两套叙事结构中完成对中国故事的构建的，杨鸣条一次又一次在与大犬的神交中返回商朝，两套叙事结构所构建的中国故事得以完整呈现，一个美学层面的中国形象也逐渐浮出水面。《天漏邑》不似《甲骨时光》那般倚重史料，但其引经据典和考古学研究、田野调查的途径与笔法，同样对《天漏邑》所诗性虚构的中国故事意义重大。处在这个中国故事外围和表层的，是在追索天漏邑之谜中，还原古天漏邑的诗性中国叙事和追索者祢五常教授及其弟子们生活的当下叙事。小说对这个处在外围和表层的中国故事书写得有多成功呢？读者在读完小说之前，哪怕抛去抗日英雄传奇的叙事结构不谈，依然可以被小说的故事性、可读性牢牢吸引。之所以会不似《甲骨时

---

① 赵本夫：《天漏邑》，人民文学出版社 2017 年版，第 41~45 页。

② 参见周振甫：《诗经译注》，中华书局 2002 年版，第 190 页。

③ 陈河：《后记·梦境和叠影》，《甲骨时光》，十月文艺出版社 2016 年版，第 346~349 页。

光》那般倚重史料，正是由于在天漏邑之谜中所包含的是宋源、千张子等人的抗日英雄传奇的叙事，而不是古天漏邑时期的故事。从另一个层面来说，史料的相对并不是足够充分，对作家的叙事能力也是一种考验。写实与纪实之上的想象力的飞升与精神的腾跃互为张力，所产生的诗性与抒情性，恐怕非得赵本夫这样老而弥坚的作家，动用毕生的思想、精神、知识、生活、文学和语言等的积累才能够达到和实现。评论家张燕玲这样评价赵本夫："他常常于历史缝隙间见奇崛，于民间民俗中现传奇，于平凡生活成就不凡，《天漏邑》以自己的对历史与现实的挖掘与发现，写了一个灵异而坚硬的现代性的寓言。这个寓言关乎天与地、家与国、世道、天道与人道，寄托与抒发了作者忧国忧民的家国情怀，以及深切的时代之忧，颇具思想穿透力与丰富的寓言性。"①

　　在赵本夫诗性虚构出的天漏村中，大量的古风民俗的存在使其从古到今能够幸为一个化外之地。在对古风民俗的描摹当中，作家语言的诗性美、抒情性，富有诗性和抒情性的叙述，得到了最为淋漓尽致的呈现。哑巴作为乍册（村志）的书写者能够秉公而书，似乎蕴含着一种风骨，让祢五常一下子想到司马迁写《史记》；投豆选村长，杀黑公鸡、把鸡血注入一碗酒里、由继任者一饮而尽，也是一种歃血宣誓，"直到一九四九年新中国建立后，天漏村还是这么推选村长。不管外头的世界发生了多少事，天漏村还是像什么事都没有发生"②；村中依然存在着春秋时齐国管仲设的官娼"女闾"（妓女），竟然如猎户、农户、商户等其他行当一样，是一个受人尊重的职业，"如果有人欠了嫖资，超过十天，村长就会出面帮着讨要"，而男孩子婚前也会被送到女闾处调教，"据说，这也是古风"③。古风民俗书写所呈现的诗性和抒情性，不难理解。能够在小说中将所有涉性的描写都写得富有诗性和抒情性，不是一件容易的事。有研究者曾经讲过，"性，

　　①　参见《赵本夫长篇小说〈天漏邑〉研讨会纪要》，http://www.chinawriter.com.cn/n1/2017/0719/c403994-29415179.html，2017 年 7 月 19 日。

　　②　赵本夫：《天漏邑》，人民文学出版社 2017 年版，第 280~283、56~59 页。

　　③　赵本夫：《天漏邑》，人民文学出版社 2017 年版，第 29 页。

仍然是我们这个古老东方民族最具有禁忌诱惑力的一个文化焦点命题"，"但无论如何，中国小说中的性欲描写都未能达到西方经典小说中那种主题的凸显——返璞归真，通过性欲描写来体现人的生命潜能；来呈现出美的型态；来揭示性欲后面深层的文化内涵；来表现人的潜意识活动的复杂性；来表现重塑'自我'的生命体验"①。女闾调教男孩子，是淳厚的古风和民风，"男孩被母亲送到女闾家时，会发现小院和房间早已收拾得干干净净，里外还散发出一种淡淡的香味，是用几种山草熏出来的，比如野兰、野桂、野菊等。女闾已在院子里恭候，长裙拖地，古衣盛妆，无论仪容还是穿着，都透着端庄，和新娘子一样打扮，一点也不轻佻"，天漏村的女闾接客，多数是在山上，恐是《易经》里说的"天地茵缊，万物化醇；男女构精，万物化生"。宋源与七女之间的涉性描写，全无做作和低俗之态。② 1949年后宋源与他娶的妻子武玉蝉之间的涉性描写，也是率真和返璞归真之态。对性与情的极致率真之态的细节描写，当属老年的七女夜里搂着那个宋源帮她做的小板凳睡，"就像搂着他一样。不然，心里太空"③。有学者提出："檀黛云和宋源被敌伪围追在山上时，檀的大段胡思乱想是否适宜当时情境？"我倒是同意作家本人的观点："关于檀黛云和宋源被围时那一段情感的描写，我觉得是成立的。"④能够在涉性描写方面书写得富有诗性和抒情性的作家，方能有这样细致的用心，如此细致地将笔触深入到女县长檀黛云的内心和情感深处，将一个女人在心理和情感上的细腻、敏感、丰富乃至脆弱，逐一写出。

与陈河的《甲骨时光》诗性虚构出一个民国时期的中国故事、与之对应打开的是一个殷商时期的中国故事不同，赵本夫《天漏邑》在追索天漏邑之

---

① 丁帆：《动荡年代里知识分子的"文化休克"——从新文学史重构的视角重读〈废都〉》，《文学评论》2014年第3期。
② 赵本夫：《天漏邑》，人民文学出版社2017年版，第28~32页。
③ 赵本夫：《天漏邑》，人民文学出版社2017年版，第298页。
④ 赵本夫、吴俊（对谈）：《数千年文化积累是我们的本源和血脉 写作要倾尽全力就像井水是打不尽的》，《青年报·新青年周刊》2017年4月16日。

谜、还原古天漏邑的诗性中国叙事当中，打开的是从天漏邑走出的宋源、千张子等人的抗日英雄传奇故事——这是小说《天漏邑》诗性虚构出的抗日时期的中国故事，这个故事一直延伸到当下，最终和祢五常教授及其弟子们的当下日常叙事绾合在了一起。《天漏邑》的抗日英雄传奇故事，同样是在写实、纪实的基础上，富有可令想象力飞升和精神腾跃的空间，写实的故事情节、细节与诗性、抒情性叙述，是并行不悖的。诗性虚构抗日英雄传奇的故事，同样离不开史料材料的援引和借用。作家本人曾言："作品中所有日本人大规模暴行，都是有真实史料的，一个村庄一个村庄地扫荡。包括作品中慰安妇的人数、地址，以及把俘虏女兵充作慰安妇，后来全部烧死这些，都有真实的记载。那个日本宪兵队长松本也是确有其人。写宋源砍杀日本人和汉奸时，我曾记起安徽老作家陈登科的故事。陈登科去世后出文集，我应邀去合肥祝贺，亲口听鲁彦周说：当年抗战时，陈登科在锄奸队，亲手砍杀过许多汉奸和鬼子。写宋源时，我参考了这个数字。"①不只如此，赵本夫还将天漏村的抗日叙事的故事情节，与天漏村外整个中国的抗日历史和事件相关联。比如，"一九三八年五月二十日傍晚，一股日本军队突然闯进天漏村"，这并不是孤立的事件，"后来的史料证实，几个月来，中国军队和日军在这一带进行了一次空前惨烈的大会战"，彭城的战斗是与台儿庄一战相关联的。② 有了这些史料材料的支撑，《天漏邑》中的抗日英雄传奇故事，仿佛有源之水，让故事的诗性虚构始终有坚实的现实的土壤，也令小说更加具有一种可读性和可识别性。

　　《天漏邑》中抗日英雄传奇故事的诗性与抒情性，其实是天漏村这个谜一样化外之地其本身所具有的诗性和魅性色彩环境所赋予的精神气质。宋源在一场雷击中出离母腹，出生时，其母寡妇宋王氏已经为雷击、人已毙命，他"半边脸乌青发紫"，带着雷击所致、原罪标识一般的黑记降临人世。曾经养育他的又是一个"经常叼着一杆铜烟袋读《周易》《春秋》，又读

---

① 赵本夫、吴俊(对谈)：《数千年文化积累是我们的本源和血脉　写作要倾尽全力就像井水是打不尽的》，《青年报·新青年周刊》2017 年 4 月 16 日。

② 赵本夫：《天漏邑》，人民文学出版社 2017 年版，第 14~16 页。

《左氏》《公羊》《穀梁》，及于《鬼谷子》《金瓶梅》《石头记》诸杂书"的孤老太太，宋源 14 岁那年，孤老太太留下一句遗嘱后自缢身亡。那句遗言"以后一定要找一个能管住你的人"几乎就是一个预言，开启了宋源此后的人生和一个寓言般的故事。如果没有这样离奇的身世和天漏村的特殊灵性与魅性的自然地理与人文环境作依托，《天漏邑》所书写的抗日英雄传奇故事，就会过于地"奇"胜于"传"，甚至是太多带有志怪的传统小说的影子。有了天漏村村与人的与世隔绝、三千年不变的传统，以及这里人与事的奇崛与不同寻常，《天漏邑》所书写的天漏村走出的宋源、千张子的抗日英雄传奇，不止可信，而且因为天漏邑自身历史文化地理的迷魅气质，而平添一种诗性与抒情性。千张子对宋源的近乎男同性恋者"断袖"的情感和心理，因了"天漏村自古以来就有同性恋者，男人女人都有，男叫'断袖'，女叫'分桃'"的生活环境，显得自然而不突兀。"一九四四年秋天，千张子又一次潜进彭城侦察"，借助的是一条秘密通道，竟然是苏东坡任彭城太守时游过并留下两句诗"佳处未易识，当有来者知"的白云洞，千张子还通过这个秘密通道来运输武器。故事的传奇性和所散发出的诗性与抒情性，渊源有自，来自中国的古典文学、传统文化和历史地理。

《天漏邑》所诗性虚构的中国故事，是将追索天漏邑之谜——还原古天漏邑的诗性中国叙事和追索者的当下叙事以及其所包含的抗日战争叙事作了嵌套和绾合。整个中国故事和小说的文学书写，使《天漏邑》与中国文学的抒情传统发生密切的关联。1961 年，沈从文在《抽象的抒情》中写道：生命在发展中，"惟转化为文字，为形象，为音符，为节奏，可望将生命某一种形式，某一种形态，凝固下来，形成生命另外一种存在和延续，通过长长的时间，通过遥遥的空间，让另外一时一地生存的人，彼此生命流注，无有阻隔"①。陈世骧《中国的抒情传统》英文稿首发于 1971—1972年，提出了"抒情传统"的概念。陈指出西方文学源于荷马史诗和希腊悲喜

---

① 沈从文：《抽象的抒情》，《沈从文全集》（第 16 卷），北岳文艺出版社 2009 年版，第 527 页。

剧，而"中国文学的荣耀并不在史诗；它的光荣在别处，在抒情诗的传统里"……普实克则指出现代中国文学的特色在于以小说为代表的叙事文学的兴起，在他看来，中国新文学的演变呈现了由抒情（诗歌）过渡到史诗（叙事）的过程。可以说，近几十年，沈从文、陈世骧、普实克已经先后在论并创造了"抒情传统"的语境，加上唐君毅、徐复观、胡兰成、高友工等人的论述，这不只是 20 世纪中国文学史的一场重要事件[1]，而且已经"在古典文学、美学研究领域形成了一个互有关联、又有差异的学术话语谱系"[2]。的确，中国小说里的主观抒情传统自古而今一以贯之，在中国现当代小说史上，很容易就可以梳理出一条清晰的诗性、抒情性小说的发展脉络。郁达夫、废名、沈从文、萧红、孙犁、汪曾祺、迟子建、付秀莹等人的创作，莫不如此。但是，富有诗性、抒情性的小说，往往带来小说诗化、散文化的倾向，小说的虚构性和故事性往往较弱或者不够强。与散文求真、不提倡虚构故事情节不同，现代小说其实是典型的虚构叙事文本（非虚构作品不在此讨论之列），对虚构性、情节性和可读性有着较强的要求。如何在诗性、抒情性中葆有很好的虚构性和故事性、可读性，是对作家写作和叙事能力的一种挑战。《天漏邑》诗性虚构中国故事的成功，其实恰恰来自于作家对中国传奇小说文体资源的借鉴、汲取并加以创造性转化基础之上，所作的叙事的先锋性探索和努力。

二、中国古典传奇小说文体资源与叙事的先锋性探索

《天漏邑》毫无疑问是一部运用了中国的叙事方法来讲述中国故事的作品，很多人或许意识到了《天漏邑》小说叙事方面"志怪"传统的影子。中国小说自南北朝开始大致有志怪和志人两个方向，志怪小说一直到《西游记》《聊斋》等，中间是唐传奇；志人小说一直到《金瓶梅》《红楼梦》等，到晚清小说。志人的一脉，在《天漏邑》文本方面，同样不容忽视。

---

① 　参见王德威：《抒情传统与中国现代性：在北大的八堂课》，三联书店 2010 年版，第 6~63 页。

② 　谢有顺：《"70 后"写作与抒情传统的再造》，《文学评论》2013 年第 5 期。

就像有研究者认为的："唐传奇是中国古代小说的文体典范形态，倘若以之作为中国古代小说文体史的中心界碑，此前的汉魏六朝'古小说'如志怪、志人之类，其实可以称作'前传奇'，而此后的宋元明清话本小说（章回小说大多是章回体的话本小说）大抵可归并入'后传奇'范畴。"①单纯以志怪、志人其中某一个向度来判明《天漏邑》的叙事与文体渊源，似有失简单。

《天漏邑》所诗性虚构的中国故事，亦即追索天漏邑之谜——还原古天漏邑的诗性中国叙事和追索者的当下叙事这个外层叙事，以及它所包含、嵌套的抗日战争叙事这两个叙事结构，其实都可以放到中国文学传统的史传传统中去考察。"为民间人物立传是中国古典小说伟大的叙事传统之一，中国古典小说的艺术渊源素来都有史传传统一说，而由史学性的史传衍生出文学性的野史杂传，这正是中国小说传统的精华之所在。野史杂传不同于正史正传，它主要致力于捕捉和打捞遗失在民间世界里的野生人物的灵魂，这种古典叙事传统即使在现代中国小说创作中也未曾断绝，而是在借鉴西方近现代小说叙事技艺的基础上加以承传和拓新。"②虽然不能仅仅把赵本夫的《天漏邑》定义为是他想为民间野生人物立传，但野史杂传的史传传统在《天漏邑》里也是可见的。在外层的叙事结构里，专家祢五常及其弟子罗玄、柶嘉、汪鱼儿、乔惠、七女、村长老车、柳先生，甚至那个搞气象的裴专家，等等，都是散落在民间世界里的人物。在外层的叙事结构所嵌套的抗日英雄传奇叙事里，又有宋源、千张子、檀黛云、侯本太和后来的武玉蝉等一系列同样也可以称之为民间世界野生人物的人物形象。而且，两个叙事结构里，有的民间人物是互通的，正是通过这些互通的人物，和共同的空间结构——天漏村，两个叙事结构自成体系，基本按各自的线性时间顺序发展，在小说的最后，

---

① 李遇春：《"传奇"与中国当代小说文体演变趋势》，《文学评论》2016 年第 2 期。

② 李遇春：《为民间野生人物立传的叙事探索——朱山坡小说创作论》，《中国文学传统的复兴》，商务印书馆 2016 年版，第 261~262 页。

自然绾合在了一起。

对于外层的叙事结构所嵌套的抗日英雄传奇叙事及其延伸性叙事，我们不妨把《天漏邑》放到 20 世纪 50—70 年代"革命英雄传奇"与 90 年代中后期以来的"新革命英雄传奇"的发展脉络中来看。20 世纪 50—70 年代的"革命英雄传奇"，以《红旗谱》《红岩》《林海雪原》较能代表其艺术水准；兴于 20 世纪 90 年代中后期、到 21 世纪更加蔚为大观的"新革命英雄传奇"，有都梁的《亮剑》、徐贵祥的《历史的天空》、石钟山的《激情燃烧的岁月》，等等。这些作品虽在创作理念和艺术特色等方面有所差异，但都是对明清古典英雄传奇的文体资源加以借鉴、继承和转化。《天漏邑》所书写的抗日英雄传奇故事，与 20 世纪 50—70 年代"革命英雄传奇"以紧张激烈的革命故事情节取胜、性格丰满立体的英雄典型人物形象并不多见的情形，已有了明显不同。宋源、千张子、檀黛云各个形象立体丰满，连有爱国情怀的汉奸侯本太，也都形象生动，不能简单以汉奸论之，小说更多地描写了他爱民护民、生性纯朴的一面。《天漏邑》与晚近的"新革命英雄传奇"必有一绝对中心人物置于英雄群像之中的树状结构也不相同，《天漏邑》因其故事和叙事的复杂与繁富，已经不能简化为中心人物一个人的传奇。像《亮剑》是李云龙传奇、《历史的天空》是梁大牙传奇、《激情燃烧的岁月》是石光荣传奇的情况，在《天漏邑》中是不存在的。

如果我们仅仅止步于从中国小说传统的层面来看《天漏邑》，就还没有发现《天漏邑》全部的价值和意义之所在。在中国古典小说传统赋予赵本夫小说的骨骼之外，作家有意所作的叙事结构、叙事策略等方面的颇具先锋性的探索，给予了赵本夫小说以丰富的"血肉"之躯，令其小说呈现丰沛的可读性与文学性。作家毕飞宇读了《天漏邑》之后表示："我再也没有想到，他为我们写出了《天漏邑》。请注意，我说没有想到，不是说没想到他写出了这部小说；我真正没有想到的是，赵本夫会在这样的年纪再一次完成了他的叙事变革。在《天漏邑》里，赵本夫几乎放弃了他使用一辈子的叙事策略，《天漏邑》是象征的、变形的、魔性的，在坚实的写实主义的基础之上，《天漏邑》带上了魔幻现实主义和存在主义的多重格调，这是一个独特的文本，它很难复制，它最大的意义也许就在这里。我也是一个具有了三十年历史的写作者，我深知《天漏邑》的写作难度和写作成本，在此，我要向赵本夫致敬。"①当然，毕飞宇更多的是从小说文本所展现的那些非现实主义的因素和质地，来说赵本夫在《天漏邑》中所作的叙事变革的。而笔者这里要做的，是从小说文本细读和形式分析的角度，来看赵本夫是如何在《天漏邑》中在叙事结构和叙事策略等方面，都进行了卓有成效的先锋性的叙事探索。

很多人注意到了《天漏邑》有两条叙事线索，祢五常及其弟子是一条线索、宋源与千张子等人是一条线索，这样概括，失之简单。小说是通过一些共通的人物，以及天漏村这样一个共同的、纽带式的空间，而将两个叙事结构勾连和嵌套，最后绾合到了一起。小说在时空叙事模式以及同一空间、不同时间的叙事结构的打开方式方面的探索，值得关注和研究。我曾论述过：在近年来的海外华文作家的"中国叙事"当中，作家也常常着意于对叙事结构和叙事策略的探索，海外的求学、生活和写作经历，反而令他们最能够接近西方现代小说经验并有可能化用得最好。而严歌苓的近作《上海舞男》，小说的叙事结构已远非是"歪拧"可以涵括，小说"套中套"叙事结构的彼此嵌套、绾合，那个原本应该被套在内层的故事，已经不是与外层的叙事结构构成"歪拧"之状，而是翻转腾挪而被扯出小说叙事结构的内层，自始至终与张蓓蓓和杨东的故事平行发展而又互相嵌套。不止是互相牵线撮合——绾，而且水乳交融，在关节处盘绕成结——绾合，还要打个结儿为对方提供情节发展的动力。② 与严歌苓《上海舞男》所作的叙事结构和叙事策略的先锋性探索近似，《天漏邑》中，宋源、千张子等人的抗日英雄传奇及其延伸性叙事，并不是被简单地处理成一个包裹在祢五常及

---

① 毕飞宇：《在江苏发展大会"紫金文化论坛"上的发言》，http://js.ifeng.com/a/20170521/5687760_0.shtml，2017 年 5 月 21 日。

② 参见拙文：《叙事结构的嵌套与"绾合"面向——对严歌苓〈上海舞男〉的一种解读》，《文艺争鸣》2017 年第 5 期。

其弟子的田野调查和当下生活中的叙事，两套叙事结构，在自己的时空维度，基本按线性时间顺序各自发展，逐渐揭示出真相（到底是谁出卖了檀县长以及宋源对叛徒的追查等），却因共同的空间结构"天漏村"，而发生关联、彼此嵌套，最终两个叙事结构绾合在了一起。

以博尔赫斯式的迷宫式叙事著称的陈河的《甲骨时光》，也主要是在第二章"挂着盾牌的墙下闪过王的影子"、第六章"在南方的征旅上"、第九章"沉沦之城"、第十章"逃亡"中，作了不同时空维度的叙事，不会突破章节的局限而与小说中的当下叙事作反复的嵌套与绾合式叙事。而《上海舞男》，则是直接全面取消了小说的章节——既无章节标题也无章节序号，整篇小说一贯到底，仅在作叙事转换时，以空出一行文字的空白行来处理。为什么要这样做呢？全篇小说既然是将不同的叙事结构并置、嵌套、绾合，就需要整个叙事和气势最好是一通到底。只有章节壁垒的取消，才能够最大程度做到气韵贯通、一气呵成、浑然天成。我们来看《天漏邑》，《天漏邑》有七章，章节没有标题，同一个章节里可以有不同叙事结构的并置和自如转换，这比《甲骨时光》在叙事的先锋性探索上面有过之而无不及。同一章节内也是以空出一个空白行来作叙事转换，与严歌苓《上海舞男》的叙事手法倒是更为接近。小说第一章，在简短的一段叙述——专家祢五常发现竹简之后，马上转入了宋源的出生、成长，并且开启了宋源、千张子等人的抗日英雄传奇叙事。第二章，主要是祢五常及其弟子的当下生活叙事，却简短插入了柳先生和宋源在"民国三十四年"的一段叙事。第三章，是一段抗日战争叙事，其中，檀县长被捕。第四章，开篇写到了中华人民共和国刚一成立，宋源就被任命为彭城市公安局局长，简短叙事后却笔锋一转，回溯到抗战时期的一段叙事：千张子在檀县长被捕后对日本人的疯狂复仇，以及抗战胜利后日军头目松本的被捕、被杀，其中又还原出了檀县长被捕后所受的种种酷刑与非人的折磨致死、穿插了老百姓因为千张子射杀日本人而从容赴死的感人故事。第五章的开篇，接续第二章里遭雷击而奄奄一息的罗玄的故事，罗玄最终不治而亡，整章都是祢五常及其弟子的考古发现、田野调查等的当下生活叙事。汪鱼儿的羽化成仙也发生在这一章。小说的第六章，作家将祢五常及其弟子的当下叙事与后抗日时期叙事——宋源出任彭城公安局长不到一年就与武玉蝉结婚、之后仍锲而不舍追查叛徒千张子的叙事，绾合在了一起。第七章，是将抗日英雄传奇宋源的延伸性叙事与祢五常及其弟子的当下生活叙事，继续作绾合式叙事。

赵本夫在《天漏邑》里，尽显一个老到作家的叙事功力。小说的两个叙事结构，基本都是按线性叙事，在灵活的穿插和转换中，令小说叙事一路前行。上一个叙事往往会为下一个叙事乃至很久以后的叙事和故事序列埋下伏笔。草蛇灰线，伏行千里。不止如此，在同一章、同一个故事序列里，作家往往也采用内部倒叙和多次叙事转换的手法，令叙事节奏发生各种变化，使整个小说叙事产生一种悬念迭生的效果。小说的第三章，写檀黛云被捕，哪怕在宋源和檀黛云的突围这样一个惊心动魄的故事讲述中，仍然穿插使用了内部倒叙等手法，倒叙、插叙了他们俩此前曾经侥幸一起逃脱的经历。有研究者指出，"不确定性，经常以焦虑为特征。悬念通常是痛苦与愉悦的一种奇特的混合……多数伟大的艺术对悬念的依赖比对惊奇的依赖更重。我们可能很少重读那些依赖惊奇的作品，在这些作品中，惊奇一过，趣味遂成陈迹。悬念通常部分地由预兆——关于将会发生什么的迹象——达成"[1]。通过叙事策略的调整和不停地叙事转换，产生不确定性，也就是悬念，使这部诗性与抒情性满溢的小说，同样具有足够的故事性、情节性、可读性。不同的故事序列竟然还要穿插和无缝拼接，这是对作家叙事能力严格的考验，非有足够的巧心和用心，才能够不搭错情节和叙事的线索和关节。赵本夫说到《天漏邑》的写作过程："进入写作过程，情节和细节，都是即兴的，只管跟着人物和故事走，虽挥洒而不致散乱。但挥洒是需要本钱的。储备要丰厚，不然会捉襟见肘。"[2]我们毫不怀疑赵

① Sylven Barnet, Morton Berman, and William Burto, *A Dictionary of Literary Terms*, Boston: Little Brown, 1960: 83-84.

② 赵本夫、吴俊(对谈)：《数千年文化积累是我们的本源和血脉　写作要倾尽全力就像井水是打不尽的》，《青年报·新青年周刊》2017年4月16日。

本夫是随着人物和故事走，但这即兴，却显示了他丰厚的写作储备以及非常新锐的叙事层面的先锋性探索。或可以说，《天漏邑》提供了一个如何在中国古典传奇小说文体资源之上，进行叙事的先锋性探索的小说样本乃至范本。

三、人性书写的丰赡与文学书写的开放性

《天漏邑》内涵丰富，意蕴繁复，大家对它的评论也是"众声喧哗"、充满复调的特征。单是其主题，都能绅绎出多个角度、多个方面的概括，莫衷一是。无怪乎郜元宝在读了《天漏邑》后，不禁感慨这本书有着太大的密度，其中很多章节，很多部分是完全可以独立出来写的。"大家觉得写得好和不足，都是因为它好像是把一个多卷本的书，压缩成了一本书，这在我们的长篇小说创作中是值得鼓励的。但对于这样一个题材来讲，又让人觉得可惜。"①但有一点是几乎可以达成共识的，在李敬泽、胡平等评论家看来，这部小说"我觉得最珍贵的是让我们由此认识人性"（李敬泽语）。尤其是在抗日战争题材里，《天漏邑》在人性刻画和书写方面，打开了一个新的维度，甚至可以说达到了一个以前不曾有的深度。其实不止是在其抗日战争叙事里面，《天漏邑》整个小说，人性书写的丰赡与多维度，都是可圈可点的。

小说对于抗日英雄人物宋源的刻画，是生动传神的，不再是 20 世纪 50—70 年代革命英雄传奇里主要英雄人物的"高大全"形象。宋源性格丰满立体，不再是性格鲜明却有单一之嫌的扁平化和理想化的英雄人物形象。他跟七女的关系里，"他时常会把打来的山羊拎到七女家，或者把一张豹皮扔她院子里，有时也会把出卖猎物得来的钱，一把交给七女"。后来他把檀黛云当成能够管住自己的人，由于心里有了檀黛云之后，他在与七女情事中"又变得和最初和她上床时一样手足无措毛手毛脚了"、后来因千张

---

① 参见傅小平：《赵本夫〈天漏邑〉：小说要体现东方哲学和文化》，《文学报》2017 年 7 月 20 日。

子去找过七女，他便"再也不会来了"。① 檀黛云死后，他一生都在追查出卖檀黛云的叛徒，他后来娶了武玉蝉，却不懂得家庭生活和责任担当，妻子给他生了儿子，他却手足无措，这与他在天漏村的出生和成长经历是吻合的，具有艺术的真实性。

《天漏邑》的抗日英雄传奇里，最有价值的人性书写，是对千张子、侯本太等人的人性刻画。千张子是抗日英雄，但他又不是传统意义上的抗日英雄，他有很多"弱点"、有"断袖"倾向、对宋源耍小心眼和耍手段（散布宋源护送高级干部去延安途中强奸了一个寡妇的传言），他还是一个货真价实的叛徒——他出卖了檀县长，导致檀县长被捕、遇害。但吊诡的是，他出卖檀县长的原因，竟然既不是利益追求，也不是政治思想方面的问题，而竟然是"怕疼"：他实在忍受不了日军的酷刑，想活下来报仇。这与过去我们小说中对叛徒的描写，是很不同的。过去革命英雄传奇中的叛徒，都是定型的，比如甫志高出卖了江姐。再比如，20世纪70年代的长篇小说中对于叛徒人物的处理，以《万山红遍》（下）为例，在其征求意见本中，对黄国信叛变一节并未有细节勾勒，甚为简洁，而在其正式出版的版本中，则进行了大篇幅的、精细的描写，尤其是对黄国信的心理，颇增加了些笔墨。这一修改所体现的逻辑是，对于叛变这一错误行为，在文本中必须彻底披露出其思想根源和心理逻辑。因此，就必须明确展示出，黄国信的叛变是源自其内心深处革命信念的脆弱和根深蒂固的投机心理。此类修改与描述也普遍存在于同期的其他几部小说中。由此可知，对于反面人物，其"行为—动机"之间的确定性必须得到保证，对于正面人物亦然②。《天漏邑》中千张子做了叛徒、侥幸逃脱后，果然如他自己所想——逃脱是为向日本人复仇，于是他疯狂地向日本人复仇，杀死了很多日本人，自己最后也在抗日杀敌中落得终生残疾。中华人民共和国成立后，他主动等着

---

① 赵本夫：《天漏邑》，人民文学出版社2017年版，第31~32、38~40页。

② 参见李丹：《中国当代文学的"征求意见本"现象——以人民文学出版社20世纪70年代的长篇小说为中心》，《文学评论》2017年第3期。

宋源去抓捕他，也坦承有罪，最后还是逃脱了一死、被天漏村村民接回天漏村，直到终老。这在以前的描写中是不可思议的，叛徒，在政治、法律和道德上，都是应该被处死的。而他的没有被处死，一个原因是缺少人证物证，另一个可揣测的原因是为尊者（英雄）讳，为了社会舆情和安定，民众中显然有一派完全不能接受千张子不是抗日英雄而是叛徒的事实。无论如何，如果说千张子是一个抗日英雄，他人性里又有因怕疼而出卖同志的叛徒行为；如果说他是一个叛徒，他又的确是一个英勇抗日的英雄式的人物。

　　小说对千张子的人物塑造，不是 20 世纪 50—70 年代传统革命文学中那种较为平面化的手法。但小说对他的叛变行为，其实是有深刻反思和批判的。"怕疼"符合他女里女气的性格特征，他逃出后不断杀敌复仇，最后被炸——左眼几乎瞎了、双腿截肢已成为半截人，宋源 1949 年后追查到他时，发现"千张子伤得比传说中还重。除失去双腿，脸上还有几块疤，左眼似乎瞎了一样"，"两只手像鸡爪，又干又硬，很难弯曲"、"左手少了拇指，右手少了中指、无名指和小拇指"。当初他杀敌被日军炸、虽死里逃生却落得只剩一根肉桩似的，"他坐在那个圆板凳上，因为没了双腿，像放在上头的一根肉桩"①——是这个怕疼的人所付出的代价。1949 年后，在被宋源缉拿归案后，审理中宋源和他的激烈争论，本身就是对他叛变行为的一种批判。在审理千张子过程中，因为是老战友，宋源强忍心中的愤怒，毕竟曾经一起英勇抗日、奋勇杀敌、死里逃生过，也曾"宋源眼前老是出现千张子那张噙着眼泪的委屈面孔。他一直在咀嚼千张子的那句话，如果摊在你身上……是啊，这事得好好掂量一下了，如果是自己被日本人抓去，像千张子、檀县长那样受刑，自己真的能挺过去吗？他闭目想象着自己受刑的场景，一幕一幕，一幕一幕……"正是因为设身处地设想过之后，他再次严厉批判千张子出卖檀县长的行为，就更加有力度和分量："你认为个顶个杀日本人，你比檀县长厉害得多，我也相信这一点。可是

---

　　① 赵本夫：《天漏邑》，人民文学出版社 2017 年版，第 315、327 页。

千张子，你要知道，这根本就不是谁活着更合算的问题。你的叛变和出卖，是一个人失去了做人的底线，是一个战士的操守出了问题。我们都是在组织的人，当初加入组织是怎么宣誓的？永不背叛！这一条是铁的纪律，不能变也不能通融的，如果可以通融，任何背叛都可以找到理由！"①为了舆情安定，千张子才侥幸留得性命，被形同古人的天漏村村民接回形同古村的天漏村，其实就是与现实、现世的隔绝和一种社会意义上的"消失"。宋源最终出走、与妻儿浪迹天涯，没有再回天漏村，本身也是对他曾经的出卖行为的无法原谅、无法面对。在作家看来，"宋源最后出走消失，没有再回天漏村，是因为他无法面对千张子，也无法容忍他。但千张子叛变的原因，又让宋源十分纠结，陷入迷乱之中"；"他其实是在愤怒、痛苦、迷乱、无奈、不甘中出走的"②。这种对灵魂和人性的开掘程度，是以前的抗日战争叙事里不曾有过的。

《天漏邑》中的侯本太，原是一个土匪头子，后又当了汉奸。作为一个土匪头子，他的志向不过是想当个"乡长"，但国民党就是不肯封他，于是他只好自封。他投靠日本人，也不是由于思想落后或者想攫取什么利益，而是国民党要剿杀他，日军逼他投降，他为了保命，只好做了汉奸。这汉奸当得也很窝心，日本人根本不把他当人。他为人迁到什么程度呢？在戏园子里看戏，都会被老戏骨扇巴掌。但是，他心里也存着他是个中国人的念想，所以，他会乖乖听宋源的话、按宋源的吩咐做事，他会保护宋源和游击队员；他会在彭城民众和日军对峙的关键时刻，站在彭城民众一边、保护大家的生命；他还会在檀县长被杀、头颅悬于城门时，为了避免再有前去吊唁的老百姓被杀而偷走了檀县长头颅、将其装于银匣子偷偷埋了，使宋源日后找到它成为可能……他因为做了这么多好事，而被日本人（应该是松本）派人暗杀了。他被埋葬后"第二天，侯本太的坟前有烧化的纸钱。据说有不少老人来过这里，其中就有那次在戏园子里扇了侯本太一巴

① 赵本夫：《天漏邑》，人民文学出版社 2017 年版，第 337、339 页。
② 参见赵本夫、吴俊（对谈）：《数千年文化积累是我们的本源和血脉　写作要倾尽全力就像井水是打不尽的》，《青年报·新青年周刊》2017 年 4 月 16 日。

掌的老戏骨"①。这样一个颇有点不可思议，但其实其转变又很合情合理、生动传神的"汉奸"形象，在过去的革命英雄传奇和抗日战争叙事题材的作品里是不会出现的。一个稀里糊涂，甚至有点被强迫性地做了汉奸的人，能够被宋源的说服劝诫和彭城民众抗日、从容赴死的精神教育过来，能够在心里和行为当中苏醒爱国意识和民族大义——"侯本太置身这座城市，感到脚底板都是烫的，好像地下有烈火在燃烧。他常会心生惭愧。他开始意识到自己也是中国人。"在他身上，苏醒着"自己也是中国人"的意识："在进城之前，他几乎没有这种意识。不都是人吗？他记得下山前猫爷对他说的话，猫爷不同意自己为日本人做事，猫爷说咱是中国人，他们是日本人。那时自己还觉得好笑。现在他知道了，世上还有这么残暴的人"；"他记得当初猫爷说过，当土匪还会有人说你一句好话，当汉奸所有中国人都会骂你。""自己也是中国人"意识苏醒的结果便是，"现在彭城人全部心思都在日本人身上，都在想着怎么防着日本人，怎么对付日本人，自己是不是也应当参加进去？"于是，他按照宋源的指示做事，做完后感到"很愉快"："这天晚上，侯本太很愉快"；"他就着一荷叶包咸花生，独自在家喝了半斤酒"；"这天晚上，他真的很愉快！"②……以此为起点，他后来又做了更多的保护宋源和游击队员以及彭城民众的事情，并招致了日本人将他暗杀的杀身之祸。所以有人说，"《天漏邑》可以说将抗日战争题材的作品向前推动了一步"③（胡平语）。而这往前推动的一步里，最为重要的一点，当然是人性的丰赡和多维度书写。

小说不只在其抗日英雄传奇以及其延伸性叙事里面，有着这样细致入微的人性刻画。在祢五常及其弟子身上，也有对人性的丰赡和多维度的书写。比如罗玄，在北京住院期间，没有醒来过，在汪鱼儿为他唱歌的时候会流泪，而"罗玄的母亲守着他时，也会握住他的手，叫他的名字，可他

---

① 赵本夫：《天漏邑》，人民文学出版社 2017 年版，第 171 页。
② 赵本夫：《天漏邑》，人民文学出版社 2017 年版，第 119~120 页。
③ 参见《赵本夫长篇小说〈天漏邑〉研讨会纪要》，http://www.chinawriter.com.cn/n1/2017/0719/c403994-29415179.html，2017 年 7 月 19 日。

会突然把手往回抽，像痉挛一样"。在汪鱼儿看来，"也许，他是穷怕了，母亲让他想起那个贫穷的家，有一种恐惧感吧"，"当母亲的手牵住他的时候，他的生命本能让他感到了母亲的存在，他的潜意识又让他挣脱母亲的手，怕被母亲拉回去。他真的太可怜了"。再比如祢五常与女弟子汪鱼儿之间的感情，本来是两情相悦，却由于汪鱼儿曾经被继父及其酒友长期强奸的过往经历，祢五常心里的坎儿过不去，竟然面对美丽的汪鱼儿的身体，一下子呕吐起来，将一个男人的真实的人性和心理刻画得入木三分。①汪鱼儿最后的从邑山消失——"和羽化登仙没什么两样"，祢五常在那个夜晚的真实的男性心理的流露，何尝不是压垮汪鱼儿生命的最后一根稻草？

《天漏邑》在文学书写上，呈现出一种开放性和不确定性。小说的结尾，是柳先生的以身饲狼和祢五常的厉声高叫，呈现出一定的开放性，好似一个未完待续的小说结尾，仔细一想，又的确是小说该结尾的时候了。小说最后，宋源、武玉蝉与他们的儿子似乎是在一起合家生活着，实际上却又是不知所踪。而柳先生和祢五常通过田野调查，"对于天漏村的三千年不灭，肯定都有了结论，但他们什么都没说，作品中又什么都说了。如果理出几条放在作品里，作品就蠢笨了"②。对汪鱼儿的从邑山消失等情节处理，也都是一种开放性和不确定性的文学书写。作家本人曾言："在汪鱼儿身上承载的是天漏邑外的世相人生，很让人疼痛。她的人生经历，是对天漏邑的另一种表达和参照。也算是春秋笔法。写天漏村，不能光写天漏村，写进去还要写出来，写出来还要写进去，进进出出，就有了广阔和对比。但这层意思我在作品中并无阐释。很多都是收住的、隐着的。"③

很多人觉得《天漏邑》表达了一种中国文学当中罕有的"原罪"意识，还有人认为小说有着魔幻现实主义与存在主义的色彩，但我们又分明觉得这

① 赵本夫：《天漏邑》，人民文学出版社 2017 年版，第 253、293~294 页。
② 赵本夫、吴俊（对谈）：《数千年文化积累是我们的本源和血脉　写作要倾尽全力就像井水是打不尽的》，《青年报·新青年周刊》2017 年 4 月 16 日。
③ 赵本夫、吴俊（对谈）：《数千年文化积累是我们的本源和血脉　写作要倾尽全力就像井水是打不尽的》，《青年报·新青年周刊》2017 年 4 月 16 日。

个小说目的并不是去为魔幻现实主义和存在主义等作注脚，我们也并不能把天漏村、天漏邑类同于马尔克斯《百年孤独》里的马孔多镇，似乎也并不能说它具备典型的西方文化和文学中习见的"原罪"意识。说《天漏邑》是一部体现东方哲学和文化的小说，或许更为恰当。在作家赵本夫本人看来，"所有的美都是残缺的美。作为一部小说，也不可能完美。如果读者有兴趣，尽可以参与这部小说的再创作，对它进行批评、争论、补充、丰满、改造。我不会认为是对这部小说的不敬，反而由衷的高兴。因为一部小说如果具有各种可能的发挥和延伸，已足见它的浩大和张力"；"老实说，就连我都觉得小说写完了，故事并没有结束。觉得意犹未尽。就像你说的，面前一片苍茫，甚至是悲凉。我很想去云南找宋源，问问他当初为什么离开，这些年生活得怎样"。① 就像小说的名字一样，天是漏的，人世间万事万物都是有漏的，小说文学书写所呈现的开放性和不确定性，又何尝不是作家有意"漏"给我们的呢？恰如中国绘画的留白，给我们留足了足够的空间，这空间，无论是破绽还是玄妙，都给我们留足了发挥和想象的余地——小说以它的文学书写，完美诠释了中国的"漏"文化。

---

① 赵本夫、吴俊(对谈)：《数千年文化积累是我们的本源和血脉 写作要倾尽全力就像井水是打不尽的》，《青年报·新青年周刊》2017 年 4 月 16 日。

第五章

文学批评的反思：做有温度和体贴的文学批评

的确如有的学者所说，在我看来，"在当代中国文学批评生态系统中，学理性批评无疑是文学批评的冠冕和灵魂，那种即时性、推介性的文学批评或者快餐式的文学酷评虽然在特定的语境中也有其存在的价值，甚至有可能释放出比学理性批评更加耀眼的高光表现，但它们依旧无法抑制学理性批评的内在力量，更谈不上取代学理性批评的学术位置"①。长期从事《文学评论》当代文学研究和文学批评的编辑工作，自己的主要研究方向也是当代文学(兼涉现代文学)研究尤其是当代文学理论与批评，我的学理性批评观，是受一向崇尚学理性文学研究和文学批评的《文学评论》的影响。是由于《文学评论》本身就"韫玉""怀珠"了学理性的文学批评观，我才在长年累月所受的一点一滴耳濡目染的影响当中，也形成了自己的学理性批评观。好的学理性批评文章，有着宽阔而又微细的文学史视阈，有着睿智睿意的问题意识，有着翔实翔悉的史料或者材料的支撑，有着贴切精准的文本分析，甚至不失美文的文体与批评风格……做文学研究，或者说做广义上的文学批评，无论是偏于文学史的研究，还是偏于问题、现象、逐渐经典化的作家作品研究，抑或是即时性文学批评，注意史料与史论的结合、材料分析与审美分折的并重，严谨实证的学风和清新刚健的文风，等等，依然是我们做当代文学研究学人应该秉承的传统，应当视为己任，肩负并传承下去。

---

① 李遇春：《为学理性批评辩护——论刘艳的文学批评》，《长江丛刊》(文学评论)2018年第11期。

　　尽管编辑工作中接触的几乎都是学理性批评的文章，自己所遵循的也是学理性文学研究和文学批评的路数，但是，我也深切感受到了在当下的中国文学批评界，不断听到批评乃至攻击学理性批评的声音，甚至不乏有人故意把那些学术质量较差的学院派文学批评文章，混同于学理性文学批评。对于一些故意的抹黑和误读，大可不必理会；但是，对于学院派文学批评文章自身所存在的问题，比如已有形成沉闷的"学报体""C刊体"批评风格的倾向，与实际又没有多少学术价值——既对文学现场和当下的文学写作无法产生影响、反思和促进作用，又对当代文学经典化以及文学史的建构和重构无甚意义和价值——的文章，最应该在反思之列；学院派文学批评当中，那些远离文学本身的文学批评，那种在理论化批评的路径上一路滑下去以及几乎跨域到其他学科的文学批评，亦应该在反思之列。

　　当代文学批评，无论是学理性批评还是媒介批评，抑或其他的批评样式，都应该随着文学、文学批评的发展演变，而不断做出批评的反思。文学批评的"远"和"近"的问题，尤应引起我们的注意。做有温度和体贴的文学批评，是我们目前所有的批评样式，尤其是学理性批评应注意的问题。学理性批评，与文学批评写得有温度、体贴，与批评回到文学本身、回归文学本体，与灵动乃至美文化的行文风格，其实是不矛盾的，是可以兼容、兼擅的。近几年很多作家兼写一点文学批评文章，无论是作家自己的创作谈，还是作家评论其他作家作品，往往写得带有作家的体温，有温度，对作品有融入式的体贴之感。这些会写小说、小说写得很好的作家的文学批评，对我们当下文学批评尤其学理性批评，距离文学本身较远的问题，都有一种启示或反思的意义与价值。一些文学研究和文学批评刊物，把"大家读大家"当作了常设栏目，其中便有名作家对其他作家作品的评论和解读。而毕飞宇作为被高校"收编"的作家，他的《小说课》甫一推出，就广受瞩目和喜爱。虽然传统的治文学研究者及文学批评写作者中，也有人对毕飞宇的"小说课"文章的写法是否"文学批评"存疑，有人提出毕飞宇的评论文章应该属于文学的"品评"。对此，毕飞宇本人倒是很达观："嗨，品评也不错。""无论叫啥，能进入作品是硬道理。"毕飞宇自谦："我有啥才华，写了那么多年，我只是知道好小说长什么样。"①

第一节　文学批评的"远"和"近"

文学批评的"远"和"近"，既是批评的态度问题，也是批评的方式方法问题。文学批评的"远"，指与作家距离适当远一点，才能葆有客观性，才能不过多地为人情所累，这对关注文学现场的文学批评和即时性的文学批评，就尤为适用；而对于距离作家过远，欠缺知人论世批评智慧的一些文学批评而言，就应该适度地增加如何了解作家本人，了解自己的研究对象和评论对象，这是知人论世的文学批评自身所要求的批评素养。所以，程光炜才会说："写小说评论，是不能完全不知道作家本人的，尤其是写与自己同时代的小说家们。"②文学批评的"近"，指与作品文本距离贴近一点，回到作品本身，回到阅读和细读文本上面来。

是故，文学批评的"远"，指与作家距离适当远一点，当然距离作家过远、完全不知道作家本人也是不可取的。文学批评的"近"，指与作品文本距离贴近一点。而现在文学批评罹患的文风问题，常常是把这"远"和"近"作了一个颠倒——距离作家太近，距离作品太远。距离作家太"近"的文学批评，表现有二：一是与作家太熟、关系太好，下笔做文学批评时，便只有褒扬甚至过多溢美之词。人情之累之外，也对通过文学批评遴选优秀的当代文学作品无益。据统计中国2017年已有约1万部长篇小说出版，虽然我们并不能完全同意顾彬所认为的当代文学盛产"垃圾"之说，但如此庞大的出版体量前提下，给作家也带来普遍的焦虑。没有一个作家希望自己的作品诞生后不久就销声匿迹，具备条件的作家和出版社往往会为新作召开讨论会，有的作品还会全国各地"巡展"式举行多次讨论会。参与的评论

---

① 毕飞宇与笔者的短信交流，2018年8月22日。
② 程光炜：《小说九家》，中国社会科学出版社2017年版，前言。

家，往往被希望主要作捧场式批评，新作刚出版就兜头浇下冷水的批评家肯定是不讨喜的。同一位评论家在不同的讨论会，说着大致相同或者大同小异的话，也很常见。喧嚣热闹，曲终人散，只有很少数作品能够借讨论会收获有学理性支撑和真正发掘出作品所隐含的艺术价值的评论。这对于评论家通过评论发现作品独特的价值，遴选出优秀的文学作品，并使得作家作品不断经典化，收效甚微，亟待改进。二是文学批评者借骂著名作家的作品来令自己出名，走的是"酷评"乃至骂评路线。这是一种从私交上看未必是"近"距离，但是在批评行为上却同样是离作家过"近"的一种批评行为。有些批评刊物和报纸的文章，以骂评、酷评著称，大小作家概莫幸免，有的成名作家甚至曾经因被诋毁而中止了自己的创作。毕飞宇曾经讲过，文学研究这件事是不能通过移交刑警大队，警察通过审讯作者来替代文学批评的①。通过酷评骂评来做文学批评，实际上是拿审讯作家来替代文学批评，伤害的往往是文学和批评本身。

如果说 20 世纪 80 年代是批评的"黄金时代"，那近三四十年尤其近三十多年的当代小说创作，的确也是当代小说的一个"黄金时代"。程光炜在《小说九家》前言中说："最近三十年来的当代小说，真是精彩纷呈，群星灿烂，作家们各显神通，共同创造了百余年来中国小说创作所少见的一个黄金年代"。作为学院派学理性批评的代表性学者，他是怎样处理与作家的关系的呢？他所说的"若即若离""而有点直观印象""有点亲切之感"，但又"没有个人私益"，或许可以给我们当下的文学批评，以有益的启示之思。

《小说九家》前言中讲到文学批评写作者本人与所写小说家的关系，是这样的："所写小说家，我大多数认识，有的曾被我邀请到中国人民大学给学生们演讲，有的是在研讨会上见过面，即使与其中几位曾经在一起吃饭，也只是简单聊上几句，算不上密切交往，顶多说是一面或几面之缘。

---

① 参见毕飞宇：《两条项链——小说内部的制衡和反制衡》，《小说课》，人民文学出版社 2017 年版，第 53~54 页。

对当代文坛，我可能抱的是一种若即若离的态度，虽然这并非我主观意志所致，可实际情形如此，久而久之，也就这样了。也正因为有过见面之缘，我对这些小说家，并非只是隔着小说作品纸张的距离，而有点直观印象。还因为有过交谈，有些还曾派过研究生对他们做过专访，信息就在这个过程中相互交流，至少是我自己亲身感触到了。所以每当打开电脑写这些文章的时候，丝毫不觉得所写的小说家和他们的作品陌生，反而有点亲近之感。"——这是对作家应有的"知道"和了解。"知道"作家本人却又没有个人私益的牵累，好处是什么呢？"然而，又因为与这些小说家不是非常熟悉，没有个人私益，所以写起文章来，心里没有任何负担，更没有完成什么任务的人情压力，这就使我有时下笔的时候比较放肆，任凭思想和想象在电脑屏幕上弛骋，如此难免存在对作品阐释过度的现象，但有时候字里行间也会灵感忽现，与作品发生奇妙的碰触，也许写出了一点点别人不曾涉及的东西来。"①

与同作家距离往往过"近"相反，现在的文学批评存在距离作品和文本太远的问题。20 世纪 80 年代以来，外国文学理论尤其现代文艺理论涌入，虽有建设性意义，但导致批评一度向着理论西化高歌猛进，许多批评者习惯套用西方理论来阐释、解读当代作家作品，导致文风僵化、"不说人话"的现象突出，无法被既有理论"套用"的创作实践即被弃释。而且，文学批评尤其学院批评也罹患"项目体""C 刊体""学报体"文风，与文学本体关系松散。21 世纪伊始，中国文学界曾开展有关"回到文学本身"的讨论，呼吁文学批评回到文学创作本身，强调文学性，但由于这些讨论不关注作品文本的形式，仍然是在思想范围内的一种言说。2016 年，《文艺报》再度开设专栏，讨论和呼吁文学批评"回到文学本体"，希望文学批评能从最基本的文学要素——语言、形式、结构等方面——开始，重新探讨作品的价值和问题。但收效仍然是不明显。可以说，反思不是没有，但遗憾的是近三四十年里，这一局面并没有得到根本性改善。

---

① 程光炜：《小说九家》，前言，中国社会科学出版社 2017 年版。

如何让文学批评回到文学本身？回归文学本体？当前，部分当代文学研究专家、批评家正在通过自己的实践重建批评生态，如程光炜持续推出对近 30 年重要小说家作品细读式评论，陈晓明用 8 年时间完成《众妙之门——重建文本细读的批评方法》，而且已经出了第二版。此外，一些作家也拿起批评之笔，如苏童、毕飞宇等人的文学批评甚或可以为专事批评者以启发。从某种程度上来说，作家的批评文章往往感性有余、理论框架淡化，但恰恰是他们的批评实践为文学批评提供了一条回归文本细读的个人化路径。你可以说，毕飞宇的《小说课》里的批评文字，性情有余理性不足，但你不得不承认，它恰恰提供了重视文本、回到文学本身的一种批评范式。比如，毕飞宇以"看苍山绵延，听波涛汹涌"概括对蒲松龄《促织》的阅读体验，进而从小说背景、架构、语言、情节等方面，将小说细微精彩处一一呈现。如果说小说本身静水深流，表面波澜不惊，内里意象万千，毕飞宇的解读就如跳跃的山涧，奔腾起伏，跌宕有致。他将原文细节不断放大并定格，帮助粗心的读者捕捉到原著的内在精妙。文学作品中草蛇灰线般的伏脉，也逃脱不了作家敏锐的感受力，这是作家独具的批评优势。他通过《水浒》里林冲被迫"走"与"走"，细细分析林冲是如何迫不得已被迫落草为寇。他通过一个作家的眼光，来分析莫泊桑小说《项链》里的"两条项链"。两条项链，一真一假，他揪出了莫泊桑是怎样在小说内部搞着微妙的制衡和反制衡。他甚至将小说的人名替换成了几个中文的人名，就发现"汉语版的《项链》面目全非"，小说变得"漏洞百出、幼稚、勉强、荒唐，诸多细节都无所依据"①，等等。看《小说课》会发现，毕飞宇有点顽皮，更有点不合批评的套路和常规，但恰恰是这反批评的常规和反批评的套路，让他的"小说课"评论别开生面，灵动有趣，摇曳生姿，而又常常引人深思，让很多普通读者乃至专业阅读者，都手不能释卷。其实不止是作家的批评文章往往不合套路，别开生面，富于启发性和可读性，其创作谈

---

　　①　毕飞宇：《两条项链——小说内部的制衡和反制衡》，《小说课》，人民文学出版社 2017 年版，第 56 页。

本身也往往既是通往小说丛林的秘径①，又是生动和引人深思的批评文章。可以说，近年来作家积极介入文学批评，对风行已久的远离文本的"专业批评"是有纠偏意义和启发的。

　　一段时间以来，评论家与作家互相借力，似乎已经成为文学批评生产模式之一种。评论家在现实中选择可以互相借力、对彼此"有益"的作家，来作为研究和评论对象，这不该成为文学批评的定规。而文学批评完全丢弃对作家的"知道"和了解，也不值得提倡，知人论世的批评智慧，是好的文学批评的基本要求之一。总的来说，对文学批评"远"与"近"问题的把握与掌控，既体现文学批评者自身专业素养，也是其职业素养的直观写照：距离作家过近，是对文学批评自身的亵渎、对自我的降格；对作家完全不知道不了解，也难免缺失知人论世的批评智慧。而如果距离文学本体过远，则是文学批评基本功的缺失、是职业判断的失焦。中国当代社会充满着等待写作者去捕捉、去发掘的生动素材，也不断催生出数量庞大、风格各异的文学作品。文学批评家既要具有对时代的观照能力，又要具有最基本的文学批评素养、锤炼敏锐的文学感受力，用好手中这支文学批评的笔，做好文学批评。文学评论者更应该看取的还是作品，无论哪种文学批评样式，都应该贴文本贴得近一点。毕飞宇曾言："杰出的文本是大于作家的。读者的阅读超越了作家，是读者的福，更是作者的福。只有少数的读者和更加少数的作者可以享受这样的福"②。——重视文本，回到作品本身，是作家之福，亦是文学批评之福。

　　下面一节，我们将以实际的例证，以对毕飞宇《小说课》的分析和解读，来看作家是怎样做出有温度和体贴的文学批评的。对文学批评的批评，或许能够对改善我们的文学批评生态，发生一点积极的作用；还可助益我们对文学批评，包括对学理性批评作出反思和加以改进。

---

① 比如，迟子建有一篇创作谈《小说的丛林》，《中国文学批评》2017 年第 1 期。
② 毕飞宇：《小说课》，人民文学出版社 2017 年版，第 55 页。

第二节　做有温度和体贴的文学批评
——析毕飞宇的《小说课》

《小说课》之所以打动人和让人眼前一亮，当然是有原因的。毕飞宇通过带有他自己鲜明个性和个人印记的文本分析的方法，确切地说是他自创的毕氏文本细读的批评方法来开展的一种文学批评。毕飞宇的文学批评，能够回到文学本身。毕飞宇的文学批评，是有温度的，表征之一便是大量出现"我"——"我"的所思所想，"我"对问题的品头论足，"我"从文学批评的幕后走向前台，"我"直接跃然纸间……"我"频频现身文学批评文字当中，给文学批评带来的是批评者的感情，带着批评者的体温，赋予批评以温度，拉近了评论者、评论对象和阅读评论文字的读者之间的距离。毕飞宇的文学批评，体贴，周到，距离作品文本很近很近，甚至骨肉相融；除了体贴作品文本，毕飞宇很能体贴作家和作家的创作本身，这是非优秀作家的文学批评者往往所不能够具有的优势。回到文学本身、有温度、体贴，是毕飞宇文学批评的关键词。

在评析毕飞宇的《小说课》之前，先给它做一个补遗的工作。《小说课》里大部分篇章是毕飞宇 2015 年在《钟山》上的专栏，据说也是他的第一个专栏。而这个专栏的文章，大多来自毕飞宇在南京大学授课——其实是讲座时候的讲稿。但这本《小说课》里其实本该还收有一篇重要的毕飞宇的批评文章——《沿着圆圈的内侧，从胜利走向胜利——读〈阿 Q 正传〉》①，因为书出版的时间是 2017 年 2 月，而文章被《文学评论》刊用的时间是 2017 年 7 月 15 日，而审稿流程又提前了几个月，所以此文就没有收入《小说课》。此处当然不是为了赞美毕飞宇遵从刊文的规例，而是要说明《小说课》少了这一篇，其实是有大大的遗珠之憾的。而且这还只是其一，其二

———————

① 毕飞宇：《沿着圆圈的内侧，从胜利走向胜利——读〈阿 Q 正传〉》，《文学评论》2017 年第 4 期。

也是更加重要而且似乎是不可思议的一点，当然是作为学院派学理性批评引领者和标杆的《文学评论》能够敞开胸襟，接纳毕飞宇这篇极具作家心怀和温度、带着作家体温的文学批评，接纳毕飞宇这篇能够对作家作品都尽量体贴的对《阿Q正传》再解读的文章，实属可贵。在2017年年底《文学评论》座谈会上，"80后"（年逾80岁）老前辈王行之先生禁不住对毕飞宇此文赞不绝口，言其将这一期《文学评论》置于床头，每读每心情大悦，老先生甚至建议《文学评论》当代文学版块能不能多刊发一些这样的文章？老先生的心声，说明什么？在众多现代文学研究专家已经对《阿Q正传》剔骨般的研究当中，在已经形成的几乎密不透风的研究阵列当中，毕飞宇怎么就能杀出一条生路？而毕飞宇作为一个当代作家来重新解读《阿Q正传》，怎么就有这么大的吸引力？究其实，毕飞宇的文学批评其实是对当下文学批评常常远离文本和创作、远离文学本身，缺少批评的温度和文学批评应有的体贴的一种纠偏。我们不能说毕飞宇《小说课》就是完美无缺的，《小说课》的率性自由和有些地方经不起推敲，也是显而易见的；但是瑕不掩瑜，或可以说《小说课》中毕飞宇所做的正是对当下文学批评的一种"补遗"和纠偏工作。我们包括很多从事文学批评的人读到《小说课》，会感到眼前一亮，这就是毕飞宇的"小说课"批评的可贵和价值所在。

一、看作家的文学批评如何回到文学本身

《小说课》之所以打动人和让人眼前一亮，当然是有原因的。首先，是毕飞宇通过带有他自己鲜明个性和个人印记的文本分析的方法，确切地说是他自创的毕氏文本细读的批评方法来开展的一种文学批评。众所周知，20世纪90年代以来先锋文学消退，先锋作家纷纷转型，相当一部分作家，无论是先锋作家还是非先锋派作家，如马原（同济大学）、格非（清华大学）、王安忆（复旦大学）、毕飞宇（南京大学）、苏童（北京师范大学）等，先后进入高校任教职。作家被高校"收编"，学校看重的是他们在创作方面的成就和能够弥补中文系单纯的学者讲课的不足。校系对这些作家的授课，往往也是比较宽容和形式多样。毕飞宇自言，南京大学没有逼着他上

课，只要求他每学期开些讲座。在他看来，"讲座不是课堂，更不是课程，准备起来要容易得多"①。而聪明如毕飞宇者，自然是利用了他是一个优秀的小说家的所长，选取了"文本分析"的批评方法："我的重点是文本分析，假设的对象却是渴望写作的年轻人。这个假设是什么意思呢？其实就是分析的方法。分析有多种式样，有美学的分析，有史学的分析，我所采取的是实践的分析，换句话说，我就是想告诉年轻人，人家是怎么做的，人家是如何把'事件'或'人物'提升到'好小说'那个高度的。老实说，我做实践分析相对来说要顺手一些，毕竟写了那么多年了，有些东西是感同身受的。"②毕飞宇自报家门了，他所作是"文本分析"，但他的文本分析，不是印象式批评和读后感式批评，他是从作家写作实践的角度，来分析其他作家是如何写出"好小说"的，这毫无疑问是有点独门秘籍味道的毕氏文本细读的方法，是不具备写作实践的学者在作文本细读的文学批评时难以与他殊途同归的一条批评的路径。

　　毕飞宇《小说课》所展现的文本细读批评方法，也正是恰逢近年当代文学研究和评论家亟须"重建文本细读的批评方法"，但收效也还并不尽如人意的情况下，方凸显了它的可贵和难得。2000年前后中国文学界有一场"回到文学本身"的讨论，希望能够回到文学创作的本身，强调文学性，但这些讨论并不关注作品文本的形式，所以仍然是在思想范围内的一种言说，文学批评仍更多地纠结于思想和内容的评述，更关注"写什么"而不是"怎么写"，所有有关文学性的讨论，总是轻轻点到小说的形式和技巧问题之后，迅速又回到内容的问题。2016年，《文艺报》再度开设专栏讨论，呼吁文学批评"回到文学本体"，让我们从最基本的文学要素——语言、形式、结构等方面——开始，重新探讨作品的价值和问题。但评论者真正能够通过回到小说形式和文体，来探究小说文学性的，仍然稀见。陈晓明在他的专著《众妙之门——重建文本细读的批评方法》中，细细梳理了当下

①　毕飞宇：《小说课》后记，人民文学出版社2017年版，第198页。
②　毕飞宇：《小说课》后记，人民文学出版社2017年版，第198页。

"重建文本细读的批评方法"的重要性和必要性。"中国当代文学理论与批评一直未能完成文本细读的补课任务，以至于我们今天的理论批评（或推而广之——文学研究）还是观念性的论述占据主导地位。中国传统的鉴赏批评向现代观念性批评转型，完成得彻底而激进。因为现代的历史语境，迫切需要解决观念性的问题。"①"在当今中国，加强文本细读的研究显得尤为重要，甚至可以说迫切需要补上这一课。强调文本细读的重要性的呼吁，实际上从 80 年代以来就不绝于耳，之所以难以扎扎实实地在当今的理论批评中稳步推进，也有实际困难。"②重建文本细读批评方法困难在哪里呢？在陈晓明看来，"其一，中国的文学批评在观念性的批判中浸淫了半个多世纪"，"1949 年以后的理论批评""背靠着意识形态的强大的绝对真理，即使有具体作品分析，也只是证明已经确认的真理的正确，或是证明被绝对真理映射下的作家作品的错误。观念性的论述与批评已经成为批评的习惯模式，一种渗透到骨子里且又驾轻就熟的思维方式，要将其完全放弃已经很困难"；"其二，西方文本批评也日渐式微，新批评在美国的七八十年代已经为解构主义批评所取代，耶鲁批评学派成为美国 80 年代以后领一时风骚的学派"③。

当代文学研究和批评代表人物皆多已意识到重建文本细读批评方法的重要性和迫切性，他们纷纷呼吁甚至切身践行文本细读式批评。陈思和不仅付诸评论实践，而且在理论批评层面也在寻找和建构文本分析的具体方法和路径；程光炜近年来一直在作"最近三十年重要小说家作品细读的文章"，比如他对格非《江南三部曲》的细读，他对张承志《心灵史》的再解读，等等；陈晓明据说是用了整整八年时间，才完成了专著《众妙之

① 陈晓明：《重建文本细读的批评方法》，《众妙之门——重建文本细读的批评方法》（第二版）导言，北京大学出版社 2016 年版，第 1 页。

② 陈晓明：《重建文本细读的批评方法》，《众妙之门——重建文本细读的批评方法》（第二版）导言，北京大学出版社 2016 年版，第 3 页。

③ 陈晓明：《重建文本细读的批评方法》，《众妙之门——重建文本细读的批评方法》（第二版）导言，北京大学出版社 2016 年版，第 3~4 页。

门——重建文本细读的批评方法》。细心如你者肯定也会发现，近年来许多作家也纷纷拿起批评的笔，作家苏童、毕飞宇、余华、格非等人的批评文字，甚至可以给很多专事批评的评论家以启发。他们从自身创作经验出发，牢牢立足作品文本解读，再通过理论阐发。也许这些批评文字，性情有余理性尚少，但它也恰恰提供了重视文本、回到文学本身的一种批评范式。①

　　由这些不得不说的题外话，回到毕飞宇的《小说课》。毕飞宇以"看苍山绵延，听波涛汹涌"之感，选取关键字句，逐字逐句来解读蒲松龄的《促织》。你可以不同意毕飞宇将 1700 个字的《促织》说成是有着《红楼梦》一般的史诗品格，但当你随着他进入小说内部，在他逐字逐句的分析当中，你不得不赞同他的论断："读《促织》，犹如看苍山绵延，犹如听波涛汹涌。"毕飞宇的智慧在于，他通过回到文本和进入小说内部肌理的分析，来解决"苍山是如何绵延的，波涛是如何汹涌的"的问题。那联系小说的社会背景，又从架构、语言、情节等方面细细剖析，将在普通读者眼里并不会特别留意和细思的语句——呈现，的确可以让你眼前一亮，而且在津津有味的阅读当中感叹好小说是这样写成的。毕飞宇的文学批评是细致入微的：成名"为人迂讷"，驼背巫"唇吻翕辟，不知何词"，所有人"各各悚立以听"，成名在驼背巫指导下终于找到他心仪的促织是"巨身修尾，青项金翅"，儿子把促织搞死了，成名是"怒索儿"，而从井中捞出孩子的尸体后，是"夫妇向隅，茅舍无烟"，八个字营造出极尽凄凉和悲痛的悲剧气氛……②及至儿子化身促织后的情节，毕飞宇也是将精妙字句加以逐句读析。"如果说小说原文如静水深流，表面上波澜不惊，内里意象万千，那毕飞宇的解读文字则如山间跳跃的激流，奔腾起伏，跌宕有致。他将原文中的细节处不断放大与定格，令粗心的读者捕捉到内里的精妙，不觉露出惊奇而又会心的微笑。"③

① 参见拙文：《文学批评的"远"和"近"》，《人民日报》2018 年 3 月 27 日。
② 毕飞宇：《小说课》，人民文学出版社 2017 年版，第 11、12、13、15 页。
③ 参见拙文：《文学批评的"远"和"近"》，《人民日报》2018 年 3 月 27 日。

如果不是回到文本、回到文学本身的文学批评，毕飞宇是不可能通过《水浒传》中的逻辑——林冲的"走"，来析出林冲是按小说内部逻辑，自己"走"到梁山上去了："相反，由白虎堂、野猪林、牢城营、草料场、雪、风、石头、逃亡的失败、再到柴进指路，林冲一步一步地、按照小说的内部逻辑、自己'走'到梁山上去了。这才叫'莎士比亚化'。在'莎士比亚化'的进程当中，作家有时候都说不上话。"①我们很多人读《水浒传》都可以感觉到林冲的确是被迫落草的，但是，有没有人能够从字里行间分析出"施耐庵的小说很结实，他依仗的是逻辑"，而必然形成林冲本想苟安却终归"走"到梁山上去了的结局呢？毕飞宇做到了，他不仅分析了林冲"走"上梁山的合逻辑性，而且他还分析了曹雪芹《红楼梦》在许多地方就非常反逻辑，这便形成了他那一篇《"走"与"走"——小说内部的逻辑与反逻辑》的文学批评。他根据王熙凤探视重病的秦可卿后的三句关于王熙凤"走"的描写，来解析《红楼梦》小说描写的反逻辑。王熙凤刚刚离开秦可卿的病床，竟然"凤姐儿正自看院中的景致，一步步行来赞赏"。在决定收拾下流的色鬼贾瑞之后，"于是凤姐儿方移步前来"，接下来的看戏、上楼，王熙凤是"凤姐儿听了，款步提衣上了楼"②。上了楼，看完戏，王熙凤与尤氏的一些话，毕飞宇解读出了太多"反逻辑"的东西——王熙凤与贾蓉的关系、贾珍与秦可卿关系的特殊，尤氏对于这一切反常关系的态度，等等。毕飞宇从曹雪芹对王熙凤"走"——步态描写的反逻辑，解读出了太多的东西，人物关系的深密幽微，曹雪芹为小说所制造的"飞白"——"不写之写"当中所深含蕴藉的美学原则……读了毕飞宇这样的文学批评文字，你能不觉得耳目一新吗？不能。

《两条项链——小说内部的制衡和反制衡》，也是通过进入小说内部的肌理，解析出莫泊桑的《项链》是怎样好的一个短篇小说和我们以前从未涉及甚至从未想过的一些问题。《奈保尔，冰与火——我读〈布莱克·沃滋沃

① 毕飞宇：《小说课》，人民文学出版社2017年版，第36页。
② 毕飞宇：《小说课》，人民文学出版社2017年版，第36、42~43页。

斯〉》，如果不进入文本，不深入具体的语句，如何能够分析出奈保尔将布莱克·沃滋沃斯一个乞丐诗人刻画得那样惟妙惟肖？《什么是故乡？——读鲁迅先生的〈故乡〉》，如果不是进入文本细部，又如何能解读出《故乡》的"基础体温"是"冷"？如何能够解读出"圆规"杨二嫂的复杂？如何能够解析出闰土奴性的形成？也正是因为毕飞宇是一个作家，他心细眼毒，他把《故乡》里"碗碟。香炉和烛台"都看出了它们与杨二嫂和闰土的复杂关系。《刀光与剑影之间——读海明威的短篇小说〈杀手〉》，如果不是直接对具体段落的条分缕析，怎么可能将海明威一个短篇所展现的"刀光剑影，电闪雷鸣"树立起来？毕飞宇从两个杀手与服务员乔治的对话描写，从对被暗杀的对象拳击手安德烈松的简洁描写，就可以分析出海明威彪悍的语风和海明威轻而易举就实现了关于杀手强大、气氛恐怖、安德烈松已经彻底心理崩溃的描写。《反哺——虚构人物对小说作者的逆向创造》，是通过毕飞宇自己写作《玉秀》的纠结和重写人物结局等，来做另外一种作家与文本之间深度沟通、互相影响并且发生效力的努力。《倾"庙"之恋——读汪曾祺的〈受戒〉》是对汪曾祺《受戒》的分析和解读，从中可以看到毕飞宇是通过具体的句子和具体的段落，来分析出《受戒》作为小说之好和写作之成功的。毕飞宇的《小说课》所展现出的文本细读方法，告诉我们文学批评可以是有温度的，可以是体贴的。我们当下的文学批评，包括文本细读的批评方法，何尝不需要和亟须重建"批评的温度"和"批评的体贴"这双重的维度呢？

二、有温度的文学批评

作家所做的文学批评，大致有三类，第一种是专门和比较专业的文论，比如 E. M. 福斯特的《小说面面观》、米兰·昆德拉的《小说的艺术》、博尔赫斯的文论、卡尔维诺的文论，等等。第二种，是作家对创作问题的探讨和对于自己作品以及个人创作的谈论——比如很多作家应报纸或者刊物邀约所写的"创作谈"。作家对于创作问题和自己作品的探讨往往是交织在一起的，比如卡夫卡在他短暂的一生中，除了许多中短篇小说和三部未完成的长篇小说之外，还写下了大量书信、日记、笔记、随笔、箴言等，可以占到他著述的约 2/3 的篇幅。他谈到自己的作品和创作问题的文字，散见在大量的日记、书信和谈话当中。有时候，作家对创作问题的探讨，是通过评论其他作家及其作品来完成的。作家对创作问题的探讨其实分"他述型"和"自述型"，有时候又是结合在一起，难以将其清晰分开的。苏童在《创作，我们为什么要拜访童年？》中，曾举加西亚·马尔克斯的例子，结合马尔克斯的创作谈、实际的创作和作品，来分析作家创作与其童年的关系，并且得出结论："在我看来，想象力不是凭空而来的，所有的想象力都有其来源。在马尔克斯这里，想象力是他一次次向童年索取事物真相的结果，在《百年孤独》、《霍乱时期的爱情》以及大多数作品中，都有他潜入童年留下的神秘的脚印。"借助这样实际、具体和有说服力的例子，说明作家的创作是对童年的拜访，"从某种意义上说，文学是延续童年好奇心的产物"①。作家"自述型"的对创作问题的探讨，数量也很多，甚至更加常见。迟子建的《小说的丛林》和《文学的求经之路》都是她结合自己人生际遇、创作体会和作品的"创作谈"。《小说的丛林》告诉你，她童年时喜欢去山里采野花，回来养起来，这些童年花儿，变成了"《花瓣饭》里的那些五彩的花儿"，再比如《群山之巅》中"栽在猪食槽子中的达子香"。而活动在其中的人的习性，在她的《采浆果的人》《伪满洲国》《布基兰小站的腊八夜》等小说中，都有表现。家中的人，在《北极村童话》《原始风景》《解冻》《白雪的墓园》等里面，"也许只是一声叹息，或是一个背影"。而她的爱人，他化身为"魔术师"，走进《世界上所有的夜晚》，带给她爱情的绝响。可爱的动物，"在多年后'潜入'我的小说，比如《北极村童话》《日落碗窑》《越过云层的晴朗》《雾月牛栏》《腊月宰猪》《逝川》《一匹马两个人》《行乞的琴声》《额尔古纳河右岸》《白雪乌鸦》等等"。迟子建通过这一切，试图告诉我们："作家因生长地不同，经历不同，艺术气质不同，也就拥有不

---

① 苏童：《创作，我们为什么要拜访童年？》，《小说月报》微信公众号《我们为什么要拜访消失的童年》【小说公会】2014 年 8 月 3 日；摘自《中国比较文学》2012 年第 4 期。

同的小说丛林。"①而她的创作谈便告诉了我们她是怎样拥有属于她的小说的丛林的。迟子建在《文学的"求经之路"》里讲到了民间神话和原始宗教对自己的影响，她在作品里常常写到的鄂伦春和鄂温克民族(《额尔古纳河右岸》)，"这两个少数民族信奉万物有灵，在他们眼里，花、石头、树木等都是有灵魂的"②。通过作家的自述，轻易便可以解开了她多篇小说当中神性书写的谜题。

第三种，是作家专门对其他作家的作品做出分析、解读的文学批评。毕飞宇的《小说课》所收的篇目，看起来主要是属于这一类。笼统地说是这样，但细究起来，又不完全是这样。且不说毕飞宇那篇《反哺——虚构人物对小说作者的逆向创造》，就是结合他《玉秀》创作过程的一个结结实实"自述型"的创作谈，而不是解读其他作家作品的批评文字。其中不止是谈《玉秀》这个作品的写作过程和其中的种种纠结，更是现身说法说明了自己对创作问题的看法。在其他的批评篇章里，即使是在解读其他作家作品，也无不熔铸了毕飞宇自己的创作心得、自己对于创作问题的看法和一些关及美学和文艺理论的"文论"观点及阐述。毕飞宇《小说课》这种包蕴性，也是毕飞宇文学批评的一个特色。前面已经提到，毕飞宇自述他的"重点是文本分析，假设的对象却是渴望写作的年轻人"，他的讲述和写作目的达到了。正像有的评论者所说："《小说课》虽然是大学课堂上的讲稿，但考虑到现在中学语文应试教育的孱弱，将之视为一次面对十八九岁年轻人的有关文学和阅读的补课，应当是颇见效果的，我可以想象这些保存了诸多口语特质和现场感的讲稿最初在课堂上所受到的欢迎。"③《小说课》的实际效果却是，不止是课堂上受欢迎，它还引起了很多学者和专业评论者的兴趣，它可以让"80后""90后"以及年逾八旬的老先生都兴味盎然……原因

---

① 迟子建：《小说的丛林》，《中国文学批评》2017年第1期。

② 迟子建：《文学的"求经之路"》，《华中科技大学学报》(社会科学版)2017年第2期。

③ 张定浩：《文学的千分之一——读毕飞宇的〈小说课〉》，《扬子江评论》2017年第6期。

何在?

除了前面已经解析的《小说课》当中，毕飞宇能够回到文学本身，还有一个重要的方面，就是毕飞宇所做的是一种有"温度"的文学批评——这在时下是比较罕见的。我们的文学批评尤其是学院批评，一度离文学本身越来越远，同时也失掉了文学批评本该具有的温度，变得冷冰冰面目可憎，语言无味。20 世纪 80 年代，外国文学及文学理论的涌入，虽有建设性意义，但也导致批评一度朝着理论西化的径向高歌猛进，文学批评尤其学院批评习惯套用西方理论，文学批评向"论文体"让渡——"项目体""C 刊体""学报体"等，这样体式的文学批评，意味着对评论者写作个性的消泯和祛除。拥有学报、C 刊和核心期刊写作经验的评论者都能体会，越是重要的评论刊物和学术刊物，越不允许在评论文章当中过多凸显评论者"我"的主体色彩，所有的论述应该是执中、公允的，表述当中，应该力避"我"的出现，实在不能避免的时候，要以"笔者"来作替代。一个重点大学的学报拟刊用笔者的一篇论文，其实也是一篇对作家作品作出深度解读的评论文章，文章表述中使用了几个"我"，马上被敬业的责编发现了，提醒我改为"笔者"——这才是学院批评文章约定俗成的表述方式。不允许文学批评当中出现"我"的字眼，还仅仅是一个表象，这及膝甚至是足以湮没人的厚雪层，彰显的是文学批评的客观、理性、中性，等等，掩埋掉的是批评者的主体色彩、热度和文学批评本该具有的温度。没有温度的文学批评，不止常常导致文风僵化的现象，而且也往往难以打动人。毕飞宇《小说课》能够打动人和引人津津有味的阅读，恰在于他做的是有温度的文学批评，能够以情动人。

很轻易就可以发现，毕飞宇在他的批评文字里，大量出现"我"——"我"的所思所想，"我"对问题的品头论足，"我"从文学批评的幕后走向前台，"我"直接跃然纸间……"我"频频现身文学批评文字当中，给文学批评带来的是批评者的感情，带着批评者的体温，赋予批评以温度，拉近了评论者、评论对象和阅读评论文字的读者之间的距离。被毕飞宇称为"伟大的小说"的《促织》只有 1700 个字，毕飞宇把可能面对的质疑用口语表达了出来："孩子们也许会说：'伟大个头啊，你妹呀，太短了好吗？8 条微博的体量好吗。'"毕飞宇忍不住直接现身，回答这样的质疑："是，我同意，8 条微博。可在我的眼里，《促织》是一部伟大的史诗，作者所呈现出来的艺术才华足以和写《离骚》的屈原、写'三吏'的杜甫、写《红楼梦》的曹雪芹相比肩。我愿意发誓，我这样说是冷静而克制的。"①你可以不同意毕飞宇以这样的高度来称赞《促织》，但你不能不被他的激情所打动，而且自然而然激起你阅读的欲望，你心里会自然不自然地就想看看下文他怎样来自圆其说。而且，就像是被另外一个激情澎湃的文学爱好者，"导游"你去游览和辨析《促织》的文本世界是不是他说的那么富丽堂皇和妙不可言？而且他紧接其后马上扯出了《红楼梦》是史诗的权威性，但又说明在他毕飞宇看来，刘姥姥是一个至关重要的人物，"相对于《红楼梦》的结构而言，刘姥姥这个人似乎关键，她老人家是一把钥匙"，他以自己的阅读体验，结合文本来说明为什么是这样，但他最后仍然让自己的阅读体验，回到了明显带着"我"的体温、带着"我"的审美判断的批评总结："我从不渴望红学家们能够同意我的说法，也就是把第六回看作《红楼梦》的开头，但我还是要说，在我的阅读史上，再也没有比这个第六回更好的小说开头了。刘姥姥'一进'荣国府，我们这些做读者的立即感受到了《红楼梦》史诗般的广博，还有史诗般的恢宏。我们看到了冰山的一角，它让我们的内心即刻涌起了对冰山的无尽的阅读遐想。"②是啊，这是毕飞宇个人的阅读史上的阅读感受，可以有其他不同的意见，但也会为他不失理性当中的动情的分析和评说所打动——读毕飞宇的批评文字，不必正襟危坐，不必禁锢自己被批评的套路禁锢已久的对批评的理解和感觉，可以像看球赛或者听辩论赛一样，随着他进入文本，他激情澎湃地评说文本，心也上下起落，跌宕起伏，随着他一起"犹如看苍山绵延，犹如听波涛汹涌"——毕飞宇说小说被摁进了马里亚纳海沟，你的心似乎也跟着抵达了最低点；毕飞宇说抵达马

---

① 毕飞宇：《小说课》，人民文学出版社 2017 年版，第 5 页。
② 毕飞宇：《小说课》，人民文学出版社 2017 年版，第 7 页。

里亚纳海沟，接下来当然是反弹，你也着急想知道小说在后面该怎样反弹，你会很好奇毕飞宇将会继续如何评说。能让你随着他一起，在小说文本当中起起落落，心怀激荡，可能只有毕飞宇做得到这一点。说得更准确一些，毕飞宇文学批评的温度是最炽热的，足以感染所有阅读者的情绪。文学都有温度，文学批评更该有温度。

毕飞宇在解释《红楼梦》中凤姐儿在探望完重病的"闺蜜"秦可卿之后，该是什么样的呢："生活常识和生活逻辑告诉我们，一个人去探望一个临死的病人，尤其是闺蜜，在她离开病房之后，她的心情一定无比地沉痛。"①毕飞宇甚至替曹雪芹作了设想，曹雪芹应该怎样描写这时候的王熙凤，结果曹雪芹写道："凤姐儿正自看院中的景致，一步步行来赞赏。"毕飞宇对这句话，得出的是带着他自己体温的阅读感受，基于对生活常识、生活逻辑和人性关怀的感受："上帝啊，这句话实在是太吓人了，它完全不符合一个人正常的心理秩序。我想告诉你们的是，这句话我不知道读过多少遍了，在我四十岁之后，有一天夜里，我半躺在床上再一次读到这句话，我被这句话吓得坐了起来。我必须在此承认，我被那个叫王熙凤的女人吓住了。这个世界上起码有两个王熙凤，一个是面对着秦可卿的王熙凤，一个是背对着秦可卿的王熙凤。和林冲一样，王熙凤这个女人'使人怕'。把我吓着了的，正是那个背对着秦可卿的王熙凤。'一步步行来赞赏'，这句话可以让读者的后背发凉，寒飕飕的。它太反逻辑了。"②毕飞宇对《红楼梦》这段的解读，是基于人性关怀和一个优秀作家对于优秀作品的"温度"测量的，否则又怎么可能"有一天夜里，我半躺在床上再一次读到这句话，我被这句话吓得坐了起来"？文学批评要想有温度，评论者先要是一个心怀柔软的人，须是一个对文学感觉能力良好的人……很难想象，一个心肠冷硬、对文学缺乏基本的感觉和领悟能力的人，一个心中只有自己没有别人、缺乏起码的悲悯情怀的人，能够完成带着自己体温和心

① 毕飞宇：《小说课》，人民文学出版社 2017 年版，第 41 页。
② 毕飞宇：《小说课》，人民文学出版社 2017 年版，第 42 页。

灵热度的阅读，更不要说做出有温度的文学批评了。

《小说课》中最能体现毕飞宇是一个优秀的作家、读者，并且能够做出有温度的文学批评者的一篇，当属《反哺——虚构人物对小说作者的逆向创造》了。这篇是最关及他自己创作和作品的"创作谈"。作家在作品文本中展现自己与自己所塑造人物的一种交流或者说是艺术构思的过程，无疑是小说一种叙事策略，是叙事艺术的一种。像严歌苓早期长篇小说也是她代表作的《雌性的草地》，小说文本不仅让我们去关注这个小说创作和构思的过程，而且作者更确切地说是隐含作者，以叙述者"我"的身份出现在这些片段，展示构思和写作的过程，甚至与小说中的人物直接交流和对话。而严歌苓近作长篇《芳华》中也有类似自述："在我过去写的小曼的故事里，先是给了她一个所谓好结局，让她苦尽甘来，跟一个当下称之为'官二代'的男人走入婚姻，不过是个好样的'二代'，好得大致能实现今天年轻女人'高富帅'的理想。几十年后来看，那么写小曼的婚恋归宿，令我很不好意思。给她那么个结局，就把我们曾经欺负她作践她的六七年都弥补回来了？十几年后，我又写了小曼的故事，虽然没有用笔给她扯皮条，但也是写着写着就不对劲了，被故事驾驭了，而不是我驾驭故事。现在我试试看，再让小曼走一遍那段人生。"①这些无疑算是小说家叙事策略之一种。

但毕飞宇的这篇《反哺——虚构人物对小说作者的逆向创造》，却是以他自己的生动案例，告诉你一个优秀的作家竟然可以被虚构的人物来"逆向创造"，为了自己对虚构人物的那份感情，他可以重新修改小说的结局，可以把原来玉秀的死改为活着。这其实是一件不容易做到的事情，一般的作家，往往会讲求小说叙事的技巧，而选择最有力、最尖锐和最传奇的叙事和结局，会让玉秀这个人物死掉。玉秀与人偷情而被埋死在菜籽堆里这是第一稿的小说结局，玉秀是如何死去的一幕竟然在写完小说的毕飞宇脑海里不停地回放，一遍又一遍，没完没了。"玉秀在下陷的时候恐惧么？我在《玉秀》里头刻意回避了这个部分，我没有勇气面对它，恐惧的是我。

---

① 严歌苓：《芳华》，人民文学出版社 2017 年版，第 82~83 页。

这恐惧与日俱增。我甚至不敢深呼吸，我的身边全是菜籽。无论是鼻孔还是口腔，只要我做深呼吸，无穷无尽的菜籽就会冲进我的体内。我想把玉秀从我的脑海里赶出去，但是，所有的努力都无济于事。我非常清晰地知道，玉秀在菜籽堆里，她还活着，赤身裸体的。她身体的内部还有一个孩子。这个透明的、不停地蠕动的胎儿让我寝食难安。我想自负一点说，我的心脏足够有力，即便如此，我也觉得自己就快承受不了了。"①一个作家这样地被自己所虚构的人物纠缠而不能释怀，偏偏又碰到了一个敬业的文学责编贾梦玮："贾责编说，从一个编辑的角度说，《玉秀》肯定是好的，但是，作为一个读者，这样的玉秀我不能接受，太残酷了。"②贾梦玮的话更加给了毕飞宇重写玉秀的借口，"4 个月过去了，最终，我把遍体鳞伤但依然活着的玉秀带到了贾梦玮的面前。这不只是一部作品的完成，我愿意把它看作自己的成长"③。能够不依从小说内部运行的逻辑，将小说一稿中死掉的玉秀，改写成仍然活着，驱动毕飞宇的就是人的情感，一个作家怀着人性、人心和人情的温情，他受内心情感的驱使，完成这样一件似乎有违小说家通常写作常规的事情，毕飞宇坦言玉秀"是她，让我真正面对了人类的基本情感"④，"我不止一次在公开的场合承认，在我所有的小说人物当中，最爱的那个人是玉秀"⑤。当然，《反哺——虚构人物对小说作者的逆向创造》这篇，文字也是非常生动，他是这样来形容他与贾梦玮对于自己作品的讨论和交流的："在我的记忆里，每一次我把小说稿交到贾责编的手上，贾责编都会呈现出他雄伟的责任心，他一定会给我召开一个作品研讨会。没有一次例外。——主办方当然是《钟山》编辑部，出席会议的代表是两个人：责编贾梦玮，作者毕飞宇。会议是奢侈的，有威士忌。我要说，贾责编天生就该是一个文学编辑，他对自己的刊物有荣誉感。重要

---

① 毕飞宇：《小说课》，人民文学出版社 2017 年版，第 139 页。
② 毕飞宇：《小说课》，人民文学出版社 2017 年版，第 147 页。
③ 毕飞宇：《小说课》，人民文学出版社 2017 年版，第 149 页。
④ 毕飞宇：《小说课》，人民文学出版社 2017 年版，第 150 页。
⑤ 毕飞宇：《小说课》，人民文学出版社 2017 年版，第 143 页。

的是，眼光独到，毒，总是能够在你的小说里头找到不能满意的蛛丝马迹。这样的特征落实到具体的小说文本上来，那就是苛刻。"①瞧，批评的温度还体现在这些带着毕飞宇活泼与自信个性又不失幽默的口语化的表达当中。口语化的语调和鲜活灵动的表达，看不到文学批评当中常见的冷冰冰至少是板起来的面孔。温情，温度，是《小说课》所具有的关键词。

三、体贴的文学批评

如前所述，能够回到文学本身之外，带有浓厚的"我"之主体性色彩和有温度的文学批评，令毕飞宇不止是在当下文学批评当中有些独树一帜的味道，就是与其他作家的评论文字尤其是其他的作家写作家、大家写大家的文学批评相比，也很有点毕飞宇特色独具的味道。优秀的作家解读另一位优秀的作家的作品，时下已经成为文学批评的一种风气，《扬子江评论》就有"大家读大家"的常设栏目，我印象尤深的有像苏童的《王琦瑶的光芒——谈王安忆〈长恨歌〉的人物形象》②，但细细读来，苏童评论其他作家的作品，又另成一脉。毕氏文本细读的文学批评，已经自成一路，而且在他《小说课》之后，他仍然在延续他的这种批评特色，甚至愈加生动灵动活色生香。2017年9月18日毕飞宇在浙江大学作了名为"屹立在三角平衡点上的小说教材——《包法利夫人》"的主题演讲，他从"主要人物的主要关系""次要人物的本质关系""关键人物的关键关系"三个大的方面，来分析包法利夫人如何一步步走向放荡，福楼拜又是如何借由这篇文章成为浪漫主义、现实主义、自然主义的集大成者。但在毕飞宇看来，福楼拜写作的初衷倒是要完成心中对浪漫主义的清算的。"主要人物的主要关系"里，毕飞宇分析出了艾玛的情人有四个，其中两个实际上是同一个人的不同时期："公证员莱昂"（第三部）和前此的"公证实习生莱昂"（第二部）。此文发表在《人民文学》2018年第1期，而在对此文的全网首发当中，依然有对

---

① 毕飞宇：《小说课》，人民文学出版社2017年版，第145页。
② 苏童：《王琦瑶的光芒——谈王安忆〈长恨歌〉的人物形象》，《扬子江评论》2016年第5期。

《小说课》的介绍："身为小说家的作者有意识地避免了学院派的读法，而是用极具代入感的语调向读者传达每一部小说的魅力。"①

这句话，亦是点出了毕飞宇《小说课》的精髓——有意避免了学院派的读法，以"极具代入感的语调"来做文学批评。别小看这个"极具代入感"的批评语调，它要由这样一个人来完成——他本身就具有很好的写作天赋、积累了较深厚的写作经验，又能够放下批评的身段，动用自己的所有阅读经验和写作经验，去深度体贴另一个作家的作品；这个体贴，不是单维度的，是在对另一个作家和这另一个作家作品的双重体贴当中，才能够真正将他自己，也将我们代入和带入到小说具体情境当中去……能够做如此体贴的文学批评，既是毕飞宇批评能够回到文学本身的必由之径，又能一改20世纪80年代以来风行已久的文学批评距离批评文本过远的问题。"文学批评的'远'和'近'，既是批评态度问题，也是批评方法问题。""'近'，指与作品文本距离贴近一点，回到作品本身，回到阅读和文本细读上来。"②毕飞宇的文学批评，体贴，周到，距离作品文本很近很近，甚至骨肉相融；除了体贴作品文本，毕飞宇很能体贴作家和作家的创作本身，这是非优秀作家的文学批评者往往所不能够具有的优势。

《两条项链——小说内部的制衡和反制衡》，简直就是一个典范的批评文本，毕飞宇在这里面把对文本的体贴和对作家的体贴，几乎做到了极致。莫泊桑的短篇小说《项链》是名篇，但恐怕更多地会被从资产阶级或者女人的虚荣会受到命运的惩罚这样的角度来被解读，甚至套上"批判现实主义"这统一的标签。毕飞宇又会怎样解读这篇小说呢？他重写了一遍《项链》："一切都来源于昨天（2015年7月11号）。就在昨天下午，我在电脑上做了一件无聊的事情，其实也是一件很有意义的事情。——我把《项链》重写了一遍。"③其实也称不上是重写，他只是把马蒂尔德的名字换成了张

① 毕飞宇：《〈包法利夫人〉是可以当小说教材的 | 独家首发》，人民文学出版社微信公众号2018年4月24日。
② 参见拙文：《文学批评的"远"和"近"》，《人民日报》2018年3月27日。
③ 毕飞宇：《小说课》，人民文学出版社2017年版，第55页。

小芳，她丈夫的名字换成了王宝强，富婆弗莱思洁的名字换成了秦小玉，汉语版的《项链》出现了，但毕飞宇竟然"我沮丧地发现，仅仅替换了几个中文的人名，汉语版的《项链》面目全非。它漏洞百出、幼稚、勉强、荒唐，诸多细节都无所依据。任何一个读者都可以轻而易举地发现它的破绽——"毕飞宇轻而易举就列举出了十条理由，来说明汉语版《项链》从社会、行为乃至情感逻辑等上面都完全无法成立，这也太奇怪了。"——这么好的一篇小说，什么都没动，仅仅替换了几个汉语的姓名，怎么就这样狗血了的呢？"①正是由于对作家及其所生活的社会环境的了解和深度体贴，毕飞宇才找到了破解法语版《项链》成立而汉语版《项链》不能成立的缘由。"在莫泊桑的《项链》里，我首先读到的是忠诚，是一个人、一个公民、一个家庭，对社会的基础性价值——也就是契约精神的无限忠诚。""在 1884年的法国，契约的精神是在的，它的根基丝毫也没有动摇的迹象。《项链》有力地证明了这一点"。"在践约这一点上，路瓦赛先生和他的太太马蒂尔德为我们树立极好的榜样。"②《项链》所写的法国社会契约精神："它既是公民的底线，也是生活的底线。这个底线不可逾越。可以说，离开了契约精神作为精神上的背景、常识上的背景，无论其他的背景如何相似，《项链》这部小说都不足以成立，它的逻辑将全面崩溃。"③有了基于对作家及其社会环境体贴的这些文本的分析，毕飞宇方能够轻而易举地识别出《项链》作为一篇短篇小说的大前提："《项链》这篇小说有一个所谓的眼，那就是弗莱思洁的那句话：'那一串项链是假的。'这句话是小说内部的惊雷。它振聋发聩。""但是，这个大前提恰恰又有一个更大的前提，那就是真。从接受心理的角度来说，'假'在什么条件下才会使人吃惊？很简单，'真'的环境。"④读到《两条项链——小说内部的制衡和反制衡》的最后两段："《项链》正是在'真'这个基础之上所产生的故事。当莫泊桑愤怒地、讥讽

① 毕飞宇：《小说课》，人民文学出版社 2017 年版，第 56、58 页。
② 毕飞宇：《小说课》，人民文学出版社 2017 年版，第 59 页。
③ 毕飞宇：《小说课》，人民文学出版社 2017 年版，第 60 页。
④ 毕飞宇：《小说课》，人民文学出版社 2017 年版，第 64~65 页。

地、天才地、悲天悯人地用他的假项链来震慑读者灵魂的时候，他在不经意间也给我们提供了一个重要的信息，那就是，他的世道和他的世像，是真的，令人放心，是可以信赖的。""莫泊桑，你安息吧。"①读到这里，我当然没有潸然泪下，但至少心里不平静，感喟不已。这不平静和感喟，正是毕飞宇这独特视角的、对作家和文本都能够深度体贴和进入的解读和分析带给我的。

在《奈保尔，冰与火——我读〈布莱克·沃滋沃斯〉》中，作为有写作经验的作家，毕飞宇首先就意识到了在小说里头描写一个诗人要困难一些。他先是分析了奈保尔以四个乞丐作铺垫，所以"等第五个乞丐——也就是沃滋沃斯——出场的时候，他已经不再'特殊'，他已经不再'突兀'，他很平常。这就是小说内部的'生活'"②。奈保尔何以表现这个乞丐是个诗人呢？"现在，布莱克·沃滋沃斯，一个乞丐，他来到'我'家的门口了。他来干什么？当然是要饭。可是，在回答'我''你想干啥'这个问题时，他的回答别致了：'我想看看你们家的蜜蜂。'"③沃滋沃斯不说自己是乞讨，他说是"看蜜蜂"。他问："你喜欢妈妈吗？"是为了从后裤兜里掏出一张印有铅字的纸片，说："这上面是首描写母亲的最伟大的诗篇。我打算贱卖给你，只要四分钱。""这是惊心动魄的，这甚至是虐心的。顽皮，幽默。这幽默很畸形，你也许还没有来得及笑出声来，你的眼泪就出来了，奈保尔就是这样。""现在我们看出来了，当奈保尔打算描写乞丐的时候，他把乞丐写成了诗人；相反，当奈保尔打算刻画诗人的时候，这个诗人却又还原成了乞丐。这样一种合二而一的写法太拧巴了，两个身份几乎在打架，看得我们都难受。但这样的拧巴不是奈保尔没写好，是写得好，很高级。这里头也许还暗含着奈保尔的哲学：真正的诗人他就是乞丐。""'只要四分钱'，骨子里还隐藏着另一个巨大的东西，是精神性的，这个东西就叫'身

① 毕飞宇：《小说课》，人民文学出版社 2017 年版，第 66 页。
② 毕飞宇：《小说课》，人民文学出版社 2017 年版，第 68 页。
③ 毕飞宇：《小说课》，人民文学出版社 2017 年版，第 72 页。

份认同'。沃滋沃斯只认同自己的诗人身份，却绝不认同自己的乞丐身份。"①毕飞宇从奈保尔的文本，分析出了这一幕所含虐心——顽皮幽默却让人也许还没有来得及笑出声来、眼泪就出来了的幽默，分析出了奈保尔的写作技巧和诗人就是乞丐的哲学认知，甚至还深度理解和体贴着文本所书写的对象沃滋沃斯。在《奈保尔·冰与火》这一篇的第四节，毕飞宇重点分析了一段，即小说第二章的开头：

> 大约一周以后的一天下午，在放学回家的路上，我在米格尔街的拐弯处又见到了他。
>
> 他说："我已经等你很久啦。"
>
> 我问："卖掉诗了吗？"
>
> 他摇摇头。
>
> 他说："我院里有棵挺好的芒果树，是西班牙港最好的一棵。现在芒果都熟透了，红彤彤的，果汁又多又甜。我就为这事在这儿等你，一来告诉你，二来请你去吃芒果。"②

乞丐沃滋沃斯在这里等"我"，是为了请"我"吃芒果，这种反常，恰恰写出了他诗人+乞丐和诗人+孤独者的身份。在对于文本和作家的体贴式阅读分析当中，毕飞宇的确较为令人信服地道出了《布莱克·沃滋沃斯》的小说魅力："我想告诉你们的是，《布莱克·沃滋沃斯》是一篇非常凄凉的小说，但是，它的色调，或者说语言风格，却是温情的，甚至是俏皮的、欢乐的。这太不可思议了。奈保尔的魅力就在于，他能让冰火相容。"③作为一个没有故事的人物传记，奈保尔放弃了线性结构，选择了点面结构。毕飞宇甚至结合电影银幕往往只能展现人的局部来说明不一定要追求小说结

---

① 毕飞宇：《小说课》，人民文学出版社 2017 年版，第 72~73 页。
② 毕飞宇：《小说课》，人民文学出版社 2017 年版，第 73~74 页。
③ 毕飞宇：《小说课》，人民文学出版社 2017 年版，第 75 页。

构的"完整度"："——非故事类的短篇就是这样，结构完完整整的，未必好，东一榔头西一棒，未必就不好。"①

对作家和文本都能够深度体贴而出好文的，还有一篇《倾"庙"之恋——读汪曾祺的〈受戒〉》。在毕飞宇对汪曾祺描写寺庙里的吃喝嫖赌生活竟然那样淡定甚至不乏诗意的时候，他特地提示："我们一定要留意汪曾祺的写作立场，他是站在'生活的立场'上写作的，而不是'宗教的立场'。这才是关键。他是不批判的，他是不谴责的，他更不是憎恨的。他中立。他没有道德优势，他更没有真理在握。因为小说人物身份的独特性，汪曾祺只是带上了些许的戏谑。既然你们的身份特殊，那就调侃你们一下，连讽刺都说不上"。"把宗教生活还原给了'日常'与'生计'，这是汪先生对中国文学的一个贡献。"②恐怕也只有毕飞宇能够精准把握到《受戒》的语言风格存在着戏谑与唯美这两种风格。"相对于一篇小说来说，这可是一个巨大的忌讳。""从调性上来说，《受戒》的语言风格又是统一的。在哪里统一的？在语言的乐感与节奏上"。"为了证明我所说的话，你们回去之后可以做一个语言实验，把《受戒》拿出来，大声地朗诵。只要你朗诵出来了，你自己就可以感受得到那种内在的韵律，潇洒、冲淡、飘逸、自由，微微地有那么一丝骄傲。""汪曾祺并不傲慢，在骨子里却是骄傲的。""汪曾祺的腔调就是业已灭绝的文人气，就是业已灭绝的士大夫气，这种气息在当今的中国极为稀有。"③汪曾祺的轻逸与唯美是如何完成的呢？毕飞宇特地精心分析了一段话：

> 划了一气，小英子说："你不要当方丈。"
>
> "好，不当。"
>
> "你也不要当沙弥尾！"
>
> "好，不当。"

---

① 毕飞宇：《小说课》，人民文学出版社 2017 年版，第 87 页。
② 毕飞宇：《小说课》，人民文学出版社 2017 年版，第 160～161 页。
③ 毕飞宇：《小说课》，人民文学出版社 2017 年版，第 162 页。

又划了一气，看见那一片芦苇荡子了。

小英子忽然把桨放下，走到船尾，趴在明子的耳朵旁，小声地说：

"我给你当老婆，你要不要？"

明子眼睛鼓得大大的。

"你说话呀！"

明子说："嗯。"

"什么叫'嗯'呀，要不要，要不要？"

明子大声地说："要——！"①

在毕飞宇的分析里，"在这个地方作者一定要一竿子插到底，直接就是'我给你当老婆'，还要反问一句，你要不要！在这个地方，绝不能搞暧昧、绝不能玩含蓄、绝不能留有任何余地。为什么？留有余地小英子就不够直接、不够冒失，也就是不够懵懂、不够单纯。这就是'准童年视角'的好处"②。"老实说，'我给你当老婆'这句话的强度极大，是孟浪的，如何让孟浪不浪荡，这个又很讲究。"③毕飞宇认为汪曾祺做了很好的铺垫。"那么，汪曾祺是如何铺垫的呢？A，小英子聪明，她知道庙里的仁海是有老婆，她也知道方丈不能有老婆，所以，她的第一句话就是'你不要当方丈'。B，从小说内部的逻辑来看，小英子还知道一点庙宇的常识，她知道沙弥尾是方丈的后备干部，所以，小英子的第二句话必须是'你也不要当沙弥尾'。有了 A 和 B 这个两头堵，'我给你当老婆'就不只是有强度，不只是孟浪，也还有聪明，也还有可爱。是少女特有的那种可爱，自作聪明。"④当然毕飞宇对这段短篇小说的解读，还有更多妙趣横生之处，你要去读他的解读和文本分析才行，才能真正体会他的体贴，对作家，对文

---

① 转引自毕飞宇：《小说课》，人民文学出版社 2017 年版，第 172 页。

② 毕飞宇：《小说课》，人民文学出版社 2017 年版，第 174 页。

③ 毕飞宇：《小说课》，人民文学出版社 2017 年版，第 175 页。

④ 毕飞宇：《小说课》，人民文学出版社 2017 年版，第 175~176 页。

本，他都无微不至地体贴。从《受戒》，毕飞宇还谈到了很多他自己的可以
说称得上是文论的看法，像在他看来，短篇小说有两个境界，短篇小说的
篇幅讲究的是"一枝红杏出墙来"，更高一级的要求是"红杏枝头春意闹"。
"但是，对短篇小说而言，你需要把这个'闹'字还原成生活的现场，还原
成现场里的人物，还原成人物与人物之间的关系。小英子和明海就特别地
闹，闹死了，这两个孩子在我的心里都闹了几十年了，还在闹。"①

　　能够做出如此体贴式的文学批评，与这个做文学批评的人的秉性是分
不开的。太圆滑世故被世事磨粗粝了内心，恐怕不行，而且还得对周围保
持一种好奇和永远不失某种纯粹性的本心……印象很深的是，毕飞宇在
《小说课》附录《我读〈时间简史〉》中曾经讲道，他童年时候对于时间、手
表电子表的各种好奇，最为特别的是他竟然将这样一种好奇和追索的精神
一直保持到了成年之后。"我人生的第一次误机是在香港机场。那是上个
世纪的九十年代。香港机场的某一个候机大厅里有一块特殊的手表，非常
大。但这块手表的特殊完全不在它的大，而是它只有机芯，没有机壳。这
是我第一次真正地、完整地目睹'时间'在运行，我在刹那之间就想起了我
童年的噩梦。那块透明的'大手表'是由无数的齿轮构成的，每一个齿轮都
是一颗光芒四射的太阳。它们在动。有些动得快些，有些动得慢些。我终
于发现了，时间其实是一根绵软的面条，它在齿轮的切点上，由这一个齿
轮交递给下一个齿轮。它是有起点的，当然也有它的终点。我还是老老实
实承认了吧，这个时候我已经是一个三十多岁的人了，我像一个白痴，傻
乎乎的，就这样站在透明的机芯面前。我无法形容我内心的喜悦，太感人
了，我为此错过了我的航班。这是多么吊诡的一件事：手表是告诉我们时
间的，我一直在看，偏偏把时间忘了。是的，我从头到尾都在'阅读'那块
硕大的'手表'，最终得到的却是'别的'。"②毕飞宇对物都如此好奇而执
着，更况对于文学对于人心人情和人性呢？若没有这样的主体心性，毕飞

---

① 毕飞宇：《小说课》，人民文学出版社 2017 年版，第 177 页。
② 毕飞宇：《小说课》，人民文学出版社 2017 年版，第 188~189 页。

宇恐怕也不能在我们阅读过的小说文本中得到那么多"别的"阅读体会。

　　借用一个不知名的普通读者的话，来为毕飞宇能够回到文学本身的、有温度和体贴的文学批评做个总结："毕飞宇的文本解析能力一流，他是手艺人，他来谈手艺的好坏甘苦，更有肌肤之亲。虽说评论和小说是一体两翼，但更多的学者总是讲得隔靴搔痒，没有行家谈手艺来的切中肯綮。毕飞宇算得上当代一流小说家，佳作连连，他有手艺，谈大师的手艺，细节处才更动人。"①做有温度和体贴的文学批评，毕飞宇是当之无愧的，他是文本分析的手艺人，活儿细人心也细。

---

　　①　张郎留言，参见《毕飞宇：〈包法利夫人〉是可以当小说教材的｜独家首发》，人民文学出版社微信公众号 2018 年 4 月 24 日。

附录：
回到文学本体的学理性批评

她能回到文学本身
——漫议刘艳的文学评论①

陈晓明

　　我与刘艳相识较早，那时我还在中国社会科学院文学所工作，后来我到北京大学中文系，她从北京师范大学博士毕业，进入文学所工作，到《文学评论》做编辑。有近10年，我没有给《文学评论》写稿，与她交往并不多，只知道她认真编稿，潜心读书，也是欣慰。后来历经多次刘艳给我编稿，她的认真执着令我惊异，也让我钦佩。最近几年，刘艳厚积薄发，时有长篇大论出来，而且出手不凡，颇为令人惊喜。《南方文坛》燕玲主编希望我能谈点关于刘艳评论的看法，也是推辞不得。这就又重读刘艳近年发表的一系列文章，这一读，还确实有不少令我信服的地方。想不到，刘艳看上去娇弱的身子骨，却蕴含这么强大的能量，我的桌上就放着十几篇她近年写的一两万字的长文，她的执着和勤奋，才情和胆识，都有不凡之处。她的文学评论和文学研究给我最直接的印象，就是她能回到文学本身。

　　刘艳的评论能有感而发，从她最直接的喜爱入手来做文章，这样的文章有热情有体温。"有感而发"看似寻常，其实不寻常。做评论最重要的是要对自己评论的作家作品动了感情，用心用情去评价对象，才会有发自内

---

　　① 原文刊发于《南方文坛》2018年第3期"今日批评家"（刘艳）栏目。

心的感动和感悟。通常人们会说评论乃是一项理性活动，属于科学抽象思维活动。但文学评论与其他的社会科学有所不同，甚至截然不同。我不以为那些冷静客观的评论就是最好的评论，带着挑剔的眼光去品评作品是需要的，看出作家作品的漏洞或不足，这无疑是一项很重要的工作。但这种批评很容易变成批评者的自我维护，批评者顽强维护自己的立场的标准，以所谓冷静客观的眼光去看待对象，那对象无论如何也是不会百分之百合符批评者的标准。活的对象与固定的标准尺度如何能吻合呢？与既定的概念范畴如何能合拍呢？显然不能。以某种概念成见去看待活生生的作家作品，固然可以批评出许多不尽如人意处，但实际上的意义，除了满足批评者证明自己的高明和道德的正确外，其实这样的批评并无太大的意义。是故特里林说："我只谈论最优秀的作品"。当然，那是他认为的最优秀的作品。我们存留于这个世界的文学，我们希望是最好的文学，批评家或研究家犹如推荐人，向世界推荐你认为值得重视的作家作品，你把你所爱推荐出来，你要说得有理，你要说得真诚和令人信服，这并不容易。你自己都不能感动的东西，你都不会深深为之激动的东西，其他人何以要动心动情呢？说到这，这或许是文学评论和一般文学研究的区别，后者可以收敛起个人的情感，但个人的好恶其实是不能全都隐蔽的。没有主观性，就没有真正的文学研究。不管文学评论还是文学研究，都应该是以心相交。与今人如此，与古人也应如此。

因我秉持这种观点来理解文学评论，是故我就能理解刘艳投入极大的热情去评论萧红、迟子建和严歌苓。当然，这几位作家已经是现代和当代早有公论的优秀作家，这对后来者的研究也带来了难度，要在众多的现有的成果之下再去谈论，这就要有新的发现、新的问题意识。

刘艳把萧红和迟子建的创作放在一起比照探讨，刘艳引起关注的一篇文章是她 2015 年发表在《文学评论》上的一篇文章《童年经验与边地人生的女性书写——萧红、迟子建创作比照探讨》，这倒是一个很有意思的视角，她的核心问题则是试图在萧红与迟子建的创作中找到童年经验的重要决定作用，童年经验如何贯穿了作家一生的创作。当然，刘艳也试图描述出萧红与迟子建在创作上的诸多相近之处，她们共同对东北乡村文化记忆的书写。这篇文章并没有大量运用弗洛伊德的精神分析理论，而是从实证出发，较多地使用她们的创作谈，从她们的文本分析入手，把她们各自关于童年的记忆与作品中的东北文化记忆加以比照，从而揭示出童年经验的决定作用。固然，这个道理很朴素，任何人都不能否认童年经验对其一生的影响，作家艺术家更是如此，刘艳并非只是停留于解释这个耳熟能详的道理，她通过这个大家都容易接受的"原理"，来呈现萧红和迟子建个人记忆与其富有边地文化传统的文学创作的内在关系，写出东北地域文化的风俗史。萧红和迟子建的小说都写出一个丰富生动的故乡民情风景习俗风物的世界。生老病死、婚丧嫁娶、日常节庆都写得异常细致生动。刘艳说，萧红在她的童年，便具有一种会心和善于、乐于观察周围事物的敏感善察的眼睛。刘艳显然是把她对作品的阅读的感动，投射于重新塑造萧红这个作家的形象上。迟子建也说："假如没有真纯，就没有童年。假如没有童年，就不会有成熟丰满的今天。"①我们也相信，迟子建小说的那种纯净之气，在于她始终保持了童年纯真心态，正因此，她的心灵世界才能容得下那么多的事物，她的小说中的人物对待生活的诸多变故，才能那种坦然和淡定。刘艳的分析注重小说中的那些事件和细节，她详细探究了萧红和迟子建小说都写到的上坟、扎彩铺以及纸扎，她们共同写出了北国边地地域特征和属于她们的独特审美意蕴。刘艳的分析不只是把握文本，不只是在理论的层面揭示这两位作家的童年经验与其创作的关系，童年经验对她们书写东北边地风土民情所起的作用，也把两位作家放在一起相互参照，写出她们的心理世界，她们的精神气质和文学追求。这两位作家因为一脉相承，终至于融为一体，仿佛是不同时代的同一个人：萧红活在了迟子建的文学世界里，迟子建或许早就在萧红的童年记忆里落下了根。刘艳的文章写出一种对作家的同情，这是把作家论做到极致了，传记批评与文本批评结合得非常

① 参见刘艳：《童年经验与边地人生的女性书写——萧红、迟子建创作比照探讨》，《文学评论》2015年第4期。

融洽才可做到如此地步。

刘艳对萧红的热爱塑造了她的文学热情，也造就了她对文学的理解感悟。文学批评确实是带着强烈主观色彩的研究活动，《呼兰河传》可能在通常的眼光看来，是一部回忆性的散文化的作品，其叙述并简单明晰。但刘艳投入巨大的热情，在叙述学上下了一番功夫，有备而来，写了一篇长文从叙述学方面来分析《呼兰河传》，她的那篇《限知视角与限制叙事的小说范本》对萧红的《呼兰河传》再次进行了深入解读。刘艳颇有思路去揭示作品里的隐含作者、隐性叙事以及限制性叙事，看来她是认真研读过叙事学诸多著作，尤其是琢磨了申丹的叙事学理论，把隐形叙事用到萧红小说上，这算是萧红研究中的另辟蹊径。因为对叙述学和叙事理论把握得很到位，另一是对萧红小说文本分析得十分细致，以我的有限的阅读来看，可以说是迄今为止从叙事学角度，对《呼兰河传》分析得最为透彻的论文。刘艳通过学理分析之后，也敢于对作品进行文学史的价值定位，她最后做结论说："《呼兰河传》是限知视角和限制叙事的小说范本，这也是它在文学性上终将成为不朽之书的最为重要的原因之一。"①尽管我一直也十分欣赏《呼兰河传》，但并不认为这部小说的艺术含量很充足，其回忆体和散文体确实有一种纯朴情怀，有一种简单之美，就其小说艺术而言，还是属于中国现代早期小说的艺术尝试。阅读刘艳的论文之后，我似乎要适当修正我的观点。

刘艳的评论文章注重文本细读，她的所有的分析都是建立在细读的作品文本的基础上，她是认真地读作品的批评家，在研究一个作家或一部作品时，她通常会找来作家主要的代表作通读，如果作品不算多的话，她基本上会读全作品，这样的态度是值得肯定的。她在研究萧红和迟子建或是严歌苓时，她把她们的作品基本上都读过了，最重要的相关研究也涉猎过了。这得自于她良好的学风，她的硕士生导师孔范今先生、博士生导师刘

---

① 刘艳：《限知视角与限制叙事的小说范本——萧红〈呼兰河传〉再解读》，《华中师范大学学报》(人文社会科学版)2017 年第 6 期。

勇先生，都是治学十分严谨的学者，她的学术训练当然起到很关键的作用。后来她当编辑十几年，身处《文学评论》这样的学术阵地，她每日里要读大量稿件，也是从大量优秀稿件中汲取养料，也是在用心感悟做学问的方法。她于 2016 年发表于《文艺争鸣》第 6 期上的文章《学理性批评之于当下的价值与意义》，就可以看出是她十多年来编辑稿件的经验体会的总结。这篇文章可以看出刘艳在做文学评论和文学研究时在方法论方面的自觉，她能看清当代文学批评的格局和走向，看到当代文学批评的难题和困境，看到应该突破的方向，当然也因此能看清她应该寻求的自己的路径。读到她的这篇文章，我还颇为意外，想不到颇为率性的刘艳，还有这份清醒呢！当然，批评方法很难说孰优孰劣，但一个时期有一个时期的任务，文学批评的方法也确实还是有难易之分，处理的问题也有或大或小，或高或低，但做得漂亮就会有好文章。选择何种文学批评方法，这与个人的性格气质、学术训练和学术处境相关。批评方法也可走向综合，也可多种方法熔为一炉。刘艳显然也是在选择最适合自己的方法，我理解她的方法是依凭文学史语境的比较方法。

刘艳对 20 世纪现代以来的文学史的把握还是比较深入的，这使她在论述作家作品时，能有一个较为深远的文学史背景。把握文学史语境不只是要做到具有整体视野，要对材料熟悉，重要的是还要准确，在具体的问题建立起来的关联语境中，能准确揭示文学史材料之间的相互联系，给予准确的意义。在刘艳关于萧红与迟子建之间的比较，刘艳能建立材料在翔实丰富的基础上来论述，能把现代文学史的语境与当代建立起谱系关系，其论述还是很到位。在论述赵本夫的《天漏邑》时，她引入中国古典传奇小说的文体资源作为参照，并且把红色经典的革命传奇叙事加以比较，在此基础又引入陈河的《甲骨时光》来显现《天漏邑》的叙事特点。这对一部作品的探讨就显得很深入了。再如，刘艳在分析北村《安慰书》的叙述时，与李洱的《花腔》做比较，这样能揭示出二者在"限制性叙述"方面所做的不同展开路径，各自不同的艺术特点以及《安慰书》值得肯定的艺术意义也突显出来了。在把迟子建放在现代当代的散文化叙事与神性精神书写的大语境中，刘艳能做到从大处着眼，小处落墨。刘艳的有些观点还是颇值得重视，她认为，因为过于沉浸于对神性书写的追求以及散文化叙事，在某种程度上阻碍了迟子建在当代文学研究中被归类的可能，因为这种写作比较少见，迟子建属于自成一格。刘艳从当代"抒情传统"论说的兴盛，迟子建或可以因此纳入中国现代以来的抒情传统一脉，作为这一传统的当代传人，迟子建的论说当可有更大的拓展空间。① 这样一种探讨及重构文学史语境，也是建立在刘艳对现代当代传统及当代批评论说的深入了解基础上，从而有了富有建设性的讨论。当然，文学史论说是一种方法，对文学作家作品的艺术价值及地位的品评又是另一种眼光，二者有时可以统一，有时未必能够合一。这些论述可能需要更高的眼光和更准确的艺术的和理论的把握。

文学史语境给刘艳提供了一种比较的参照谱系，刘艳的文学批评形成她擅长的建立在文学史语境中的比较方法，这使她的文学批评具有一定的学理的厚度，这就在于她有文学史与理论概括的双重视野。我注意到她有一篇论述北村的《安慰书》的长篇评论《无法安慰的安慰书——从北村〈安慰书〉看先锋文学的转型》，这篇文章有两万两千多字，纵论中国先锋小说的今生往事，她能梳理出一个 20 世纪八九十年代文学转型的脉络，在这个谱系中来重新审视北村的创作，来阐释《安慰书》的特殊的意义。她从先锋小说难以解决文学与现实的关系作为导引，从限制性叙事这个理解视角出发切开北村小说的艺术特征："限制叙事，直接关涉北村在《安慰书》中的小说结构和布局，也让小说免去了对新闻事件的无深度拼贴之虞，扑面而来的是'真实感'目标的实现——中国现代以来作家一直想通过限制叙事所追求到的'真实感'，在北村的《安慰书》里，成为可能。"②刘艳对《安慰书》

① 参见刘艳：《神性书写与迟子建小说的散文化倾向》，《华中科技大学学报》（社会科学版）2017 年第 2 期。
② 参见刘艳：《无法安慰的安慰书——从北村〈安慰书〉看先锋文学的转型》，《当代作家评论》2017 年第 3 期。所谓限制性叙事，按刘艳的解释："'我'的局外人身份，让叙事层次最外层，也是叙事层次等级结构中最高层次叙述者'我'的叙述，首先就呈现一种限制叙事——也是为整部小说多层级、分层次限制叙事定下基调。"参见该刊第 96 页。

的限制性叙事分析，到它的思想内涵，对善与恶尤其是恶的思考，来揭示《安慰书》依然保持的先锋精神，对中国当代小说的思想性的匮乏提出了批评，这些可以看到刘艳的文学批评所具有的一种可贵的努力。

刘艳对当代文学创作的最新动向是敏感的，她尤其关注严歌苓的创作，最近几年，她写的关于严歌苓的长篇评论有四五篇，严歌苓的几部新作《妈阁是座城》《上海舞男》《芳华》，刘艳都写有长文。如此持续地关注一位作家的创作动向，刘艳保持了作为一个批评家应有的敏感，她也因此对严歌苓的创作形成了比较完整的认识。关于《妈阁是座城》的评论，刘艳的观点很奇特，她以"不够暧昧"为题来讨论这部小说，看来女性批评家与男性对作品的感受会有非常不同的体验。《妈阁是座城》我也在它甫一出版就拿到手阅读，但小说在艺术上没有令我信服，原打算写篇短评，还是放弃了。关于这部小说我和刘艳还有过微信讨论，我觉得小说中的两条线爱情和赌博没有更好地交织在一起，爱的概念性痕迹有些明显，赌博则又是外在的行动。但刘艳十分欣赏这部小说，她尤其重视小说中的爱情描写。她把"暧昧"作为一个美学范畴，她认为："严歌苓的《妈阁是座城》在结构、叙事以及由之关涉的对人的情感、人性心理表达的种种暧昧繁富，不仅使这部小说具有明显不同于她此前作品的创作新质，而且对于当代小说如何在形式、结构叙事等方面获得成熟、圆融的现代小说经验，提供了不无裨益的思考，并且具有一定的示范意义。"①固然，刘艳有自己的一套理论解释，她以"悬念—惊奇"复合体网络以及错时叙述来揭示严歌苓这部作品的艺术特色及其价值。不过，"暧昧"要构成一个美学范畴依然相当困难，它和现有的美学范畴，例如，深刻、丰富、准确、凝练、广博……构成何种关联呢？尤其是当代小说强调准确清晰，"暧昧"如何能成为一项优点和小说艺术要追求的境界呢？固然，文学艺术的形象性和情感的丰富性，思想的深刻性和复杂性，都会导致理性概括的不完整和不透彻，但这

---

① 刘艳：《不够暧昧——从〈妈阁是座城〉看严歌苓创作新质》，《文艺研究》2016年第 10 期。

只是理论批评理解的困难和表述的语言差异，作为作家艺术并不能以此作为追求的艺术目标。所以，就此而言，我与刘艳可能还存在认识上的分歧。

但不管从哪方面，我都欣赏她对严歌苓的持续关注，她对严歌苓的《芳华》的研究就十分精彩且下足了功夫。她把《芳华》放在现当代文学史的语境来探讨，审视其叙述人、叙述语式和叙述结构方面的特点，对《芳华》的多层次解读，释放了《芳华》在艺术上、在严歌苓创作进程中的独特意义。尤其是深入分析《芳华》"旁逸斜出的那些人性书写，反而有入骨入心髓的力量和力道"①，这就抓住严歌苓小说的根本要害，严歌苓小说最用力或者说她的小说校准的方向就是人性，人性的错误、局限、偏执、偏差、褊狭……总之，人性的伤害和伤痛是她写作的根本要点，围绕着这个要点，她的人物又是无比孤独，因而渴望爱、关怀、宽容、忏悔、超越自我，等等，这就使严歌苓的小说又有非常细腻层层展开的情感情境。这是严歌苓的小说艺术、技术与思想情感结合得最为成功之处。当然，成也萧何，败也萧何，严歌苓依靠小说技术来达到她的境界，稍有不慎，就到不了火候，她的小说艺术已经达到一个境界，若是未能让人信服，就会有许多遗憾。作为严歌苓的老读者，我的期待可能多有苛求。我倒是羡慕刘艳带着欣喜在阅读严歌苓的一系列新作，相当令人信服地释放出严歌苓小说的丰厚内涵和艺术魅力。

刘艳孜孜不倦探求文学批评的路径，她用功甚勤，她知道自己的学术方向，摸索出一套自己的研究路数，尤其是她在理论方面也有用力，她在叙述学方面就下了相当的功夫，她的那些细密繁复的分析，能层层展开，很大程度上得力于她在叙述学方面的理论语境，引入叙述学，她分析作品呈现出的理论意味和文本的结构逻辑就显得很扎实可靠。当然，文学研究与文学批评经常难以区分，尤其注重当下的创作的研究，与文学批评几乎

① 刘艳：《隐在历史褶皱处的青春记忆与人性书写——从〈芳华〉看严歌苓小说叙事的新探索》，《文艺争鸣》2017年第7期。

是可以等同，不妨称之为深度的文学批评。它与文学史的运用史料来还原一段史实，或者建构历史语境还是有所不同。刘艳的文学批评能兼顾文学史语境和叙述学的理论论说，这是她的批评有厚度的地方，若是要我提点建议，那就是在历史感和哲学思辨方面，还可有所加强，那就是要通过更多的阅读和体会，思考和感悟。当然，这只是时间问题，年轻如她，假以时日，一定会有更大成就。

2018 年 2 月 1 日

于北京万柳庄

刘艳印象①

贾平凹

近十年里，我经历过三次很奇怪的事。一次在新疆看到一只从美国购来的矮马，那鬃毛，五官，发蓝光的眼睛看我时的羞涩之态，我只觉得她是一个小洋妞。一次去甘肃的一个村子，村子建在一面坡上，时正黄昏，路从村子里拐着弯下来，特别白，像淌出的河，就在河边一户人家的院墙上，蓬蓬勃勃开出一堆蔷薇，总觉得院内肯定有美人，进去看了，果然女主人十分标致。一次就是在北京的一个会议上见到刘艳，仅打了个招呼，她就闪过柱子走了，瞬间里，却突然强烈地，认定这是个精灵。

其实在这之前，我已经与她认识，是因有关稿件来往过几次手机短信。她对稿件的判断力，对一些小说和这些小说的评论文章的看法，让我心服口服，感受了一种正大庄严。

我说：真厉害！

她说：你是说《文学评论》吗？

我说：说你。

她说：我只是编辑。

---

① 原文刊发于《南方文坛》2018 年第 3 期"今日批评家"（刘艳）栏目。

发完信，我在心里说，即使是丫环，那也是宰相府的。

她是编辑，我也一直是编辑，一种职业干得久了，职业之神就会附体。但她的位置不同，接触的人和阅读的稿件，都是国家级的层面上，她看问题总是全面、整体，在一筛子不好的豆子里立即能看出一颗好的豆子，在好豆子里立即能看出一颗不好的豆子，在全是好豆子里立即能看出哪一颗是最圆的哪一颗略有不圆。而我只是岁月的积累把我牵引到了一定台梯上，偏又因年龄的原因，摆脱了一些干扰，却也常常任性而为。真是的，她的食材都是优质好料，我是肉蛋萝卜混在一起，她做的是高级菜，我煮的是家常饭。

自亲眼见过她之后，在报刊上经常就见到她的文章。她还写文章，又写得那么多，这令我惊讶，就再敬重了她。记得我在读她关于写萧红的那一篇，我是一边吃饭一边读的，读得兴奋，手一挥，把碗撞翻，饭倒在地上。饭一旦倒在地上就不成饭了，很脏的样子，好文章不正襟危坐地读也是糟蹋好文章，于是，我就不吃了，认真地读完那二万四千余字。那文章真的是好。在我以为，从事文学，无论是作家，还是评论家，也包括编辑，都该对文学有一种特殊的感觉。至于是什么样的感觉，无法说清，这如同看见了天上的云就知道要刮北风或是白雨将至，闻见了一种香气就知道附近什么花开或走来了自己心爱的人。刘艳的这种感觉强大。她研究作家，研究作品的文章，毫无架式，也不力用得狰狞，流水一样款款而来，不仅理出了写什么，也理出了怎么写，其对文本的里边外边，明里暗里，筋筋脉脉，枝枝桠桠，都被说穿，好像这作品她参与写的，该有的心结，该有的秘密，全都了解。于是，信服了她的搜肠刮肚，也便接受了她为之概括提炼的那些观念理论。她像巫一样，而这些观念理论会钻进头脑里，对我的写作倒有诸多实用。

再后来，隐约地知道她有着生活的难处，也知道她精于服饰，有一手厨活，也喜欢拍照，并在一些场合里见识过她的安静，也见识过朗声大笑，相信了一个人有着天生的和后养的多大能量，又能将许多似乎矛盾的东西集于一身。由此，在我常常琢磨《三国演义》中怎样会有个刘备，《水浒》里怎么就会有个宋江，戏曲舞台上又怎么有小生时，总是又想到了她，我也搞不清这是一种什么原由。我和一个也从事评论的人长舌议论过她，一会说她正大庄严，一会说她精灵古怪，一会说她是大女人，一会说她是小女人。好像都对，好像又都不对，就全笑了，说：这就是刘艳，我们印象中的刘艳很美好啊！

2018. 1. 8

批评的智慧与担当
——关于刘艳的文学批评①

吴 俊

刘艳是个难得的有性情的人，这当然是从我的个人经验中得出的印象。日常交往中很少见到像她这样心直口快的人，遇事褒贬全都一吐为快，有时不说到极端还不算完，爽直的性情可谓一览无余。在我们这种待人处事必须越来越谨小慎微的社会关系中，她的这种个性恐怕难免是会遭个别人误会的。连我自己也有几次感到尴尬，但我很快也发现，她的心直口快其实印证的是她的胸无城府甚至还很有点天真，她并不想真的冒犯你，或者说，她对面对的人足够信任，才会和你滔滔不竭对谈如流。她的性格就是在可信赖的朋友面前会充分地表达。所以，你大可不必以世俗的、苛刻的眼光来看待之。如果你风清云淡地看风景状，她也就一闪而过了。除了从小中正而苛严的家教，我很怀疑她的这种性情和她的编辑职业有关，至少，编辑职业恐怕是多少有点强化了她的性情表现。每天要面对错误累累的稿子，编稿的页面无一不是补丁累累，没有眼尖手快的灵敏度和足够的耐心，真揽不下这编辑的瓷器活啊。我自以为几乎无错的稿子，经她编辑后，居然每页都能挑出毛病来，除了佩服她的职业素养和文字能力外，真是还非常感谢她的宽容和谅解，首先是她的责任心。

---

① 原文刊发于《长江丛刊》（文学评论）2018 年第 11 期。

那么，放下稿子后，她在这个世界上也更容易看到满眼的错误或疑似错误的标点符号和别字烂句，出于职业熏陶的本能，心直口快又非常敬业，这样想，也就不难理解了。她还年轻，编辑的辛劳付出，文学所学术熏陶下作为学者的自觉担当。双肩挑乃至多重的压力和责任，亦可理解，故待之，且谅之。

这么一说，你就会觉得刘艳的个性和性情也确实适合做评论家，尤其是文学评论家。批评家需要敏锐的洞察眼光，这无疑是刘艳所充分具备的；文学批评家需要敏锐而细腻的感性，有时甚至还得有异于常人的敏感和敏锐，这几乎也是刘艳之所长。而且同时，文学批评家至少要有点理论的兴趣和抽象思维的禀赋，对此她也并不缺乏，或许还更有点爱钻牛角尖的劲头。当然，写作的才情也是少不了的。可见她的个性、擅长和职业都支持了她进入文学批评领域的正确性。她的专业出身又是现当代文学研究，文学批评恰是本色当行。这样，她若不从事文学批评就该是辜负了文学批评家的一切天赋条件了。

但这些只是她进入文学批评的优势特长，并不保证她能成为一个优秀的文学批评家。若想成为一个优秀的文学批评家，还必须要有一个非常强大的精神条件，或者说是心理条件，那就是对于文学的热爱。视文学为生活和人生的满足，是自身价值实现的寄托，而不仅是一种职业或专业的选择，这是一个优秀文学批评家的精神条件，也是他/她的职业或专业行为的内在驱动力。我从刘艳的文学批评实践中，看到的正是这样一种难得的对于文学和文学批评的真诚。她向文学彻底输诚，并以文学的方式展开自己的日常人生，这也许就是她以自己全身心的生命体验努力去贴近文学的一种尝试和努力吧。了解这一点对理解刘艳是很重要的，你就不会只把她看作不食人间烟火的一个小女子了。她正在以文学批评的方式体现一种人生的姿态，表达对于文学的亲切感情及寄托在这种感情中的满足感和自信。这才使她能够做到全力以赴。她的文学批评是一种全力以赴、以诚信和诚心相见的文学写作行为。

正因如此，她的文学批评能够体现出真诚的人心温度。她是一个能够让人体验到人心善意的批评家。别以为她的批评文字会像她的某些谈吐那样率性，相反，她下笔极为小心，极为专注，而且非常愿意放低自己的姿态，她看到的都是文学中的暖意。紧贴着文学落笔，像是要抱团取暖。很体谅作家的苦心和用心，总有点惺惺相惜。看她评论严歌苓、迟子建而到萧红的文章，既有了解之同情，更见出心心相印的独到睿智和独特心证。显然，她是一个愿意且本能地把自己放进批评文字里的评论者。所以，她面对的不仅是作家和文学，她也同时面对自己。更恰当的说法是，她通过文学批评的方式实现自己的倾吐欲望，并且真的把自己的体温刻度也带进了文字中。她在文学批评中实现自己、完成自己。

迄今为止，刘艳发表的批评文章并不以数量见长，但已经是脉络分明，风格突出。大致上看，她的批评文章主要以三种题旨为主，一是女性文学或女作家小说的批评，其中以严歌苓为重心，兼及萧红、迟子建等现当代女作家。刘艳恐怕是近年在严歌苓批评上用力最多、成绩也最显著的一位批评家吧。女作家批评可能构成了她的文学批评的主要基座，很多话题和批评视角都由她的女性文学批评申发、延展开去的。不过，也很显然，刘艳并不是一个一般所见的女性主义批评家，她也并不是女性主义理论的文学实践者。她不是一个在理论上选边站的（性别）批评家，她的立场就是文学批评——不是文学理论批评。这也就涉及她的另外两种题旨的批评文章了，即对于文本细读和学理批评的强调。应该说，在她的女性文学批评中，刘艳就一直自觉地强调并实践着文本细读和学理批评的原则与方法，同样，在她关注的诸如先锋文学的话题现象和作品批评中，文本细读和学理批评仍然是其中的基本旨趣。但刘艳关注的不是某种特定的理论，她对文本细读和学理批评的强调，恰是要求批评对于文学文本的基本尊重，不是从理论出发，而是从文学文本出发，这是文学批评有效性的基本保障，也是任何一种批评之所以具备学理性的前提。在这里，学理性不是一种理论，而是一种对于理论的基本意识、态度和原则；这种理论的自觉应该建立在文本细读的基础之上。所以，可以概括性地描述一下刘艳的文学批评特点，她是一个从女性文学批评实践中建立了以文本细读和学理批评为自觉意识与批评特色的评论者和学者。

这在她的严歌苓批评中表现得最为典型。迄今为止，我所看到的她发表的严歌苓批评文章，近年大致有《不够暧昧——从〈妈阁是座城〉看严歌苓创作新质》《严歌苓小说中的"女性"叙事及其嬗变——以〈妈阁是座城〉为节点》《叙事结构的嵌套与"绾合"面向——对严歌苓〈上海舞男〉的一种解读》《隐在历史褶皱处的青春记忆与人性书写——从〈芳华〉看严歌苓小说叙事的新探索》等，但在其他的有关女作家小说、先锋文学话题中，严歌苓批评也经常是刘艳引证、引论的内容，可以说严歌苓批评在刘艳的文学批评中具有最显著的地位和重要性。那么——为什么是严歌苓？

对于20世纪90年代以来的中国文学或世界华文文学来说，"严歌苓文学现象"是少数几个可称为具有示范性的典型文学案例之一，同时也就成为文学批评的聚焦对象，乃至成为更广义的文学文化再生产资源。大致说，严歌苓的小说先以尖锐的个性化的女性意识表现在中国当代女作家文学中独树一帜，引人关注。继而电影改编和多年不断的文学产出（她的小说写作和出版），使严歌苓的小说持续升温而终于成为一种"现象级"的存在，近年间更可以毫不夸张地说，严歌苓现象堪称中国当代文学批评中的一个主要话题。一方面是批评文章层出不穷，严歌苓为文学批评提供了诸多可供多方观察和议论的谈资；另一方面是在高校研究生的硕士、博士论文中，以严歌苓为研究对象的学位论文恐怕应该是中国现当代文学学科中最多涉及的一位当代作家了。同时在诸如国家社科基金项目、省部级人文社科项目等立项项目中，每年总能找到关于严歌苓的课题。再加上历年来的电影改编公映及不错的票房，严歌苓一直保持了在公众娱乐领域的社会关注度和议题新鲜度。她的强大影响力已经进入了文化制度和文学专业的现实结构中，同时又弥散于一般流行文化的广阔社会空间。她的小说既获得了有效的文学阅读和专业评价，也成为文化快餐的娱乐性消费品。她的读者打破了性别、年龄、职业的人群分类间隔，几乎就是一种遍及文学社会所有层面的存在，几乎所有人都能与之发生关系。由此你就不难发现，严歌苓其实已经是中国（大陆）当代文学和世界华文文学双重领域中的一位独一无二、独领风骚的具有引领性、标志性的作家。她成为文学批评的聚焦对象显然也就绝非异常了。

刘艳对于严歌苓的关注主要体现或集中于专业文学批评方面。想来这既出于批评家的一种专业本行和理论的知识兴趣及思辨考量，同时或也是不乏文学生产智慧的一种批评策略的选择。在上述严歌苓批评的几篇文章中，刘艳专注于严歌苓小说的几个主要方面，目标明确地进行着案例分析式的细致探究。严歌苓小说的叙事特征是许多批评家热议的内容，刘艳对此既有宏观面的概述，更表现在以具体作品的文本细读来呈现严氏叙事的独到之处。《不够暧昧——从〈妈阁是座城〉看严歌苓创作新质》(《文艺研究》2016 年第 10 期)中对于严氏这篇小说的错时叙事方式所产生的暧昧气质和悬念效果，进行了十分精彩的分析和阐释，特别是由此形式的暧昧而推进到关于情感和心理表达的暧昧气质，这在刘艳看来是这部小说明显不同于严氏此前作品的创作新质，也对当代小说创作的叙事经验提供了崭新的内容。能够顽强地进入关注度极高的对象话题或领域，进行正面强攻式的批评，这在刘艳的文学批评中见多不怪，但一般应该是操作策略中的避讳吧。如果没有独出机杼的文本细读功夫和掘隐发幽的极致表达能力，这是很难胜任的。从这一点说，刘艳是用老实的笨办法体现出了一个批评家的聪明度。《叙事结构的嵌套与"绾合"面向——对严歌苓〈上海舞男〉的一种解读》(《文艺争鸣》2017 年第 5 期)同样是对严氏小说的形式研究，重点落在这篇作品的嵌套叙事结构和绾合面向特征上，由此形式技巧的运用分析，刘艳一方面论证该作品既是严氏小说叙事艺术的最为成熟之作，另一方面也将其置于先锋文学的流变发展脉络中予以更为充分和广阔的文学史意义的评估。显然，在她的文本细读性批评中，理论视野并不局限于单一的形式研究，宏观面的眼光观照一直都是一种文学评价的自觉意识。而且，在 20 世纪蔚成壮观的先锋文学潮流看似早已式微的今天，如何理解先锋文学的流脉余绪或暗流潜涌，关乎对于当代文学的历史认知和评价。刘艳既正面评价了诸如北村这样的先锋文学代表性作家的新作(《无法安慰的安慰书——从北村〈安慰书〉看先锋文学的转型》，《当代作家评论》2017 年第 3 期），也在貌似充满本土传统色彩的一些文学新变中挖掘出先锋文学的精神基因和叙事技艺，如她对赵本夫长篇新作《天漏邑》的批评，着重的就是作家创作中的"诗性"和"叙事先锋性"（《诗性虚构与叙事的先锋性——从赵本夫〈天漏邑〉看中国故事的讲述方式》，《中国文学批评》2017年第 4 期）。新世纪小说新制的先锋历史留痕在她的批评笔下成为一道鲜明的当代文学旅程印迹。可以说刘艳是在新世纪文学批评中自觉接续新时期文学批评资源和历史意识的一位年轻批评家。在实践路径上，文本细读向是她的不二法门，但她的目标无疑是在追求一种学理批评的境界。所以，严歌苓小说在"先锋文学—当代文学"历史图景中的文学意义及分析价值，也就成为她的严氏小说批评中的一种自觉。事实上，很少有人将严氏与先锋派文学的先锋叙事联系思考予以评价的。从中可以见出刘艳文学批评的极具个性化的观察眼光以及她对于批评论域的拓展能力。

作为女作家，严歌苓小说的"女性"叙事当然更是批评家津津乐道的话题。但对于这样一种普遍性的女性文学叙事研究，很多文章其实只是在做同质性的重复写作，研究方法和观点在不同的女作家身上几乎都能移用。文学的丰富性和作家的个性都被淹没在了女性文学理论的老套概念和教条式操作框架中，实在是了无新意，读来常令人生厌昏然欲睡。刘艳的策略是从一般意义上的叙事方式进入严氏小说的故事脉络，分析小说女性人物如何在一般意义上的叙事中呈现出女性人物走向的必然性。在她对严氏《妈阁是座城》的女性叙事分析中（如《严歌苓小说中的"女性"叙事及其嬗变》，《中国现代文学研究丛刊》2017 年第 2 期），就将女性人物的嬗变与小说叙事的嬗变结合而论，所谓女性叙事就是女性在小说叙事结构和叙事逻辑中的人物性格表现轨迹。她避免了这类研究中两种常见的毛病，一是理论与作品两张皮，用作品去迁就理论，文学批评成为理论的注释。二是强迫人物按照自己先验的主张来行动，将人物化为批评操纵的傀儡木偶，或自以为是，或过度阐释，人物的行动变得支离破碎，文学的神奇一经批评顿成腐朽。说到底，这都是不尊重作品、不能细读文本、批评脱离作品之所致。即便并不特意标出女性叙事研究，但在相关女性人物的分析研究中，刘艳基本上也是紧贴着作品叙事的结构和逻辑来呈现女性的人性特征，而非将女性从作品整体中抽象出来沦为僵化的符号。《隐在历史褶皱处的青春记忆与人性书写——从〈芳华〉看严歌苓小说叙事的新探索》(《文艺争鸣》2017 年第 7 期) 一文就如题目所标示的一样，以小说叙事为着眼点和分析路径，将小说叙事的新创作为立论的依据，进入小说内涵批评的堂奥，揭示出人物的人性、女性的独特文学意义，再度论证严氏小说创作的创新品质。从这些批评文章中不难看出刘艳对于自己的文学批评实际上是有着充分自觉的学术思考和理论自觉的。她是将严歌苓和女性文学批评当做了自己文学认知或者说文学价值观的一种实践方式。文学批评须有才气，但也不能任性。文本细读离不开感性，但也得有理论的节制。刘艳一再申说自己的学理批评主张，不是在张扬一种理论，倒是在不停地为自己的批评确立一种学术的立场和标杆。

如果说刘艳在严歌苓批评中表现出了一种欲把论题对象做深做透的劲头，她还有一个非常聪明的策略是能把一些经典性的文学案例做大做广，她是一个善于整合利用批评资源的年轻却老到的批评家。看刘艳论当代先锋文学、女性文学、小说叙事等批评文章，可以发现她十分注意同时代其他批评家的观点和论述方式，尤其是一些著名批评家的文章，常是她的"交流"对象。这种交流对她有时是一种启发，促使她形成自己的新想法新思路；有时是她的一种切磋对话方式，在多向商榷中完成多视角的批评分析；有时则因观点歧异甚至对立而构成了一种"论敌"关系，她的批评会以明显的论辩性来表达自己的看法。因此，即便是一些年久的老话题，批评积累已经非常深厚了，但刘艳也多能讲出自己的新鲜意见，并不显得刻意争强或强词夺理。她的文字和批评语调总显得比较温和，又不妨碍她的观点表达得十分清晰。

最能显出刘艳批评资源整合智慧的是她能将自己的有限积累和特色优势进行最大化的发挥，并形成自己的批评领域和话语场。关于现代、当代女作家的研究，刘艳涉及的面向目前其实并不很宽广，她主要集中在严歌苓、迟子建、萧红三个作家的批评上。但是，其中涉及的批评内容和方式却能奠定刘艳在相关话题上的重要地位。这三个女作家是获得批评聚焦关注度最高的作家，又位于现代、当代和大陆、海外三个关键点并形成相互呼应关系的女作家，纵向可以进行文学史的贯穿研究，横向也能展开有关中国文学—世界华文文学格局中的宏观性考察，在这样一种批评资源配置的时空中，几乎所有能够想象的议题都能找到充分讨论的机会。刘艳似乎并不十分贪心，她在其中集中关注的还是有关女性表现和文学叙事问题，贯彻的还是文本细读分析的方法和学理批评的理念。但由于她的宏观视野已经不再是单一的当代文学一隅，同样的论述对象所能呈现出的意义和价值也就不会受到单一领域的局限，批评的理论意义和学术价值就此得到应有的彰显。一个显例就是在萧红小说的探讨中，虽然此前的研究已经达到了非常高的水准，而且这又是一个受到中外研究者普遍关注的话题，但刘艳的再解读依然走出了一条自己的阐释理路。《童年经验与边地人生的女性书写——萧红、迟子建创作比照探讨》(《文学评论》2015 年第 4 期) 用独特的勾连方式将两个相似度明显却又各呈异趣的女作家在比较观照中挖掘出了既深且新的文学史意义；再进一步的《限知视角与限制叙事的小说范本——萧红〈呼兰河传〉再解读》[《华中师范大学学报》(人文社会科学版)2017 年第 6 期]凭借着强大的叙事分析能力对萧红的这部文学史名著进行了独特而全面的解读和评价，同时也回应了有关的文学史争议。同样，她对迟子建的批评也在这样一种文学史系谱中彰显出了崭新的意义，将当代文学批评置入了文学史论域[《神性书写与迟子建小说的散文化倾向》，《华中科技大学学报》(社会科学版)2017 年第 2 期]。推而广之，她又将具体作家作品的批评推向了更为普适性的文学问题探讨，可能由于发表刊物的原因，她的《地域性、神性书写与当代文学的文学性》(《西藏文学》2017 年第 5 期) 一文未能受到必要的重视，该文实际上是刘艳诸多文学批评实践的一次集约型的表达，从中能够看出她的主要批评概念和实践理路。这样连贯着看，你不能不感叹她真是一个批评策略的执行力和批评生产力都极为强大的批评家。

刘艳是"70 后"批评家。粗略地说，自从《萌芽》杂志举办的"新概念作文大赛"催生出了所谓"80后"作家后，文学代际的生成就成为当代文学史上的一个新问题。其中，除了自然趋势以外，有关文学代际的确认依据应当如何理解，这是一个一直无法明确讨论的问题。所以我们也就只好一直使用"70后""80后""90后"的说法，甚至向上沿用出现了"50后""60后"等的用法。姑且不论此中的尴尬，但"80后"的盛名凸显出了"70后"的落寞，这却是一个需要面对的现象。其实，20世纪90年代至21世纪之交，"80后"还未成大气候时，曾经有过"70后"的一度出现，只是当时主要还是渐趋式微的纸媒时代，也没有有力的推手对于"70后"予以持续的关注，又是在一个显得比较庸俗的名目下炒作了几位"70后"作家——美女作家。很快，纸上的美女也就人老珠黄成为明日黄花了。不像"80后"获得了青春写作人力资源的强大支持，特别是很快又经过网络的二度塑造，几乎一战而定胜局，文学史上从此开创了一种文学代际命名方式，由此货真价实地诞生出了"一代"文学作家。相比而言，这对"70后"尤其是一种最大的不幸。"70后"成为被跨越、被无视至少也是被轻视的一代。现在来看，很大程度上这也是由文学批评的怠慢、无能以及对"80后"的格外助推所造成的。

事实上，"70后"作家包括批评家并未缺席自己的登场，虽然确实一直没有被有力地包装成一种集体亮相的造型。如果把"70后"笼统地作为一种代际现象考察的话，或许我们能从文学代际的历史承传中看出"70后"的历史位置及其文化面貌特征。简言之，"70后"是先天注定为当代文学历史流变段落间的连缀与过渡的一代。说"70后"是连缀与过渡的一代，本意并非是在凸显这一代的不重要或相对次要性，相反，每一代当然都有自身的意义和价值，同时每一代也必有最显自身独特性的意义和价值。之所以说"70后"是连缀与过渡的一代，主要就是因为相比于当代文学的传统历史变迁而言，"70后"是开始疏离甚或脱离传统的一代——只是还没有充分的条件能够及时创造自身的历史。我曾在一篇文章中较为详细地分析了同一个十年诞生了两代作家的现象及原因（《九十年代诞生的新一代作家——关于六十年代中后期出生的作家现象分析》，《当代作家评论》1999年3期），

那是针对出生于 20 世纪 60 年代的作家而言的。但整体性地考察，20 世纪
60 年代后期与几乎整个 70 年代出生的作家，就其与中国当代文学传统的
关系来说，恐怕就是一个代际内的作家——他们是改革开放时期登上文坛
的第一代作家，同时又是互联网时代之前出现的最后一代作家。前者突出
的是"社会—政治"的维度，后者主要是"社会—技术"的维度，两者同时交
叉性地决定了同一代际作家内部的"文化—政治"面貌乃至日常生活观念。
但是区别或"70 后"作家的不幸在于，"60 后"作家在文学出道的初期，有
一种紧跟上一代作家如知青、老三届作家的时势惯性，历史还没有断裂的
意识，在文学行为和价值观上，他们共同接受西方、域外文学的影响，在
世界文学进入中国的一边倒的情势下与"50 后"作家一起建立起自身与传统
相维系的纽带，并以此开始书写出了自身的历史。因此，稍晚点的 70 年代
出生的作家就在这种历史承传的本能意识中被不幸地忽略了。"70 后"作家
没有及时坐在本该属于自己那班车的位置上，而好像只是挤在了两节车厢
的夹层连接处，看着人来人往，打了招呼，似曾相识，却又被熟视无睹，
置若罔闻。直到"80 后"作家如日中天之时，"70 后"作家基本上还是无人
问津。但其实相对于"80 后"的热闹或鼓噪而言，最有力量的"70 后"作家
已经诞生，小说家中就有鲁敏、徐则臣等。进入 21 世纪以来，"70 后"作
家更显出了非常强劲的生长态势。相比于经由互联网塑造的在消费文化社
会中成长起来的第一代作家"80 后"，"70 后"整体上已经显出了在链接传
统、更新传统中进入文学史的厚积薄发的力量，他们仿佛是在用一种后来
居上的方式实现了对于"80 后"的碾压。虽然与此同时，"80 后"也完成了
自身的历史使命，他们甚至已经更早地进入了文学史。

　　"80 后"盛名不再，21 世纪使"70 后"焕发青春，正所谓天道有常，代
际更新的表象证明的是文学流变的实质。"70 后"进入重新评价的视野，一
如此前"80 后"的崛起，都是一代文学新变、一代文学新质终于浮出文学史
地表，成为一代文学景观标志的表现。在这其中就有了"70 后"文学批评的
贡献——我在这里插叙了一大段文学代际的话题，目的就是想在这样一个
特定框架内评价一下作为"70 后"批评家中的刘艳，她的文学批评又如

何呢?

在文学专业领域内,刘艳一身二任,既是文学批评的编辑,又是文学批评家。作为编辑,她承续了《文学评论》的一种编辑传统——职业编辑而为专业学者;作为批评家,她也传扬了《文学评论》的一种专业精神——她的文学批评成就保障并提升了职业编辑的专业素养和地位。而作为"70后"批评家,她既是文学代际景观中的一个代表性人物,同时又是编辑而兼批评家的双重专业身份的一个典型人物。这意味着她能在适合自己的位置上发挥出独特的资源优势和批评生产优势。她将自己的批评理念、文学价值观与职业关怀、"70后"文学批评即同代人的批评实践贯穿熔铸为专业眼光的考察和思考,在阐释学理的同时,也力图产生学理性批评引领或辐射的作用。比如,她在关于文学批评最新态势的评价中,既能宏观概括几代批评家的专业贡献,又在其中揭示出年青一代("70后")批评家的承传与成长(《学理性批评之于当下的价值与意义》,《文艺争鸣》2016年第6期;《与时代同行的学理性批评——以〈文学评论〉看中国当代文学批评五年来的发展》,《文学报》2017年11月16日等),可见她是把自己的职业岗位和专业批评当作一种文学的担当责任来自我要求并予以实践的。在她稍后发表的一篇文章中,她对"70后"文学研究的分析和强调,也预示了她从自身个人的文学批评实践经验中进入了力图从当代文学发展轨迹评价一代文学现象的文学史意识(《文学代际研究的尴尬处境》,《光明日报》2017年12月25日)。从她这一系列批评文章中,你能看出她是一个对自己的未来充满乐观而紧张期许的批评家,当然,她更愿意自认为是一个青年学者。如果如她所说、事实上也如此的整个"70后"文学群体已经出现在了文学史视野内了,那么其中"70后"批评家的话语权和影响力实际上也早已经超出了代际范畴。尤其是在文学批评领域,"70后"的文学批评家正在整体上场,全面继承、发展文学批评的传统,这一代必将再创中国当代文学批评的崭新历史。刘艳正处在文学批评写作的高产旺盛期,她的敏感和想象力一定能激发她在未来的时代开拓出无限的可能性。

(作者单位:南京大学中国新文学研究中心教授)

为学理性批评辩护

——论刘艳的文学批评①

李遇春

作为"70后"批评家，刘艳不愿随波逐流，她有着十分清醒的批评家自我定位与文学批评意识，故而常能发出自己独特的批评声音。虽然她长期从事文学编辑工作，只能在繁重的工作之余从事文学批评，但她对当代中国文学批评的现状与出路却有着足够的了解与认识。最近这些年，不断看到她有长长短短的批评文章发表，而且其中每每可以见到精彩之作，让不同代际的学者和批评家刮目相看，这说明她在自己所钟爱的文学批评道路上日益走向成熟。这种成熟不仅体现在她反复伸张学理性批评的文学伦理上，而且体现在她对"70后"批评家的身份辨析中。在她看来，当代文学批评界习惯于将"50后"和"60后"定位为"历史共同体"有其合理性，但把"80后"定位为"情感共同体"、把"70后"定位为"身份共同体"就存在商榷之处，因为"80后"是被流行文学体制包装和制造出来的一代，而"70后"由于缺乏外在的助推和形塑力量，成了有意被虚置的尴尬一代。② 而事实上，"70后"所从事的文学创作与文学批评是当代中国文学历史链条中不可或缺的环节，他们长期以来对文坛前辈们的纯文学谱系和学理性批评的坚守恰恰维系着当代中国文学的命脉。所以她呼吁不同代际的批评家要密切关注"70后"的文学创作，尤其是"70后"批评家要格外重视对自己同代人的文学创作展开全面而系统的文学批评，而且与那种印象式或者随笔式的批评相比，她更呼唤对"70后"的文学创作展开切实而深入的学理性批评，这确实是当前中国文学批评界难得的学理之声。

---

① 原文刊发于《长江丛刊》（文学评论）2018年第11期。

② 刘艳：《文学代际研究的尴尬处境——以"70后"文学创作与批评现状为例》，《光明日报》2017年12月25日。

一

在近年来的文学批评实践中，刘艳一直在执着地为学理性批评作辩护，这大约是她给批评界留下的最深刻印象。她不仅通过具体的作家作品评论忠实地践行着自己的学理性批评诺言，而且还从文学批评理论上建构着学理性批评形态。刘艳为何要为学理性批评辩护，这实在是有感而发，不吐不快，而并非无的放矢。由于长期做学理性批评文章的责编，刘艳懂得做学理性批评的个中甘苦，她知道真正的学理性批评的写作要比那种快速的印象式批评来得慢，来得厚重，所以她无法接受在当下的中国文学批评界不断听到批评或者攻击学理性批评的声浪。在她看来，在当代中国文学批评生态系统中，学理性批评无疑是文学批评的冠冕和灵魂，那种即时性、推介性的文学批评或者快餐式的文学酷评虽然在特定的语境中也有其存在的价值，甚至有可能释放出比学理性批评更加耀眼的高光表现，但它们依旧无法抑制学理性批评的内在力量，更谈不上取代学理性批评的学术位置。唯其如此，她才不满于当前文学批评界的种种怪现状的出笼，比如许多老成的或者新锐的批评家们，虽然自己置身于高校和科研机构中从事文学研究工作，但他们却无法耐住寂寞，不愿用自己沉潜往复的心力做文章，而是纷纷青睐那种能够迅速给自己带来声名、增加自己的文坛曝光率的文学时评样式，甚至对自己原本应该安身立命的学理性批评持疏离、不满乃至大加讨伐的姿态，这种反戈一击怎能不让人痛心疾首呢?

当然，刘艳对学院批评和学理性批评之间的差异有着清醒的认知。一般而言，学院批评是一种依据外在的职业划分的文学批评类型，而学理性批评是一种根据内在的学术含量和质地定位的文学批评形态。是故，“非学院中人，也可以写出富有学理性的批评，而学院中人，也很多都在做着或者说在兼做非学院、非学理性的推介式、扶植性批评甚至‘酷评’，学院中人所从事的批评并不能够完全等同于学理性批评。但由于目前文学批评从事者以及文学批评自身的现状，学理性批评更多的还是学院中人所从事的学院批评所具备的特征和精神标签。起码就目前来说，学院派的学理性批评，不止不应该被否定、被远离、被贬低，反而应该被提倡、坚持并且发扬光大"①。这一判断是十分清醒的理性判断，值得当前中国文学批评界警醒。诚然，我们当前的文学批评存在着诸多问题，许多文学批评文章被写成了"项目体""C 刊体""学报体"，刻板平庸之貌让人觉得面目可憎，高度公式化和概念化的文学批评生产模式让学院批评饱受讥评，但这一切不是学理性批评的错，而是当前中国学术生产体制中存在着弊端和隐患。我们需要改善或改变的是不健全的学术体制或评价机制，而不是鲁莽地直接攻击学理性批评本身。我们不能笼统地给学理性批评贴一个"四平八稳、无比庄正"的负面标签就万事大吉，而应该意识到如此清算学理性批评将会付出多么大的代价。毫无疑问，作为中国的文学研究国刊，《文学评论》是中国文学批评的学术重器，它创刊六十年来长期坚守的就是学理性批评，没有学理性批评的内核和灵魂作为选文用稿标准，《文学评论》不可能赢得不同代际的读者和批评家的一致推重。如果我们把视野进一步扩大，中国现代学术的繁荣与发展，同样也是学理性批评奠定的学术基业。如今依旧为人津津乐道的章太炎、王国维、梁启超、胡适、鲁迅、陈寅恪、朱光潜之类的民国大师级学者，他们的文学批评或文学研究尽管风格各异、路数有别，但学理性却是其一致的精神标杆。我们可以借助前辈学人的学术业绩来检讨自己的莫大差距，但不能放弃了前辈的学统而走向另一种平庸。诚然，格式化的学院批评因其平庸而需要检讨，但学理性批评的正宗学脉更需要维护和滋养。以攻击学院派批评的名义攻击甚至取缔学理性批评，这无疑是一场学术灾难，将会使无数原本就学术根基浅薄的当代学人或批评家进一步沦为学术时尚的祭品。

那么，究竟什么是学理性批评？我们通常所说的学理性究竟是指的什么？清末民初章太炎先生曾拟撰《中国通史》，他声明自己的新史将超越旧史，理由就在于要做到"熔冶哲理"，实现"学理交胜"，具体来说，"考迹

① 刘艳：《学理性批评之于当下的价值与意义——结合〈文学评论〉对文学批评文章的刊用标准和风格来谈》，《文艺争鸣》2016 年第 6 期。

皇古，谓之学胜；先心藏密，谓之理胜"①。显然，在章太炎那里，所谓"学"，是指"具体的史实考辩与叙述"；而所谓"理"，是指"抽象的理论思辩"②。因此所谓"学理交胜"，就是指在历史研究中实现史实与哲理的交融。众所周知在中国学术界，清人章学诚在《文史通义》中提出的"六经皆史"之说广为流传，而中国学人又向来有"文史哲不分家"的传统，大抵都承认史学是一切学术的根基。这意味着从事文学批评和研究也必须植根于历史，如果离开了历史，包括宏观的政治史、文化史、思想史、文学史的考察，以及微观的诗歌史、小说史、散文史、戏剧史的观照，我们的文学批评和研究将陷入虚浮无根的非确定状态。而所谓哲理，它也不是向壁虚构的产物，而是在具体的史实(包括文学史实、文学文本之类)分析中提炼出来的理论结晶，而这些理论晶体一旦被提炼或建构出来就会被广为接受与运用，它作为理论工具指导我们从事具体的历史批评，当然也包括文学批评在内。在这个意义上，所谓学理性批评其实是一种"实事求是"的批评方法，它既与中国古老的汉学乃至朴学传统一脉相承，同时也是西方近现代流行的科学批评方法的主潮。由此我们不难发现，对于学理性批评而言，"求真"与"务实"是核心或精髓，对于真理，包括历史真理、思想真理与艺术真理的发现是学理性批评的最高目标和永恒追求，而一切真理的发现必须建基于事实、史实和文本，一切脱离了文本和史实的批评都是虚妄的纸上建筑，长远地看都经不起时间和学术的检验。由此还可以发现，学理性批评是客观型的科学研究而不是主观型的文学创作，它是学术而不是艺术，它容不得虚构，它是真正意义上的非虚构文本和非虚构写作。当然这样说并不意味着学理性批评没有自己的文体意识，好的学理性批评文章依旧具有论说文的美感，同样具有可读性，它的知识性、思辩性与修辞性的结合所带来的阅读快感是狭义的文学创作所不能取代的。我们读刘艳的

---

① 章太炎著，汤志钧编：《社会学自序》，《章太炎政论选集》上册，中华书局1977年版，第170页。

② 郑师渠：《晚清国粹派——文化思想研究》，北京师范大学出版社1997年版，第172页。

文学批评文章就能领略到这种不同于阅读文学原著的快感，这是因为她的文学批评实践中始终贯穿着对学理性批评的探求与坚守，她始终将学理性批评的大纛扛在自己的肩上。

关于学理性批评的理论建设，刘艳有着自己深入的学理性思考。大体而言，她将学理性批评的基本特征归纳为三个层面或方面：其一是"史料、材料的支撑和批评学理性的呈现"；其二是"理论的接地、及地、在地与批评学理性的呈现"；其三是"文本分析、文本细读与批评学理性的呈现"[①]。第一个特征可以理解为历史的分析，不妨将其称为"史证"，即在文学史的视野中采集和运用史料，既包括对常见史料的新运用也包括对稀见史料的再发现，而就在这史料的征用与解析中，关于文学史、文学制度史、文学传播与接受史、作家创作史的诸多新见得以生成。用刘艳自己的话来说就是："偏于文学史研究的文章，也并不是单纯地在述史，而是要从史料、材料和新发现当中，反映新发现和新问题，这项文学史重构的工作，往往是蕴涵着敏锐的批评眼光、批评意识的。"[②]在这方面，刘艳列举了洪子诚、程光炜、黄发有、张霖、李丹等不同代际的当代文学研究者的相关论文作为范文。关于学理性批评的第二个特征，可以理解为对理论的运用与化用问题。在我看来，其实还应该包括对理论的发明或发现，因为我们在做学理性批评的过程中不仅要重视对外来西方理论的援引与征用，而且还应该对自己提出更高的要求，那就是创造或发明新的理论形态，包括提出新的概念或命题。当然一般而言，能够让援引的理论实现接地、及地与在地就已经很不容易了，它比常见的胶柱鼓瑟地套用搬用理论的行径已经高出了许多，但毕竟尚未抵达学理性批评的最高境界，那就是发明新的理论形态。在这方面，刘艳列举的陈晓明、张清华、郜元宝、刘旭等不同代际批评家的论文既实现了理论与文本的对接，同时在理论的发明与创造方面也

---

① 刘艳：《学理性批评之于当下的价值与意义——结合〈文学评论〉对文学批评文章的刊用标准和风格来谈》，《文艺争鸣》2016 年第 6 期。

② 刘艳：《与时代同行的学理性批评——以〈文学评论〉看中国当代文学批评五年来的发展》，《文学报》2017 年 11 月 16 日。

存在不同程度的缺憾。这种缺憾不是他们所独有的，而是整个中国当代文学批评家的共同缺憾。我们习惯于用我们的文学研究来证明外援理论的正确，这尚停留在"印证"阶段，与我们期待的"实证"理想境界依旧存在距离。刘艳归纳的学理性批评的第三个特征是翔实的文本细读功夫。我将其称为"形证"，即更多地从文本形式分析的角度证明批评家的审美判断。在这方面其实刘艳本人甚有心得，她对陈思和、程光炜、陈晓明、孟繁华、郜元宝等前辈学者文本细读功夫的褒扬与崇敬也很好地诠释了她自己的学脉承传。总之，刘艳对学理性批评的方法论思考是建立在她自己的批评经验和前辈学人的批评贡献的基础之上的，故而求真务实、不尚空谈。这对于当下中国学术体制反思浪潮中排拒甚至诋毁学理性批评的倾向是一种有力的纠偏、正名和辩护，因而可以在很大程度上引导目前的年轻一代学人或批评家在学术正道上砥砺前行，而不至于误入歧途。

二

刘艳对学理性批评的正名或辩护，不仅体现在批评观念和方法论的清理层面上，还体现在具体的学理性批评实践中。近年来她陆续写就了一批作家作品论，正是她为学理性批评辩护的明证。熟悉刘艳的同行大约都知道，在中国现当代作家中，刘艳对女性作家作品尤其关注，这得益于她的女性批评家身份，她对女性作家的创作心理和文本策略的洞悉非一般男性批评家可及，当然其中也隐含了对包括她自身在内的现代女性命运的思考。在中国现代女作家群体中，刘艳似乎对萧红情有独钟，她不仅倾力撰写了萧红的作家作品专论，甚至可以说，对萧红的研究已经成为刘艳研究其他中国作家及其创作的重要参照系，因为我们在刘艳的作家作品论中几乎总能发现萧红的影子，这种情结业已成为刘艳文学批评的重要学术底色。与萧红研究作为刘艳的学术潜影相联系的是，刘艳对东北女作家迟子建和海外华文女作家严歌苓的系列评论构成了她从事中国当代女作家研究的两个重要学术显影。正是因为有了萧红研究作为文学史参照系，刘艳在考察迟子建和严歌苓的小说创作时才能够做出具有文学史深度的审美判断。可以毫不夸张地说，刘艳已经是严歌苓研究和迟子建研究领域中的代表性批评家了，她的系列论文在严歌苓和迟子建的研究史上已然赢得了位置。这对于一个青年批评家而言，不啻是一项莫大的荣誉。除了萧红、迟子建、严歌苓之外，刘艳还关注过张翎、付秀莹、戴来、魏微、乔叶、鲁敏、金仁顺、盛可以、朱文颖等女性作家的小说创作，这说明她既有宏观的文学现场视野，又有微观的作家个体聚焦，由此做到点面结合，把深度解析与宏观俯瞰结合起来，这同样体现了她所推崇的学理性批评精神。必须强调的是，刘艳并非拒绝男性文学，事实上她对老作家赵本夫的长篇新作《天漏邑》的评论就颇费匠心，她对先锋作家北村沉默多年后的长篇新作《安慰书》的解读与评判尤能体现她的学术眼光。不仅如此，由于长期的学术编辑身份使然，刘艳对贾平凹、莫言、韩少功、张炜、刘醒龙、毕飞宇等当代中国重量级男性作家的创作与评论同样了如指掌，甚至别有会心。这都为她的文学批评增添了宽度与底气。

就刘艳的文学批评实践来看，她给人留下的最深印象是高超精妙的文本细读功夫。有感于当下中国文学批评正离文学本身越来越远的现状，刘艳重申了应该通过文本细读回到文学本体。她对读后感式批评、印象式批评、即时性批评、观念式批评一直持保留意见。她的批评立场很明确："文本细读，回到文学本体，贴近文学的叙述，当然要恰如其分地使用好理论，而不能够让文本沦为理论奴役的对象。"①准确地说，刘艳最看重的还是西方现代形式主义文论的理论资源，从英美新批评到各派叙事学理论，尤其是后者给刘艳的文学批评注入了巨大的学术能量。于是我们看到，刘艳的作家作品论中总是充满了不厌其烦而又精彩纷呈的叙述分析，她不屑于写那种空洞而不着边际的文本分析，她的文本分析从来都是建基于作家的叙述策略和作品的叙述肌理的透析，她用不同寻常的耐心和心细如发的思维对众多作家作品做着类似庖丁解牛的手艺活儿。我们从她的文本细读和形式分析中能够感受到她对文学的热爱和对艺术的忠诚。这是当

---

① 刘艳：《文本细读：回到文学本体》，《文艺报》2016 年 7 月 27 日。

下中国文学批评家群体中最可宝贵的一种学术素质。比如她对萧红的传世之作《呼兰河传》的文本细读就是如此，她不满足于人云亦云地褒扬《呼兰河传》，而是在茅盾、夏志清等人的印象式点评的基础上进一步作出学理化的批评。她从萧红的创作观念"我的人物比我高"出发，深入剖析了《呼兰河传》创作中作者严格执行限知视角与限制叙事的文本内在运行机制。她注意到《呼兰河传》中有两个"我"，一个"我"是现在进行回忆往事的"我"，一个"我"是回忆中的过去进行时的"我"，两个"我"的眼光交错与视角叠合，生成了《呼兰河传》复杂的主体情思。而萧红尤其注重第二个过去进行时的"我"的眼光，既包括儿童的非成人视角的叙述眼光，也包括固定人物的限制性视角和转换性人物的有限视角，正是这些复杂的有限叙事策略的综合运用，形成了萧红后期小说独特的艺术魅力。① 刘艳不仅着力破解了"萧红体"的艺术奥秘，她还集中解剖了所谓"严歌苓体"的艺术隐秘。在她看来，严歌苓的《芳华》不能简单地被视为一部自传体长篇小说，我们不能忽略这部作品的虚构机制。细读《芳华》可以发现，严歌苓在创作中一直用"现在的我"和"过去的我"两种叙述眼光在进行双重叙事，尤其对当年的"我"当时正在经历事件时的眼光运用得更多且更得心应手，小说还自如地运用了事件发生时其他转换性人物的有限视角，这种复杂的多人物转换有限叙事的综合运用给作品带来了高度的写真印象②，但我们必须识破作家虚构的奥秘。严歌苓是一位善于运用人物的自由直接引语和自由间接引语的作家，她这样做既能有效地推动小说叙事节奏的进展，也能最大限度地弥合叙述的缝隙，使文本黏合成一个仿佛天衣无缝的艺术有机整体。

在刘艳的文本细读实践中，她对作品的叙事结构的剖析格外重视，这是因为叙事结构是一部作品的骨骼和框架，只有掌握了叙事结构的肌理和

---

① 刘艳：《限知视角与限制叙事的小说范本——萧红〈呼兰河传〉再解读》，《华中师范大学学报》(人文社会科学版)2017年第6期。
② 刘艳：《隐在历史褶皱处的青春记忆与人性书写——从〈芳华〉看严歌苓小说叙事的新探索》，《文艺争鸣》2017年第7期。

机制，才能宏观上驾驭作品的文本细读，反之则易流于琐碎、不得要领。比如在解读严歌苓的长篇小说《上海舞男》时，刘艳就敏锐地发现，在这部作品的"套中套"叙事结构中存在着比"歪拧"更复杂的彼此嵌套与绾合，那个原本应该被套在内层的内套的故事，被作家翻转腾挪到了外层与内层的交叉地带，也就是说，石乃瑛和阿绿的故事、杨东和张蓓蓓的故事，乃至于丰小勉和阿亮以及夜开花的故事之间不再是不平等的主辅关系或单纯的内外关系，而是各自平行发展又相互嵌套，甚至还要在关节处盘绕成结，即绾合在一起，仿佛打了个节儿对对方提供情节发展的动力。用刘艳精彩的分析语言来表述就是："《上海舞男》叙事结构是两条基本遵守线性时间顺序的叙事，在一些叙事的关节点上彼此嵌套、盘绕成结，然后继续推动两套叙事结构继续前行。两套叙事结构，因为'舞厅'这个空间，因为张蓓蓓的寻根究底，虽然叙述的是不同时空尤其是不同时间维度的故事，却可以自然自如地并置、穿插、接续，每个叙事结构如此完备地自成一体，又彼此嵌套和绾合。"①无独有偶，在剖析赵本夫的最新长篇小说《天漏邑》时，刘艳再次发现了这种嵌套与绾合的叙事结构，小说中宋源、张千子等人的抗战历史故事与祢五常及其弟子的田野调查故事彼此嵌套，并借助历史解密和共同的空间结构"天漏村"而绾合在一起②。这就进一步指出了"嵌套与绾合"叙事结构的普遍性，由此在很大程度上揭示或发现了某种艺术成规和艺术真理。这是刘艳这类文章最值得称道的地方。此外，刘艳还对北村的长篇小说《安慰书》的悬念推理叙事和类似剥洋葱的叙事结构做了鞭辟入里的解析，并将其与李洱的《花腔》、乔叶的《认罪书》、苏童的《黄雀记》等长篇小说的叙事结构和叙事策略进行比较分析，以期揭示这些作品的同一性和差异性。刘艳在艺术形式分析中特别重视比较的方法，她不仅善于在同类作品中发现差异性，而且又能在差异性比较大的作品间发现

---

① 刘艳：《叙事结构的嵌套和"绾合"面向——对严歌苓〈上海舞男〉的一种解读》，《文艺争鸣》2017 年第 5 期。

② 刘艳：《诗性虚构与叙事的先锋性——从赵本夫〈天漏邑〉看中国故事的讲述方式》，《中国文学批评》2017 年第 4 期。

同一性，这既需要艺术的敏锐，同时也需要理性的洞察。比如对严歌苓的几部长篇小说叙事结构和策略的分析，刘艳就能敏锐地发现它们的不同之处，并借助自己熟稔的叙事学功底予以透彻的解析。无论是《芳华》还是《上海舞男》和《妈阁是座城》，刘艳既能揭示它们的共性——所谓"严歌苓体"的叙事话语、叙事节奏、文本气味，也能发现作家在不同作品中不断追求艺术新变的匠心。这种对文本形式的微观分析本领，充分地显现了刘艳作为一个优秀青年批评家的实力。

除了叙事结构分析，刘艳的文学批评还十分重视小说的文体形式分析。对于中国现当代小说艺术谱系中的散文化写作倾向，学界多年来不乏梳理和研讨，而刘艳将萧红和迟子建这两位黑龙江边地女性作家的小说创作一起纳入到中国现当代散文化小说类型中予以深入考察，依然显示了她不俗的艺术洞察力。刘艳丝毫不掩饰她对郁达夫那种过于放任主观情绪宣泄的散文化小说的不满，她欣赏的是更为节制的散文化小说叙事形态。不同于一般的泛泛而论，刘艳对萧红和迟子建的散文化小说创作倾向的剖析融入了她得心应手的叙事学理论，因此能发现别人所难以发现的叙事差异：萧红因为执着于限制性叙事，所以她的散文化小说更显冷峻；而迟子建在叙事角度和人称变化上更加自由，这有利于她的散文化小说中主观体验的传达。不仅如此，刘艳还进一步追问两位女作家的早年记忆和童年经验对她们的散文化小说创作的影响。她的结论是，由于萧红童年孤苦，故而她的散文化小说缺乏亮色并趋近冷峻；而迟子建的童年是幸福的，所以她的散文化小说就亮丽而多彩。虽然迟子建小说中也充满了苦难，但她并不绝望，她相信神性，对神性的书写给迟子建的散文化小说注入了不同于萧红小说的温暖底色。① 一般而言，散文化小说往往都是抒情小说，所以刘艳对萧红和迟子建小说创作中的抒情功能也是予以重点考察，她还多次重点援引当今中国文论界十分流行的抒情传统理论进行辅助分析，包括普

---

① 刘艳：《童年经验与边地人生的女性书写——萧红、迟子建创作比照探讨》，《文学评论》2015 年第 4 期。

实克、陈世骧、高友工、沈从文、王德威等人在内的中国抒情传统理论家对刘艳的文体批评实践有着明显的影响，这使她不仅在萧红和迟子建这样的女性作家的笔下感受到了抒情传统的魅力，而且在赵本夫这样的男性作家笔下发现了诗性叙事的魔力。当然，中国文学传统是复杂而多源的，中国小说传统同样如此，既有时下广受关注的抒情传统，也有相对不受人重视的传奇传统。我以为，中国文学中的传奇传统有着丝毫不亚于抒情传统的影响力。当然这种中国式的传奇传统的核心是野史杂传，它以史传为中心，而不同于西方文学中的浪漫传奇传统。① 作家北村自言不喜欢东方的故事传统与叙事传统，不喜欢传统的"传奇"小说，因为传统的传奇小说主要描述故事的表面，这显然是北村对中国传奇的误解②，他误把中国的传奇概念等同于西方文学传统中的浪漫传奇。事实上，我们在刘艳重点分析过的作家萧红、迟子建、赵本夫、北村等人的小说中都可以发现中国传奇传统的创造性转化。比如北村早年的小说《劫持者说》《披甲者说》《归乡者说》《聒噪者说》《玛卓的爱情》《周渔的火车》等，无不可以视为对中国唐宋传奇小说文体的现代转换。只不过叙述结构更加复杂、叙事手法更加多样、叙事人称更加多变、主题意蕴走向了现代生命存在困境的观照而已。至于野史杂传的史传体，并没有根本性的变化。在这个意义上，不仅北村的小说，就连刘艳十分推崇的严歌苓小说系列同样可以视为中国传奇的现代形态，诸如《芳华》《上海舞男》《护士万红》《陆犯焉识》《少女小渔》《小姨多鹤》《第九个寡妇》《一个女人的史诗》《扶桑》等脍炙人口的作品，都可以和中国古老的小说传统对接起来考察。事实上，刘艳在关于赵本夫的长篇小说《天漏邑》的文体分析中已经开始重视中国文学中的传奇传统了，但我以为在严歌苓和迟子建小说的文体分析中，中国传奇文体传统的创造性转化问题依旧存在论说空间。

---

① 李遇春：《"传奇"与中国当代小说文体演变趋势》，《文学评论》2016 年第 2期。

② 北村：《北村：人像一个秤砣 恶会把他拉着下坠》，搜狐独家，2016 年 12 月 7日。

　　最后想说的是，刘艳的文学批评虽然偏重于小说的文体和艺术形式分析，但她并不排斥对小说思想意蕴和作家思想观念的追问，但相对而言，她更重视前者，而后者主要在前者中派生出来。这当然没有错，在现代小说美学中，不是内容决定形式而是形式决定内容，怎么写的重要性远远超过了写什么，这是因为形式并非单纯的形式，形式是有意味的形式，甚至形式就是意识形态的潜结构，也可以说形式就是最大的文体政治。于是我们看到，刘艳对作家作品的思想意蕴的分析，往往都是从文本形式分析中自然而然地滋生出来的，而没有遵循那种先做内容和主题分析，再做艺术形式分析的二元化分析惯例，这正是她的学理性批评的魅力所在，值得效法而不应该受到误解。比如，刘艳对赵本夫和严歌苓小说中的人性书写的辨析，还有她对北村小说中生命存在困境的剖析，对严歌苓的女性意识嬗变的考察，对萧红和迟子建的童年经验和孤独体验的比较分析，凡此种种，无不体现了她对作家作品内在精神底蕴的关注和深度把握。应该说，像这样的学理性批评是有力量的文学批评，我相信刘艳能一如既往地坚持下去，把她为中国的学理性文学批评的辩护进行到底！

（作者单位：华中师范大学文学院/湖北文学理论批评研究中心）

后记
写在文学批评边上

这本书，虽名为《批评的智慧与担当》，但主要是从理论探讨和具体的作家作品分析当中，来重申学理性的文学批评和文学研究的路径方法，重申学理性批评的文学研究伦理。学理性、学理性批评、文本细读、回到文学本身、做有温度和体贴的文学批评，可能是最能代表本书思考和写作径向的关键词了。

正如我在阐述我的学理性批评观的时候，所提到的我对学理性批评和研究的理解，其实先是来自我所从事的编辑工作的熏陶和日积月累的影响，然后才是来自我的批评实践。一边，我以自己的读书和写作，在批评实践当中摸索学理性批评应有的样貌，并尝试学理性批评写作的多种可能性。不同的作家作品，总能带给我不同的思考和写作灵感，我是时常陶醉于长期的阅读准备之后灵感袭来或者茅塞顿开时候的感觉的，我总在想，那是非热爱文学批评和文学研究的人所不能享有的一种快乐和幸福之感。一边，我也在思考着怎样在文学批评理论层面建构和和重构学理性批评的形态。近年累积起来的一些思考，和熔铸了我对学理性文学批评和文学研究思考的批评实践，最终在这本书当中汇聚起来，算是我的文学评论和文学研究道路上的一个小结。

我一直强调编辑工作对我学术研究的影响，因为这是一个不争的事实，没有什么好避讳的。大家对学理性批评或者好的文学研究、文学评论文章，在做各种"形而上"的探讨的时候，我脑海里，蹦出的却是一连串的好的学理性批评的文章的篇目和它们形色各异、精彩纷呈的样子，比如讨论什么样的苹果是好苹果？每个人可能都要去查苹果的很多资料，我的记忆库里却已存储了很多的，几乎各式各样的好苹果的图片、资料，甚至几乎是可以闻到氤氲的苹果香味……十三四年前，在阅看好的学理性批评文章的时候，一字一句地推敲和反复揣摩。慢慢地，我可以快速读完一篇学理性批评文章，并能在迅速浏览当中，或发现问题，或抓住问题的症结，或获得启发。记得有一次关于史料主题的学术研讨会，我的发言，是结合《文学评论》好的学理性批评文章，是怎样呈现在史料材料梳理并从中归纳出学术问题方面的种种路径，由它们的选题思路和角度，而引发我们对相关问题的怎样的思考。刚俟讲完，就有学者提醒，不要提那些文章，不要举例……学者可能是善意提醒，但是，没有实际的例证，我们对好的学理性批评应有的或者可能有的样貌，就只能是空中楼阁式的玄而又玄的探讨，举出例证，未必是求得大家都能认同那些文章有多好，但至少，我们有了具体的观摩对象，有了具体可感的参照物，即便是将之作为批评的对象，也可以使我们的批评"落地"，而不是悬于一种空谈。所以，我在谈学理性批评的形态和各种可能性的时候，在谈学理性批评对于当下的价值和意义的时候，不可避免地结合了《文学评论》各种选题和角度的学理性批评文章的实际例证，从例证当中获取有益的思考和启示，抑或反思其不足，及尚需开掘的角度和维度，这便有了第一章"重识学理性批评的研究方法"的内容。

近年来，陈思和、陈晓明、程光炜等人，都在理论批评和具体的作家作品批评实践方面，强调文本细读研究方法的重要性，希望重建文本细读的批评方法，认为当今中国文学批评迫切需要补上加强文本细读分析的研究这一课，陈晓明有一本专著就叫作《众妙之门——重建文本细读的批评方法》。而我也结合自己的学术积累，对这个问题进一步作了思考，回到文学本体的文本细读，是我希望能够重建和重新被强调的批评和研究方法。说实话，当前的"文本细读"文学批评，其实也存在着一种异况：很多所谓的"文本细读"，其实是理论先行，先有理论的框架和套子，然后才去文本"细读"，从文本中找出例证。看似翔悉的分析，其实，这不是回归文学本体的文本细读的研究方法。大家往往忽略了或者没有注意到，应该先有反复的文本阅读和细读，才有可能进行这种文本细读式的批评。这其实是要下苦功夫的，走马观花式阅读，速读，是不行的。2017 年 8 月 7 日，我曾经在微信发布了一张被我细读过之后的一本书的图片，那是赵本夫长篇小说《天漏邑》。书已然筋骨相离，散了架，我按语笑称："立秋前一天·读破一卷书"。其实，这只是我读作品的常态而已，没有四五遍的细读和笔记案头功夫，不可能有那篇《天漏邑》的评论。而有时候细读式文学批评，可能还要在长期思考和学术积累的基础上才能形成。《固定人物的限知视角和限制叙事——以〈呼兰河传〉小团圆媳妇婆婆形象为例证》，就是这样的一个学术成果。对于《呼兰河传》的一些章节，我在 20 年前就耳熟能详几乎可以背诵，但是，我真正能够破解关于它的艺术性、文学性的阐释谜题，是直到最近才能够实现，也是在借鉴了叙事学的理论和研究方法之后，才能够实现。

　　这里需要特别说一句的是，文本细读的批评方法，想实现回到文学本身、回归文学本体的研究，很多时候，叙事学和文体学的研究方法及其理论，都是很有用的对文本加以庖丁解牛式分析的有效工具。在做严歌苓研究和评论的时候，我很清楚地意识到，对于严歌苓，高关注度、热度以及现象级存在，并没有能够极大地推进严歌苓创作的评论与研究，也一直在学理性研究方面进展缓慢。因为如果单纯倚借海外华文文学研究的话语系统，或者只停留在内容研究的层面，都很难深度进入严歌苓的作品。对于这个雅俗兼备的作家，最终我们还是要回到文学本身，回到小说的形式本身，借用一些叙事学研究和文体学研究的方式方法，来考察严歌苓小说叙事艺术方面的独特价值。一个典型的例子，就是我在 20 年前读《雌性的草地》时，一度被小说的繁复叙事所迷惑，常有云里雾里之感。20 年之后，当我借用了叙事学、结构主义叙事学等研究方法时，我轻而易举就将清了《雌性的草地》的叙事结构、叙事线索和繁富的叙事技巧及其所构建起的小说叙事艺术的世界，也比 20 年前更加读懂了这个小说，也明白了为什么直到 2011 年，当被学者问及："你更喜爱自己的哪部作品？"严歌苓仍然这样回答："我最喜爱的是《雌性的草地》。"假若没有叙事学理论的帮助，是不可能实现从"电影叙述的借用与叙事结构探索""对话语的议论、人物的开放性与小说的虚构性""核心与从属同小说阐释"和"'从雌性出发'的叙事母题"四个方面来深度解剖这个小说的。借助叙事学理论和研究方法，才终于解开了这部小说的阐释难题，也洞见了《雌性的草地》小说叙事艺术的独特之处，以及在严歌苓整个创作历程中所独具的意义和价值。

学者张均曾经明确指出："自20世纪80年代以来西方叙事学理论陆续进入大陆学界，但外来叙事学理论如何在中国当代文学批评中'开花结果'，始终是有待解决的学术难点。"在他看来，借鉴视角、叙述者、叙述声音等叙事学新概念，是在我们已有的研究中已经拥有的，并且是相对容易做到的，但"在建立当代文学'中国叙事学'方面，仍然缺乏系统而有说服力的批评实践"，可能是难点。对此，我也深以为然。单纯地搬用理论，并不难，难的是怎样把叙事学理论作为一种研究方法，作为深度进入文本的工具。如何让叙事学理论在中国落地，接中国现代、当代文学的地气，这是关键和难题所在。先有理论框架然后进行文本分析，其实会出现面对有些长篇小说而不好评论、不好加以分析的问题。而且，对当代文学作品的文本分析，不能只停留在思想、内容、主题及艺术特色的简单分析，亦不宜步入文化研究和社会学研究的歧途。如能进入小说的叙事、形式及文本的细部，将对小说的内在层面的批评和外在层面的批评相结合，并兼及作家的创作语境，等等。倘能如此，文本细读的批评和研究方法，或许能在回归文学本体、回到文学本身的道路上，又前进了一大步。

做文学批评和文学研究，尤其是作家作品的研究，应该具有知人论世的批评智慧。像有的学者所说的，写小说评论，是不能完全不知道作家本人的，尤其是写与自己同时代的小说家们——这是非常有道理的。知人，是为了更好地解读作品。这并不是说与作家私交越多越深，就越好。对同代作家能够"知"，有大致的了解，彼此有基于文学的交流，交往并不密切，也无很深的个人私益和抹不开的情面，这或许是最好的一种研究者与作家之间的距离。而对于前代作家，"知"就往往更多的是从有关作家的生平、年谱、传记和相关资料当中去获取，同时也考验评论者能否在文本中体味作家的创作语境，并反过来加深对文本的理解。在做萧红和迟子建的创作比照研究与探讨的时候，就同时具有对前代作家和同时代作家"知"的考验。对于萧红，我可能更得益于多年的学术积累当中，对萧红的身世生平和创作情况的了解。对于迟子建，有学者按照当前的批评生态误以为我们早就是好友，实情却是在这一篇评论发表之后的某次会议上，才有了我们的第一次见面——2015 年 10 月 21 日，"极地的出发与远行：北京师范大学驻校作家迟子建入校仪式暨创作三十年研讨会"这个会上，才有了我们的初相见。后来的日子里，我们之间，除了有对于作品和文学的交流，也的确没有其他方面的私谊。对于贾平凹的研究，也是这样。贾平凹先生那篇《刘艳印象》，其实是我对他"知"的一个反证——开篇即提到了彼此基于文学的"知"与交流，虽然读的人多觉得此文活脱脱写出了一个生动真实的我，但文中所提到的我们的首次见面竟然就是"一次就是在北京的一个会议上见到刘艳，仅打了个招呼，她就闪过柱子走了"，而在此前"其实在这之前，我已经与她认识，是因有关稿件来往过几次手机短信"，所谈是"对稿件的判断"和"对一些小说和这些小说的评论文章的看法"，也全是实情。文章被认为是写活了我，只能归功于作家感觉的敏锐和一支灵动妙笔。对作家，知人才能论世，但这个"知"，宜更多的是基于文学的"知"，而不是其他。

学理性的文学批评，一直被误会是与文学现场距离较远，反过来，专事文学现场的、即时性文学批评的评论者，又往往对学理性批评的评论和研究范式，有些犯怵和心理抗拒，似乎总不如短平快的评论来得畅快。但是，当代文学批评的学理性层面，是亟须重视和加强的。且不说 20 世纪 50 年代到 80 年代，当代文学研究和文学批评的主导性形式，其实就是即时性的文学批评，后来才分化出了文学史的研究。但文学史的研究，又必然是以对作家作品的文学批评为基础的。20 世纪 80 年代，被目为批评的"黄金时代"，而当年的即时性文学批评，也大多成了构成那段文学史的要件，就像程光炜所说："翻翻今天的文学史，当年的文学批评大都成了文学史结论，至少我们对于莫言、贾平凹、余华、王安忆、苏童、张承志、韩少功、刘震云、格非、王朔等作家早期作品的认识，都无出于其左右。虽然作为文学史的进一步深耕细作，这些结论还需继续质疑、细琢、翻转与充实。"更甚而说，"文学史则是另一种形式的文学批评，它是史家的批评，是后一步的对作家作品的认识"。文学批评如此重要，反映文学现场的新作、新问题、新现象、新思潮，便是义不容辞之责任。进而，对于当代文学经典化和当代文学史建构与重构都无比重要的关注文学现场的批评，不求学理性，一味追求短平快或者为人情世故的因素所牵围，肯定是不行的。而学理性批评，也宜放下学院身段，保持对文学现场的一种敏感和高关注度。《无法安慰的安慰书——从北村〈安慰书〉看先锋文学的转型》和《诗性虚构与叙事的先锋性——从赵本夫〈天漏邑〉看中国故事的讲述方式》两篇论文，便是在做关注文学现场的"在场"的学理性批评的努力和尝试。前一篇，获过两个奖，其中一个奖是《当代作家评论》2017 年度优秀论文奖，在这里记录一下授奖词："文章将北村新作《安慰书》置于先锋文学发展的历史流脉中加以考察，从创作转型、叙事视角、现实观照、先锋精神等角度对文本进行了学理化的叙事学分析，既清晰地勾勒出作家创作历程与先锋文学发展过程中的变异与转型，又深刻地洞见了先锋文学的精神内核如何潜隐于作家与当下文学创作中。论文力图在当代文学经典的意义上对先锋转型进行'总体性'的探讨，在纵向的文学史与横向的同代创作交汇中，为作品解读确立价值坐标与谱系定位，在个案讨论中显示出论者强烈的反思意识和理论提炼的能力。"之所以记录在此，只因为这段话其实是对这篇文章在关注文学现场同时又兼具学理性的一个最好的概括。

既做编辑，又写文学评论做文学研究，我可能就比不做编辑的人，更加地对那些执着于"学报体""C 刊体"并且已然发展到有些偏执程度的论文，有些本能的排斥心理；也更加能够深味文学批评失却温度、失却批评者的体温和热情，不体贴作家尤其不体贴作品，远离文学本身，等等，所带来的弊病及对于文学与批评双方面的伤害。近几年，很多作家在原来自己往往只写创作谈之外，又兼写起了文学批评的文章，尤其是对其他作家作品的评论。这或许就是当前文学批评生态本身所发出的一个实际的吁求，而我们也只是一直对此缺乏觉察而已。其实，作家写作作家论作品论，是始自中国现代文学的一个传统，茅盾、沈从文等人写作的作家论作品论与文学批评文章，不止当时影响广泛，很多流传至今仍然具有很深的影响力。像萧红的《呼兰河传》定稿于 1940 年 12 月的香港，先在香港《星岛日报》上连载，1943 年 6 月由桂林河山出版社出版，1947 年 6 月上海环星书店新版，收入茅盾在 1946 年 12 月号《文艺生活》上发表的评论《论萧红的〈呼兰河传〉》，遂衍化为序。茅盾这篇《呼兰河传》的评论，虽然带有时代语境的印迹，像他说萧红"这位感情富于理智的女诗人，被自己的狭小的私生活的圈子所束缚"，而"和广阔的进行着生死搏斗的大天地完全隔绝了"，等等。但是你不能不叹佩的是，茅盾的艺术直觉和文学感知能力的强大，他对于《呼兰河传》的很多判断，虽然并非是自学理出发，但是敏锐而富有启发性，对于今天我们研究《呼兰河传》都是极具启示意义的。比如，他说："也许有人会觉得《呼兰河传》不是一部小说。""他们也许会这样说，没有贯穿全书的线索，故事和人物都是零零碎碎，都是片段的，不是整个的有机体。""也许又有人觉得《呼兰河传》好像是自传，却又不完全像自传。""但是我却觉得正因其不完全像自传，所以更好，更有意义。""而且我们不也可以说：要点不在《呼兰河传》不像是一部严格意义的小说，而在于它这'不像'之外，还有些别的东西——一些比'像'一部小说更为'诱人'些的东西；它是一篇叙事诗，一幅多彩的风土画，一串凄婉的歌谣。"我在一篇研究文章(《限知视角与限制叙事的小说范本——萧红〈呼兰河传〉再解读》)当中，曾经提到过，茅盾当年其实就已意识到了萧红《呼兰河传》所呈示的这种繁富多姿的叙事能力，其中不乏看似矛盾的艺术特征，只是还未及细究根底……而远在七十多年前他所做这篇作家作品论，深具作家独有的纤细敏锐的艺术直觉能力和文学感知力，对我们今天的研究，仍然富有启发性和具备可参鉴的价值与意义。

作家写作家作品的评论，往往比专职评论者和学者写作的文学评论，更能贴近小说文本，更能回到文学本身，甚至也更加带有作家本人的热情、体温，就像毕飞宇所说的，好的作家，更加知道什么样的小说是好小说。而能够从小说写作者的角度，来进行文本分析，说明这个小说为什么好和好在哪里，的确是作家的专长。作家有手艺，作家再去谈其他大师之作及优秀的作家作品，的确更能窥得小说写作的玄机和密钥，于细节处，也会有着更多动人的发现。所以，我才会以实际的例证，通过对毕飞宇《小说课》的分析和解读，来看作家是怎样做出有温度和体贴的文学批评的。这其实是对于毕飞宇"小说课"式文学批评的一种批评，或许能够对改善我们当前的文学批评生态，发生一点积极的作用；还可助益我们对文学批评，尤其对那些走向缺失温度、体贴和远离文学本身的批评，作出反思和加以改进。当然，对于在学院批评里，文风和研究方法方面都趋于呈现僵化倾向的那种类型的学院批评，也宜引起我们的警惕和反思。学理性批评，是可以兼备温度、体贴和回到文学本身的关键词的，甚至也可以是美文化的，但究竟如何才能实现？还要我们大家共同的摸索和努力。

这本《批评的智慧与担当》，汇集了多年来我对学理性文学批评的一些思考，以及相对集中在近几年形成的文学批评的实践成果。很多方面的思考，还有待深入；有些角度和维度，还未及打开或者展开。诚以此书，权作为我过去的一段研究的总结，其中累积了我对学理性文学批评的思考及相关的批评实践。而在这个过程中，我又得到了国家社科基金项目的支持，这对我的学术研究，亦是一个不小的鼓励。谨以此书，作为我的国家社科基金项目"新世纪海外华文作家的中国叙事研究（项目批准号：17BZW171）"的一个阶段性成果，奉献出来，就教于大家。

本书的写作和成书过程中，得到不少师友的帮助和支持，首先要感谢於可训、陈子善、高建平、陈晓明、程光炜、吴义勤、吴俊、方长安等师友的不吝支持和帮助，名单很长，诚恕难以一一列出。感谢陈晓明、贾平凹、吴俊、李遇春、郜元宝、张均（按不同专辑组合顺序排名）等位师友，百忙当中拨冗赐文评论我的文学评论和学术研究，本书未能一一收录，在此谨致以真诚的歉意和怀有深深的遗憾。感谢他们纷纷在我学术起步和人生最艰难阶段，不吝伸出援手，携掖后学，或者予我以同代人之谊。感谢将我作为"今日批评家"和批评新锐学者来推介的《南方文坛》《长江文艺评论》和《长江丛刊》。感谢《南方文坛》张燕玲主编、《长江文艺评论》蔡家园兄和《长江丛刊》刘诗伟主编,原创和推出了有关我的评论专辑。本书多个章节,已先后发表于《文学评论》《当代作家评论》《文艺争鸣》《暨南学报》《现代中文学刊》《扬子江评论》《中国文学批评》等刊物,向各位主编和责编致以最真诚的感谢。是他们的厚意携掖,使本书一些章节能在成书之前就以阶段性成果论文的形式发表面世。感谢与我同代甚至比我还要年轻的学者朋友们的学术交流,很多想法是在与他们的交流当中,成形和更加成熟。最后,感谢我单位的领导和同事们,是在他们所赐予的鼓励、压力和动力之下,在文学所延续日久的良好的学术氛围的影响和熏陶之下,我在学术的道路上不敢懈怠,督促自己不断地修习,得以完成了此书。感谢本书的责编年轻的李琼老师,她的专业精神和谨严细致,令我受益匪浅。感谢武汉大学出版社,悠久的出书传统和良好的学术口碑,让这本书能够以较为理想的面貌呈现给读者。

《批评的智慧与担当》,书名的灵感,取自吴俊教授的文章名,而且也征得了他本人的应允。但所指,系"学理性文学批评"之"批评的智慧与担当",我也只是在朝这个方向学习、努力和探索着。不妨且行且努力。

刘艳

2018 年 8 月 26 日